Courtney Thorne-Smith

Champagner für zwei

BUCH

Kate Keyes-Morgan scheint alles zu haben, was man sich wünschen kann: eine Hauptrolle in der überaus erfolgreichen Fernsehserie *Generations*, einen äußerst attraktiven Ehemann, eine Topfigur und eine Karriere im Aufwind. Doch es ist nicht alles Gold, was glänzt. Hinter Kates tadellosem Aussehen stehen harter Drill und zahlreiche Entbehrungen, Intrigen unter den Schauspielkollegen sind an der Tagesordnung, und Kates Mutter hat vor allem ihren eigenen Profit im Sinn, nicht das Wohl ihrer Tochter. Als auch noch Ehemann und Manager Hamilton eine Affäre mit Kates ärgster Konkurrentin anfängt, ist sie plötzlich ganz auf sich gestellt. Nun muss sie sich entscheiden: Will sie weiter nach den Regeln Hollywoods spielen, sich verbiegen lassen und nach anderer Leute Pfeife tanzen? Oder will sie ihr Leben endlich selbst in die Hand nehmen? Mit Hilfe ihrer wild-verrückten Freundin und Stylistin Paige und des charmanten Agenten Michael nimmt sie den Kampf auf – und stellt das *Generations*-Team, ihr Leben und schließlich ganz Hollywood gehörig auf den Kopf…

AUTORIN

Courtney Thorne-Smith wurde weltweit berühmt durch ihre Rollen in den Fernsehserien *Melrose Place* und *Ally McBeal*. Besonders als Anwältin Georgia Thomas spielte sie sich in die Herzen der Zuschauer. Seit 2001 steht sie neben James Belushi für die Serie *Alle lieben Jim* vor der Kamera. Nebenbei schreibt sie Artikel und Kolumnen für diverse Zeitschriften. *Champagner für zwei* ist ihr Debüt als Romanautorin. Courtney Thorne-Smith lebt mit Ehemann und Sohn in Los Angeles.

COURTNEY THORNE-SMITH

CHAMPAGNER FÜR ZWEI

Roman

Aus dem Amerikanischen
von Stefanie Karg

blanvalet

Die Originalausgabe erschien 2007
unter dem Titel »Outside In« bei Broadway Books,
an imprint of The Doubleday Broadway Publishing Group,
a division of Random House, Inc., New York.

FSC
Mix
Produktgruppe aus vorbildlich
bewirtschafteten Wäldern und
anderen kontrollierten Herkünften

Zert.-Nr. SGS-COC-1940
www.fsc.org
© 1996 Forest Stewardship Council

Verlagsgruppe Random House FSC-DEU-0100
Das für dieses Buch verwendete FSC-zertifizierte Papier
Holmen Book Cream liefert Holmen Paper, Hallstavik, Schweden.

1. Auflage
Deutsche Erstveröffentlichung Dezember 2008
bei Blanvalet, einem Unternehmen der
Verlagsgruppe Random House GmbH, München.
Copyright © by Ernest, Inc., 2008
Copyright © der deutschsprachigen Ausgabe 2008
by Verlagsgruppe Random House GmbH
Umschlaggestaltung: HildenDesign, München
Umschlagmotiv: © Paul Burley Photography /
Photonica / Getty Images
This translation published by arrangement with
The Doubleday Broadway Publishing Group,
a division of Random House, Inc.
Redaktion: Michaela Jürgs
ES · Herstellung: RF
Satz: Uhl + Massopust, Aalen
Druck und Einband: GGP Media GmbH, Pößneck
Printed in Germany
ISBN: 978-3-442-37090-0

www.blanvalet.de

Für Roger,
über meine wildesten Träume hinaus.

1

Kate stand starr in der Tür zu ihrem Badezimmer und bereitete sich auf den unvermeidlichen, unausweichlichen, den wahrscheinlich schmerzhaften Moment vor, der von Frauen auf der ganzen Welt gefürchtet wird: das morgendliche Wiegen. Spielte ihr die Fantasie einen Streich, oder sah die Waage gerade an diesem Morgen so *gemein* aus wie die Maschinenversion eines beliebten, aber grausamen Highschoolgirls? Vielleicht lag es an der unchristlichen Zeit (4:30 Uhr morgens) oder an der Tatsache, dass sie noch keinen Kaffee getrunken hatte (mit der daraus resultierenden Gewicht reduzierenden »Erleichterung«). Aber sie hätte schwören können, dass die Waage am Vortag freundlicher gewirkt hatte.

»Um Gottes willen«, flüsterte sie sich zu, »beruhige dich. Es ist doch nur eine *Waage*, eine blöde Zahl.« Unglücklicherweise hatte sie gerade heute »nur eine Szene in Unterwäsche« zu drehen, und was auch immer die Waage anzeigen würde, es würde von der Kamera aufgenommen gleich auf allen Fernsehbildschirmen in den USA zu sehen sein und in alle Ewigkeit wiederholt werden. Kate atmete tief ein und hielt die Luft an (in der vergeblichen Hoffnung, ein »luftigeres« Ich zu schaffen), dann trat sie auf die Waage und beobachtete, wie die kleine Digitalanzeige ihr Gewicht, ihr Körperfett und die Wasseranalyse berechnete und vermutlich auch noch ihren Kreditrahmen.

Mist. Sie schnaufte unglücklich aus.

Mist, *verdammter Mist.*

Kate fühlte sich schwindelig und musste sich auf dem Waschbeckenrand aufstützen. Ihr kaffeeloses Hirn hatte Schwierigkeiten, die Information zu verarbeiten: Wie konnte sie zwei Kilo *zugenommen* haben? Sie stieg von der Waage, sprach ein Stoßgebet zum Gott der willkürlichen Zahlen für das Selbstwertgefühl, schlüpfte aus ihrem *Cosabella*-Tanga (allein die Spitzen mussten Tonnen schwer sein) und wog sich erneut.

Verdammter Mist.

»Und, wie sieht es aus?« Kate machte vor Schreck einen Sprung, als ihr Mann hereinkam. Erstens war sie überrascht, morgens um 4:30 Uhr noch jemanden im Badezimmer anzutreffen, und zweitens wollte sie eine möglichst große Distanz zwischen ihrem Körper und der Zahl auf der Digitalanzeige schaffen. Aber er ließ sich nicht täuschen.

»Oh, Kate«, stöhnte Hamilton und versuchte Energie für einen Dreikampf der Enttäuschung aufzubringen – Kopfschütteln, Augenbrauen hoch-, Mundwinkel kritisch nach unten ziehen –, und all das vor seiner ersten Tasse grünem Tee aus Bio-Anbau. »Wie konnte dir das nur passieren? Du *weißt* doch, wie wichtig das ist, Katie. Du *weißt* doch, dass wir allen zeigen müssen, wie viel besser du jetzt bist.«

»Besser« bedeutete *dünner*. Dünner als vor drei Jahren, als nach einem hoffnungsvollen Start in einer kurzlebigen Soap im Spätprogramm ihre Karriere stagnierte, nachdem die Abendessen von den Einnahmen ihres ersten gut bezahlten Auftritts sich zu sieben Extrakilo summiert und ihr Paparazzifotos und fiese Spottnamen in den Schlagzeilen beschert hatten. Als Hamilton zu diesem Zeitpunkt auf sie zugekommen war und versprochen hatte, ihre noch junge Karriere anzuschieben und ihr »Walross«-Image für ewig vergessen zu lassen, war sie so dankbar für diese positive Beachtung, dass sie sofort den Managementvertrag für ihre Karriere unterschrieb. Den Managementvertrag für den Rest ihres Lebens unterschrieb sie überglücklich zwei Monate später, als die Zahlen auf der Waage ab- und die Arbeitsangebote zunahmen und Hamilton sie bei ihrem Comeback-Auftritt in der *Regis-and-Kelly*-Show mit einem Heiratsantrag überraschte. Drei Monate später zeigten die Hochzeitsfotos im *People*-Magazin – wenn schon nicht auf dem Titel, doch immerhin auf einer kompletten Doppelseite – eine hinreißende Kate in einem *Vera-Wang*-Hochzeitskleid Größe 4 (entspricht der deutschen Konfektionsgröße 36), ihr braunes lockiges Haar mit kupferfarbenen Strähnchen aufgehellt und penibel geglättet – alles nach Hamiltons präzisen Anweisungen. Er wollte, dass Kates Hochzeitslook der ätherischen Schönheit von Jennifer Aniston nachempfunden wurde, als diese Brad Pitt heiratete. Dafür heuerte er sogar Jennifers Hairdresser- und Make-up-Team an. Die Mannschaft hatte ihr Bestes getan und vier anstrengende Stunden gezaubert, aber keine noch so große Menge an Hairstylingprodukten oder Bräunungsmitteln konnte aus der sommersprossigen, frischen und unverkennbar irischstämmigen Kate eine griechische Göttin machen. Hamilton konnte seine Enttäuschung zwar einigermaßen verbergen, als sie den Mittelgang der Kirche entlangkam, aber Kate sah die Frustration in seinen Augen aufblitzen und gelobte im Stillen, alles zu tun, damit Hamilton seine Investition in das, was er liebevoll sein »kleines Walross« nannte, nie wieder bereuen sollte.

An diesem Morgen machte sein Tonfall deutlich, dass sie beide enttäuscht waren.

Kate schlang schnell ein Handtuch um ihren verräterischen Körper. Sie fühlte sich sehr klein und zugleich ungeheuer fett. »Ich weiß, dass es nicht so gut aussieht«, stammelte sie. »Aber es sind doch nur zwei Kilo. Ich meine, ehrlich gesagt, vermutlich sind wir die Einzigen, die es überhaupt merken, oder?« Sie glaubte ihren eigenen Worten nicht, und am irritierten Seufzen und ach so diskreten Schütteln seines attraktiven Hauptes konnte sie erkennen, dass Hamilton ihnen ebenso wenig traute.

»Sicher doch, Katie«, antwortete er sarkastisch. »Ich bin sicher, dass es niemand sonst bemerkt. So wie es zuvor auch niemand bemerkt hat. Ich meine, wer achtet denn schon auf die Körper von Schauspielerinnen?« Er drehte sich um und wollte gehen, blieb aber an der Tür stehen. Beim Weitersprechen klang seine Stimme traurig. »Katie, ich begreife es einfach nicht. Ich dachte wirklich, du verstehst, wie wichtig das ist – für uns beide. Aber nun muss ich annehmen, dass all die Arbeit, die ich in den Relaunch deiner Karriere investiert habe, dir nicht viel bedeutet.« Mit diesen Worten verschwand er aus dem Badezimmer und ließ Kate mit ihrer Schmach allein.

Sie betrachtete ihr Bild im Badezimmerspiegel und bemerkte emotionslos, wie eine Träne über ihre Wange lief. Irgendwie sah sie sich nie ganz real. Beim Anblick ihres Spiegelbilds ging es ihr oft so, als würde sie eine Schauspielerin in einem Film betrachten. Und im heutigen Film ging es um ein schwaches Mädchen, das seinen Appetit nicht kontrollieren konnte, um ein böses Mädchen, dessen Hunger größer als es selbst war, größer als die ganze Welt.

Aber am meisten frustrierte sie, dass sie es ja beinahe geschafft hatte. Sie war die ganze Woche über brav gewesen und hatte sich tapfer an Hamiltons Liste mit »erlaubtem Essen« gehalten: Eiweiß, Hühnchen, natriumarme Putenbrust. Sie hatte Gewicht verloren und konnte zusehen, wie die Zahlen auf der Waage niedriger wurden und ihre Hüft- und Wangenknochen immer mehr zum Vorschein kamen. Aber leider war sie in Gedanken ständig mit Essen beschäftigt. Sie hatte versucht, sich vom Hunger und von ihrer Nervosität davor, fast nackt vor der Kamera zu stehen, abzulenken, indem sie viel Zeit vor dem Fernseher verbrachte. Aber die Werbeclips schienen ihre Diät definitiv sabotieren zu wollen und zeigten Aufnahmen von dünnen, glücklichen, großartigen Frauen, die fettige Riesenburger aßen, während sie lachten und mit ebenso großartigen und ebenso verfressenen Männern flirteten. Aus Angst, ihr Hunger könnte sie in Kombination mit der Macht der Suggestion in den nächsten Drive-in treiben, zwang sie ihre verhungernde Aufmerksamkeit weg vom Bildschirm. Beim Aufstehen hatte sie sich am Rand der Couch festhalten müssen, um dem Schwindelgefühl entgegenzusteuern, das sie in letzter Zeit bei jeder Bewegung plötzlich überfiel. Sie machte sich auf den Weg zur Vorratskammer. Dort durchsuchte sie Hamiltons beeindruckenden, fast weiblichen Vorrat an Kräutertees, von denen er schwor, sie seien »genauso befriedigend wie ein Snack«, als ihr Blick an einer Dose in Honig gerösteter Erdnüsse hängen blieb, die halb hinter der fettfreien Mayonnaise versteckt war.

In Honig geröstete Erdnüsse: süß, salzig, fettig – alles in einer einzigen Wunderdose. Kate stand starr und steif vor diesem Heiligen Gral der Kaloriendichte. Welchen Schaden konnten schon ein oder zwei Erdnüsse anrichten? Sie redete sich ein, dass ihr Stoffwechsel vermutlich ohnehin niedrig fuhr, so ausgehungert wie sie nach Kalorien aus Fett und Zucker war. Vielleicht waren zwei oder drei Erdnüsse genau das Richtige, was ihr Körper brauchte, um die Kalorienverbrennung auf Hochtouren zu fahren. Von der eigenen Argumentation beinahe überzeugt, griff sie nach der Dose und nahm den Deckel ab. Als sie die Vakuumverpackung aufriss, strömte ihr der wohlvertraute himmlische Duft entgegen. Sie atmete tief durch und schüttelte drei Erdnüsse heraus, verschloss die Dose wieder und nahm ihre Mini-Beute mit zurück zur Couch vor dem Fernseher. Sie verspeiste die Nüsse mit einer bedächtigen Langsamkeit und genoss jede einzelne, als wäre sie ein Stück leckerste und allerfeinste *Godiva*-Schokolade. *Siehst du?*, dachte sie, als sie die letzte verspeist hatte. *Hat doch keinen Schaden angerichtet.*

Sie hatte sogar Recht. Die erste kleine Handvoll Erdnüsse hatte keinen Schaden angerichtet. Aber hat schon mal jemand nach drei in Honig gerösteten Erdnüssen aufhören können? *Nur drei, mehr merkt man bestimmt nicht*, versicherte sie sich selbst, als sie noch einmal zur Speisekammer ging und das Ritual wiederholte, bei dem sie die Dose öffnete, vorsichtig drei Erdnüsse herausschüttelte und zur Couch zurückschlich.

Und so verging der Abend, Nuss um Nuss, bis Kate schockiert feststellte, dass nur noch ein wenig Salz, Zucker und Erdnussmehl aus der Dose fielen. Völlig verstört, voll Scham und Angst, dass man sie entdecken könnte, versteckte Kate die leere Dose zuunterst im Recyclingmüll. Dann ging sie nach oben, um sich den verräterischen Geruch von den Zähnen zu bürsten und ihren illoyalen Körper unter Hamiltons voluminöser Steppdecke zu verstecken. Sie kniff die Augen zusammen und versuchte einzuschlafen, bevor ihr Mann von seinem Geschäftsessen heimkam. Sie wusste, ein Blick in ihre Augen würde ausreichen, um ihren Verstoß sofort zu entdecken. Er rühmte sich selbst seiner Fähigkeit, »in sie richtig hineinsehen« zu können. Als sie sich kennenlernten, fühlte sich diese Fähigkeit sehr nach Liebe an, als ob sie endlich von jemandem »erkannt« würde. Seine Sorge um ihr Essen, um ihre Kleidung und um ihre Karriere gaben ihr ein Gefühl von Sicherheit. Aber wann fing es eigentlich an, zu einer Last zu werden? *Als ich begann, Sachen vor ihm zu verstecken*, sagte sie sich und dachte an die Worte von Penelope, Hamiltons Therapeutin, als sie sich über seinen Kontrollzwang beschwerte.

»Für mich klingt es so, als wollte er dir nur helfen, Kate«, hatte die in Pink gekleidete, perfekt frisierte Penelope geantwortet. »Ich wünschte, ich hätte jemanden, der sich so um mich kümmert wie Hamilton um dich. Ich meine, das willst du doch damit sagen. Dass dein Mann sich *zu viel* um dich kümmert, oder?«

Kate fühlte sich dumm, um nicht zu sagen überstimmt, als sie am Rand der äußerst femininen Chintzcouch der Therapeutin saß und zu Hamilton und Penelope hinübersah, die beide irgendwie perfekt mit den Farben der exquisiten Inneneinrichtung harmonierten. Ihre Gesichter drückten eine Mischung aus Mitleid und Nachsicht aus, als wäre sie ein etwas begriffsstutziges, sehr verwöhntes Mädchen. Kate fühlte sich bei diesen Ehetherapie-Sitzungen immer wie ein Störenfried, nicht wie eine Hauptfigur. Sie hatte oft das Gefühl, sie würde sich völlig unangemessen in die eigentliche Intimbeziehung ihres Mannes einmischen: in seine Beziehung mit Penelope. Als sie schließlich mutig ihre Gefühle in die Therapie einbrachte, in der naiven Annahme, damit würde sie Penelopes Anweisungen befolgen, so authentisch wie möglich zu sein, bekam sie ein Seufzen und ein Doppelreferat von Penelope und Hamilton zu hören: »… du projizierst bloß deine eigene Unsicherheit« (Penelope), »... aber wir richten doch gar nicht über dich« (Hamilton), »... das ist doch nur, weil die Introspektion so neu und so fremd für dich ist« (Penelope), »... selbstverständlich bist du nur« (Hamilton) »verwirrt«. Das letzte Wort wurde von beiden genau im selben Moment ausgesprochen und löste bei beiden das gleiche Kichern und selbstgefällige Lächeln aus, keineswegs geeignet, um Kate das Gefühl der Entfremdung zu nehmen. Eigentlich wollte sie ihnen sagen, dass die mitleidigen Stärkungsversuche in ihr nur das Gefühl von Verlassenheit und Einsamkeit auslösten. Aber traurigerweise fühlte sie sich zu unsicher.

»Weißt du, er hat recht«, sagte sie jetzt zu ihrem Spiegelbild, als noch mehr Tränen aus ihren Augen zu strömen drohten. »Unsicher *und* schwach *und* nachsichtig *und* selbstzerstörerisch. Und nun ist es einfach zu spät, um es wiedergutzumachen.«

»Katie, mein kleines Walross«, rief Hamilton vom Schlafzimmer aus herüber und versuchte sich wohl selbst davon zu überzeugen, dass er nur einen Witz machte. »Ist es nicht an der Zeit, dass du losfährst? Du willst es doch nicht etwa noch schlimmer machen, indem du zu spät kommst, oder?«

»Nein, ich meine, ja, es ist Zeit für mich zu fahren«, gab Kate zur Antwort und wischte sich die Augen, als sie die Dusche anstellte. »Du hast recht. Ich will nicht zu spät kommen.« *Ich will nicht hin*, dachte sie, als sich die Tränen ihren Weg ins Gesicht bahnten. Aber schon seit langer Zeit hatte sie nichts mehr zu wollen.

Zwanzig Minuten später fuhr Kate in ihrem BMW M5 über den verkehrsfreien Sunset Boulevard (einer der wenigen Vorteile, morgens um 6:00 Uhr in die Maske zu müssen) und strengte sich an, durch die Kühlkompressen, die Hamilton ihr aufgezwungen hatte, damit ihre Augen nicht so »aufquollen wie ihr Bauch«, die Fahrbahn zu erkennen. Als ihr Handy das Thema aus dem *Weißen Hai* spielte, meldete sich Kate mit einem gezwungen fröhlichen »Hallo, Mami«.

»Woher wusstest du, dass ich es bin?«, fragte ihre »Was-zum-Teufel-ist-eine-Anruferkennung«-Mutter.

»Reine Telepathie?« *Wer ruft mich sonst morgens um 5:30 Uhr an?*

»Gut, also«, begann ihre Mutter in dem Tonfall, mit dem sie vom Kaffee aufgeputscht ihre morgendliche To-do-Liste abarbeitete. »Heute hat dein wundervoller Onkel Bert Geburtstag, und ich weiß, es würde ihm viel bedeuten, wenn du ihn anrufst.«

»Onkel Bert? Ich habe einen Onkel Bert?«

»Aber natürlich hast du einen Onkel Bert, Liebling. Er ist der neue Mann von Tante Mary. Du hast ihn auf ihrer Hochzeit kennengelernt.«

»Ich war gar nicht auf der letzten Hochzeit von Tante Mary, Mami. Ich musste arbeiten, kannst du dich nicht erinnern?«

»Also, wie auch immer, es wäre sehr nett von dir, wenn du ihn anrufst und zum Geburtstag gratulierst.«

»Aber Mami«, erwiderte Kate und bereute es, die Warnung des Klingeltons ignoriert zu haben, »ich kenne ihn doch gar nicht. Wäre es nicht seltsam für ihn, wenn ihn eine Fremde anruft?«

»Aber du bist doch keine Fremde, du gehörst schließlich zur Familie«, entgegnete ihre Mutter. »Außerdem ist er ein großer Fan deiner Serie.«

Ach so, die Serie. Er erwartete also nicht den Anruf seiner ihn liebenden, wenn auch unbekannten Nichte Katie, sondern die besonderen Geburtstagsglückwünsche von Kate Keyes-Morgan, dem TV-Star und Pfand ihrer Mutter im Rennen um den Rang des beliebtesten und am meisten bewunderten Mitglieds des riesigen, *Generations*-besessenen McMannus/Keyes-Clans.

»Hör mal, Mami, ich sitze gerade im Auto, ich kann unmöglich eine Telefonnummer notieren. Und ich habe einen heftigen Arbeitstag vor mir. Also, warum richtest du ihm nicht meine Glückwünsche aus?«

»Ich bin sicher, dass du die drei Minuten für einen Telefonanruf erübrigen kannst, Katie. Ich spreche dir die Nummer zu Hause auf Band, und du kannst ihn anrufen, wenn du eine Pause machst.« *Verdammt noch mal.* »Nun, erzähl schon, was ist denn an diesem Arbeitstag so heftig?«

Entgegen ihrer jahrelangen Erfahrung und obwohl die innere Stimme in ihrem schmerzenden Kopf ganz laut *»Danger, Will Robinson!«* rief, entschied sich Kate für den Versuch, ein kleines bisschen bedingungsloser mütterlicher Liebe und Unterstützung zu erhaschen. »Also, Mami, ich habe heute eine Szene in Unterwäsche, und gerade heute fühle ich mich nicht besonders wohl in meinem Körper. Ich weiß, es ist dumm, ich meine, ich *hoffe*, es ist dumm, aber verstehst du, mit ein paar Kilo Blähungen kommt man sich fett vor, selbst wenn man weiß, dass es sonst niemand bemerken wird, und man macht sich wegen nichts und wieder nichts verrückt«, haspelte Kate und wurde beim Sprechen zunehmend schneller, um das Schweigen am anderen Ende der Leitung zu kaschieren. *Bitte, Mami, unterbrich mich. Sag mir, dass ich schön bin, so wie ich bin, mit jedem Gewicht, in jeder Kleidergröße …*

»Und, wie denkt Hamilton darüber?«

»Wie bitte?«, fragte Kate entsetzt, aber nicht völlig überrascht zurück.

»Wie denkt Hamilton darüber? Denkt er, du bist für die Szene zu dick?« *Ach, stimmt ja*, dachte Kate. *Ich vergaß, dass bedingungslose Liebe und Hingabe bei ihr nur für Männer reserviert sind.*

»Also«, antwortete sie stockend, »er ist nicht gerade begeistert, aber du weißt ja, wie perfektionistisch er ist. Das heißt, er ist erst zufrieden, wenn …«

»Wenn du dein eigentliches Potential erreicht hast«, unterbrach ihre Mutter sie.

»Ich wollte gerade sagen, wenn ich bei Size zero angekommen bin.«

»Also, es spricht eigentlich nichts dagegen, dass du Kleidergröße 30 erreichst, wenn du dir das als Ziel vornimmst, meine Liebe. Hamilton will dir nur dabei helfen, erfolgreich zu sein. Ich gehe doch davon aus, dass keiner von uns alles erneut davonschwimmen sehen will, oder?«

»Natürlich nicht. Das wäre doch so eine Enttäuschung für den lieben Onkel Bert.«

»Was hast du gesagt, mein Schatz?«

»Nichts, Mami.« Glücklicherweise sortierte das selektive Gehör ihrer Mutter die meisten sarkastischen Kommentare aus, besonders wenn sie wahr klangen.

»Also, Katie, ich mache mir Sorgen um dich.«

»Mami, das ist aber lieb«, antwortete Kate, überrascht von dem Anfall mütterlicher Zärtlichkeit. »Aber es wird …«

»Also, im Ernst, was machen wir jetzt mit deinem Blähbauch?« Ihre Mutter kam offensichtlich richtig in Fahrt bei einem Thema, für das sie eine wahre Expertin war: Diuretika. »Vielleicht ein Seetangwickel? Oder ein Saunagang? Den richtigen Zeitpunkt für ein ordentliches Abführmittel hast du leider schon verpasst. Aber vielleicht kann ich dir für heute noch eine Cellulite-Behandlung organisieren. Hast du wenigstens ein Dampfbad genommen?«

»Nein, Mutter«, antwortete Kate und packte noch eine Portion Scham wegen mangelnder Express-Gewichtsreduktions-Tricks zu dem Stapel mit Honig-Erdnüssen und fehlender Willenskraft. »Ich habe nicht gedampft, und da ich gerade zur Arbeit fahre, während wir hier telefonieren, sind meine Chancen auf eine Cellulite-Behandlung recht dünn. Entschuldige bitte das Wortspiel.«

»Welches Wortspiel? Kate, ich glaube wirklich nicht, dass dies der richtige Moment für Scherze ist, oder?«

»Nein, Mami. Ich glaube auch nicht, dass das der richtige Zeitpunkt für Scherze ist, aber wenn ich über meine aufgeblähte Wampe heule, kriege ich auch noch geschwollene Augen. Und dann kann man mich nur noch von hinten filmen!«

»Tja, das wollen wir natürlich nicht. Dich von hinten zu filmen, war noch nie eine gute Idee. Natürlich mache ich deinen Vater dafür verantwortlich. Gene können so gemein sein.«

Mütter auch, dachte Kate und brach das Gespräch mit dem Hinweis auf ein Funkloch ab. Das Gespräch mit ihrer Mutter hatte auch *sie* in ein Loch fallen lassen, aber sie wusste, dass es ihre eigene Schuld war. Wieder einmal wollte sie »Milch im Baumarkt kaufen«. So nannte es Paige, ihre Maskenbildnerin, wenn sie von ihrer Mutter Trost und Unterstützung haben wollte. (»Kate, das ist nicht ihr Fehler. Auf ihren Regalen stapeln sich nicht Liebe und Umarmungen.

Sie ist der Baumarkt. Bei ihr gibt es Hämmer und Nägel und Schmirgelpapier. Greif dir nur einen Helm an der Tür und schnell weiter.«) *Greif dir nur einen Helm und schnell weiter.* Das war ein guter Rat, wenn sie ein Gespräch mit ihrer Mutter führte. Und er passte genauso gut, wenn sie zur Arbeit für ihre TV-Serie fuhr.

Kate legte die Strecke zwischen ihrem Haus in Pacific Palisades und dem Studio in Burbank, wo ihre Serie aufgezeichnet wurde, rasch zurück. Sie parkte den Wagen vor ihrem Trailer und wappnete sich für das erste Zusammentreffen des Tages mit der wunderschönen Sapphire Rose.

Sapphire Rose war das, was Paige ein »Werkstück« nannte. Die Klatschpresse hatte ihr den Spitznamen »Stückwerk« gegeben, wegen ihrer zahllosen Schönheitsoperationen. Aber egal wie man sie bezeichnete, sie sorgte vor allem dafür, dass man sich bei den Dreharbeiten zu *Generations* wie in einer Folterkammer vorkam, in der man nie wusste, welcher besondere Schmerz für jeden einzelnen Tag vorgesehen war. Manchmal war Sapphire sogar gut vorbereitet und liebenswürdig, was dann wirklich jeden umwarf. Meistens jedoch war sie in Rage, entweder wegen einer Auseinandersetzung mit einem ihrer jüngeren Liebhaber, einem wenig schmeichelhaften Foto in einer Zeitschrift oder, schlimmer noch, keinem Foto in einer Zeitschrift.

Sie war einmal ein Shootingstar gewesen, ihr Gesicht schmückte die Titelseiten, und Filmangebote kamen schneller herein, als sie die Drehbücher lesen konnte. Schließlich floppte ein Film, dann der nächste, und schon bald versiegten die Angebote. Ihr Agent hatte es geschafft, den Abglanz ihres Kinostar-Daseins in einen TV-Deal umzumünzen, der sie letztlich zu *Generations* führte. Die Serie, die die Geschichte von drei Generationen einer wohlhabenden Familie in Los Angeles verfolgte, wurde sofort ein Erfolg und füllte die Soap-Lücke im Spätprogramm, die *Dallas* und *Melrose Place* hinterlassen hatten. Für viele Schauspielerinnen hätte es einen Triumph bedeutet, Star einer Erfolgsserie zu sein, aber für Sapphire war es nur die tägliche Erinnerung an ihre gescheiterte Kinokarriere. Selbst ihre alljährliche Einladung zur Preisverleihung der Golden Globes war für sie eher eine Quelle des Leids als der Freude, denn die Sitzordnung – Filmstars in der Mitte, TV-Stars am Rande – erinnerte sie nur wieder an ihren einstigen Ruhm. In ihrer Vorstellung bedeutete eine TV-Serie, selbst eine erfolgreiche, ein Scheitern. Und dafür wollte sie offenbar ihr gesamtes Umfeld büßen lassen.

»Guten Morgen, Katie. Bist du für einen weiteren ruhmreichen Tag in New Bedford bereit?« Kate blickte sich nach Sam um, dem Produktionsassistenten der Serie, der auf ihren Wagen zukam, das allgegenwärtige Headset auf dem Kopf und das Clipboard in der Hand. Mit zweiundzwanzig Jahren war er das jüngste und ehrgeizigste Mitglied des Produktionsteams. Siebzig Kilogramm voller Intelligenz und Tatendrang. Auch wenn er wegen seines Jobs als Produktionsassistent nur das kleinste Rädchen im Getriebe war und Kaffee organisieren und Botengänge erledigen musste: Kate wusste genau, dass sie in sehr naher Zukunft alle für ihn arbeiten würden. Sam öffnete ihr die Tür mit einem komisch umständlichen und galanten »Kann ich noch etwas für Sie tun, gnädige Frau?«.

»Mit all deiner Freizeit?«, antwortete Kate augenzwinkernd. Denn Sam war bei weitem der am meisten beschäftigte Mensch auf dem Set. Er kam als Erster, er ging als Letzter, und dazwischen hatte er keine einzige ruhige Minute. Er war bei allen beliebt, und jeder hielt ihn für den einzigen Menschen, dem man vertrauen konnte, wenn es darum ging, dass etwas zuverlässig erledigt werden sollte. Eines Tages würde er selbst eine Produktion leiten, aber zurzeit trug er ihre Settasche zum Trailer und schleppte für verwöhnte Mimen Kaffee herum.

»Ich mache gerade meine Starbucks-Tour für Du-weißt-schon-wen. Möchtest du auch etwas haben?«

»Oh, ja, ich hätte liebend gern einen doppelten Cappucci …« *Die Szene in Unterwäsche, die Szene in Unterwäsche.* Hamiltons Stimme raunte in ihrem Kopf. »Äh, schwarzen Kaffee. Schwarzen.«

»Schwarzen Kaffee. Schwarzen? Im Gegensatz zu was? Zu grünem Kaffee?«, scherzte Sam und stellte ihre Tasche auf das Sofa im Trailer.

»Im Gegensatz zu allem, was lecker, köstlich und cremig ist, dick macht oder sonst wie aufblähend ist, zu Ehren des heutigen Miniaturkostüms«, erklärte Kate und deutete auf das winzige BH- und Höschen-Set aus lavendelfarbener Spitze, das im geöffneten Kleiderschrank auf einem Bügel hing und sie von seinem Platz aus zu verhöhnen schien. »Wie kann etwas so Kleines eine erwachsene Frau so dick machen?«

»*Du und dick*?«, fragte Sam ungläubig. »Du bist doch verrückt. Eigentlich könntest du etwas mehr Gewicht gut vertragen – sogar mehr als ein Kilo. Sagen wir *wenigstens* zwei. Und jetzt hole ich dir das größte, schaumigste Getränk mit den meisten Kalorien, das sie im Angebot haben.«

»Du weißt, dass ich es nicht anrühren werde, Sam.«

»Vielleicht wirst du es nicht anrühren, aber ich besorge es dir auf jeden Fall. Die Produktion bezahlt heute, und Jerrys

Geld zu verpulvern, macht mir Spaß. Es geht nicht immer nur um dich, verstehst du?«, erklärte Sam und zwinkerte mit den Augen. »Seit wann hast du eigentlich solche *Allüren*?«

»Ich? Allüren?«, antwortete Kate und nahm eine dramatische Pose ein, für die sie eine Hand auf ihre hervorstehende Hüfte legte und die andere in die Höhe streckte. »Schätzchen, ich bin ein *Star.*«

»Dann sei vorsichtig, mein lieber Star, wenn du nicht aufpasst, zerrst du dir bei dieser Pose noch einen Muskel«, warnte Sam und verschwand lachend aus dem Trailer. »Und nun, Hoheit, legt Euer winziges Kostüm an und schafft Euren Allerwertesten in die Maske. Du willst doch nicht etwa, dass sie deine Szene ohne dich drehen, oder?«

»Ach, Sam, du *weißt* doch, nichts lieber als das. Aber ich tue jetzt mal so, als wäre ich erwachsen, und gehe hin. Offensichtlich wird man ja nicht bezahlt, wenn man die Arbeit verweigert.«

»Ja, diesbezüglich sind sie wirklich unverschämt«, antwortete Sam und grinste. »Jetzt hör endlich mit deiner Verzögerungstaktik auf und zieh dich an. Je eher du anfängst, desto eher bist du fertig und kannst deinen Triple-Cream-Vanilla-Caramel-Frappuccino trinken.« Hinter ihm schlug die Tür mit einem blechernen Knall zu, und dann verspürte Kate nur noch das Brummen des Generators und das innere Schwirren ihrer Unsicherheit. In einer Sache hatte Sam recht: Sie hatte inzwischen etliche Allüren einer Schauspielerin angenommen. Was war aus der starken, unabhängigen jungen Frau geworden, die mit achtzehn Jahren auf eigene Faust nach Los Angeles gekommen war und nur Träume und feministische Ideale im Kopf hatte? Sie wollte einen *authentischen* Körper haben, der *authentische* Arbeit leistete, indem er *authentische* Frauen darstellte. Natürlich ist es einfacher, den authentischen Körper einer Achtzehnjährigen zu umarmen, als den einer Dreißigjährigen anzunehmen. Vielleicht könnte sie ja eine überzeugende Feministin mit einem perfekten Körper sein. Schließlich, sagte sie sich, bedarf es einer gewaltigen Stärke, Tag für Tag zu hungern. Natürlich war das nicht die Stärke, die der Welt etwas gab, abgesehen von einem weiteren schmalen Körper, mit dem andere Frauen sich und ihre Mängel vergleichen können. Nun, heute hatte sie zwei Kilo mehr beizutragen. Okay, das ist nicht gerade der alte Schlachtruf »I am woman, hear me roar«, sondern mehr »Ich bin eine Frau und habe heimlich und verschämt genascht«. Aber wenn sie in diesen Dessous einen dicken Bauch haben sollte, könnte sie ihn wenigstens mit Stolz zeigen. Das funktionierte ja auch bei Jack Nicholson. Warum sollte es bei ihr nicht klappen?

Ja, *richtig.*

Kate seufzte und erhob sich mühsam vom Sofa. Sie versuchte nicht daran zu denken, wie deprimiert sie damals war, als sich die Presse auf sie gestürzt hatte. Sie wusste, es war ohne Bedeutung. Aber das war ihr ewiger Kampf: Einem Teil von ihr war es egal, was andere von ihr dachten, doch der andere Teil suchte auf jeden Fall die Bestätigung. Sie wollte stark sein, unabhängig – und geliebt werden. Sie wurde von der Presse als fett bezeichnet, während andere Schauspielerinnen für ihr Dünnsein kritisiert wurden. Gab es da eine magische Zahl, das geheime Gewicht für die »universelle Liebe«? Eventuell war sie aus Versehen darüber gestolpert, und heute sollte der Tag sein, an dem sie das körperliche Nirwana erreichen würde. Sie schmunzelte über ihre eigenen Neurosen, griff nach dem Stofffetzen, der ihr Kostüm darstellen sollte, stieg hinein und drehte sich zu dem schmalen Spiegel, der in Ganzkörpergröße auf der Rückseite der kleinen Badtür angebracht war.

Großer Fehler.

Plötzlich hatten sich ihre reizenden Neurosen wieder in einen großen fetten Bauch verwandelt. Ach komm, wo war das Problem mit einem etwas zu dicken Körper?

Man bot damit ein größeres Ziel. Und Kate fühlte sich nicht stark genug, um die Schüsse abzuwehren.

Stark genug oder nicht, es war jedenfalls Zeit, in den Ring zu steigen. Vielleicht, hoffentlich, passierte das alles nur im Kopf. Genau, dachte Kate, vielleicht war ihr Gehirn in den Magen hinuntergewandert. Nun, wie Sam gesagt hatte, der Vorteil an dieser Szene war, dass sie eigentlich schon fast wieder vorbei war. Abgesehen von der Qual, ihr aufgedunsenes Zelluloidabbild für alle Ewigkeit in den Wiederholungen sehen zu müssen, würde sie es nie wieder tun. Sicherlich kamen noch andere mehr oder weniger erniedrigende Szenen, aber *genau diese hier* nie wieder. Sie atmete tief durch, nahm aus dem Kleiderschrank den Frotteemantel, der für die nächsten Stunden ihre Tarnung und Sicherheitshülle sein würde, und begab sich in die morgendliche Kühle von Los Angeles.

2

In ihrem überdimensionierten Trailer, der hundert Meter näher am Studio stand, erlebte Sapphire Rose gerade ihr eigenes traumatisches Kostümdesaster. Sapphires Problem war jedoch nicht ihr Bauch, sondern der *blöde* Bund an dem *blöden* Rock, den die unsäglich *blöde* Garderobiere in ihren Kleiderschrank gehängt hatte.

»*Verdammt noch mal*!«, kreischte Sapphire und trat gegen Kleiderschranktür, Sofa und Eingangstür, bis diese mit einem dröhnenden Knall aufflog. »Verdammt noch mal! Wo ist die bescheuerte Garderobiere?«, schrie sie in die Welt hinaus, wohl wissend, dass ihr irgendjemand die Garderobiere schicken würde (deren Namen Karen war, doch Sapphire hatte längst aufgehört, sich Namen zu merken, sie zog es vor, ihr Gedächtnis für neue Diäten und die Notrufnummern ihres Visagisten und ihres Schönheitschirurgen freizuhalten).

»Gibt es ein Problem?«, fragte Sam, der an der untersten Stufe der Trailertreppe erschien. Er trug das Starbucks-Tablett, und wie üblich bei Sapphires zahlreichen Ausbrüchen bewahrte er die Ruhe.

»Ja, es gibt ein *bescheuertes* Problem. Und zwar das gleiche *bescheuerte* Problem, das ich jeden *bescheuerten* Tag habe. Diese *bescheuerte* Kostümidiotin hat den falschen *bescheuerten* Rock in meinen *bescheuerten* Trailer gebracht, und bescheuerterweise passt er nicht!«

»He«, antwortete Sam, »das ist wirklich bescheuert.«

»Pah«, schnaufte Sapphire, der Sams Sarkasmus völlig entgangen war. »Und der Tag wird bescheuert enden, wenn ich nicht innerhalb von dreißig Sekunden ein Kostüm bekomme, das mir passt.«

»Dreißig Sekunden. Tja, dann sollte ich mich wohl darum kümmern«, versprach Sam so unerschütterlich wie immer. Er überreichte Sapphire ihren aufgeschäumten Triple-Shot-Caramel-Cappuccino, dann ging er Richtung Garderobenmobil und fragte sich, wie sie so fix Ersatz für die Kostümbildnerin finden sollten, die Sapphire gerade feuern wollte.

Sapphire knallte die Tür zu und kämpfte sich aus dem zu engen Rock. Warum tat man ihr das an? Warum schikanierte man sie derartig? Das war keineswegs derselbe Rock, den sie letzte Woche anprobiert hatte. Sie war das ganze Wochenende auf Rohkostdiät, folglich hatte sie eindeutig abgenommen. *Sie sind doch nur eifersüchtig*, dachte sie und nahm ein Karotten-Körner-Muffin aus dem Körbchen auf ihrem Tisch. *Eifersüchtig und ohne jegliches Mitgefühl und Einfühlungsvermögen, um den unaufhörlichen, aufreibenden Druck zu erkennen, den mir mein außerordentliches Talent auferlegt.* Sie griff zu ihrem Telefon, wählte mit einer Hand die Nummer ihres Agenten, öffnete mit der anderen die Tür des Minikühlschranks und entnahm die unbehandelte Butter und den Rohmilchkäse. Auf ihr Geheiß hatte ihre Assistentin dort vor ihrem Arbeitsbeginn um 5:30 Uhr alles deponiert und vorher jegliche Reste der mediterranen Blutgruppendiät auf Fleischbasis weggeräumt. Nach fünf Tagen mit durchgedrehtem, gegrilltem und frittiertem Lamm war Sapphire mehr als bereit, es mit Rohkost zu versuchen. Immerhin hatte diese Diät bei Demi gut angeschlagen.

»Hol Michael an den Apparat«, kläffte sie der, zumindest für Sapphire, namenlosen Assistentin ins Ohr und griff währenddessen in dem Körbchen nach einem weiteren Muffin und einer Handvoll Körnerkräcker. Während sie unendlich lang (eine Minute, 20 Sekunden) wartete, bis ihr Agent ans Telefon kam, brach sie den Muffin in kleine Stücke und belegte ihn mit Kräcker und Rohmilchkäse. *Diäten sind Humbug*, dachte sie und wünschte sich ein Schokomuffin mit Erdnussbutter. Aber sie sah ein, dass Diäten halt zur Natur eines TV-Stars gehörten. Sie erinnerte sich an *Notting Hill* und die Szene, in der Julia Roberts sagt, dass sie seit ihrem vierzehnten Lebensjahr Diät hält. *Mit vierzehn, meine Güte*, dachte Sapphire. *Meine Mutter hat mich mit zehn Jahren zum ersten Mal auf Diät gesetzt, und ich suche immer noch nach der Diät, die meinen Hintern zum Schrumpfen bringt.* Auf der Suche nach naturreinem Honig beugte sie sich über den Minikühlschrank und verfluchte ihre abwesende Assistentin dafür, dass sie ihre Gelüste nach Süßem nicht berücksichtigt hatte. Wie sollte sie denn abnehmen, wenn es nicht einmal naturreinen Honig gab? Oder wenigstens einen Körnerriegel.

Das war das Einzige der Searsdiät, was ihr fehlen würde: Diese kleinen Diätriegel besaßen den rettenden Charme innerhalb dieser deprimierenden Minimahlzeiten, die ins Haus geliefert wurden. Sie hatte ihre Assistentin für den Notfall diese Riegel kaufen lassen. Aber obwohl sie sich diszipliniert daran hielt: Durch das Naschen davon (der Honig-Erdnussriegel schmeckte wirklich wie ein Snickers, nur ohne Schokolade) und gelegentlich von einem (oder vielleicht zwei) Stückchen Käse, hatte auch diese Diät bei ihr nicht angeschlagen. Sie war zu der Erkenntnis gelangt, dass sie den Stoffwechsel einer Elefantenkuh hatte: Im Fall einer Hungersnot könnte sie als eine der Letzten überleben, und selbst im Tod würde sie noch fett aussehen.

Auf der Suche nach mehr Rohmilchkäse beugte sie sich tiefer in den Kühlschrank und entdeckte etwas, das wie kleine Süßigkeiten aussah. Sie nahm eine Handvoll heraus und las das Etikett: Rohkostriegel. Gott sei gedankt! Sie riss die Verpackung auf und biss hinein. Nicht schlecht. Er schmeckte ein wenig wie diese Sesamsüßigkeiten aus dem Reformhaus, in dem ihre Mutter stets den Wocheneinkauf tätigte. Sapphire hatte gedacht, alle Lebensmittelläden würden nach Bierhefe riechen, bis zu dem glanzvollen Tag, als sie mit einer Nachbarin den örtlichen Supermarkt besuchte. Während die reizende Mrs. Yeager kartonweise Süßigkeiten wie Ho-Hos und Twinkies sowie Getränke in hellen Farben und mit Fruchtaroma in ihrem Einkaufswagen stapelte, mampfte Sapphire glücklich eine Schoko-Moon-Pie, die sie erhalten hatte, um »über die Runden zu kommen«. Sie fühlte sich, als wäre sie in eine magische Welt von Farben, Geschmäckern und Sinneseindrücken geraten. Hier gab es keine Behältnisse mit losen Getreidekörnern oder Körbe mit kleinen schrumpeligen Früchten aus Bio-Anbau. Stattdessen fanden sich reihenweise Pappkartons mit aufgedruckten Regenbogen und Zeichentrickfiguren, wunderbar arrangierte, glänzende Äpfel und pralle Weintrauben. Sapphire kaute genüsslich auf ihrem Marshmallowteil herum und betrachtete sehnsüchtig die Süßigkeitenregale an der Kasse. Denn sie wusste nur zu gut, dass zu Hause das größte Nachmittagsvergnügen aus einem Stück Bio-Sellerie mit schmieriger Öko-Erdnussbutter bestand. Während sie die Dose mit unbehandelter Mandelbutter betrachtete, die ihre Assistentin neben den Korb mit den Muffins gestellt hatte, wurde Sapphire von einer übermächtigen Sehnsucht nach einer Moon-Pie überfallen. Oder zwei. Nach sechsundzwanzig Stunden mit Sojasprossenburgern hatte sie sich das wirklich verdient. Sie wollte gerade ihre Assistentin anrufen, als sie die Stimme ihres Agenten hörte.

»Sapphire Rose, meine Liebe, großartig deine Stimme zu hören! Was läuft?«

Was läuft?, dachte Sapphire. Ich brauche unbedingt einen älteren Agenten.

»Also, Michael, es läuft völlig daneben. Deshalb rufe ich dich auch zu dieser unsäglich frühen Stunde an diesem bescheuerten Morgen an.«

»Okay, Sapphire, ich höre, du bist erregt. Haben sie wieder deinen Trailer umgestellt? Sie haben mir hoch und heilig geschworen, ihn so nah wie nur menschenmöglich an den Haupteingang zu verlegen.«

»Nein, es geht nicht um den bescheuerten Trailer. Mit dem bescheuerten Trailer ist alles in Ordnung. Es geht schon wieder um die bescheuerte Kostümabteilung. Wieso schaffen sie es einfach nicht, mir Kleider zu besorgen, die mir passen? Ich kann das nicht jeden Tag durchstehen, Michael. Ich kann das einfach nicht.« Sapphire spürte, wie sich ihre Augen mit Tränen füllten und ihr frisch aufgetragenes Augen-Make-up in Gefahr geriet. Glücklicherweise gelang es ihr, die aufwallenden Gefühle mit einem weiteren Muffin zu dämmen.

»Schau, Sapphire, ich bin sicher, wir kriegen das geregelt. Wir kriegen das doch jedes Mal geregelt«, besänftigte sie Michael, der versuchte, ihre Kau- und Schniefgeräusche zu überhören. »Was genau ist denn jetzt mit deinen Kleidern nicht in Ordnung?«

»VERDAMMT NOCH MAL, SIE PASSEN NICHT!«

»Ich verstehe«, antwortete Michael. Er dämpfte seine Stimme zu einem Flüstern und nahm den sehr langsamen, gemäßigten Sprechrhythmus an, den er von einem Therapeuten seiner Mutter gelernt hatte, eine Strategie, die ihm öfter half, wenn er mit hysterischen Schauspielerinnen zu tun hatte. Seine gesamte Kindheit, die von alkoholabhängigen, narzisstischen Eltern, Tanten, Onkeln und sonstigen Verwandten geprägt war, erwies sich als vorgezogener Studienabschluss für den

Umgang mit extrem sensiblen Klienten. »Ist es möglich, dass jemand nur aus Versehen einen Fehler gemacht hat?«

»Aus Versehen einen Fehler machen? *Aus Versehen einen Fehler machen?* Was soll das denn *bedeuten*, Michael? Ist das ein Euphemismus für *bescheuert inkompetent?* Heißt das, die Frau für dumm zu verkaufen, die vor die Kamera treten muss und in *fünf bescheuerten Minuten brillieren* soll? In Kleidern, die nicht passen, kann ich nicht brillieren, Michael! Und wenn ich nicht brilliere, ist die Sendung nicht brillant.« Sapphire legte nun eine kleine Sprechpause ein, um wohldosiert ein paar Seufzer und Schluchzer zu platzieren, die ihr ermöglichten, hinten im Schränkchen der Kochnische ihren Notvorrat mit Mini-Snickers zu erreichen, der hinter Paketen mit supergrünen Phyto-Säften und Proteinpulver zum Abnehmen versteckt war. Sie schaffte es, gleichzeitig das Telefon zwischen Schulter und Ohr zu balancieren, in mühseliger Arbeit mundgerechte süße Riegel auszupacken, sie in ihren Mund zu stopfen und schließlich ein letztes, herzzerreißendes Schluchzen und den klagenden Seufzer einer wohlhabenden, wunderschönen, verwöhnten Frau auszustoßen. »Wieso versteht denn niemand, wie *schwer* mein Leben ist?«

»Ich verstehe es, Sapphire«, antwortete Michael so langsam, als stünde er unter Thorazin. »Und die Leute vom Team verstehen das auch. Jeder ist damit beschäftigt, dein Leben zu erleichtern. Gestern Abend erst hatte ich mit Bob Steinman ein Gespräch über dich und …«

»Du hast mit Bob über mich gesprochen?« Sapphire unterbrach ihn, ihre Stimme klang fröhlich, und die Mampf- und Kaugeräusche wurden für den einzigen wunderbaren Augenblick unterbrochen, als er den Präsidenten von Cutting Edge Pictures erwähnte.

»Ja, gestern Abend«, bestätigte Michael und modulierte seinen Tonfall zu der gekünstelt freundlichen Stimme eines Vaters, der hilfsbereit (und hoffnungsvoll) seine Dreijährige aus einem Trotzanfall holen will. »Ich werde dir die ganze Geschichte erzählen, sobald wir die Sache mit der Kostümabteilung geregelt haben.«

»Welche Sache mit der Kostümabteilung?« Sapphire kicherte, sie spürte, dass ein lang ersehntes Vergnügen in Reichweite kam. »Ach, ich bin sicher, dass die netten Leute hier irgendetwas finden, das ich tragen kann. Schließlich können sie mich nicht nackt herumlaufen lassen, oder?«

Um Gottes willen, nein, dachte Michael. »Das will doch wirklich niemand, Sapphire« – schließlich hatte es keinerlei Diskussionen über ihre Nacktszenen-Klausel gegeben. »Also, lass mich doch noch ein paar Anrufe erledigen, und dann melde ich mich wieder bei dir, wenn die ganze Sache steht, ja?«

»Du willst dich wieder melden? Du Kindskopf, du weißt doch, dass ich es kaum erwarten kann, zu hören, was du mit diesem reizenden Bob Steinman über mich zu besprechen hattest.«

»Auch ich kann kaum erwarten, dir alles zu erzählen, aber erst wenn wir dich drehfertig am Set haben.«

»Ich bin schon unterwegs. Ich gehe nur kurz zum Garderobenmobil und frage die netten Garderobenmädels nach irgendetwas zum Anziehen für mich. Und sobald ich mit der Aufnahme fertig bin, rufe ich dich an«, sagte Sapphire und wühlte zur Feier des Tages in dem Notvorratsbeutel nach einem weiteren Snickers. Oder drei.

»Ich kann deinen Anruf kaum erwarten«, log Michael, der eine Unmenge von Gefühlen hegte, allerdings keinerlei Vorfreude.

Er wusste, er musste sich etwas einfallen lassen. Das Gespräch mit Bob Steinman, das er sich gerade ausgedacht hatte, musste ausreichend vielversprechend sein, um Sapphires Interesse zu wecken, aber gleichzeitig so vage, dass sie es nicht überprüfen konnte und ihm auf die Schliche kam. In Wahrheit demontierte Sapphire Rose sich zunehmend selbst mit ihren Allüren. Trotz des Schadens in seiner eigenen Brieftasche, den ihre mangelnde Beliebtheit anrichtete, konnte sich Michael einer gewissen Befriedigung darüber nicht entziehen, dass sie es inzwischen in der ganzen Stadt bei den Projektentwicklungstreffen zur Persona non grata gebracht hatte. Auch wenn er die fetten Schecks vermissen würde, die ihre kriselnde Karriere nach wie vor brachte, könnte er sehr wohl auf die endlosen, peinlichen Anrufe verzichten, die er in ihrem Auftrag führen musste, um alles und nichts zu bemängeln – von den Kostümen bis zu fehlenden Lammfleisch-Snacks beim Catering. Es fiel ihm zunehmend schwerer, die erwartete Leidenschaft und Schärfe aufzubringen, wenn er die wachsend belangloseren Forderungen seiner Klienten vorbrachte. War es denn tatsächlich so wichtig, wessen Trailer ein paar Meter näher zum Studio stand? Und ständig, wenn er einen Produzenten anrief, musste er die Anliegen seiner Klienten vertreten, als ginge es um die Herz-Lungen-Transplantation für einen hochrangigen Politiker der Freien Welt. Er versuchte sich zu vergegenwärtigen, dass diese lächerliche Wichtigtuerei nicht ausschließlich der Fehler der Schauspieler war. Sie wurden halt von aller Welt wie kostbare Juwelen behandelt, so als besäßen sie unendliche Faszination und wären es wert, fotografiert und diskutiert zu werden, die Analyse und Bewertung jedes noch so kleinen Details inklusive. Warum dachte Sapphire, die ganze Welt kümmere sich um ihre Kleidung und ihr Essen? Weil sich tatsächlich genügend Menschen auf der Welt exzessiv darum kümmerten und die Zeitschriften kauften und die unzähligen Celeb-Reality-Shows im Fernsehen ansahen, die die wirklichen Nachrichten zu ersetzen schienen.

Wirkliche Nachrichten!

Das war sein Traum gewesen: ein Teil der Welt der »wirklichen Nachrichten« zu sein. Als Kind hatte er vierundzwanzig Stunden am Tag Nachrichtensendungen gesehen. Michael und CNN waren die ständigen Begleiter seines Vaters. Sein Vater war sein stabiler Halt und sein Fels in der Brandung in den chaotischen Jahren gewesen, in denen Michaels Mutter allmählich geisteskrank wurde. Der Klang des 24-Stunden-Nachrichten-Senders war Michaels Gute-Nacht-Lied. Er konnte bei Berichten über den Golfkrieg einschlafen und davon träumen, eines Tages selbst der Reporter vor Ort zu sein. Er zuckte kaum im Schlaf, wenn um ihn herum Bomben explodierten, die eine beruhigende Gegenwart für die Menschen in seinem Haus darstellten, Menschen wie diesen kleinen Jungen mit einer verwirrten Mutter. Aber dann starb sein Vater an einem Herzinfarkt, als Michael im letzten Jahr an der University of Southern California studierte. Zwischen dem Schmerz über den Verlust seines Vaters und dem über den Aufenthalt seiner Mutter in der psychiatrischen Abteilung im Krankenhaus der University of California in Los Angeles fühlte sich Michael vom Drama seines eigenen Lebens überwältigt. Also gab er einem Praktikum bei der Super-Agentur BAM den Vorrang gegenüber einem bei CNN. Das Praktikum bei dem Nachrichtenriesen hätte ihn seinem Traum vom Reporterleben einen Schritt näher gebracht, aber das lag mehr als dreitausend Kilometer von seiner in die Psychiatrie eingewiesenen Mutter und dem Heim seiner Kindheit entfernt, dem einzigen Ort, an dem er noch eine Verbindung zu seinem Vater wahrnahm.

Als die Zeit verstrich und er bei BAM die Karriereleiter hochkletterte, vom Praktikanten zum Assistenten und dann zum Agenten, sagte er sich, *nächstes Jahr* würde er nach Atlanta umziehen und sein »wirkliches Leben« beginnen. Aber jedes Jahr kam eine neue Gehaltserhöhung, folglich gab es ein neueres Auto, eine größere Wohnung und eine hübschere (wenn auch kostenintensivere) Freundin. Mit seinen Agenten-Kollegen riss er Witze über die »goldenen Handschellen«, mit denen er an seine albernen Klienten und an diesen Job gefesselt war, den alle für seicht und nervtötend hielten. Aber seine Fähigkeit, sich für das neueste BMW-Modell begeistern zu können, ließ allmählich ebenso nach wie seine Fähigkeit, Interesse an den neuesten Diäten oder dämlichen Wünschen von Sapphire Rose vorzutäuschen. Er war zunehmend unzufrieden und einer Depression nahe.

Mit anderen Worten, er wurde seiner Mutter immer ähnlicher.

3 Kate ging die Stufen zum Maskenmobil hoch, wo sie sofort ein göttlicher Duft von Kaffee, Speck und Haarpflegeprodukten umfing.

»Guten Morgen, Durchlaucht«, trällerte ihr Paige entgegen, Kates Maskenbildnerin und ihre Stütze am *Generations*-Set. »Was kann ich organisieren, abgesehen von einem größeren Kostüm und einem Apfelküchlein, damit es nicht so schlabbert.«

»Oh, ich weiß nicht«, sagte Kate, während sie auf einem frisörstuhlähnlichen Sitz Platz nahm, und seufzte behaglich, als Paige ihr die Ugg-Boots auszog und ihre kalten Füße in ein Paar elektrisch beheizte Stiefel packte. »Vielleicht irgendein Erdbeben. Natürlich nicht so gewaltig, dass es jemanden verletzen könnte, aber doch stark genug, damit wir hier ein oder zwei Tage dichtmachen und ich eine Rote-Bete-Darmkur oder eine Ganzkörper-Liposuktion angehen kann.«

»Gut, Rote Bete habe ich leider gerade nicht zur Hand, aber ich könnte dir einen Kaffee anbieten, der stark genug ist, um in deinen Eingeweiden ein Erdbeben zu veranstalten. Wäre das eine Hilfe?«

»Ja, eine wunderbare Idee. Es geht doch nichts über ein wenig Durchfall, um einer Unterwäscheszene dieses gewisse Etwas zu verleihen.«

»Oh, das klingt großartig«, prustete Paige, die nun aufpassen musste, dass ihr der Kaffee vor Lachen nicht durch die Nase sprühte. »Ich schwöre, ich rufe beim *Enquirer* an und erzähle ihnen, dass ihre kleine süße Prinzessin eine versaute Irre ist.«

»Ja, mach das bitte. Ich bin die Fotos von mir so leid, unter denen steht: ›Die immer wieder hinreißende …‹ Aber das ist natürlich besser als ›Die immer weiter in die Breite gehende …‹«

»Also, bitte«, sagte Paige. »Du bist nie fett gewesen. Ich weiß, dass du das nicht hören willst, aber eigentlich hast du damals viel besser ausgesehen, viel gesünder. Ehrlich gesagt, zurzeit siehst du arg dürr aus. Ich betone seit Kurzem deine Wangenknochen nicht mehr, und außerdem denke ich ernsthaft darüber nach, dir etwas von meinem eigenen Fett in die Wangen zu injizieren, wenn du weiterhin so abnimmst.«

»He, wo wir gerade von dicken Backen sprechen, hast du gelesen, dass manche Leute *Po*implantate haben?«

»Ja, ich glaube, ich habe das irgendwo gelesen«, antwortete Paige und setzte eine professorale Miene auf. »Das stand doch in der *Financial Times*, nicht wahr?«

»Oh, jetzt halt aber den Mund«, entgegnete Kate lachend. »Du weißt genauso gut wie ich, dass ich es wahrscheinlich nirgendwo gelesen habe. Vermutlich habe ich es bei *E!* gesehen. Daher beziehe ich ja bedauerlicherweise die meisten meiner Neuigkeiten. Aber es geht nicht um meine Ignoranz.«

»Nicht?«

»Nein, darum geht es nicht. Es geht darum, dass Frauen sich Implantate einsetzen lassen, damit ihr Po wie der von J.Lo aussieht, während ich bei meinem Versuch verhungere, fast so flach zu sein wie ein griechischer Knabe.«

»Nein, du Irre«, entgegnete Paige und schüttelte den Kopf. Dann begann sie, die Grundierung auf Kates nahezu perfekte Haut aufzutragen. »Es geht weder um deine Ignoranz in Bezug auf weltbewegende Ereignisse, abgesehen von aktuellen Tendenzen der plastischen Chirurgie natürlich, noch um Größe und Form des Pos von J.Lo. Eigentlich geht es darum, dass du ›fast flach‹ zu sein für ein erstrebenswertes Ziel hältst.«

»Also, eigentlich wollte ich ja die Welt retten«, antwortete Kate, während der Make-up-Schwamm wohltuend über ihr Gesicht glitt, »aber ich war leider so verdammt *hungrig*.«

»Hahaha«, erwiderte Paige. »Du *meinst* wohl, du machst Witze, aber in dem, was du sagst, steckt mehr Wahrheit, als du denkst. Wenn ich dein aktuelles Gewicht richtig betrachte, würde ich sagen, du nimmst derzeit überhaupt nichts zu dir, oder?«

»Nicht wirklich«, gab Kate zu. »Gerade siehst du wie ein großer, lockerer Donut für mich aus. Wahrscheinlich wartest du besser ab, bis diese Szene vorbei ist, um mir irgendetwas von Bedeutung mitzuteilen. Es sei denn, es handelt sich um irgendein wichtiges Rezept oder eine wirklich detaillierte Beschreibung von irgendeinem kohlenhydrathaltigen Essen oder …«

»Ach, halt den Mund«, unterbrach Paige sie und kicherte. »Es gibt nur eine einzige Sache, die noch langweiliger ist als ein Charity-Promi, nämlich ein Diät-Promi. Gott behüte uns vor der absolut grauenhaften Promi-Mischung, die Gutes tun möchte, indem sie ihre Diätgeheimnisse mit anderen teilt. Ich glaube, das wäre das erste Zeichen der Apokalypse.«

»Meinst du, die Apokalypse steht bevor? Dann könnte ich ja einen Keks essen.«

»Wenn es dich dazu brächte, mehr zu essen, würde ich Gott persönlich anrufen und es arrangieren. Zugegebenermaßen, allein die Vorstellung, dich bei der Einnahme von Kohlenhydraten zu betrachten, wäre es *fast* wert, die Welt, so wie sie ist, enden zu sehen. Ich frage mich, ob ich am Vorabend der Apokalypse einen Cocktail bekommen könnte. Die Höllenfeuer wären sicherlich besser zu ertragen, wenn ich eine nette, große, geeiste Margarita intus hätte … oder besser zehn.«

»O Mann, ich würde dich gern mal betrunken erleben«, sagte Kate. »Ich wette, du bist umwerfend.«

»Ja, eine Minute lang«, sagte Paige. »Bis die Tränen anfangen zu fließen und ich zu zweifeln beginne, ob ich dir meine ewige Liebe gestehen oder lieber schreien beziehungsweise *lallen* soll: ›Du *weißt* nichts über mich. Du weißt *überhaupt nichts* über mich.‹«

»*Ich weiß, was du sagst*«, bekräftigte Kate inbrünstig, »aber es ist so schwer, dich dabei vorzustellen.«

»Glaub mir, es ist echt nicht schön. Also, entspann dich ein bisschen, und ich mache endlich meine Arbeit und verwandle dieses kleine irische Findelkind in die beliebteste, verführerischste Weiße von ganz Amerika.«

»Du bist und bleibst die Beste«, sagte Kate und lehnte sich mit einem Seufzen gegen die Kopfstütze.

»Danke«, sagte Paige mit aufrichtiger Dankbarkeit für das Kompliment. Denn sie konnte sich sehr wohl an die Zeit erinnern, in der sie ausschließlich beim Ordern des nächsten Drinks die Beste war.

Die Paige, die Kate und alle anderen bei der Arbeit kannten, entsprach genau der Definition einer »ausgeglichenen Frau«: intelligent, verantwortungsbewusst, fröhlich und hinreißend selbstironisch. Gerade kräftig genug gebaut, um keine Gefahr für andere Frauen darzustellen, aber attraktiv genug, um auf Männer anziehend zu wirken. Die Paige hingegen, die sie vor zehn Jahren angetroffen hätten, gab ein anderes Bild ab. Bevor sie nach ihrer zweiten Verhaftung wegen Trunkenheit am Steuer glücklicherweise vom Richter zehn Meetings bei den Anonymen Alkoholikern aufgebrummt bekam, befand sie sich auf dem direkten Weg von einer Frau, die täglich trank, zu einer Frau, die jede Minute des Tages trank, nachdem sie erst einmal die Freuden des morgendlichen Cocktails entdeckt hatte. Tatsächlich war sie in der Früh auf dem Weg zur Arbeit kontrolliert worden, was sich als günstig erwies. Selbst ihre fantasievollen Erklärungen konnten einen Alkoholpegel von 0,5 Promille morgens um 7:30 Uhr nicht mehr als »normales Trinkverhalten« begründen. Und wenn die Gerichte in Los Angeles nicht darauf bestanden hätten, dass am Ende jedes einzelnen AA-Meetings, das sie gezwungenermaßen besuchte, eine Bescheinigung für das Gericht unterschrieben werden musste, hätte sie nicht ein einziges in seiner gesamten Länge durchgestanden. Ihr erstes Meeting war wie die schlimmste Zusammenkunft auf der Highschool, bei dem all die beliebten Jugendlichen einander fröhlich begrüßten, während Paige abseitsstand und sich schüchtern und unsicher fühlte und leider die Beliebtheits-Spielregeln nicht kannte. *Genau deswegen trinke ich ja,* hatte sie gedacht, als sie in der Tür stand und so zu wirken versuchte, als *wollte* sie allein sein und als hätte sie einen triftigen und ziemlich coolen Grund dafür, genau so in der Tür herumzulungern, während sie eigentlich verloren, erschreckt und bedauernswert aussah.

»Hi, ich bin Brad«, hatte eine Stimme links von ihr gesagt und sie aus ihrem Anfall von Selbstmitleid gerissen. Sie drehte sich um und sah neben sich einen glatzköpfigen Mann mittleren Alters, der über sein unscheinbares Gesicht breit grinste und ihr seine rechte Hand entgegenhielt. Sollte sie die vielleicht schütteln? Wenn sie seinen Händegruß erwiderte, bedeutete das dann, dass sie ein Paar waren?

»Hal-*lo*«, antwortete sie mit ihrer allerbesten *Ich-bin-nicht-zu-haben-und-falls-ich-zu-haben-wäre-dann-nicht-für-dich-Stimme,* die sie in den Jahren des Smalltalks mit übertrieben freundlichen Kerlen wie diesem in diversen Bars perfektioniert hatte. Im Dreiklang mit ihrem standardmäßig spöttischen Mundwinkel und dem arroganten Kopfschütteln bekam sie garantiert die *Denn-ich-bin-viel-zu-gut-für-dich-Botschaft* rüber, ohne auch nur ein einziges, peinliches Wort zu sagen.

»Ja, hal-*lo*«, sprach Brad weiter und bot eine nahezu perfekte Imitation ihres Pseudogrußes. Er ignorierte ihre Botschaft nicht nur, sondern bot ihr wieder seine Hand an und fügte seinem blöden Grinsen auch noch ein kleines Kichern hinzu. »Und wie heißt du?«

Verblüfft von seiner absoluten Unfähigkeit einzusehen, dass er gerade eine Abfuhr erhalten hatte, merkte Paige, wie sie seine Hand nahm und ihren Namen sagte, sogar ihren wirklichen Namen. So verwirrt war sie.

»Gut, Paige, herzlich willkommen. Ist das dein erstes Meeting?«

Paiges Nervosität wurde angesichts seiner offensichtlichen Fähigkeit, ihre Gedanken zu lesen, noch größer. Sie antwortete: »Ja, aber eigentlich bin ich nicht wirklich hier, ich meine, ich bin zwar hier, natürlich, aber nicht weil ich hier sein muss, ich meine, ich muss hier sein, aber nicht weil ich ein Problem habe, du weißt schon, mit ...«

»Mit Alkohol?«, fragte Brad nicht unfreundlich nach.

»Ja, mit Alkohol. Ich meine, nicht *gerade*, weil ich ein Problem habe, sondern gerade deswegen, weil ... Also, es ist gar nicht so wichtig. Ich bin hier, weil ich wegen Trunkenheit am Steuer erwischt wurde und eine Unterschrift für dieses blöde Dingsda brauche.« Paige wühlte in ihrer überdimensionierten *LeSportsac*-Handtasche (mit unzähligen bunten kleinen Martinigläsern als Dekor, im Nachhinein betrachtet sicher nicht die beste Wahl), bis sie die kleine grüne Karte fand, die ihr ihr Anwalt zusammen mit der Anweisung gegeben hatte, sie nach jedem einzelnen der zehn AA-Meetings unterschreiben zu lassen. Mit der Vorstellung, sich zehn vergeudete Abende sparen zu können, hielt sie diese Karte hoch, schenkte Brad ihr schönstes Lächeln und fragte: »Weißt du, wo ich die Unterschrift für dieses blöde Ding bekomme?«

»Ja, das weiß ich«, antwortete Brad und lächelte zurück.

»Wirklich?«, fragte Paige nach und beugte sich verschwörerisch zu ihm. Tatsächlich begann es Spaß zu machen, mit dem Mann zu flirten und ihre offensichtliche Anziehungskraft für ihren eigenen Vorteil zu nutzen. Sie würde sogar einen Kuss von ihm zulassen. Sie auf einen Drink einzuladen, stand wahrscheinlich nicht zur Debatte.

»Ja, wirklich«, antwortete er und ahmte ihren Tonfall nach. »Komm einfach mit mir mit.« Sie ließ zu, dass er ihren Arm nahm und sie ganz nach vorn in die große Halle führte, die bereits zu zwei Drittel mit lachenden, plappernden, *irgendwie zu glücklichen* Menschen gefüllt war. Vielleicht gingen sie ja schnurstracks zu dem Raum, in dem die Karte unterschrieben würde. Super. Sie dachte, sie könnte es gerade noch rechtzeitig zur Happy Hour schaffen. »Hier bist du richtig«, sagte er, beugte sich vor und nahm einen Zettel mit einer Aufschrift von einem der mittleren Plätze in der ersten Reihe.

»Und hier bekomme ich die Unterschrift für meine Bescheinigung?«, fragte Paige. Allmählich ergriff sie Panik, als sie sah, wie eine attraktiv gekleidete, blonde Frau auf ein Rednerpult, das nur knapp einen Meter von ihr entfernt war, klopfte und fröhlich »Das Meeting beginnt!« rief. Wenn Paige nicht sofort die Unterschrift auf ihrer Karte erhielt und hier herauskam, saß sie fest.

»Ja, genau, und diese Frau wird dir ihre Unterschrift geben.«

»Großartig«, sagte Paige erleichtert und ging Richtung Pult.

»Aber nach dem Treffen«, erklärte Brad und zog sie sanft auf den Sitz zurück, den er gerade zuvor freigeräumt hatte. »Carolyn«, sagte er zu der Frau am Pult, »Paige braucht deine Unterschrift auf ihrer Karte, aber *nach* dem Meeting, okay?«

»Okay«, bestätigte Carolyn und schenkte Paige ihr entrücktes Lächeln. »Ich gebe dir nachher sofort meine Unterschrift. Aber jetzt bleibst du erst einmal ruhig hier sitzen.«

Ruhig sitzen bleiben? War das nun ein Meeting oder sollte sie eine Spritze in einer Arztpraxis bekommen? Dennoch setzte sie sich ruhig hin. Ihr blieb ja keine andere Wahl.

Das Treffen war eine Abfolge von Worten, Bewegung und immer wieder Beifall. Paige hatte Schwierigkeiten, dem Redner zu folgen. Die tragische Geschichte dieses alten Mannes, die von verlorenen Arbeitsplätzen, zu Schrott gefahrenen Autos und einer beinah zerrütteten Ehe handelte, stieß um sie herum auf zustimmendes Lachen und Kopfnicken. Paige war schockiert, dass das Publikum seiner Geschichte nicht mit dem gebührenden Ernst folgte, aber zugleich verspürte sie Neid angesichts dieser schlichten Verbundenheit zwischen dem alten Mann und seinem Publikum.

Nachdem der Redner geendet hatte, kam Carolyn zum Pult zurück, blickte eindringlich zu Paige, und fragte, ob noch jemand »neu im Programm ist und aufstehen und sich vorstellen möchte?« *Sich vorstellen?* Hieß es nicht *Anonyme* Alkoholiker? Aber zu ihrer Überraschung hörte Paige das Rücken von vielen Stühlen, und als sie sich umblickte, konnte sie zwanzig Teilnehmer sehen, die aufgestanden waren. Einer nach dem anderen nannte seinen Namen und schloss mit dem Satz: »Und ich bin Alkoholiker.« Darauf folgten Beifall und Rufe wie »Herzlich willkommen« und »Komm wieder vorbei«. Die Energie war ansteckend, und Paige fühlte, dass sie eigentlich auch aufspringen und Mitglied dieses Clubs der Glückseligkeit werden wollte. Aber Angst und Unsicherheit hielten sie auf ihrem Stuhl zurück, bis ein aufmunterndes Lächeln von Carolyn ihr half, genügend Mut aufzubringen, um auf ihre wackeligen Beine zu kommen und zu murmeln: »Hm, also, ich heiße Paige, und ich bin, also, ich weiß nicht, was ich bin.« Sie hielt den Atem an, in der Erwartung ihres Rauswurfs wegen Nichteinhaltung der bestehenden Regeln, aber stattdessen spürte sie, wie warme Hände ihren Rücken tätschelten, und sie hörte Lachen, Applaus und Rufe wie »Dann bist du hier richtig, Paige!« und »Wenn du es weißt, dann sag es mir!« Dann gab es noch mehr Lacher und ein warmherziges Lächeln von Carolyn.

Paige legte letzte Hand an Kates Make-up. Sie bedeckte ihre hartnäckigsten Sommersprossen und übermalte dezent ihre Lippen, um die Illusion von Collagen zu vermitteln, ohne Gefahr zu laufen, dass sie aussah, als hätte sie einen Schlag mit einem Holzhammer abbekommen (zuweilen übertrieb sie allerdings und entlockte einer Kate mit Clownsmiene die Rufe »Lucille Ball! Lucille Ball!«). Plötzlich pochte es an der Tür des Maskenmobils, und sogleich steckte Sam seinen Kopf zur Tür herein.

»Dreißig Minuten«, verkündete Paige, bevor er überhaupt ein Wort sagen konnte. »Ich muss noch ihr Haar föhnen, sonst denkt ganz Amerika, Melania habe ihre Finger in eine Steckdose bekommen.«

»He«, mahnte Kate.

»Wie bitte?«, fragte Paige mit gespielter Unschuld. »Ist es vielleicht mein Fehler, dass du hier ankommst und wie ein Pudel aussiehst?«

»Meine verehrten Damen«, unterbrach sie Sam. »Glauben Sie es oder nicht, aber ich habe den ganzen Weg aus einem ganz bestimmten Grund zurückgelegt. Grundsätzlich sind dreißig Minuten kein Problem. Es wäre also ein günstiger Zeitpunkt, falls du ein dringendes Bedürfnis nach Rastazöpfchen oder Extensions haben solltest.«

»Herrje«, stöhnte Kate. »Ich habe das mulmige Gefühl, dass du schlechte Neuigkeiten bringst. Aber zugegeben, wie nervig die Neuigkeit auch sein mag, allein die Tatsache, dass sie von einem Kerl kommt, der nicht nur weiß, was Extensions sind, sondern ebenfalls, wie zeitraubend ihr Anbringen ist, erleichtert es, sie zu ertragen.«

»Also, dann fange ich mit dieser Neuigkeit an: Wimpernextensions sind der neueste Schrei!«

»Oh, Liebster«, hauchte Paige, fächelte sich mit einem Schminkpinsel zu und täuschte eine sexuell bedingte Ohnmacht vor. »Das müssen wirklich schlechte Neuigkeiten sein. Aber andererseits, ich glaube, ich bin gerade gekommen.«

»Gern geschehen«, beteuerte Sam mit einem geschäftsmäßigen Kopfnicken. »Und nun komme ich zum weniger genussreichen Grund meines Besuchs: Sapphire hat gerade ein winziges, klitzekleines Kostümproblemchen, und eventuell haben wir eine kleine Verzögerung.«

»Oh, das klingt doch gar nicht so schlecht«, sagte Kate. Sie war erleichtert, dass sie erst später zum Drehen – und endgültigen Abdrehen – ihrer gefürchteten Szene gehen würde. »Also habe ich zwanzig Minuten extra, um ein paar Kilo loszuwerden.«

»Sehr witzig«, entgegnete Sam, der ihren Scherz absolut nicht komisch fand. »Also, mal abgesehen von deinem eigenen Schlankheitswahn, ich sagte, *eventuell* haben wir eine kleine Verzögerung. Die andere Möglichkeit ist, dass wir eine *große* Verzögerung haben. Wegen Sapphires Kostümproblem liegen wir bereits eine Stunde hinter dem Drehplan, und wenn wir diese Einstellung nicht *vor* deiner bis elf Uhr schaffen, müssen wir zu der Restaurantszene rausgehen, wegen des Lichts. Dann, und nur dann, wissen wir, ob wir überhaupt genug Zeit haben, um zurückzukommen und deine Einstellung heute noch zu drehen – oder ob wir sie auf morgen verschieben müssen. Oder, bitte schlag mich nicht, ich bin nur der Bote der Nachricht, ob sie vielleicht sogar auf irgendwann nächste Woche verschoben werden muss.«

Kates Herz sackte in den Magen. So sehr sie auch die Bedrohung gespürt hatte, nahezu nackt gefilmt – und kritisiert – zu werden, so hatte sie doch ein Licht am Ende des Tunnels gesehen. So als stünde eine schmerzhafte, seit Wochen geplante Operation an, und als hörte sie genau in dem Moment, in dem das Bett in den Operationssaal geschoben wurde, dass der Chirurg den Termin wegen einer äußerst wichtigen Golfpartie auf unbestimmt verschoben hatte. Das bedeutete sicherlich eine Erleichterung, aber andererseits auch die Rückkehr zu dem grässlichen Gefühl der Erwartung.

»Okay«, sagte Kate. Sie seufzte und legte gerade so viel Missmut in ihre Stimme, dass alle erkennen mussten, wie wenig »okay« es war, dass sie sich aber überwinden und ordentlich benehmen würde.

Sam betrachtete sie einen weiteren Moment, um herauszufinden, ob sie wirklich okay war, bevor er bemerkte, dass ohnehin keiner von ihnen irgendetwas ausrichten konnte. »Also, gut. Ich werde dich schon finden und auf den neuesten Stand bringen, sobald es ihn gibt.«

Nachdem die Tür hinter ihm zugeknallt war, drehte sich Paige zu Kate. »Das ist jetzt wirklich ätzend.«

»Eigentlich nicht«, meinte Kate verdrossen. »Vielleicht ist das nur der Weg, mit dem mir das Universum mitteilt, dass ich mehr Zeit brauche, um abzunehmen.«

»Verdammt noch mal!«, rief Paige und war selbst genauso überrascht über ihren Ausbruch wie Kate. »Entschuldigung, aber wenn das Universum dir gerade eine Botschaft zukommen lassen möchte, dann die, dass du einen Happen essen und deinen dünnen Körper in eine Therapie bringen solltest.«

»Ja«, antwortete Kate, die die Tränen bereits hochsteigen spürte. »Ich könnte einen Happen gut vertragen. Dann kann ich fett sein, meine Karriere aufgeben und hätte nur noch Zeit, um mein ›wahres Ich‹ kennenzulernen. Also, Paige, ich kenne die ›wahre Kate‹, und die ist fett und einsam, und nicht einmal ihre eigene Mutter möchte mit ihr in der Öffentlichkeit gesehen werden.«

»Meine liebe Kate.« Paige umfing ihre Freundin, die mittlerweile in Tränen ausgebrochen war, in einer Umarmung. Sie wünschte, sie könnte ihr vermitteln, dass das Rezept gegen ihre Sorgen und ihre Anspannung wahrhaftig nicht *weniger* Essen war. »Können wir dir vielleicht ein wenig Proteine besorgen? Vielleicht ein Omelett?« Sie bemerkte, wie sich Kates Rücken in Panik verspannte, und sah, wie sie den Kopf heftig schüttelte, der tief zwischen den Schultern lag. Also bedachte Paige ihr Vorgehen neu. »Was hältst du von Eiweiß? Also, wenn wir dem Caterer sagen, dass wir Eiweiß genau in der Kalorienmenge haben wollen, die beim Verdauen der Mahlzeit verbraucht wird?«

»Darf ich dann noch ein paarmal mehr darauf herumkauen, um auch die Kalorien vom Pfeffer zu verbrennen?«, fragte Kate. Sie hob ihren Kopf, und ihr Gesicht zeigte traurige Augen und ein ironisches Lächeln.

»Solange du keine Kaugeräusche hören lässt oder etwa diesen ekligen Eiergeruch über mir ausatmest.«

Paige wartete ab, bis Kates Lächeln die Augen erreichte,

dann zog sie sie am Ellbogen aus dem Stuhl. »Komm schon, meine verrückte Freundin. Ich rede mit dir kein einziges Wort mehr, bis nicht irgendetwas in deinem System gelandet ist.«

»Soll das etwa eine Drohung sein?«

»Nein, ein Versprechen. Die Therapie ist die Drohung.«

»Aber ich mache doch schon eine Therapie, mit Hamilton und Penelo …«

»Bei Penelope?«, unterbrach sie Paige. »Soll das ein Witz sein? Das ist keine Therapie, das ist Reklame. Sie will doch nur, dass du zu *Jay Leno* gehst und ihr schwachsinniges Buch anpreist, *Männer tragen die Verantwortung und Frauen sollten das Maul halten.*«

»Oh, hör auf«, mahnte Kate. Jetzt musste sie wirklich lachen. »Es heißt *Unsere Liebe zu den Männern: Die wahre Macht der Frauen*, außerdem ist es wirklich gut.«

»Es ist wirklich *Schwachsinn.* Also, komm schon, ein Frühstück für dich ist der erste Schritt, dich neu zu programmieren. Wenn du erst einmal deine hypoglykämische Krise überwunden hast, machen wir uns an die wirkliche Arbeit und suchen dir einen scharfen, jungen Lover, der sich an deinem Allerwertesten ausruhen will. So wie er jetzt aussieht, kann er vielleicht gerade noch einen von diesen winzigen Souvenirlöffeln halten.«

»Danke«, sagte Kate und ging mit einem übertriebenen Hinternwackeln zur Tür hinaus.

»Nein, du Idiotin«, rief Page. »Das war kein Kompliment! Es war ein Anruf bei deinem Verstand!«

»Ach so, in diesem Fall solltest du wissen, dass ich keine Anrufe entgegennehme. Alle Anrufe landen bei meinem Manager. Hättest du gerne Hamiltons Telefonnummer?«

»Du bist ein hoffnungsloser Fall«, sagte Paige und holte sie ein.

»Vielleicht, aber wenigstens bin ich verheiratet.«

»Sobald ich dir etwas zu essen gegeben habe, bringe ich dich um.«

»Sehr gut, denn ich möchte sowieso immer sterben, wenn ich gegessen habe.«

»Kate.« Paige blieb abrupt stehen.

»Oh, stell dich nicht an«, sagte Kate, um die Sorge ihrer Freundin abzutun, und trottete in Richtung der Menschenschlange, die beim Cateringmobil auf ihr Frühstück wartete. »Das war doch nur ein Scherz.«

»Hoffentlich«, sagte Paige, aber sie wusste, dass dem nicht so war.

4

Etwas weiter, in einem zwölf Meter langen Trailer voller Kleiderstangen, die zweireihig auf drei Höhen hingen, war von Sapphire Rose nur noch ein tränenüberströmtes, trotziges, nach Luft ringendes, schluckendes Häufchen Elend übrig.

»*Warum tust du mir das an*?«, fragte sie schluchzend, als auch der nächste Rock nicht über ihre Hüften zu ziehen war. »Warum kaufst du keine Kleider, die mir passen? Hasst du mich vielleicht?«

Ja, dachte Claire, die Kostümbildnerin von *Generations. Ich hasse dich wirklich, aber das ist nicht der Grund, warum deine Kleider nicht passen, du blöde Kuh.* Selbstverständlich konnte sie das nicht sagen. »*Natürlich* hasse ich dich nicht, meine Liebe. Wie kannst du so etwas nur *denken*?«

»Wie ich so etwas nur *denken* kann? Was sollte ich denn sonst denken, wenn ich den lieben langen Tag Kleider anziehen soll, die nicht passen? Hast du eventuell eine Ahnung, was es bedeutet, Sapphire Rose zu sein, die 2003 auf Rang zwei der beliebtesten Schauspielerinnen des *People* stand? Auf mir lastet ein gewaltiger – ein *gewaltiger* – Druck, weil ich für so viele Leute Vorbild und Stilikone bin. Wie soll ich denn all das repräsentieren, was ich für meine Millionen Fans sein muss, wenn *meine Kostüme nicht passen?!«* Nach diesem Wortschwall ließ sich Sapphire auf den nächsten Klappstuhl fallen und richtete das, was bislang noch von ihrer Maske übrig geblieben war, unter kläglichem, rotzverschmierten Schluchzen zu Grunde.

Meine Güte, geht das schon wieder los, dachte Claire und fragte sich, wo sie nur weitere Kostüme für ihren Star unterbringen sollte, der pausenlos das Gewicht veränderte. Schon jetzt waren zwei Drittel des Mobils (das eigentlich die Kostüme für alle zehn Hauptdarsteller sowie zusätzliche Kleidungsstücke für die Nebendarsteller beinhalten sollte) Reihe um Reihe mit Kleidung in unterschiedlichen Größen für Sapphire belegt. Eigentlich bestand der anspruchsvollste Teil von Claires Arbeit in der allwöchentlichen Herausforderung, für jede einzelne Figur des Drehbuchs Kostüme auszuwählen. Kleidung, die nicht nur zum Charakter der Folge und den Vorlieben und dem kreativen Gestaltungswillen der Darsteller passte, sondern obendrein mit der Ausstattung und den Vorstellungen des Regisseurs und der Produzenten ein großes Ganzes ergab. Aber leider wurde ihre Energie und die ihres fünfköpfigen Teams in dem vergeblichen Bemühen vergeudet, ihre Star-Schauspielerin bei Laune zu halten, gut anzuziehen und Kostüme nach Augenmaß in ihrem Trailer bereitzulegen, die ihr entweder passten oder, falls dies ausgeschlossen war, zu groß waren. Bei der letzten Diät-Katastrophe, der »Mäh-Mäh-kleines-Schaf«-Diät, durfte Sapphire nichts essen außer unglaublich würzigem Lamm-Kebab, Lammeintopf und gelegentlich einer Lammkeule wie zu Zeiten von König Heinrich VIII. Sie nahm innerhalb von zwei Wochen sieben Kilo zu, weshalb die Variante mit den zu großen Kleidern entfiel, bis Claires Assistentin sie zu guter Letzt bei Bloomingdale's wieder umtauschte. Selbst dann, als sie die neuen Kleidungsstücke parat hatten, brauchten sie erstmal etwas Zeit, um alle Etiketten mit Größenangaben in den neuen Teilen gegen Etiketten der Größe 36 auszutauschen, die Sapphire bevorzugte.

»Wie kannst du es überhaupt zulassen, dass diese schreckliche, unbedeutende Garderobiere« – Sapphire wusste, dass man am besten stets das Fußvolk beschuldigte – »*ständig* Sachen in meinen Trailer hängt, die nicht passen? Kannst du dir überhaupt vorstellen, was das für mein Selbstwertgefühl bedeutet? Ich bin eine *Künstlerin*! Ich muss umhegt werden wie eine Blume, wie eine Orchidee im Treibhaus, und nicht in irgendwelche Polyesterhüllen gezwängt werden wie eine Wurst!«

»Ja, Sapphire«, gestand Claire ihr mit einem Seufzen zu. Sie hatte längst gelernt, dass der Versuch, in eine derartige Debatte Logik – oder irgendeine objektive Realität – einzubringen, die Qual nur verlängerte. »Natürlich musst du vorsichtig behandelt werden. Aber müssen wir das nicht alle?«

»Müssen wir das nicht alle? *Müssen wir das nicht alle*?«, blaffte Sapphire in einem gehässigen, nachäffenden Tonfall zurück.

»Was soll denn *das* nun schon wieder bedeuten? *Wir alle* müssen nicht binnen fünf Minuten vor der Kamera stehen. *Wir alle* tragen nicht das schwere Los, dass diese gesamte Serie auf unseren Schultern lastet, *jeden einzelnen Tag unseres Lebens*!« Die Schauspielerin wurde derart von ihren Tränen überwältigt, dass sie gerade noch die Kraft aufbringen konnte, sich der Süßigkeitenschale auf dem Tisch zu nähern und nach einer Handvoll Jelly Bellies zu greifen. »Wieso versteht einfach keiner, wie *schwer* mein Leben ist?«

Weil es schwerfällt, mit so einer reichen, kindischen, übellaunigen, verzogenen Monsterkuh Mitleid zu haben, dachte Claire. Aber zu dem bebenden, kauenden Brocken fehlenden Talents sagte sie: »Oh, meine Liebe, ich hasse es, wenn ich dich so aufgeregt sehen muss. Ich bin sicher, wir finden das perfekte Outfit für dich. Wenn wir hier nichts haben, schicken wir einfach jemanden los, der etwas findet, in dem du dich wohl fühlst, okay?!«

»*Und* das gut aussieht. Es muss gut aussehen.« Sapphire schnaufte immer noch, als sie ihre verschwitzte, klebrige Hand wieder in das Gefäß mit den Geleebohnen tauchte.

»Aber natürlich wird es gut aussehen, mein Schatz, schließlich trägst du es doch, oder?« Claire wurde mit einem kleinen Lächeln bedacht. Angesichts der Chance, sich an die liegen gebliebenen Aufgaben des Tages machen zu können, führte sie Sapphire vorsichtig zur Tür und hielt die mittlerweile eklig klebrige Süßigkeitenschale suggestiv in ihren Händen. »Also, warum nimmst du das nicht einfach mit zu Bruce in das Maskenmobil und lässt ihn dein schönes Gesicht wieder in Ordnung bringen, während ich das großartigste Outfit zusammenstelle, das du je gesehen hast?«

»Okay.« Sapphire schniefte noch einmal und griff nach den

Süßigkeiten, während sie erklärte: »Sie sind aber nicht für mich. In meiner neuen Rohkostdiät ist Zucker nicht erlaubt, außer im unbehandelten Zustand als Honig, Melasse oder Rohrzucker in seiner…«

»Meine Güte, das ist ja *interessant*«, sagte Claire und schob sie so unauffällig wie möglich zur Tür hinaus. »Ich kann es kaum erwarten, alles darüber zu erfahren, sobald wir dich für deine Szene wieder schön gemacht haben.«

Da sie immer am besten gelaunt war, wenn viele Leute sich zum einzigen Zweck ihrer Verschönerung um sie scharten, ließ sich Sapphire zu ihrem persönlichen Maskenmobil leiten, wo ihr ganz privates Team von Motivationstrainern auf sie wartete.

5 Als Kate acht Stunden später vom Set nach Hause fuhr, mit der Auflage, »in der Nähe des Telefons zu bleiben, für den Fall, dass wir dich brauchen«, ging es ihr besser als die letzten Wochen zuvor. Vielleicht war es nur das elementare Gefühl, ein wenig Nahrung in sich zu haben (Paige hatte sie irgendwie dazu gebracht, auch noch zu Mittag zu essen), oder die Erleichterung über das Verschieben ihrer Beinah-Nacktszene. Ihr Wohlgefühl war aber eindeutig *nicht* das Ergebnis der sechs Stunden in ihrem Trailer, wo sie sich vor ihrem Kleinfernseher stupide durch die Kanäle gezappt hatte.

Zunächst hatte das gesamte, einhundertfünfzigköpfige Team eineinhalb Stunden in Wartestellung verharrt, bis für Sapphire neue Kleidungsstücke aus dem örtlichen Einkaufszentrum herbeigeschafft waren. Dann saßen sie alle einige weitere Stunden tatenlos herum, während Sapphires Maske *wieder und wieder* überarbeitet wurde. Denn die ersten beiden Kostüme, die sie ausprobierte, erwiesen sich als zu klein und führten zu zwei weiteren tränenreichen Nervenzusammenbrüchen. Der letzte dauerte länger als eine Stunde – begleitet von Drohungen, die Serie zu verlassen – und gipfelte darin, dass der Star sich im Trailer einschloss und auf einem Treffen mit dem Produzenten, dem ausführenden Produzenten und ihrem Agenten bestand. Dank des vereinten Einsatzes der gut erprobten opportunistischen Fähigkeiten dieser drei Männer war sie schließlich davon überzeugt, die bedeutendste, schönste und am meisten begabte Schauspielerin ihrer Generation zu sein. *Und* dass ihr Hintern in einem Rock der Kleidergröße 34 nicht fett aussah. Zu diesem Zeitpunkt war es mittlerweile zu spät, die Außenaufnahmen auf der Restaurantterrasse zu drehen, weil sich die Lichtverhältnisse geändert hatten. So kam es zu dem kurzen – und fürchterlichen – Augenblick, in dem es so aussah, als ob Kate ihre Szene doch noch drehen müsste. Sam bat sie sogar, ihr Mini-Kostüm anzuziehen, wofür er ihr zehn Minuten Zeit gab – von denen sie komplette dreißig Minuten auf dem Rand ihres kleinen, harten Sofas damit zubrachte, sich davon abzuhalten, zu hyperventilieren oder darüber zu weinen, dass sie es zugelassen hatte, zwei – *zwei!* – Mahlzeiten einzunehmen, und nun ihr Bauch bald auf den »Schwanger oder nicht?«-Seiten des *Star*-Magazins abgebildet sein würde. Glücklicherweise erschien Sam genau in dem Moment an ihrer Tür, als ihre Entspannungsversuche durch meditative Tiefenatmung die eindeutig wenig entspannten Symptome von Benommenheit und Schwindel auslösten. Er grinste breit über das ganze Gesicht und hielt die Anwesenheitsliste in Händen. Sapphire war anscheinend nicht bereit, »ihre Zeit zu verschwenden«, indem sie ohne eine einzige abgedrehte Einstellung nach Hause geschickt wurde. Um den wackeligen Frieden aufrechtzuerhalten, fand der Produktionsleiter noch eine kurze Szene, bei der Sapphire allein zu Haus sitzt. Damit vermied die Produktion einen weiteren Wutanfall und brachte den vergeudeten Arbeitstag zu einer vertretbaren Zeit zu Ende. So könnten sie am nächsten Tag besonders früh anfangen und hoffentlich ein wenig der verlorenen Zeit wiedergutmachen.

In der Szene, die sie schließlich drehten, trug Sapphire einen Badeanzug.

Kate fühlte sich wie eine Insassin des Todestrakts, der in letzter Minute die Begnadigung erteilt wurde und die wundersamerweise auch noch über einen BMW-Sportwagen verfügte, um dies zu genießen. Sie fuhr den Pacific Coast Highway entlang und trällerte laut und völlig schräg mit Sheryl Crow »*All I wanna do is have a little fun before I die*«. Während sie mit dem Kopf nickte und die grandiose Aussicht und ihren fürchterlichen Gesang genoss, dachte Kate darüber nach, wie gern sie wieder der Mensch sein wollte, der sie einmal gewesen war, nämlich dieses optimistische Mädchen, das nach Los Angeles gekommen war, um Schauspielerin zu werden. Ihr gefiel die Kollegialität beim Drehen. Sie schätzte diese Facette am Schauspielberuf: von kreativen, interessanten Menschen umgeben zu sein, die im Team mit ihrer vereinten Energie aus Leid, Weisheit und Freude gemeinsam ein großes Ganzes erarbeiteten. Der kreative Prozess besaß für sie etwas Magisches, etwas Spirituelles. Wann hatte sie eigentlich angefangen, nicht mehr zu ihrem Vergnügen zu arbeiten, sondern für einen Scheck, für die Bestätigung durch eine unberechenbare Presse und für den Beifall eines Massenpublikums? Irgendwo hatte es auf ihrem Weg eine Abzweigung gegeben, und sie hatte ganz offensichtlich die falsche Richtung eingeschlagen. Aber vielleicht war es auch so, wie Paige oft sagte: »Es ist nie zu spät, deinen Tag – oder dein Leben – von vorne zu beginnen.«

Mein Leben, dachte Kate. *Das ist* mein Leben.

Sie stellte das Autoradio noch lauter, und das fröhliche Grinsen einer Cheerleaderin überzog ihr Gesicht. Sie bog in die Chautauqua Avenue ein, während sie weiter aus vollem Herz trällerte und den anderen Autofahrern übermütig zuwinkte, und beobachtete, wie aus deren Starren ein überraschtes Winken und Kichern wurde, wenn sie sie als »diese Frau aus dem Fernsehen« erkannten. Oder sie konnten es nicht fassen, dass ein Autofahrer in Los Angeles einfach mal freundlich war. Wie auch immer, Kate fühlte sich, als würde ihr die ganze Welt zulächeln, als sie an der letzten Kreuzung vor ihrem Haus abbog und in die breite, eingezäunte Auffahrt lenkte. Sie gab den Nummerncode für das Tor ein (Hamiltons Geburtsdatum) und hielt genau in dem Moment neben Hamiltons Porsche, als ihr Duett mit Sheryl Crow zu Ende war.

Als sie aus dem Wagen stieg, nahm sie sich einen Moment Zeit, die Perfektion des Anwesens zu genießen, das sie mit ihrem Ehemann bewohnte. Sie musste unumwunden zugeben, dass Hamilton bei der Gestaltung dessen, was er die »Fassade, die wir der Welt zeigen« nannte, ganze Arbeit geleistet hatte. Selbst ihre Autofarben harmonierten mit dem Weiß und Grau ihres Hauses im Cape-Cod-Stil und mit der Außenanlage im englischen Stil, die so kunstvoll die Natur imitierte. Er hatte einen Innenarchitekten, einen Feng-Shui-

Experten und selbstverständlich auch Penelope damit beauftragt, bei der Errichtung dieser perfekten »Kraftquelle« mitzuwirken. Kate war tatsächlich der einzige Mensch gewesen, den er nicht nach seiner Meinung gefragt hatte. Aber ihre gefühlsmäßige Sehnsucht nach einem warmen Raum voller Nippes kollidierte derart mit seiner Vision, dass sie (und Penelope) ihm im Interesse ihrer Ehe die völlige Entscheidungsfreiheit überlassen hatte. Sein Ziel war, dass ihre Gäste in ihrem Heim sogleich das Gefühl von Wärme und Gastfreundschaft umgab, sie aber schließlich mit einem undefinierbaren Minderwertigkeitskomplex wegen ihres eigenen unvollkommenen Stilgefühls nach Hause gingen. Gemessen daran, wie oft Kate diese Gefühle in ihrem eigenen Haus widerfuhren, hatte er seine Mission erfüllt.

Doch heute war sie voller positiver Energie, als sie durch den Seiteneingang die in Granit und Stahl gehaltene Küche betrat und sich darauf freute, ihre großartige Laune mit ihrem Mann zu teilen.

»Liebling, ich bin wieder da!«, rief sie und zog ihre Schuhe aus, die sie pedantisch in den dafür vorgesehenen Korb neben der Tür stellte. »Wo bist du denn?« Sie ließ ihre Schlüssel in die Schale aus Sterlingsilber fallen, ihr Valentinsgeschenk vom Vorjahr, und machte sich im Haus auf die Suche nach Hamilton.

Sie fand ihn schließlich im Garten hinter dem Haus, wo er auf einem ökologisch absolut nicht korrekten, aber wunderschönen Liegestuhl aus Teak saß und in sein Headset sprach, während er geschäftig in seinen BlackBerry tippte. Manchmal durchfuhr sie ein Schauder, wenn sie ihn sah: Sein runder Kopf mit dem dichten, dunklen Haar (von Sally Hershberger fachmännisch so geschnitten, als wäre er gerade eben aus dem Bett gestiegen – für die Kleinigkeit von 500 Dollar pro Schnitt), sein Gesicht mit dem markanten Kinn (perfekt gebräunt dank der wöchentlichen Besuche bei Mystic Tan, seitdem sein kosmetischer Dermatologe ein natürliches Sonnenbad für »Gift« erklärt hatte), seine vollen Lippen (eine Gabe Gottes) und sein durch Fitness und Pilates gestählter Körper führten in ihrer Gesamtheit dazu, dass ihre Knie wachsweich wurden, genau wie bei ihrer ersten Begegnung. *Wie wäre es mit ein bisschen Sex vor dem Abendessen*, dachte Kate, als sie durch den Garten hüpfte. *Wie wäre es mit ein bisschen Sex genau hier auf diesem Gartenmöbel.* Aber als sie glücklich auf den Rand seines Liegestuhls plumpste, stieß sie nur auf Verärgerung und diese so charmant-verächtliche »Lass-mich-in-Ruhe«-Geste seiner rechten Hand.

Ausnahmsweise fühlte sich Kate weder beleidigt noch gekränkt. Sie war so gut gelaunt, dass sie angesichts der Geste nur noch an Fran Drescher aus *Die Nanny* denken konnte, wenn sie mit Händen und Füßen redete. Aber ihr Kichern schien Hamilton eher zu verärgern als aufzuheitern. Er richtete sich so auf, dass er möglichst weit von ihr entfernt saß, verknotete seine Beine in einem eindeutig weiblichen Stil und nötigte seinen Armen eine verkrampfte Tipphaltung auf. Er sah wie ein zickiges Schulmädchen aus, das gerade seiner genauso zickigen Busenfreundin eine supergeheime Nachricht über ihren Freund schrieb. Kates Kichern entwickelte sich zu einem schallenden Lachen, und ihre Heiterkeit wurde auch nicht durch sein patziges »Könntest du bitte eine Minute dranbleiben, bis ich eine ruhige Ecke gefunden habe« geschmälert, das er in sein albernes Headset fauchte. Er funkelte Kate übertrieben missbilligend an und sah dabei wie ein kleines Mädchen aus, das seine ärgerliche Mutter imitierte. Das reichte: Kates Lachanfall war effektiv nicht mehr zu stoppen, und sie hielt sich in glücklich-japsendem Schmerz die Seiten. Hamilton sprang aus dem Liegestuhl auf und stürmte zum Haus, wo er an der Tür kurz innehielt, um ihr einen weiteren giftigen Blick zuzuwerfen. Aber leider sah er gar nicht bedrohlich aus, sondern eher wie Marcia von der *Brady-Familie*, wenn sie von ihren Brüdern den Fußball ins Gesicht bekommen hatte. *Ich werde das teuer bezahlen*, dachte Kate und wischte sich die Tränen aus dem Gesicht, als sie sich erschöpft prustend in den Liegestuhl fallen ließ. *Aber es hat sich gelohnt.*

Vierzig Minuten später wartete sie immer noch darauf, dass Hamilton wieder in den Garten kam, und die paar Minuten der Ausgelassenheit fühlten sich nicht mehr so an, als hätten sie sich gelohnt. War er sauer auf sie? Oder, schlimmer noch, war er womöglich gekränkt? Kates heitere Stimmung kippte. Ihr Herz begann zu rasen, und die Furcht packte sie. Selbst ihr Atem ging schneller, als sie sich den Kopf mit der Frage zermarterte, womit sie Hamiltons Ego verletzt haben könnte – und wie er darauf reagieren würde. *Du weißt doch, dass man sich nicht über ihn lustig machen darf*, schimpfte sie mit sich selbst. Penelopes Worte drangen in ihre Ohren: *Ein Mann ist nur ein Ego, das zwei Beine hat. Behandle ihn wie einen König, und er wird dich wie eine Prinzessin umsorgen.* Wie konnte sie das nur vergessen? Wie konnte sie nur einen so grundlegenden, blöden Fehler begehen?

Beim Geräusch der Schiebetür sprang Kate auf. Sie ertappte sich dabei, den Atem anzuhalten, als sie Hamilton mit einem Ausdruck schmerzerfüllter Würde auf sich zukommen sah.

»Nun, Kate«, begann er. Er klang wie ein enttäuschter Vater, wie er da steif auf dem Rand des Liegestuhls thronte. »Geht es dir mittlerweile besser?«

»Ja«, log sie, obwohl es ihr in Wahrheit bedeutend schlechter ging. »Hamilton, es tut mir ja so leid. Ich weiß nicht, was in mich gefahren ist. Ich wollte doch nur …« Aber Kate verlor den Faden ihrer Gedanken, als ihre Hand, die sie hoffnungsvoll auf Hamiltons Bein gelegt hatte, um eine liebevolle Verbindung zu schaffen, grob auf ihr eigenes Bein zurückgeschoben wurde.

»Kate, weißt du«, erklärte er, ohne ihr ins Gesicht zu sehen, »ich will es jetzt gar nicht hören. Ich hatte einen äußerst anstrengenden, arbeitsreichen Tag, und am allerwenigsten konnte ich damit rechnen, dass ich daheim an meinem Zufluchtsort – *in meiner Burg* – zum Ziel des Gespötts meiner eigenen Ehefrau werden sollte.« Er blickte über den Garten, verschränkte die Arme und sagte: »Ehrlich gesagt, ich weiß gar nicht, wer du eigentlich bist.«

Kate spürte, wie ihre Welt anfing sich zu drehen. Hatte sie denn alles vermasselt? Hatte sie ihn so tief verletzt? Sie wollte mit ihrer Hand seine Schulter berühren, aber er schubste sie zurück und setzte sich noch weiter von ihr weg, als könnte er ihren Anblick nicht ertragen. »Hamilton, wirklich, es tut mir so leid. Du weißt doch, dass ich dich niemals absichtlich verletzen würde.« Doch darauf folgten nur ein deutliches »Tja« und ein trauriges Kopfschütteln, was Kates Befürchtung, dass sie einen irreparablen Schaden angerichtet hatte, nur noch mehr anfachte. »Das weißt du doch, Hamilton, oder?«

»Ich dachte, ich wüsste es, Katie. Für mich war dies immer ein sicherer Ort, aber nun habe ich doch Zweifel. Vielleicht müssen wir noch mehr mit Penelope arbeiten, oder vielleicht musst du allein zu ihr gehen. Ich weiß es nicht. Ich hielt uns –

ich hielt *dich* – eigentlich schon für weiter. Ich dachte, wir hätten hier einen Platz, an dem ich mich endlich darauf verlassen könnte, dass mein Zuhause eine Zufluchtstätte vor der Wildnis ist, eine ruhiger Hafen in dieser kalten und harten Welt.«

»Aber natürlich ist das ein sicherer Platz. *Ich* möchte gern dein sicherer Platz sein.« Sie rutschte schnell zum Rand der Liege, wo Hamilton thronte. Sie wollte ihre Arme um ihn schlingen, um ihn zu trösten und ihn festzuhalten. Hamilton ließ die Umarmung für den Bruchteil einer Sekunde zu, und ein Gefühl der Erleichterung durchströmte sie – *wenigstens verlässt er mich heute nicht.* Aber dann stand er abrupt auf und ließ sie in einer peinlichen Position zurück, die Arme ausgestreckt in der Erwartung einer Umarmung.

»Ich gehe jetzt«, verkündete er, strich seine Armani-Black-Label-Hose glatt und steckte sorgfältig sein maßgeschneidertes Hemd in die Hose. »Eigentlich habe ich vor, heute Abend nach Hause zu kommen, aber ich bin mir nicht sicher, wie ich mich fühlen werde. Vielleicht gehe ich lieber in ein Hotel. Wie auch immer, ich denke, am besten rufst du sofort Penelope an und machst ein paar Termine für dich allein aus. Anscheinend hast du alles von dem vergessen, was sie und ich dir mit so viel Mühe beigebracht haben.«

»Ja, natürlich«, antwortete Kate. Sie fühlte sich, als würde man sie immer kleiner und kleiner falten, wie ein Origami-Kunstwerk. »Ich rufe sie sofort an. Und es tut mir so leid …«

»Das weiß ich«, unterbrach er sie. Für ihn war das Gespräch eindeutig beendet. »Ich weiß allerdings nicht, ob das reicht.« Nach diesen Worten ging er durch den Garten ins Haus und ließ Kate mit dem Gefühl zurück, den Menschen, den sie in der Welt am meisten brauchte, vertrieben zu haben.

Sie hörte die Haustür zuknallen, dann die Wagentür und schließlich das dröhnende Röhren des Porsche-Turbomotors, das sich rasch entfernte. Warum hatte sie nur über ihn gelacht? *Du bist so dumm, so dumm, so dumm*, schalt sie sich selbst.

Sie rappelte sich langsam aus dem Liegestuhl hoch und begab sich auf wackeligen Beinen in die Küche, wo sie sich auf einen unglaublich unbequemen – aber imposanten – Barhocker setzte, einer Spezialanfertigung aus Leder und Stahl, und in ihrem Rolodex nach Penelopes Telefonnummer suchte. Es war ihr peinlich anzurufen, es war ihr peinlich zuzugeben, dass sie nach wie vor dieselben unsinnigen Fehler beging. Sie konnte sich Penelopes enttäuschtes Seufzen gut vorstellen, das so sehr dem von Hamilton ähnelte. Es war natürlich kein Wunder, dass Penelope unzufrieden war. Schließlich hatten Penelope und Hamilton seit ihrer dritten Verabredung versucht, Kate beizubringen, wie man eine gute Beziehung pflegt. Statt Abendessen und Kino hielten sie es mit Abendessen und Therapie. Als Hamilton sein unkonventionelles Eroberungsverhalten als Zeichen seiner tiefgehenden Zuneigung begründet hatte, verspürte Kate zugleich Argwohn und Gefallen.

»Du bist eine sehr nette Frau, Kate«, hatte er damals gesagt, als sie zum ersten Mal zu Penelopes Praxis fuhren. »Aber bevor ich mehr Zeit und Energie in diese Beziehung investiere, muss ich wissen, ob wir am selben Strang ziehen. Ich muss wissen, ob du beruflich wie privat unsere Beziehung mit einer starken und disziplinierten Arbeitsmoral angehst.«

»Selbstverständlich«, hatte Kate erklärt und sein schönes Profil und seine kräftige Hand am Schaltknüppel betrachtet. Sie war nur allzu glücklich, ihn zu dieser Therapeutin begleiten zu dürfen. Zu diesem Zeitpunkt wäre sie ihm wohl mit Freuden bis auf den Mond gefolgt. Die Begegnung mit Penelope schien ein wichtiger Schritt, wie eine Begegnung mit seiner Mutter.

»Hast du das Buch gelesen, das ich dir zukommen ließ?«

»Selbstverständlich«, hatte Kate geantwortet. Tatsächlich hatte sie in Erwartung genau dieser Frage bis um 2:00 Uhr morgens darin gelesen.

»So ist es brav.« Hamilton hatte ihr Knie getätschelt, und Kate spürte glückserfüllt, wie sie knallrot wurde. »Und, was denkst du darüber?«

»Ich denke, vieles ist richtig«, bekannte Kate ernsthaft.

»Gut«, antwortete Hamilton. »Denn wenn du Penelopes Arbeit nicht verstehst, wirst du nicht fähig sein, die Partnerin zu sein, die ich brauche, und wir können genauso gut jetzt gleich Schluss machen.«

Kate hatte an seinem Tonfall erkennen können, dass er jedes einzelne Wort tatsächlich so meinte, und sie gelobte in diesem Augenblick, alles in ihrer Macht Stehende zu unternehmen, um die von ihm gewünschte Partnerin zu werden. Eigentlich war sie sogar recht aufgeregt darüber gewesen, dass sie endlich einen Beziehungsguide gefunden hatte und dass ein starker Mann seine Erwartungen so präzise darlegte. Zuvor hatte sie immer das Gefühl, als wäre sie in dieser Welt der Romantik ohne Landkarte verloren, als müsste sie in der freien Wildbahn der Wechselbeziehungen zwischen Mann und Frau selbst für sich sorgen. Neben diesem gut aussehenden Mann mit seinen klaren, eindeutigen Vorstellungen von ihrem Leben und ihrer Karriere hatte Kate sich zum ersten Mal in ihrem Leben sicher gefühlt.

Nun fixierte sie in der Hoffnung auf ein Klingeln das Telefon und wurde zunehmend nervöser.

Zwei Stunden später, als es endlich läutete, griff Kate nach dem Hörer, wie ein Teenager, der auf eine Einladung zum Abschlussball an der Highschool wartet.

»Hallo, Kate«, sagte ihre Mutter. »Stimmt etwas nicht?« *Warum wusste sie immer Bescheid?*

»Wie bitte? Es ist alles in Ordnung«, log Kate, in der Hoffnung, für ihre Mutter überzeugender zu klingen als für sich selbst.

»Oh, schön«, seufzte ihre Mutter, nicht nur überzeugt, sondern dazu erleichtert. »Ich habe mir solche Sorgen um dich gemacht.«

»Wie bitte? *Warum denn*?« Kate fühlte sich, als hätte sie gerade einen Stoß in die Magengrube erhalten. Hatte Hamilton womöglich ihre Mutter angerufen? Sie darauf vorbereitet, dass ihre Tochter unter Umständen wegen der bevorstehenden Trennung Hilfe benötigen könnte? *Bloß das nicht!* »Wovon sprichst du eigentlich, Mami?«

»Von deiner Szene, Liebling. Ich war den ganzen Tag über krank vor Sorge.«

»Was für eine Szene?« Kate hatte Mühe, eine Verbindung zwischen den Worten ihrer Mutter und ihren Gefühlen herzustellen. Ihre eigene Angst und der offensichtliche Irrsinn ihrer Mutter machten es ihr schwer, dem Gespräch zu folgen.

»Deine *Szene. Heute.* Bei deiner *Arbeit*«, erklärte ihre Mutter, die nun ob der Begriffsstutzigkeit ihrer Tochter eindeutig verärgert war. »Stimmt etwas nicht mit dir? Hast du vielleicht getrunken?« Angesichts der Absurdität dieser Frage – eigentlich des gesamten Gesprächs – brach Kate in Gelächter aus. »Katherine, lachst du etwa? Um Gottes willen, du *hast* also getrunken. Ich kann nur hoffen, dass Hamilton nicht da ist und dich in diesem Zustand erlebt.«

»Mami …«

»Wenn er nach einem harten Arbeitstag nach Haus kommt, kann er wahrhaftig nicht gebrauchen, dass du …«

»Mutter, jetzt hör mir mal zu …«

»… sternhagelvoll bist und dich wie eine kleine dumme …«

»MAMI!«, schrie Kate in der verzweifelten Hoffnung, ihre Mutter zu unterbrechen, ehe sie gezwungen war, sich die Einzelheiten ihrer Hirngespinste anzuhören. »Ich bin nicht betrunken. Oder hast du mich jemals betrunken erlebt?«

»Du hast keinen Grund, in so einem Ton mit mir zu sprechen, junge Dame«, zeterte ihre Mutter, die nun wegen Kates Reaktion auf ihre eigentlich harmlose Bemerkung zur Trunkenheit eindeutig beleidigt war. »Ich bin nicht blöd, und ich bin keineswegs jemand, der sich einfach etwas ausdenkt. Offen gestanden, deine Andeutung ärgert mich.«

»Oh, Mami«, sagte Kate und unterdrückte ihren Ärger, weil sie sich in wohlbekannte Bereiche manövriert hatte: zur inneren Unsicherheit ihrer Mutter hinsichtlich ihrer eigenen Intelligenz und zu Kates ewiger Verabredung mit einem ganzen Kabinett von Förderern ihres Egos. »Natürlich bist du nicht blöd. Du bist sogar sehr klug.«

»Gut, aber dann verstehe ich nicht, wieso du so zu mir sprichst.«

Kate bekam sofort ein schlechtes Gewissen und beruhigte sie: »Es tut mir leid, Mami. Ich wollte deine Gefühle wirklich nicht verletzen.«

»Ja, mag sein, aber das hast du getan«, sagte ihre Mutter nun gefasst, nachdem sie erfolgreich von der Rolle der Übeltäterin in die des edlen Opfers geschlüpft war. »Also, warum erzählst du mir jetzt nicht, was mit deiner Szene los war? Konnten sie etwas gegen deine Gewichtszunahme ausrichten? Ich habe mich gefragt, ob sie dich vielleicht hinter einem Wäschekorb oder etwas Ähnlichem aufnehmen, wie sie das mit Schwangeren machen.«

»Mami!« Entsetzt schüttelte Kate den Kopf. »Erstens musste ich die Szene heute nicht drehen, sie wurde verschoben. Und zweitens sehe ich wirklich nicht schwanger aus. Ich wiege nur zwei Kilo mehr.«

»Ja, aber zwei Kilo mehr als was, meine Liebe? Außerdem sind zwei Kilo eine ganze Menge auf so einem kleinen Bildschirm, wie wir ihn haben. Du weißt doch, ich habe während meiner gesamten Schwangerschaft nicht einmal acht Kilo zugenommen.«

»Ja, Mutter, ich glaube, das hast du ein oder zwei Mal erwähnt« – oder siebenunddreißigtausend Mal! –, »aber ich bin nicht schwanger.«

»Nein, mein Liebe, natürlich bist du nicht schwanger. Das wäre kein günstiger Zeitpunkt für ein Baby, nachdem deine Karriere gerade wieder ins Rollen gekommen ist.«

»Jetzt mach mal einen Punkt. Solltest du eigentlich nicht auf ein Enkelkind drängen und dich danach sehen, ein Baby hoffnungslos zu verwöhnen?«

»Ach, Kate, ich habe im Moment echt keine Zeit für ein Baby. Dein Vater und ich haben einige Reisen geplant, und dann habe ich noch meinen Buchklub. Außerdem, wenn für dich und Hamilton der richtige Zeitpunkt für ein Kind gereift ist, denke ich, dass das Beste eine Adoption wäre – möglicherweise sogar im Ausland. Das gibt so eine gute Presse, und außerdem kann dann deine Figur so bleiben … wie sie ist.« Kate überlegte kurz, ob sie sich verteidigen sollte, aber dann fühlte sie sich einfach zu müde. Und zu fett. »Wie auch immer«, sprach ihre Mutter weiter, »ich muss los. Ich habe dir die Telefonnummern von einigen Anbietern von Darmtherapien gemailt, von *Clean Colon* und *Happy Colon.* Ich glaube, du solltest ein paar Termine für eine Darmbehandlung vereinbaren und sobald wie möglich mit den Spülungen anfangen. Ich denke, wir haben noch die kleine Chance, dass dein aufgedunsener Bauch nur eine kleine Entschlackungskur braucht. Also, ich muss jetzt los. Ich hab' dich lieb!«

»Ja«, sagte Kate zum Freizeichen, »das ist mehr als offensichtlich.«

6 »Sapphire Rose auf Leitung drei«, tönte es aus der kleinen Box auf Michaels Schreibtisch.

»Ich nehm's an«, schrie Michael durch die offen stehende Bürotür. Es machte seine Assistentin Marjorie ganz verrückt, dass er nie die Anlage benutzte. Aber es gab so wenig erfreuliche Momente am Tag, und ihre Reaktion bereitete ihm eine Menge – wahrscheinlich ungerechtfertigten – Spaß, wenn er ihre obsessiven Vorstellungen nicht befolgte. Er war entschlossen, sie ein wenig aufzutauen und ihre strikten Verhaltensmaßregeln zu lockern. Allerdings war sie genauso wild entschlossen, ihn zu ihrer »Jedes-Ding-an-seinen-Platz-und-einen-Platz-für-jedes-Ding«-Religion zu bekehren. Ihr ständiger Kampf glich einem Kreuzzug, mit dem Unterschied, dass sie um nichts weniger als ein korrektes Ablagesystem kämpften und nicht um ihr ewiges Seelenheil. Auch wenn es mehr oder weniger das Gleiche war.

»Hallo, Sapphire«, sprach Michael ins Telefon und täuschte

Verwirrung vor, als Marjorie wie wild die Augen rollte und auf die Gegensprechanlage zeigte. »Wie ging es gestern weiter, nachdem ich weg war?«

»Also«, begann Sapphire. Ihr Tonfall machte deutlich, dass sie missmutig war, dies aber zu überwinden versuchte. »Ob du es glaubst oder nicht, ich bin erst *jetzt* auf dem Heimweg. Ich verstehe nicht, wie man so schlecht organisiert sein kann. Wir haben nicht einmal die Restaurantszene geschafft! Zum Schluss haben sie nur eine einzige Einstellung mit mir in meiner Wohnung gedreht – mit meinen eigenen Sachen. Kannst du dir das vorstellen? Wir brauchten eigentlich *gar keinen* Rock. Ich sag's dir, es ist ein Wunder, dass sie überhaupt irgendetwas zustande bringen.«

»Ja«, stimmte Michael zu und wunderte sich weniger über das mangelnde Organisationsvermögen der Produktionsgesellschaft als vielmehr über Sapphires Fähigkeit, Begebenheiten völlig anders darzustellen. Hatte sie schon vergessen, dass man ihn an diesem Nachmittag zum *Generations*-Set zitiert hatte? Dass er seinen gesamten Nachmittag in ihrem Trailer verplempert hatte, um sie gemeinsam mit dem Produzenten und dem ausführenden Produzenten zu beschwichtigen, während sie die Produktion für nicht weniger als *sechs* Stunden mit ihren unaufhörlichen Wutanfällen aufhielt? »Es ist sicher ein Wunder.«

»Ja, wirklich«, bestätigte Sapphire noch einmal.

»Also, was verschafft mir die Ehre deines Anrufs«, fragte Michael und hoffte wider besseres Wissen, dass sie nicht einfach nur jemanden brauchte, dem sie auf ihrem langen Heimweg zu ihrem 7-Millionen-Dollar-»Cottage« in Malibu ein Gespräch aufdrücken konnte. Er musste unbedingt ein paar Freunde für sie auftun. Zu schade, dass seine Mutter nicht mehr lebte.

»Michael, du *Dummkopf* – du weißt *genau,* warum ich dich anrufe. Du hast doch gesagt, du erzählst mir alles über dein kleines Gespräch mit Bob Steinman, weißt du noch? Du sagtest, ihr hättet über mich gesprochen, und ich will doch nur wissen, ob ich schon für meine große Außenaufnahme in Paris die Koffer packen soll?«

Michael zwang sich zu einem Lachen, nicht weil er ihre Bemerkung über einen möglichen spektakulären Drehort besonders witzig fand, sondern weil er Zeit schinden musste. Er hatte völlig vergessen, sich eine plausible Geschichte für das erfundene Gespräch auszudenken, und nun blieben ihm gerade 30 Sekunden, um sich etwas einfallen zu lassen, womit er Sapphire täuschen konnte. Nun, schließlich waren Illusionen sein Business, und seine Gesprächspartnerin war gern bereit, sich Illusionen hinzugeben. »Genau … das stimmt … Ich hatte gesagt, dass ich dir von dem Gespräch erzählen würde. Aber ich glaube, ich sagte, ich würde dir davon erzählen, *nachdem* die Restaurantszene abgedreht ist, die immer noch nicht im Kasten ist. Stimmt doch, oder?«

»Wage es bloß nicht, mich auf den Arm zu nehmen, du Schlingel. Du erzählst mir jetzt alles, oder ich fahre kurz rüber und versohle dich«, gurrte Sapphire mit einer Stimme in die Leitung, die sie selbst für sexy hielt. Michael war absolut anderer Meinung.

»Tja, dann muss ich dir wohl davon erzählen, damit ich nicht versohlt werde.« Sapphire kicherte wie ein Schulmädchen. Michael schluckte seinen Ärger runter. »Aber zuallererst muss ich dir sagen, dass die ganze Sache *topsecret* ist. Ich muss mich darauf verlassen können, dass du kein einziges Wort von dem, was ich dir erzählen möchte, mit irgendjemandem besprichst, nicht einmal mit Bob selbst. Oder der ganze Deal scheitert. Verstehst du? Wenn ein Wort darüber nach außen dringt, gibt es *keinen Deal.*« Er betonte »keinen Deal« mit annähernd der gleichen Eindringlichkeit, mit der er von der »zweiten Ankunft des Messias« gesprochen hätte, wohl wissend, dass beide Themen in Sapphires Wertesystem ähnliche Bedeutung hatten.

»Ja, natürlich«, flüsterte sie ernsthaft aus Respekt vor einer so heiligen Sache wie einem Gespräch über ein mögliches Filmprojekt. »Du weißt doch, auf mich ist Verlass, Michael.«

Ja, nämlich genau so weit, wie du kurzsichtiges Wesen sehen kannst, dachte Michael. »Also, da ist ein wirklich großartiges, ein wirklich absolut geheimes Projekt über Vivien Leigh in Arbeit.«

»Oh, ja! Es gibt so viele Gemeinsamkeiten zwischen ihr und mir!«, kreischte Sapphire begeistert und dachte an die Schönheit und das Talent dieser Schauspielerin.

»Ja, ich weiß auch welche«, antwortete Michael, der eigentlich eher Sapphires durchaus bekannte psychische Probleme im Sinn hatte. »Wie auch immer, die Planung steht für den, hm ...« Er berechnete schnell, wie lange er sie wohl mit dem Versprechen auf eine mögliche Filmrolle glücklich und gefügig halten könnte – unter Berücksichtigung des Nervenzusammenbruchs, wenn die erfundene Rolle in dem erfundenen Film unvermeidbar platzen würde. Wenn er es schaffen könnte, diesen Zusammenbruch in eine Staffelpause ihrer wirklichen TV-Serie zu legen, kam er auf einen ungenauen Termin in einigen Monaten: »Für den nächsten Herbst.«

»Tatsächlich? Wahnsinn, das ist ja demnächst! Sprichst du von nächstem Herbst als von dem in sechs Monaten von jetzt an gerechnet, oder von dem in achtzehn Monaten von jetzt an gerechnet?«

Achtzehn Monate von jetzt an gerechnet? Sollte er es tatsächlich riskieren können, es mit achtzehn Monaten ordentlichen Verhaltens zu versuchen? »Weißt du, das ist eine echt gute Frage. Ich kann es gar nicht fassen, dass ich das nicht gleich geklärt habe. Lass mich doch Bob anrufen, und in ein paar Tagen melde ich mich wieder bei dir, okay?« Er musste für seine gründliche Berechnung Zeit gewinnen. Agenten sollten Kurse in emotionaler Algebra besuchen.

»Ja, natürlich, ich lasse dir dafür Zeit«, sagte Sapphire fröhlich. »Ehrlich gesagt, auch ich brauche so viel Zeit wie möglich für meine Recherchen. Ich lasse meine Assistentin sofort damit beginnen.«

»He, he«, mahnte Michael. »Hatten wir nicht verabredet, das Projekt geheim zu halten?«

»Ach, natürlich, ich werde schweigen wie ein Grab. Ich sage ihr einfach nicht, wofür ich die Recherchen wirklich brauche. Ich sage ihr nur, es ist für das Buch, an dem ich gerade schreibe. Hatte ich dir eigentlich schon erzählt, dass ich beschlossen habe, ein Buch zu schreiben?«

»Nein, das hast du nicht«, antwortete er überrascht. »Ich wusste nicht einmal, dass du überhaupt schreibst.«

»Aber sicher, ich schreibe schon lange. Also, natürlich *schreibe* ich nicht – wer hat denn dafür schon Zeit? Ich spreche einfach nur in dieses kleine Aufnahmegerät, dann schicke ich die Aufnahmen dieser Frau, und sie macht daraus ein Buch. Weißt du, Bücherschreiben ist viel einfacher, als sich die Leute so vorstellen. Ich meine, ich spreche einfach über meinen Tag und über all die tiefgehenden Gedanken, die ich so habe, und diese Frau – ich glaube, sie heißt Jane, oder war es Joan? – egal, das tut nichts zur Sache … Also, sie nimmt einfach, was ich ihr über mein Leben erzähle – das offensichtlich so viel interessanter ist als das eines normalen Menschen –, stellt es um und baut daraus eine neue Geschichte. Das machen doch heutzutage alle so. Ich kann mir kaum vorstellen, dass irgendjemand noch vor einem richtigen Computer sitzt.«

»Doch, Jane Joan schon«, bemerkte Michael.

»Ja, schon, ich weiß, dass *sie* es tut. Sie ist ja auch eine *Schriftstellerin*. Das ist schließlich ihr Job«, erklärte Sapphire, so als wäre Michaels Bemerkung die dümmste, die sie je gehört hatte. »Ich wollte doch nur sagen, dass keiner der *Autoren* tatsächlich schreibt. Den größten Teil von meinem Buch habe ich im Nagelstudio erledigt. Die Mädels, die die Maniküre machen, können doch ohnehin kein Englisch, verstehst du?«

»Ja, Sapphire, ich verstehe.«

»Also, es ist noch nicht so weit fertig, dass du es verkaufen kannst, vor allem weil June so langsam beim Abschreiben ist. Es heißt übrigens *Ein beneidenswertes Leben*. Also, sobald ich mein Buch habe, schicke ich es sofort an dich, damit du dich um die Veröffentlichung kümmern kannst. Sollten wir nicht gleich über die Buchtour sprechen? Bei der Promotiontour will ich vor allem Versace tragen.«

»In Ordnung. Also Versace. Du weißt ja wirklich alles über den Literaturbetrieb«, sagte Michael. Er fühlte sich plötzlich erschöpft und traurig. »Hör mal, ich mache mich jetzt an den Anruf mit Bob Steinman. Vermutlich braucht er einige Zeit, bis er mich wieder anruft, wegen des Zeitpunkts für die Pilotfilme und wegen all der anderen Fragen. Also, sei unbesorgt, wenn du die nächsten Tage nichts von mir hörst, okay?«

»Okay. Ich fahre jetzt gerade in den Tunnel, in einer Sekunde verstehe ich dich sowieso nicht mehr. Auf...« Ihr Satzende wurde abgeschnitten, sobald sie in den Tunnel fuhr, der Malibu mit dem San Fernando Valley verband.

»*Verdammt noch mal*«, fluchte Michael in die leere Leitung, als er kapierte, dass sie ihn tatsächlich für ihre gesamte Heimfahrt ans Telefon gebunden hatte.

7

Kate schreckte um 6:00 Uhr morgens aus dem Schlaf, ihr Körper stand unter Adrenalin. Sie konnte sich kaum daran erinnern, welcher Tag heute war, ob sie heute zur Arbeit gehen musste oder ob sie vielleicht schon zu spät dran war. Sie war auf der Couch eingeschlafen – ihre Sorge wegen ihres Streits mit Hamilton hatte sie völlig erschöpft –, bevor sie überhaupt Gelegenheit hatte, Sam anzurufen, um ihren heutigen Arbeitsbeginn zu erfahren. Sie versuchte sich daran zu erinnern, was er zu ihr gesagt hatte, als sie gestern Abend den Set verließ. *Bleib in Telefonnähe.* Um Gottes willen, hatte man sie vielleicht gestern Nacht angerufen? Sie versuchte sich zu beruhigen, als sie zum Telefon griff und ihr das dreimalige Piepen der Mailbox anzeigte, dass sie eine Nachricht erhalten hatte. *Alles in Ordnung*, sagte sie sich und bemühte sich – vergeblich – tief durchzuatmen, *vermutlich sind sie es gar nicht. Höchstwahrscheinlich warten nicht gerade 150 Leute vom Team darauf, dass du jeden Moment auftauchst und deinen Wagen einparkst, damit sie endlich ihren Arbeitstag beginnen können.* Sie gab ihren Code für die Sprachnachrichten ein und wartete unendlich lange dreieinhalb Sekunden auf die irritierend ruhige Computerstimme (hatte diese denn gar keine Ahnung, was hier auf dem Spiel stand?), die ihr schließlich mitteilte, dass sie um 23:12 Uhr einen Anruf erhalten hatte. *Oh, nein.* »Hallo, Kate, hier spricht Sam.« *Oh, Gott.* »Für heute Abend bist du aus dem Schneider,« – *Danke, Gott* – »aber was morgen angeht,« – Kate hatte das Gefühl, ihr Herz schlug ihr bis zum Hals, während sie auf ihr Urteil wartete: braves Mädchen oder böses Mädchen – »hängst du noch in der Luft.« *Um wie viel Uhr? Komm, sag etwas über die verdammte Uhrzeit, Sam.* »Ich habe noch keinen Termin für dich, aber« – *Aber was? Aber was?* – »ich kann dir jetzt schon sagen, dass es nicht zu früh sein wird.« Kate hatte das Gefühl, mit der Couch zu verschmelzen, als ihr sorgenvoll angehaltener Atem aus ihr herausströmte. »Auf jeden Fall stehst du auf der Vormerkliste für morgen, und wir versuchen herauszufinden, wie der Tag aussehen wird. Anscheinend hat Sapphire irgendeinen Sperrtermin am Nachmittag, also müssen wir alles ein wenig verschieben, um Stoff zu finden, den wir ohne sie drehen können. Eigentlich wollten wir die Szene mit dem Poolboy drehen, aber der Typ, den wir dafür engagiert hatten, hat offensichtlich nicht damit gerechnet, morgen zu arbeiten. Im Moment warten wir darauf, dass er für seinen Auftritt bei der Chippendales Show einen Ersatzspieler findet. Sag mal, nennen sie das bei diesen Männer-Striptease-Shows tatsächlich ›Ersatzspieler‹? Also, eigentlich wollte ich sagen, es sieht nicht so aus, als bräuchten wir dich morgen, aber das weiß ich frühestens morgen um zehn Uhr oder spätestens am Nachmittag. Du weißt ja, was Sache ist: Bleib beim Telefon, und wenn du aus dem Haus gehst, nimm auf jeden Fall dein Handy mit. Schlaf gut.«

Ironischerweise hatte sie sogar gut geschlafen, was sicherlich nicht der Fall gewesen wäre, wenn sie das Telefon gehört und letzte Nacht mit Sam gesprochen hätte. Sie hätte sich wegen ihrer Szene viel zu viele Sorgen gemacht und sich darüber geärgert, dass ihr Leben wieder einmal auf Gedeih und Verderb von dieser unberechenbaren anderen Hauptdarstellerin abhängig war. Weshalb meinte Sapphire eigentlich, ihr privater Terminkalender hätte Vorrang vor denen von beinahe zweihundert Kollegen? Kate würde kaum »irgendeinen Sperrtermin« für einen Arbeitstag ankündigen, genauso wenig, wie sie, sagen wir, das gesamte Team in Wartestellung halten würde, während ihre Speichellecker in den entferntesten Winkeln der Erde nach dem Rock suchten, der eine besonders schlanke Figur machte. Einerseits hatte sie keine Speichellecker um sich versammelt, und andererseits konnte sie sich nicht vorstellen, dermaßen naiv ihre Wirkung auf ihre Mitmenschen einzuschätzen. Immerhin konnte sie von Glück reden, dass ihr erster und bester Schauspiellehrer, Mister Faldwell, seinen Schülern eingetrichtert hatte, dass eine Aufführung, egal ob auf der Bühne oder im Studio, eine gemeinsame Leistung sei. »Du wirst vielleicht anders behandelt, weil du eine von nur wenigen Schauspielern bist, aber am wichtigsten ist, dass du begreifst, dass du nur ein Mitglied der ganzen Gruppe bist. Hol dir deinen Kaffee selbst. Zeige allen Respekt. Es ist weitaus besser, mit hundert Freunden im Schützengraben zu liegen, als allein im Elfenbeinturm zu stehen, nur mit deinem königlichen Ego als Begleiter. Außerdem, wenn es zur Sache geht, wird immer die Königin als Erste enthauptet. Denk daran.« Kate beherzigte seine Ratschläge, und sie tat gut daran. Natürlich *könnte* sie jetzt Sam zurückrufen und ihm mitteilen: »Weißt du, mir fiel gerade ein, dass ich ebenfalls einen Sperrtermin habe. Ich stehe also heute nicht zur Verfügung.« Oder, noch besser, wie wäre es, wenn sie nie wieder zurückriefe, ihr Handy ausschaltete und ins nächste Spa ginge?

Ja, genau.

Sie wusste, sie würde niemals ihr Telefon ausschalten, genauso wie sie niemals ihren Terminplan über den der Produktion stellen würde. Das entsprach schlichtweg nicht ihrem Wesen. Sie war von Kopf bis Fuß ein braves Mädchen. Aber auf diese Weise wurde ihre eigene Zeit von einer unsicheren, unreifen Schauspielerin kontrolliert und vergeudet. Aber immerhin könnte sie ein wenig mit Paige und Sam abhängen, während sie wartete.

Während sie wartete …

Kate verließ der Mut, als sie sich daran erinnerte, dass sie nur auf der Couch eingeschlafen war, weil sie darauf *gewartet hatte*, dass ihr Mann nach Hause kam – und um zu erfahren, ob sie eigentlich noch verheiratet war. War er vielleicht nach Hause gekommen, um ihre Beziehung zu beenden, hatte dann das leere Bett gesehen und angenommen, sie wäre gegangen? War er überhaupt nach Hause gekommen? Sie sprang auf und machte sich auf den Weg zur Küche in der Hoffnung, dass er sich irgendwie hereingeschlichen hatte. Sie blieb an der Tür stehen und sprach das Stoßgebet, sie möge Hamilton auf »seinem« Stuhl (dem Platz mit Aussicht in den Garten) an ihrem kleinen Tisch dabei vorfinden, wie er sein tägliches Frühstück zu sich nahm, das aus einer einzigen Scheibe kohlenhydratarmem Toast mit fettfreiem Frischkäse und zuckerreduzierter Johannisbeermarmelade bei einer mit Splenda gesüßten Tasse grünen Tee bestand. Als sie die Tür öffnete, erschrak sie, weil ihr Gebet offensichtlich erhört worden war, und sie machte sich auf eine Fortsetzung des Streits vom Vorabend gefasst.

»Hallo, guten Morgen, meine kleine Schlafmütze«, begrüßte sie ein äußerst gut gelaunter Hamilton. Er sprang von seinem Platz auf und eilte zu Kate, um sie schwungvoll zu umarmen. »Ich dachte schon, du stehst gar nicht mehr auf. Hast du heute nichts zu tun?«

»Hm«, stammelte Kate. Sie versuchte sich vorzustellen, was sie alles verpasst hatte. Anscheinend alles. »Ich stehe für zehn Uhr auf der Vormerkliste. Wann bist du eigentlich nach Hause gekommen?«

»Ach, ich weiß gar nicht mehr … So gegen Mitternacht. Aber du hast so tief und fest auf der Couch geschlafen und gesabbert, wie ein kleines süßes Murmeltier.« Er kniff sie zärtlich ins Kinn und ging zur Arbeitsplatte. »Was soll ich dir bringen, meine kleine Prinzessin? Tee? Einen entkoffeinierten Kaffee? Einen Moment – deine Szene ist doch abgedreht, oder? Dann könntest du sogar eine Scheibe Toast haben, wenn du möchtest. Oder zur Feier des Tages eine kleine zuckerfreie Mahlzeit aus Obst? Lecker!«

Während Kate noch versuchte herauszufinden, wie sie dazu kam, gestern kurz vor der Scheidung zu stehen und heute Kohlenhydrate (jawohl, kohlenhydratähnliche Nahrung) angeboten zu bekommen, betrat sie vorsichtig das gefährliche Terrain der Kommunikation mit ihrem Ehemann. »Danke, Schatz, das wäre großartig. Auch wenn wir gestern meine Szene nicht gedreht haben. Ich hatte gestern Abend keine Zeit, dir davon zu erzählen, bevor – also, bevor du zu deinem Dingsda gehen musstest, aber der Tag gestern war die reinste Zeitverschwendung.«

»Wirklich?« Hamilton reichte ihr eine Tasse Tee und geleitete sie an den Tisch (offensichtlich stand das Toast-Angebot in absoluter Abhängigkeit von ihrer Szene), der Inbegriff des perfekten Kavaliers und besorgten Ehegatten. »Ja, ist das denn so schlimm? Warum setzt du dich nicht einfach zu mir und erzählst Papi, was passiert ist?«

»Also«, Kate konnte sich angesichts seiner Fürsorge zunehmend entspannen. »Es war wieder einer von diesen höchst dramatischen Tagen im Leben der Sapphire Rose. Offensichtlich schlägt ihre neueste Diät – *schon wieder* – nicht an, so dass ihr Rock – *schon wieder* – nicht passte und wir einen ganzen Tag verplemperten. Kannst du dir das vorstellen?« Kate schüttelte den Kopf und grinste in der Erwartung, gemeinsam mit ihrem Mann über Sapphires absurdes Verhalten lachen zu können. Stattdessen löste ihr Grinsen einen äußerst ernsten Gesichtsausdruck und ein mitfühlendes Seufzen aus.

»Die arme Sapphire«, bemerkte Hamilton, als hätten sie gerade über eine liebe Freundin gesprochen, deren Vater soeben an Krebs gestorben war. »Es muss so schwer für sie sein.«

»Wie bitte?« Kate war erneut verwirrt. Machte er Witze? Oder sollte das sarkastisch sein? Humor war noch nie Hamiltons Stärke gewesen, aber vielleicht gehörte das neben Toastanbieten neuerdings zu seiner Persönlichkeit. »Na ja, ich denke nur darüber nach, wie es für sie als Künstlerin in so einem oberflächlichen Ambiente sein muss. Sie ist die Künstlerin, umgeben von Handwerkern. Ich wette, sie steht recht allein da.«

»Machst du Witze?« Kate hegte immer noch Hoffnung, die allerdings jäh schwand, als Hamilton an seiner Ode an ihre Peinigerin weiterdichtete.

»Aber nein, mein kleines Walross. Ich mache keine Witze. Ich möchte dir nur dabei helfen zu verstehen, wie sich Sapphire fühlt, damit du sie bei ihrer kreativen Arbeit unterstützen kannst, anstatt dich darauf zu konzentrieren, wie ihre Kämpfe dich und deinen kleinen Tag betreffen.«

Am liebsten hätte sie wie Scooby Doo schnell mit dem Kopf geschüttelt, um sich aus den anderen Welten zurückzubringen, in denen dieses Gespräch offensichtlich stattfand. Doch sie antwortete ruhig: »Liebling, ich verstehe sehr wohl das Temperament einer Künstlerin. Ich bin nämlich Schauspielerin, wie du weißt.«

»Oh, Katie … Katie, Katie, Katie.« Hamilton legte seine Hand über ihre und verharrte einen Moment. »Natürlich weiß ich, dass du eine Schauspielerin bist. Ich kümmere mich schließlich um deine Verträge, oder etwa nicht? Ich sage doch nur, dass du eine andere Art Schauspielerin bist als Sapphire, das ist alles.«

»*Eine andere Art Schauspielerin*? Was soll denn *das* schon wieder bedeuten?«

»Jetzt lass uns doch nicht dramatisch werden.« Kate war laut geworden, als sie sich eingestehen musste, dass er keine Witze machte. Nun stand Hamilton auf, um sich noch eine Tasse Tee zu holen. Er war offensichtlich wegen ihres Ausbruchs verärgert. »Du musst dich doch gar nicht verteidigen. Die Welt braucht schließlich Handwerker und Künstler. Was du machst, ist keineswegs verkehrt. Einerseits wirst du ziemlich gut dafür bezahlt, andererseits hast du die Chance, mit einer der ganz Großen zusammenzuarbeiten. Ich verstehe nicht, wieso du meinst, du hättest Anlass zur Beschwerde.«

Kate war zu fassungslos, um darauf zu antworten. Sie versuchte zu verarbeiten, was ihr Manager beziehungsweise Ehemann gerade gesagt hatte. Glaubte er tatsächlich, dass sie in Sapphires Gegenwart glücklich war? Sollten die Wutanfälle dieses verwöhnten Stars etwa als ein Zeichen ihrer künstlerischen Integrität anerkannt und auch noch bewundert werden, anstatt sie unter Kontrolle zu bekommen? Allerdings wollte Kate ihren morgendlichen Waffenstillstand nicht völlig zunichte machen, also konzentrierte sie sich darauf, ihre Stimme zu mäßigen. »Hamilton, ich verstehe ja, dass du Sapphire als Künstlerin bewunderst. Aber ich verstehe nicht, was daran kreativ sein soll, wenn ein komplettes Team acht Stunden lang wegen eines Garderobenproblems aufgehalten wird.«

»Natürlich verstehst du das nicht, Schatz, und ich erwarte das auch gar nicht von dir. Das ist ja genau mein Punkt.«

»Ich weiß nicht, was ich dazu sagen soll.«

»Das ist doch das Schöne daran, oder nicht, Katie? Du musst gar nichts sagen. Du kannst einfach dasitzen und musst nur hübsch aussehen.«

Ihre tiefsten Ängste ausgesprochen zu hören, erwischte sie mit einer dumpfen Kraft. Kate saß wie festgenagelt auf ihrem Stuhl. Sie war außerstande etwas zu sagen, sie war außerstande die Tränen zurückzuhalten, die in ihre Augen strömten.

»He, komm schon, jetzt ist es genug, meine Schöne«, sagte Hamilton. Er zog einen Stuhl zu ihr und nahm sie in seine Arme. »Ist es so eine Last, schön zu sein?« Er hob mit dem rechten Zeigefinger ihr Kinn an, bis sie beide auf gleicher Augenhöhe waren. »Du weißt, das Letzte, was ich je tun würde, wäre dich zu kränken, das weißt du doch?« Kate nickte – sie war sich allerdings nicht ganz sicher, ob aus freiem Willen oder wegen Hamiltons Hand unter ihrem Kinn. »Natürlich weißt du das. Jetzt lass uns nicht wegen einer simplen Tatsache in Tränen ausbrechen: Du bist eine fantastische Frau, die vor der Kamera großartig aussieht und die darauf eine Karriere aufgebaut hat. Deshalb muss man sich doch nicht schämen.«

»Aber warum schäme ich mich dann so?« Kate konnte wegen eines neuen Schluchzers kaum sprechen.

»Ich weiß es nicht, mein Schatz. Das ist sicherlich ein gutes Thema für ein Gespräch mit Penelope. Hast du sie schon angerufen?«

»Ja, aber sie hat noch nicht zurückgerufen.«

»Gut, sie ruft dich bestimmt zurück. Am besten bleibst du an diesem Morgen zu Hause in der Nähe des Telefons … mit ein paar Gurkenscheiben oder Teebeuteln auf den Augen. Wir wollen doch nicht, dass du weiter so angeschwollen aussiehst, oder?«, fragte Hamilton und gab ihr einen Kuss auf die Wange, ehe er aufstand und die Teetassen und seinen Frühstücksteller wegräumte. »Also, du kümmerst dich darum, mit ihr so bald wie möglich ein paar Termine zu vereinbaren, und ich fahre inzwischen zum *Generations*-Set und schaue, was ich unternehmen kann, um Sapphire zu helfen.«

»*Sapphire* zu helfen? Und was ist mit mir?« Kate wusste, dass sie verzweifelt klang – vermutlich weil sie es tatsächlich war.

»*Und was ist mit mir*?«, äffte Hamilton sie nach, dessen Geduld allmählich zu Ende war. »Oh, Kate, verstehst du denn nicht? Das ist doch *genau* der Grund, warum du schnellstmöglich Hilfe brauchst. Offensichtlich stellt Sapphire für dich eine derartige Bedrohung dar, dass du nicht einmal einsehen kannst, dass sie eine Gabe Gottes hat. Wir anderen können nur, nein, wir anderen müssen alles daran setzen, ihr dabei zu helfen, dieses Talent mit der Welt zu teilen. Aber nun muss ich mich beeilen und in den nächsten zehn Minuten im Fitnessstudio sein, oder David Hasselhoff übernimmt schon wieder meine Trainingsstunde mit Thor. Ich hoffe wirklich, dass du mit Penelope gesprochen haben wirst, bis ich zurückkomme. Und leg dir schleunigst Teebeutel auf die Augen.« Hamilton inspizierte einen Moment lang ihr Gesicht aus der Nähe und war mit dem Anblick eindeutig nicht zufrieden. »Ein Dampfbad könnte auch nicht schaden. Allerdings könnte dann deine Haut um die Augen herum etwas austrocknen.« Nach einem Blick auf die Wanduhr hinter Kates Kopf sprang Hamilton auf, griff nach seinen Schlüsseln und ging Richtung Tür, während er wie eine Schnellfeuerwaffe weitersprach. »Ich habe keine Zeit, mich auch noch darum zu kümmern. Versuch einfach, die Wasseransammlung in deinem Gesicht und in deinem Bauch loszuwerden und bewahre gleichzeitig den Anschein von Feuchtigkeit in deiner Haut – und mach einen Termin mit Penelope aus.«

Mit diesen Worten verließ er eilends das Haus, um seinen Fitnesstrainer zu treffen. Und Kate spürte nun sehr deutlich ihre geschwollenen Augen, ihre trockene Haut und ihren aufgedunsenen Bauch… und schämte sich dafür in Grund und Boden.

8

In der Warteschlange des Starbucks in Pacific Palisades fühlte sich Michael so, als wäre er unverhofft in ein aktuelles Remake der alten Familienserie *Erwachsen müsste man sein* geraten, in der nur außerordentlich wohlhabende, gut aussehende und schlanke Familien mitspielten. Zuweilen hielt er hier auf dem Weg zu seiner Arbeit an, wenn der Verkehr auf dem Pacific Coast Highway ihn nötigte, die Strecke über den Sunset Boulevard zu seinem Büro in Beverly Hills zu nehmen. Jedes Mal beeindruckten ihn seine scheinbar widersprüchlichen Gefühle, dass dies zwar das einzige authentische Stadtviertel von Los Angeles war, gleichzeitig aber die gesamte Stadt so wirkte, als wäre sie nur eine besonders kunstvoll gebaute Filmkulisse mit Menschen, die zu gut aussahen und zu gut gekleidet waren, um echt zu sein. In seiner Fantasie stellte er sich immer wieder vor, eines Tages mit seiner eigenen Familie hier zu leben, wobei er sich natürlich fragte, ob seine zukünftige Frau und die Kinder wohl dieses strenge Pacific-Palisades-Casting überhaupt bestehen würden – oder ob man sie freundlich, aber bestimmt den Hügel hinunter Richtung San Fernando Valley verweisen würde.

»Sie sind dran«, hörte er hinter seinem linken Ellbogen eine Stimme, die ihn aus seinen Träumen riss.

»Ach, ja, Entschuldigung«, antwortete er in der Absicht, sich umzudrehen und seine Bestellung aufzugeben. Aber er blieb wie angewurzelt stehen, als er in das hübscheste Gesicht blickte, das er je gesehen hatte. Es war von wuscheligem, nassem Haar umrahmt, von dem sich ein paar Korkenzieherlocken aus einer Schildpatthaarspange gelöst hatten.

»Der nächste Kunde, bitte!« Die hellhäutige Angestellte hinter dem Tresen versuchte, so gut sie konnte, die Schlange zu bedienen, die mittlerweile eine Länge wie in einem Vergnügungspark erreicht hatte. »Guten Tag, möchten Sie Ihre Bestellung aufgeben?«

»Wie bitte? Ach, ja, stimmt, ich möchte etwas bestellen.« Michael konnte kaum den Blick von dieser sommersprossengesichtigen Vision zu seiner Linken abwenden und bestellte: »Einen Kaffee, bitte.«

»Einen Kaffee? Möchten Sie nicht lieber einen entkoffeinierten Supersize triple-shot Mocha Frappé?« Die junge Frau neben ihm grinste und veranlasste ihn, in ihre grünblauen Augen zu sehen. Eigentlich waren es grünblau-rötliche Augen. Hatte sie geweint? »Bitte, einen entkoffeinierten Latte mit Sojamilch. Den großen.«

»Also Venti«, bemerkte Michael im verzweifelten Bemühen, sich etwas Kluges oder Charmantes einfallen zu lassen, um sein Gespräch mit der jungen Frau in Gang zu halten.

»Genau, *Venti*«, bestätigte sie. Sie nahm ihr Wechselgeld von der Starbucks-Angestellten entgegen und steckte einen Dollar in die Trinkgeldbüchse. »Aber morgen bin ich wieder hier und sage wieder ›den großen‹.«

»Tja, vielleicht lernen sie ja daraus und benennen diese Größe um.« *Verdammt*, tadelte sich Michael, *sag etwas Charmantes und Kluges, nichts Dämliches und Überflüssiges.*

»Tja, vielleicht«, antwortete sie mit einem Lächeln, das nicht ihre Augen erreichte. Sie griff nach ihrem Getränk auf dem Tresen. »Also, ich wünsche Ihnen einen schönen Tag.«

»Ich werde es versuchen«, antwortete er noch immer neben der Spur und überlegte, ob ihr Lächeln bedeutete, dass sie an ihm Interesse fand oder ob sie zu diesem sprachlosen Mann einfach nur barmherzig war. »Vielleicht liegt sogar ein *Venti*-Tag vor mir.« Daraufhin musste sie lachen – *Punkte gemacht!* –, verlangsamte aber nicht ihre schnellen Schritte zum Eingang. Sie schenkte ihm noch ein Lächeln, das bei ihm weiche Knie auslöste, als sie sich umwandte, um jemandem Platz zu machen. *Mann o Mann, ist die süß*, dachte Michael. *Und sie hat irgendetwas … Irgendwie kommt sie mir bekannt vor.*

Dreißig Minuten später, trotz des nervenaufreibenden Verkehrs, Stoßstange an Stoßstange auf dem Sunset Boulevard, musste er immer noch lächeln. Wenn ihn eines Tages etwas aus Los Angeles vertreiben sollte, dann dieser erdrückende Verkehr. Außer natürlich, seine Latte mit Sojamilch bestellende Zukünftige würde lieber in Los Angeles bleiben, um dort ihre hübschen, wohlgeratenen Kinder genau neben dem Starbucks großzuziehen, in dem sie sich kennengelernt und ihr Märchen seinen Anfang genommen hatte. *Du brauchst zuallererst ihre Telefonnummer, du Vollniete*, beschimpfte sich Michael, aber selbst seine Selbstgeißelung konnte sein Hochgefühl nicht schmälern. Schließlich hatte sie gesagt, dass sie »den großen« *morgen* wieder bestellen würde, also war sie täglich hier. Michael musste also nur noch an den Tatort zurückkehren und auf das Erscheinen seines Engels warten. Und wenn sie nicht erschien, würde er einfach am nächsten Tag wiederkommen und am übernächsten und so weiter, bis ihr Begehren nach einem Latte mit Sojamilch sie direkt in seine Arme trieb – oder zumindest so nah an seine Arme, dass er ihre Telefonnummer notieren könnte. Zugegeben, sein Repertoire an charmanten schlagfertigen Antworten bedurfte der Erweiterung um gängige Varianten für große Kaffeeportionen, aber vor einem möglichen Wiedersehen lag für ihn immerhin noch ein ganzer Tag und eine lange Fahrtstrecke, während der er nichts Weiteres zu tun hatte, als spontane Witze einzuüben.

Er war in seinen Gedanken immer noch bei dieser geheimnisvollen Frau, als er vor dem Studio von *Generations* parkte. Man hatte ihn wieder an den Set beordert, aber diesmal für ein Meeting, das offensichtlich der Agent einer anderen Schauspielerin der Serie einberufen hatte, um »Möglichkeiten für reibungslose Abläufe« zu besprechen. Michael wusste, dies war eine Umschreibung für »Möglichkeiten, um

Sapphire unter Kontrolle zu bekommen«. Er wusste ebenfalls, dass er sich eigentlich durch die Tatsache bedroht fühlen sollte, dass jemand anders die Zügel bei einem Thema an sich gerissen hatte, das *seine* Star-Klientin betraf, aber ihm selbst war inzwischen alles so egal, dass er sich zu keinem Einwand aufraffen konnte. Selbst das Worst-Case-Szenario – der andere Agent nahm ihm Sapphire schlicht weg – erschien ihm eigentlich gar nicht so unangenehm. Tatsächlich war es fast so verführerisch wie seine Träumereien von der jungen Frau aus dem Coffee-Shop.

»Michael, da bist du ja!« In einem Affenzahn, mit einem nervösen Lächeln über das gesamte, verzweifelt freundliche Gesicht raste Jerry Smith auf ihn zu. Jerry war bei *Generations* der Produktionsleiter. In dieser Funktion oblag ihm die Verwaltung des Serienbudgets, was ihn zum Ansprechpartner für die meisten Probleme machte. Es war seine Aufgabe, dafür zu sorgen, dass alles im Rahmen blieb. Diese Aufgabe war ideal für einen knallharten, disziplinierten Typen mit Dobermann-Rottweiler-Qualitäten. Jerry hingegen war eher der brave Labrador, der etwas tapsig wirkte und dem eine gehörige Portion Humor fehlte. »Ich bin so froh, dass du es einrichten konntest!«, rief er, griff nach Michaels Hand und zwang ihn in eine peinliche, angedeutete Umarmung.

»He, ja, ich konnte es einrichten.« Michael trat einen Schritt zurück, um Jerrys Atem zu entkommen, einer Übelkeit erregenden Mischung aus schalem Kaffee und Angst. »Wer ist denn dabei, bei unserem kleinen Gipfeltreffen?«

»Unser kleines Gipfeltreffen! HA! HA! HA!« *Schon seine Lache ist peinlich*, dachte Michael und versuchte, so gut es eben ging, von Jerrys übertrieben dröhnender Lautstärke und seinen ranzigen Ausdünstungen Abstand zu halten. »Der war gut.«

»Ja, ich habe schließlich den ganzen Morgen daran gearbeitet.«

»Die Zeit war gut angelegt«, lobte Jerry, dem Michaels Sarkasmus völlig entgangen war. Wahrscheinlich notierte er gerade in seinen Terminplaner »mehr Zeit für witzige Kommentare investieren«. »Also, ich glaube, die Sache lässt sich gar nicht übel an, oder? Ich denke, es geht doch nur darum, sich zu treffen und ein wenig zu quatschen, oder? Vermutlich muss ich mir gar keine Sorgen machen, aber wie du weißt, gehören Sorgen zu meinem Job. Ich bin die verflixten Sorgen schon so gewöhnt, dass ich mir sogar Sorgen mache, wenn es überhaupt keinen Anlass dafür gibt, so wie heute, oder? Ich glaube, sie ist nicht einmal sauer auf mich, oder? Meinst du, ich sollte irgendetwas wissen, bevor wir in ihren Trailer gehen?«

»Aber nein, Jerry, sie liebt dich doch.« *Und zwar auf die herablassende, unpersönliche Art, wie alle Königinnen ihre servilen Untertanen lieben.* »Ich denke, wir können ruhig glauben, was man uns sagte. Wir alle setzen uns zu einem Brainstorming zusammen, um Sapphire das Leben leichter zu machen. Und ehrlich gesagt, wer möchte nicht auf Erden dafür seine knapp bemessene Zeit einsetzen?«

»Ja, *ich* will das. Natürlich will ich das«, bestätigte Jerry. Er verstand Michaels Sarkasmus nach wie vor nicht und war sichtlich erleichtert darüber, dass er vermutlich nicht seinen Job verlieren würde. »Ich denke, vom Kopf und vom Bauch her ist das unser oberstes Ziel. Aber es ist schon ein wenig seltsam, dass uns ausgerechnet Hamilton wegen dieses Treffens angerufen hat, oder? Ich meine, er ist nicht einmal Sapphires Agent, sondern Ka …« Er unterbrach sich selbst mitten im Satz, als wäre ihm erst jetzt klar geworden, dass er zu dem

Mann sprach, dessen Job tatsächlich beendet sein könnte, und legte seine verschwitzte Hand auf Michaels Schulter. »Ich bin sicher, dass du recht hast. Ich bin sicher, dass wir alle nur gerufen werden, um unserem Ausnahmetalent zu helfen.«

»Stimmt, unserem Ausnahmetalent«, sagte Michael, indem er Jerrys äußerst besorgten Gesichtsausdruck und Tonfall imitierte, allerdings nur zu seinem eigenen Vergnügen. »Komm, lass uns nachsehen, ob unser Ausnahmetalent schon da ist.«

Während die beiden Männer die etwa 100 Meter zu Sapphires Trailer zurücklegten, musste sich Michael nicht weniger als drei Mal von dem »tröstenden« Arm befreien, den Jerry immer wieder um seine Schulter legte. Selbst wenn diese Geste nicht den geringsten Trost spendete, so lenkte Jerrys unbeholfenes Tätscheln Michael doch von seinem anfänglichen Groll gegen dieses Meeting ab. Immerhin war dies ein neues, ein anderes Ärgernis.

»Ich mache das«, schnauzte Michael Jerry an, dessen ungeschickter Versuch, um ihn herumzugreifen, um die Trailertür zu öffnen, ihn beinahe von den wackeligen Stufen geworfen hätte.

»Oh, ja, natürlich, ich armer Tolpatsch«, entschuldigte sich Jerry. Er zog schnell seine Hand zurück und ließ den Kopf auf die Brust fallen, als wäre Michaels ungeduldiger Tonfall eine aufgerollte Zeitung, die auf seine Nase zielte.

Als sie schließlich die Tür öffnen konnten, fanden sie ein anmutiges kleines Tableau vor: Sapphire und Hamilton saßen traut vereint auf der Couch, sein Arm lag über ihrer Schulter, ihr Kopf ruhte auf seiner Brust, und mit der Hand umklammerte sie ein Papiertaschentuch, um den Tränenstrom aufzuhalten, der sich über ihr Gesicht ergoss. Die Unterbrechung veranlasste sie keineswegs auseinanderzurücken, sondern ließ die beiden ruhig aufblicken, als ob ihre Umarmung die selbstverständlichste Sache der Welt sei.

»Hallo, Sapphire«, grüßte Michael. Er stieg in den kleinen Raum und versuchte, möglichst viel Platz für Jerry zu machen, weniger aus Höflichkeit, als vielmehr aus dem Wunsch, einen Zeugen für diesen Anblick zu haben.

»Hal-*lo*!« Jerry war natürlich völlig außerstande, seine Verblüffung zu verbergen. Michael überprüfte schnell noch den Teppich unter Jerrys Füßen, um sicherzugehen, dass er nicht vor Aufregung in die Hose gepullert hatte.

Hamilton löste sich allmählich aus seiner Umarmung mit Sapphire. Er stand auf, und während er weitere trostreiche, schmeichelhafte Worte für Sapphire fand, gab er Michael die Hand. »Hallo. Sie müssen Michael sein. Ich bin Hamilton Morgan. Ich hoffe, Sie fühlen sich nicht auf den Schlips getreten, weil ich dieses Meeting einberufen habe?«

»Nein, Sie sind mir nicht auf den Schlips getreten«, antwortete Michael. *Aber vielleicht zertrampelst du meine Existenz.*

»Gut, gut«, sagte Hamilton und ließ sich wieder bequem neben Sapphire auf der Couch nieder. Dann deutete er auf zwei freie Stühle. »Bitte, meine Herren, nehmen Sie Platz. Lassen Sie uns zum eigentlichen Business kommen. Es geht um die Frage, was wir dazu beitragen können, damit unser Star brilliert, nicht wahr?«

Jerry schaffte nicht einmal den halben Meter zu seinem Stuhl, ehe es aus ihm herausplatzte: »Also, was mich angeht, ich kann mir kaum vorstellen, dass sie noch mehr brilliert, als sie es ohnehin schon tut.«

»Danke, Jerry«, gurrte Sapphire und tupfte sich ihre trockenen Augen ab, damit auch ja niemand vergaß, dass sie erst vor

Kurzem so sehr gekränkt worden war, dass sie Tränen vergießen musste.

»Ich spreche ja nur eine bekannte Tatsache aus«, stellte Jerry allen Ernstes fest.

»Gut, wie auch immer«, versuchte Michael, diese spontane Ehrerbietung zu unterbrechen. »Ich denke, es ist unumgänglich, dass wir genau festlegen, was heute unser Ziel ist.« Während er sprach, beobachtete er fasziniert, wie Hamiltons Arm sich wieder den Weg über die Couch hinter Sapphire bahnte, wie ein Schuljunge auf der Highschool, der sein Recht einforderte. »Also, ich meinerseits, möchte zuerst wissen, wieso ihr zwei Kids auf die Idee gekommen seid, dieses kleine Meeting zu planen.«

»Oh, Michael, ich bin doch kein Kind«, quiekte Sapphire und warf Hamilton einen koketten Blick zu, der sie geduldig anhimmelte, bevor er es auf sich nahm, Michaels Fragen zu parieren. »Ich bin mit Sapphire einer Meinung, sie ist kein Schulmädchen mehr, auch wenn sie wirklich so jung aussieht.« Bei diesen Worten klimperte Sapphire mit den Wimpern. Michael spürte, wie ihm übel wurde. »Sie *ist* tatsächlich eine Künstlerin, und es ist wichtig, dass sie wie eine Künstlerin behandelt wird.«

»Genau«, bestätige Michael. »Ich weiß, dass sie eine Künstlerin ist – sagen wir sogar, *une artiste* –, aber ich verstehe immer noch nicht, warum ich als ihr Agent hier bei einem Meeting bin, das Sie, der Sie ja nicht ihr Agent sind, einberufen haben.«

»Nun, wir verstehen ja, wie peinlich die Situation für Sie sein muss«, antwortete Hamilton, der nun seine Hand von der Couch nahm und auf Sapphires Schulter legte. »Eigentlich habe ich Sapphire im Auftrag meiner Klientin besucht.

Ehrlich gesagt, sie selbst war zu schüchtern, um mitzukommen, was natürlich völlig verständlich ist. Sapphire ist schließlich eine Legende, und zwar verdientermaßen, wie wir alle bestätigen können.«

»Ja, genau«, trällerte Jerry.

»Ja, ich denke, wir sind uns über Sapphire und ihren Status als Legende einig«, sagte Michael, der von Minute zu Minute ärgerlicher wurde. »Können wir jetzt bitte endlich zum Thema dieses Treffens kommen?«

»Ich weiß, warum ich hier bin. *Ich* bin hier, weil ich mithelfen will, dass unser Star brilliert!«, rief Jerry, womit *redundant* die Liste seiner nervenden Charakterzüge komplettierte.»Komm zur Sache, Mann«, murmelte Michael zwischen den Zähnen.

»Wie bitte?«

»Ich sagte, können wir bitte zur *Sache* kommen«, wiederholte Michael. »Wir sind *alle* hier, um Sapphire das Leben leichter zu machen. Ich verbringe einen Großteil meines Tages damit, Sapphire das Leben zu erleichtern. Auch dieses Treffen raubt meinem Hauptanliegen kostbare Zeit, also kommen wir bitte zur Sache und machen Pläne, einverstanden?«

»Ja, selbstverständlich«, antwortete Hamilton, der vor ihren Augen vom verknallten Schuljungen zum reifen Geschäftsmann und Agenten mutierte. »Wir müssen die Dinge bei den Dreharbeiten anders fokussieren. Die Produktion ist schließlich keine Ensemble-Serie, sondern ein Starvehikel. Die Probleme ergeben sich aus dem gravierenden Unterschied zwischen dem, was die Serie eigentlich ist – die Sapphire-Rose-Show –, und dem, wie sie geführt wird, nämlich als Ensemble-Serie.«

»Genau! Ich hätte es nicht anders ausgedrückt«, trällerte Jerry. Es fehlte nur noch, dass er Hamilton die Stiefel leckte.

»Okay, zugegebenermaßen, ich bin etwas verwirrt«, stellte Michael fest.

»Verwirrt? Was kann es da denn für eine Verwirrung geben?«, fragte Sapphire, die völlig irritiert war, dass jemand die einfache, unstrittige Wahrheit von Hamiltons Äußerung nicht verstehen konnte.

»Also, Hamilton, ich bin verwirrt, weil ich mich frage, wie Sie hier vor allem *gegen* die Interessen Ihrer eigenen Klientin agieren können. Verstehen Sie mich bitte nicht falsch – ich freue mich natürlich darüber, wenn andere Leute meine Arbeit erledigen, aber ich muss doch fragen: Was hält Ihre Klientin von Ihrer Aktion hier? Ach so, wer ist eigentlich Ihre Klientin?«

»Kate Keyes-Morgan.«

»Ach, ja. Keyes-*Morgan*?«

»Ja, sie ist meine Ehefrau und meine Klientin. Das sollte Sie doch absolut davon überzeugen, dass ich hier nur versuche, das Beste für alle herauszuholen.«

Oder du bist ein noch größerer Mistkerl, als ich annahm, dachte Michael, aber er bemerkte nur: »Ja, selbstverständlich, wer könnte nur Ihre Integrität in Frage stellen?« *Derjenige, der dich mit Sapphire so eng zusammen auf der Couch sitzen sieht, als hättet ihr einen Unfall mit der Klebepistole gehabt.*

»Ich für meinen Teil habe daran keinen Zweifel!«, schnatterte Jerry. »Also, gleich nach dem Meeting mache ich mich an die Arbeit. Ich werde dafür sorgen, dass alle Szenen mit Sapphire zuerst gedreht werden, damit sie schnurstracks zu ihrem Schönheitsschlaf nach Hause fahren kann – den sie natürlich gar nicht nötig hätte.«

»Ja, ich denke, das ist ein guter Ansatz«, lobte Hamilton.

»Ich bin damit einverstanden«, stimmte Sapphire zu.

»Jetzt ist aber Schluss«, motzte Michael, woraufhin Sapphire und die beiden Speichellecker sich ihm zuwandten und ihn anstarrten. »Meint ihr nicht, es ist ein wenig, ich weiß nicht, wie ich es ausdrücken soll, ein wenig rücksichtslos gegenüber den anderen an der Serie beteiligten Schauspielern?«

Sapphire rang nach Luft. »Auf wessen Seite stehst du eigentlich, Michael?«

»Ich stehe auf deiner Seite, Sapphire, wie immer. Und genau deshalb wäre es ein Versäumnis meinerseits, wenn ich dich nicht darauf hinweisen würde. Wenn du, als die am höchsten bezahlte Person am Set, allen Unannehmlichkeiten bereitest, die hier mit dem einzigen Zweck arbeiten, dir dein Leben ein wenig zu erleichtern, also, dann sieht das nicht sonderlich fair aus.«

Sapphire starte ihn verständnislos an. »Was hat das denn mit Fairness zu tun? Sind denn hier alle die Stars der Serie?«

»Nein, natürlich nicht, aber alle anderen sind ein Teil der Serie, und du willst ihnen doch nicht etwa das Gefühl vermitteln, dass du ihre Termine nicht respektierst, oder?«

Sapphire gaffte ihn an, als spräche er in einer fremden Sprache. Schließlich äußerte Hamilton seine Meinung. »Ich verstehe Ihr Anliegen, Michael, und es ist sicherlich ehrenwert, aber ich denke, Sie unterschätzen die Hochachtung, die Ihrer Klientin entgegengebracht wird.«

»Genau das meine ich auch!«, fiepte Jerry.

»Verstehen Sie, was ich meine, Michael? Diese Menschen hier wollen Sapphire das Leben erleichtern, weil sie alle wissen, dass es ohne sie diese Serie gar nicht gäbe. Nehmen Sie meine Frau, zum Beispiel. Natürlich war es gestern unangenehm für sie, als die Kostümabteilung dieses kleine Schlamassel verursachte, aber sie versteht, dass es hier nicht um ihren eigenen Zeitplan geht. Allein das Privileg, mit einer der ganz Großen zusammenzuarbeiten und von ihr lernen zu dürfen, ist eine Auszeichnung an sich.«

»Ja, das stimmt«, bestätigte Jerry und nickte ernsthaft.

»Ja, wirklich.« Sapphire nickte hoheitsvoll.

»Wunderbar«, seufzte Michael, der einsah, dass er eine verlorene Schlacht schlug. »Also gehen wir es an und versuchen es mit einer Veränderung im Drehplan. Aber, Jerry, bitte, diskret. Und ich denke, wir sollten uns darauf einstellen, dass es unter den übrigen Schauspielern zu einer Reaktion kommen könnte.«

»Sie werden es gut finden«, meinte Hamilton.

»Sie werden gern helfen«, bestätigte Jerry.

»Ist das eigentlich wichtig?«, fragte Sapphire.

Zwei Minuten später standen Michael und Jerry wieder draußen vor Sapphires Trailer.

»Hej, das ist ja richtig gut ausgegangen, oder, was denkst du? Ehrlich gesagt, das war doch sowieso von Anfang an Sapphires Serie. Jetzt machen wir das nur noch offiziell, nicht wahr? Ich glaube, das wird für alle großartig, oder, was meinst du?«

»Ich weiß es nicht«, entgegnete Michael. »Ich bin mir da nicht so sicher, dass alle davon so begeistert sind wie, sagen wir, du und Sapphire. Ich meine, wie geht es denn der armen Frau von diesem Typen damit? Glaubst du wirklich, sie weiß, was er ihr antut?« *Und vermutlich auch Sapphire antut*, fügte Michael im Stillen hinzu.

»Oh, ich bin sicher, sie weiß es. Kate ist ein Teamplayer.

Hast du sie schon einmal kennengelernt? Sie ist ein prima Kerl.«

»Nein, ich kenne die meisten anderen Schauspieler der Serie nicht. Sapphire hält mich ziemlich auf Trab.«

»Ja, das kann ich mir vorstellen. Sie ist ein Geschenk Gottes, nicht wahr?«

Michael erwartete ein Lächeln, ein Lachen, irgendetwas, das anzeigte, dass Jerry nur einen Witz machte – vergeblich. Michael würde die hypnotische Kraft von Berühmtheiten nie begreifen. »Gut, dass du's sagst, ich muss mich an die Arbeit machen.«

»Gute Idee. Du fängst auf deiner Seite an und ich sofort an meiner.« Jerry beugte sich vor und verabreichte Michael eine weitere Dosis seines krank machenden, widerlichen Atems. »Jetzt kann ich es dir ja sagen. Da drinnen bekam ich es mit der Angst zu tun. Ich glaube, wir beide konnten der Kugel gerade noch ausweichen, verstehst du?«

»*Du*? Du hattest Angst? Da bin ich aber platt. Dabei hast du den Eindruck von Selbstbeherrschung und Zuversicht vermittelt.« Michael ließ seinen sarkasmusresistenten Kollegen vor Sapphires Trailer stehen und ging zu seinem Wagen in Gedanken an die Kugel, der Jerry ausgewichen war.

Die schwirrte jetzt genau auf ihn zu.

9

»Also, was denkst du?« Paige hatte Kate auf dem Maskenstuhl fest im Blick, die Pinsel in der Hand und bereit für ihren Einsatz.

»Hm, ich weiß nicht. Meinst du, es lohnt sich überhaupt?«

»Also, was ist schlimmer: Du wirst völlig vergeblich geschminkt? Oder man ruft dich zum Set und wir versuchen eine Dreißig-Minuten-Maske in zwei Minuten hinzubekommen?«

»Also, lassen wir es?«, fragte Kate und stand auf, als wollte sie hinausgehen.

»Das hättest du wohl gern?!« Paige musste lachen und drückte Kate in den Stuhl zurück. Nun konnte sie endlich mit ihrer Arbeit beginnen, wofür sie die Behälter mit der Grundierung, dem Rouge, dem Puder und dem Lidschatten wie das Operationsbesteck eines Chirurgen in penibler Ordnung zurechtlegte.

»Jetzt lehn dich zurück und entspann dich. Es tut kein bisschen weh.«

»Das hat mein erster Freund damals auch gesagt – und er hat genauso gelogen.«

»Schon«, sagte Paige und hielt den Make-up-Pinsel in die Luft, den sie gerade in die Grundierung getaucht hatte. »Der Unterschied ist nur, dass ich recht habe.«

Kate lachte und antwortete: »Ich danke Gott, dass es dich gibt. Ich könnte diesen Job nie durchhalten, wenn du nicht andauernd unangemessene und beleidigende Dinge zu mir sagen würdest.«

»Es geht um dich«, erklärte Paige. »Es geht um dich und um den kostenlosen Speck für mich.«

»Aber nicht unbedingt in dieser Reihenfolge, oder?«

»Kate, wie kannst du so etwas auch nur *aussprechen*?«, entgegnete Paige mit gespieltem Entsetzen. »*Selbstverständlich* nicht in dieser Reihenfolge. Du weißt, wie ich über meinen Speck denke.«

»Ja, ich weiß. Im Ernst, ich habe tatsächlich daran gedacht einzugreifen. Gibt es ein Zwölf-Punkte-Programm für den Speck?«

»Ich kann sofort aufhören, wenn ich möchte. Ich will nur nicht. Es wird langsam peinlich, die Kellner mit meiner großen Speckparty anzulügen, um zu vertuschen, wie viel gebratenes Schweinefleisch ich für mich selbst bestellt habe.«

»*Eine gigantische Speckparty*? Gute Tarnung. Ich kann mir nicht vorstellen, dass irgendjemand diese schlaue List durchschaut.«

»Genau«, stimmte Paige zu. »Und jetzt sei still, damit ich endlich unsere gemeinsame Zeit vergeuden kann, um dich für eine Einstellung zu schminken, die sie niemals drehen werden. Hat Sam irgendetwas über das Timing gesagt?«

»Eher nicht. Er sagte nur, sie bräuchten mich hier ›an Bord‹, während sie abwarten, was bei Sapphires Krisensitzung herauskommt.«

»Sapphire hat eine Krisensitzung einberufen? Worum geht es da denn?«

»Ich weiß es nicht«, murmelte Kate vor sich hin und vermied, Paige ins Gesicht zu sehen.

»Ich hoffe, sie trifft sich nicht mit den Bühnenarbeitern, um ihre neue Diät zu beraten. Das ganze Studio stinkt immer noch nach Lamm von ihrer letzten ungesunden Diät. Übrigens, ich habe gehört, sie macht jetzt auf Rohkost. Kannst du dir vorstellen, wie es stinken wird, wenn sie unbedingt Sashimi zum Frühstück haben will?«

»Vielleicht hast du auch Glück und die neue Diät hat rohen Speck als Grundlage?«

»He! Ich glaube, du hast gerade den einzig richtigen Weg herausgefunden, damit mir mein Stück Speck entgeht. Ich fühle mich auf einmal so merkwürdig edel, wie ein Vorbild an Disziplin.«

»Die Frage ist doch nur, ob du diszipliniert genug bist, um endlich mit dem Quatschen aufzuhören und meine Maske zu machen.«

»Ich arbeite ja schon daran, aber ich habe nicht die Absicht zu schweigen. Denn ich habe vor, die ganze Zeit zu quasseln, von meiner ersten Kindheitserinnerung an. Danach taste ich mich langsam und sorgfältig durch meine absurde Jugend bis zu meiner Verwandlung in den schönen, wenn auch etwas *flaumigen* Schwan, den du heute vor dir hast. Vielleicht sind wir sogar rechtzeitig für deine Einstellung fertig, bis mein faszinierender Monolog zu Ende ist, also irgendwann nächste Woche.«

»Jetzt mach endlich weiter«, bat Kate. Sie lehnte sich entspannt in den Sessel zurück und schloss die Augen. »Wenn du irgendein Schnarchgeräusch hören solltest, bedeutet das nur, dass ich besonders gut zuhöre.«

»Selbstverständlich«, meinte Paige und schob Kates Pony mit einer sanften Handbewegung zurück. »Genauso würde ich es verstehen. Also, alles begann vor etwa fünfunddreißig Jahren im wunderbaren Berkeley in Kalifornien.«

Kate gab sich dem beruhigenden Klang von Paiges Stimme hin. Sie hörte ihr gern zu, in ihrem Humor steckten Selbstironie und Aufrichtigkeit. Meistens war Paige die Einzige in einem mit Menschen überfüllten Raum, die aussprach, was alle anderen nur dachten. Kate beneidete Paige um diese

Freiheit. Sie selbst fühlte sich eingezwängt, reduziert durch ihre Angst, etwas Falsches zu sagen. Denn selbst wenn es etwas Richtiges war, würde es später falsch zitiert und gegen sie verwendet werden. Hamilton erinnerte sie ständig daran, dass ihre Gespräche (außer mit ihm) für andere Leute reines *Bargeld* bedeuteten. Entweder gaben sie emsig weiter, was sie auf einer Party gesagt hatte, um sich selbst wichtigzumachen, oder sie riefen tatsächlich die Klatschpresse an und verkauften Kates Äußerungen gegen kalte, harte Münze. Das Unheimliche an den Klatschzeitschriften war nicht, wie viel Stoff sie erhielten, sondern wie viel davon richtig war. Sie waren bekannt dafür, die präzisesten Informationen von »Quellen direkt am Set« zu bekommen. Für Kate bedeutete dies, dass sie sich während ihres 14- bis 16-Stunden-Drehtages wie im Feindesgebiet fühlte und sich ständig fragte, wer von den Anwesenden sie gerade ausspionierte. Bei Paige hingegen hoffte sie inständig, dass sie ihr nicht nur vertrauen konnte, sondern dass aus ihrer Beziehung sogar eine echte Freundschaft erwuchs. Aber seit der »Katie-das-Walross-Kampagne« fühlte sie sich tief verletzt. Es war viel von dem, was sie mit Menschen teilte, die sie für loyal hielt, auf den Titelseiten der Schundblätter aufgetaucht. Immer mit wenig schmeichelhaften Fotos von ihr, auf denen sie am frühen Morgen in die grelle Sonne blinzelte und in die Hocke ging, um ihre Zeitung aufzuheben, wobei sie ein unvorteilhaftes Wallewalle-Kleid oder ausgebeulte Jogginghosen trug. Entweder solche Fotos oder eine enorme Nahaufnahme, die zeigte, wie sie gerade auf der Terrasse eines Restaurants in etwas hineinbiss. Selbst wenn es nur ein Salatblatt ohne jedes Dressing war – allein diese Nahaufnahme mit der Schlagzeile »Meeehr Futter für Katie« vermittelte den Eindruck, dass sie ein aus der Kontrolle geratener Vielfraß war. Nun hatte sie das Problem dahingehend gelöst, dass sie sich eher mit ihrem Hunger als mit etwas Essbarem einließ. Niemals wieder würde man sie bei einer Mahlzeit draußen fotografieren, denn sie traf sich einfach nicht mehr mit ihren Freunden zum Essen. Sie vermied, beim Essen fotografiert zu werden, indem sie schlicht nichts aß, und sie vermied, falsch zitiert zu werden, indem sie sich mit niemandem wirklich unterhielt. Dieses Match hatte sie gewonnen, und abgesehen von den extremen emotionalen und körperlichen Entbehrungen war ihr Sieg tatsächlich süß.

Kate schreckte aus ihrem Halbschlummer, als sie ein lautes Klopfen an der Tür und Sams Stimme hörte: »Es geht los!« Sam öffnete die Tür und stiefelte die wackeligen Stufen in das Maskenmobil hoch. Er balancierte sein metallenes Clipboard, ein Starbucks-Tablett und einen mit Frühstücksspeck überhäuften Papierteller, während er gleichzeitig damit beschäftigt war, die Tür hinter sich zu schließen, ohne etwas fallen zu lassen, und das Gespräch, das er über das Headset führte, fortzusetzen. »Ja, ich bin jetzt gerade bei ihr … Ja, ich sage es ihr … Ja … In Ordnung … Geht klar.« Er verdrehte die Augen und schenkte den Damen sein charmantestes Lächeln, nickte in Richtung Tablett und Speck und lüftete das inexistente Geheimnis, für wen diese Wohltaten gedacht waren. Mit einem weiteren »Okay … Geht in Ordnung!« stellte er das Tablett auf das Tischchen, das am nächsten bei Paige und Kate stand, und ließ sich erschöpft in einen der leeren Stühle fallen. »Liegt es an mir, oder sind hier vielleicht alle verrückt?«, stöhnte Sam.

»Nun«, antwortete Paige. »Eigentlich stimmt beides. Alle sind verrückt, du natürlich auch.«

»Ach so, Gott sei Dank. Heißt das, dass ich zwei Wochen frei bekomme und in die Klapsmühle gehen darf?«

»Ja, genau, das heißt es«, bestätigte Kate mit der übertriebenen Begeisterung einer Game-Show-Moderatorin. »Und das Beste ist, du bist schon da! *Das* hier ist deine Klapse!«

»Neeeeiiiin«, jammerte Sam. »Ich möchte lieber das Kästchen mit den Mai Tais am Sandstrand!«

»Dann hättest du besser den Job bei *Lost* annehmen sollen.«

»Um auf den täglichen Missbrauch durch euch beide zu verzichten? Nie im Leben!«

»Hahaha«, entgegnete Paige wenig überzeugt. »Darum und weil sie dir nie einen Job angeboten haben.«

»Ja, ich glaube, das stimmt. Und nun komme ich zur erfreulichen Nachricht: Ich habe euch Speck mitgebracht.«

»Das habe ich schon gemerkt«, sagte Paige und nahm sich zwei Scheiben, die sie mit gesundem Appetit in sich hineinmummelte. »Ich kann mir nicht helfen, aber ich fürchte, das bedeutet schlechte Nachrichten.«

»*Außerdem* gibt es noch etwas von Starbucks«, wich er aus und überreichte den Damen die zwei Becher vom Tablett.

»Das müssen *wirklich* schlechte Nachrichten sein«, stellte Kate fest, die den Becher nahm und sofort unter dem Deckel überprüfte, ob sie einen Hauch von Sahne oder etwas anderes Leckeres, also einen Dickmacher, entdeckte.

»Ist denn mehr gemeinsame Zeit eine schlechte Nachricht?«

»Sam!«, riefen beide Frauen wie aus einem Mund. Sie hatten sich eigentlich darauf gefreut, dass es endlich vorbei wäre, und nun begann die Tortur von Neuem.

»Okay, okay«, beschwichtigte Sam sie und stand auf, um

vorsichtshalber nahe der Tür zu sein, falls ihm ein Stück Speck um den Kopf fliegen sollte. »Es gibt wieder eine Veränderung beim Drehplan.«

»Oh, neeeeiiiin«, kreischten beide Frauen gleichzeitig.

»Ich bin völlig einer Meinung mit euch, aber das kümmert hier niemanden. Der Stand der Dinge ist: Ab sofort beginnen wir mit Sapphires Aufnahmen, damit sie früh heimkommt. Und dann hoffen wir, zu deiner Szene zu kommen, bevor der Tag zu Ende ist.«

»Aber wenn wir es heute nicht schaffen, fangen wir gleich morgen damit an, oder?«, fragte Kate hoffnungsvoll. Sie befürchtete, ihre zunehmende Nervosität über die ständig verschobene Szene in Unterwäsche brächte die Gefahr mit sich, sie geradewegs in eine Angst verdrängende – und Figur zerstörende – Donut-Orgie zu treiben.

»Also, ja und nein«, schränkte Sam ein. »Deine Szene wird die erste sein – gleich nach den Aufnahmen mit Sapphire. Die neue Weltordnung hier beim völlig durchgeknallten *Generations*-Set sieht vor, dass ihre Einstellungen zuerst gemacht werden.«

»Wie bitte? Kann man wenigstens erfahren, *warum*?«, fragte Paige, während sie weiter auf dem Speck herumkaute.

»Ich würde es euch ja erzählen, wenn ich es wüsste. Ich weiß nur, dass die Entscheidung heute Morgen bei diesem Meeting zustande kam.« Er suchte nach Kates Blick. »Dein Mann war dabei. Vielleicht solltest du ihn fragen.«

»Ja, das werde ich tun«, versprach Kate, der mittlerweile so elend war, dass sie nur noch flüstern konnte.

»Ach, es gibt noch eine Nachricht«, sagte Sam über seine Schultern, während er aus dem Trailer stiefelte. »Falls ihr wollt, beim Catering bieten sie jetzt auch Sashimi an.«

Als Kate sieben Stunden später nach Hause fuhr, versuchte sie zu ergründen, ob ihre Kopfschmerzen und ihre Übelkeit die Anzeichen für eine beginnende Grippe waren oder das Ergebnis ihrer Frustration, schon wieder heimgeschickt worden zu sein, ohne ihre gefürchtete (und immer weniger greifbare) Beinahe-Nacktszene abgedreht zu haben. Aber vielleicht war ihr Zustand auch der Tatsache zu verdanken, dass ihr eigener Mann sie offensichtlich im Stich ließ. Paige hatte sich bewundernswert zurückgehalten. Sie hatte Kate nicht nach Insider-Informationen über das Geheimtreffen befragt, was insofern eine enorme Erleichterung bedeutete, da Kate keine hatte. Sie hatte zwar einen vollständigen Bericht von Hamilton erwartet, sobald das Meeting zu Ende war – so wie er es ihr vorher zugesagt hatte. Stattdessen hatte sie nur eine hastig gekritzelte Nachricht an ihrer Trailertür vorgefunden, die besagte, Hamilton habe sie »überall gesucht, aber nicht gefunden«, nun müsse er »schleunigst zu einem anderen Meeting fahren«, und er würde sie von unterwegs anrufen. Er hatte sie aber nicht angerufen. Tatsächlich hatte ihr Telefon den gesamten restlichen Tag nicht geklingelt. Der Tag zog sich ewig in die Länge. Kate überprüfte andauernd ihr Handy (sie rief sogar die Telefongesellschaft an, um sich zu vergewissern, dass sie tatsächlich eingehende Anrufe empfangen konnte) und kam sich vor wie ein abgelegter One-Night-Stand. Den Rest des Nachmittags hatte sie sich in ihren Trailer verkrochen. Es war ihr schon zu peinlich, nur ihren Kopf aus der Tür zu halten, denn sie war sich sicher, dass alle anderen das schweigende Handy in ihrem Morgenmantel sehen würden.

Am Set, egal ob beim Fernsehen oder beim Film, gelten die gleichen Regeln wie an der Highschool. Es gibt eindeutig abgegrenzte Cliquen und eine sorgfältig austarierte

Hierarchie. Nur der Klatsch schwirrt frei zwischen den gesellschaftlichen Trennlinien hin und her. Eine so heiße Information wie die über ein Geheimtreffen mit einem der Serien-Stars, das vom Ehemann des anderen Serien-Stars einberufen wurde, aber genau diesen anderen Star ausschloss, verbreitete sich bestimmt wie ein Lauffeuer. Kate war davon überzeugt, dass alle über die neue Zeitvorgabe informiert waren, und selbst wenn sie nicht wussten, dass es Hamiltons Idee war (selbst Kate wusste ja nicht, wer was auf diesem Meeting gesagt hatte), so war doch offensichtlich, dass sich niemand in dieser Angelegenheit für ihre Interessen eingesetzt hatte – oder für die Interessen von irgendeinem der anderen Schauspieler. Denn das war doch der Kern der Sache. Sapphire Rose war die Schönheitskönigin, die bei ihrer Heimkehr mit Standing Ovations empfangen wurde, und alle anderen durften sich glücklich schätzen, überhaupt in der Festkapelle mitspielen zu dürfen.

Aber warum gehört mein Mann zu ihrem Gefolge?, fragte sich Kate. Sie spürte, wie sich ihr Magen immer mehr verkrampfte, als sie die Auffahrt hinauffuhr und Hamiltons Wagen sah.

Kate betrat ihr Haus durch den Haupteingang und rief zaghaft: »Hallo?« Sie hasste es, sich in ihrem eigenen Haus so verunsichert zu fühlen.

»Katie!«, dröhnte Hamiltons Stimme durch die Eingangshalle. »Ich bin ja so froh, dass du zu Hause bist!«

»Du bist froh?«, fragte Kate. Hamiltons enthusiastischer Tonfall und zusätzlich noch die Umarmung, die er ihr angedeihen ließ, als er nur Sekunden später das Foyer durchquert hatte, verwirrten sie.

»Natürlich bin ich das! Warum sollte ich denn nicht froh sein, du dummes Gänschen?«

»Nun, ich habe den ganzen Tag nichts mehr von dir gehört, und du hast auch am Set nicht bei mir vorbeigeschaut. Deshalb habe ich mich gefragt, ob …«

»Ja hast du denn meine Nachricht nicht erhalten?«, unterbrach Hamilton sie. Er löste sich aus ihrer Umarmung und schritt zur Kommode, um dort das Tablett für die Post auf Hochglanz zu bringen, das bereits hinreichend glänzte.

»Ja, die habe ich erhalten … Ich dachte nur, dass es seltsam war, dass du nicht versucht hast, mich zu finden.«

»Kate, jetzt fang bloß nicht wieder mit so was an«, warnte Hamilton sie und drehte sich zu ihr um. »Du weißt, dass ich ein viel beschäftigter Mann bin.«

»Das weiß ich. Aber ich finde, du hättest dir die fünf Minuten nehmen können, um in der Maske vorbeizuschauen und dich zu verabschieden.«

»Und ich finde, du könntest dir mal fünf Minuten nehmen und versuchen, ein bisschen weniger egozentrisch und hypersensibel zu reagieren.«

»Wie bitte? Ich finde nicht, dass … Ich frage doch nur, warum du gefahren bist, ohne dich von mir, deiner Frau, zu verabschieden«, erklärte Kate. Sie ließ rasch die Ereignisse des Tages in ihrem Kopf Revue passieren, um zu erkennen, wo sie überreagiert haben könnte. »Ich verstehe nicht, was daran hypersensibel sein soll.«

»Das kannst du auch nicht, Schatzilein«, sagte Hamilton sanft. Er nahm sie bei der Hand und geleitete sie zu ihrem gemeinsamen Schlafzimmer. »Deshalb kannst du ja von Glück reden, dass ich da bin und es dir erkläre. Nun komm mit mir ins Schlafzimmer und hilf mir, eine Krawatte auszusuchen.«

»Gehen wir denn heute aus?«, fragte Kate, die sich zunehmend wie Ingrid Bergman in der Titelrolle in *Das Haus der Lady Alquist* vorkam.

»Nein, meine Süße, *ich* gehe aus. Ich habe ein wahnsinnig wichtiges Geschäftsessen mit niemand Geringerem als deiner Freundin Sapphire Rose, um die Möglichkeit zu erörtern, sie zu vertreten. Anscheinend erwägt sie schon seit geraumer Zeit, sich einen Manager zu suchen, und nach dem heutigen Meeting hat sie das Gefühl, ich könnte der Richtige für sie sein.« Hamilton drückte Kate auf die Bettkante und stellte sich vor den Spiegeltisch mit seiner umfangreichen Kollektion von Haarpflegeprodukten.

»Du könntest *der Richtige* für sie sein?«

»Ja, genau, das sagte sie. Ist das nicht aufregend?« Hamilton klang wie ein Cheerleader-Mädchen, das sich gerade eine Verabredung mit dem Star seiner American-Football-Mannschaft gesichert hatte.

»Ja, das nehme ich an. Aber ist das kein Interessenkonflikt für dich?«

»Was denn für ein Interessenkonflikt? Mit wem?«

»Mit *wem*? Mit mir!«

Hamilton unterbrach seine Verschönerungsaktion gerade für den Moment, der ausreichte, um ihr ein gönnerhaftes Lächeln zukommen zu lassen. »Also, Katie, wir dürfen doch nicht zulassen, dass uns Eifersüchteleien den Weg in unsere Zukunft versperren. Sapphire Rose hat eine lange und einträgliche Karriere vor sich, und daran wollen wir doch teilhaben, oder etwa nicht?«

Kate blieb auf dem Bett sitzen und hielt sich mit zittrigen Fingern an der Steppdecke fest. Der Raum mit Hamiltons Version der Wirklichkeit schien sich um sie zu drehen. Sie versuchte, ihre Stimme zu beherrschen und sagte: »Ich halte es für schwierig, ›der Diener zweier Herren‹ zu sein, noch dazu bei derselben Serie und zur selben Zeit. So wie heute, als du dieses Meeting am Set hattest …«

»*Verdammt noch mal, Kate*!« Der Krach, mit dem seine Mason-Pearson-Haarbrüste zwischen den Fläschchen und Dosen auf dem Tisch aufknallte, war für sie fast ebenso schockierend wie sein rüder Tonfall. »Musst du denn alles mit deiner blödsinnigen, narzisstischen Unsicherheit verderben?« Hamilton drehte sich um, steuerte auf sie zu, blieb direkt vor ihr stehen und gestikulierte mit seinem Zeigefinger bedrohlich nah vor ihrer Nase. »Ich habe die einmalige Chance – *die einmalige Chance* –, mit einer der ganz Großen zusammenzuarbeiten, und du kannst schon wieder nicht über deine erhobene Nase hinaussehen. Dabei brauche ich lediglich ein klitzekleines Zeichen, dass ich erkennen kann, ob du endlich einmal dazu fähig bist, dich um irgendetwas anderes als dich selbst zu kümmern!«

Kate war einige Sekunden lang sprachlos. Schließlich fand sie ihre Stimme wieder und sagte kleinlaut: »Es tut mir leid, Hamilton. Du weißt doch, ich würde niemals etwas tun, das dir deinen Weg zum Erfolg verstellt.«

»Tja, Kate«, sagte Hamilton und wandte sich angewidert von ihr ab, um sich mit dramatischer Pose auf den Charles-Eames-Stuhl neben dem Spiegeltisch fallen zu lassen. »Das ist ja das Traurige. Ich weiß sehr wohl, dass du mir niemals … mit Absicht den Weg verstellen würdest«.

»Oder unabsichtlich«, bekräftigte Kate.

Hamiltons Kopf fiel auf seine Hände, und er ließ deutlich ein enttäuschtes Seufzen hören. »Ach, mein kleines Walross, dir mangelt es ja schon an der Selbsterkenntnis zu *wissen*, was du tust. Also kann ich mit dir nicht einmal darüber sprechen.

Katie, hast du eigentlich endlich mit Penelope einen Termin ausgemacht?«

»Ich habe versucht, sie zu erreichen, und ich werde mich um einen Termin kümmern. Aber jetzt bin ich hier. Sprich mit mir.« Kate ging zu Hamilton. Sie kniete vor ihm nieder und versuchte ihn zu veranlassen, ihr ins Gesicht zu schauen. »Sag mir, was ich falsch mache.«

Hamilton seufzte schwer, als überlegte er, ob sie überhaupt eines Gesprächs würdig sei. Endlich sagte er: »Du lässt zu, dass mir deine Eifersucht und deine Unsicherheit den Weg zu meinem Glück verstellen, und das ist eindeutig ein Zeichen für ein schwaches Selbstbewusstsein. Du musst noch einmal die Seiten siebenundfünfzig bis neunundfünfzig in Penelopes Buch lesen. Eigentlich solltest du das ganze Buch noch einmal lesen, denn offensichtlich hast du einen Besorgnis erregenden Rückfall. Der einzige Weg zu *deinem* Glück ist, dass *ich* glücklich bin. Und der einzige Weg zu meinem Glück ist, dass ich meine Chancen wahrnehmen darf. Und meine aktuelle Chance ist Sapphire Rose.«

»Deine aktuelle Chance ist Sapphire Rose?« Kate wiederholte ungläubig Hamiltons Aussage. »Weißt du, wie sich das anhört?«

»Weißt du, wie du dich anhörst, Katie? Du hörst dich jämmerlich und verdammt unsicher an.« Hamilton stand auf, er nahm sein Jackett von der Stuhllehne und ging zur Schlafzimmertür.

»Hamilton, so warte doch«, bat Kate, die immer noch auf dem Boden kniete. Es fiel ihr schwer, gleichzeitig das Gehörte zu verarbeiten und aufzustehen. »Du weißt doch, ich liebe dich.«

»Ja, Katie, ich weiß, du liebst mich.« Er blieb ein letztes Mal an der Schlafzimmertür stehen, drehte sich um und stellte fest: »Aber darum geht es doch gar nicht, oder?«

Nach diesen Worten verließ er das Schlafzimmer, und kurz darauf hörte Kate, wie sein Porsche mit dem unverkennbaren Getöse des Turbomotors wegfuhr.

Die ganze Nacht über tat sie kein Auge zu. Ihr schossen all die Dinge durch den Kopf, die sie Hamilton sagen würde, wenn er heimkam – wenn er denn überhaupt heimkäme. Sie würde sich bessern, würde *mehr* für ihn da sein – oder weniger. Oder beides: Sie musste mehr von ihren guten, schönen Seiten zeigen und weniger von ihren hässlichen, hilfsbedürftigen. Warum hatte sie nur so viel von dem vergessen, was sie von Penelope gelernt hatte? Sie wusste es doch besser. Sie wusste, sie konnte sich mehr als glücklich schätzen, überhaupt einen so attraktiven, erfolgreichen Mann gefunden zu haben, der sich um sie kümmerte. Sie wusste, ihre einzige Aufgabe – *ihre einzige Aufgabe* – bestand darin, schön auszusehen und ihn wie einen König zu behandeln. Wie konnte sie diese klaren Verhaltensregeln nur vergessen? Wie konnte sie es nur zulassen, dass ihre schäbige Unsicherheit *schon wieder* seinen Tag ruinierte und ihre Beziehung gefährdete? Ihre Beziehung war Kates Gebiet, sie trug dafür die Verantwortung, und sie hatte sie vernachlässigt. Hamilton brauchte eigentlich nur ihre Unterstützung und Liebe – und *sie* brauchte eigentlich nur seine Liebe. Und nicht, dass er sie verließ. Sie konnte nicht dorthin zurück, wo sie gestanden hatte, ehe er in ihr Leben getreten war. Sie verkraftete die Vorstellung nicht, wieder »Katie, das Walross« zu sein, aus diesem wunderbaren Haus auszuziehen, allein zu sein und die Sicherheit zu verlieren, Mrs. Morgan zu sein. Aber am schlimmsten war der Gedanke, mit ihrer Mutter zu reden.

O Gott.

Was sollte sie nur ihrer Mutter erzählen? Sie wäre so enttäuscht. Kate wusste, in der Vorstellung ihrer Mutter gab es zwei Versionen von Kate: das fette, peinliche Walross, das sie vor Hamilton gewesen war, und der edle, schöne Schwan, den er geschaffen hatte. Ihre Mutter bevorzugte eindeutig die Kate, mit der sie im Buchklub prahlen konnte, vor der, die den ganzen Tag weinend im Schlafzimmer verbrachte und Käse-Makkaroni mampfte. Zum Zeitpunkt ihrer öffentlichen Erniedrigung hatte sie bei ihrer Mutter die oft gepriesene bedingungslose Liebe gesucht, die Mütter angeblich stets wie eine wohltuende Dusche über ihre Kinder rieseln lassen. Aber sie hatte nur wenige Tropfen Toleranz gespürt, und die waren mit Ungeduld und Enttäuschung vermischt.

Dabei hatte ihr, unter welchen Bedingungen auch immer, die liebevolle Bewunderung ihrer Mutter in den letzten zwei Jahren das Gefühl der Bestätigung vermittelt. Mit ihrem attraktiven Ehemann und mit ihrer Rolle als »hübsches Mädchen« in einer TV-Serie war Kate endlich die Tochter, auf die ihre Mutter stolz sein konnte. Und nun lief sie Gefahr, das zu verlieren. Sie konnte die Vorstellung nicht ertragen, ihren eigenen Selbsthass in den Augen ihrer Mutter gespiegelt zu sehen. »Wie konntest du das nur zulassen?«, würde ihre Mutter lamentieren, so wie sich Kate selbst mit genau dieser Frage quälte. Denn das war der springende Punkt: In Gegenwart ihrer Mutter, stand es zwei zu eins. Da stand niemand auf Kates Seite.

10

»Michael, du kommst zu spät«, schimpfte Marjorie, als Michael auf dem Weg zu seinem Büro an ihrem Schreibtisch vorbeiging.

»Wofür komme ich zu spät?«, fragte Michael.

»Du kommst zu spät zur *Arbeit*!«, präzisierte Marjorie, indem sie das Wort »Arbeit« mit der gleichen Inbrunst aussprach wie andere vielleicht die Worte »Leben, Freiheit und dem Streben nach Glück!« – Werte, die man laut Marjorie durchaus auch an einem wohl organisierten Arbeitsplatz antreffen konnte.

»Ja, ich verstehe, was du meinst«, gab Michael zu. »Aber leider scheint mich die Arbeit daran zu hindern, unglaublich viel Zeit in überteuerten Coffee-Shops zu verschwenden. Du kannst mein Dilemma bestimmt verstehen.«

»Nein, das kann ich nicht«, entgegnete Marjorie streng. »Hier gibt es hervorragenden Kaffee, den du wunderbar an deinem Schreibtisch trinken kannst, während du schon einmal mit deinen Rückrufen beginnst. Das Telefon hat ununterbrochen geläutet, und mir fallen fast keine Entschuldigungen mehr für dich ein.«

»Erstens, ich weiß es sehr zu schätzen, dass du das Wort ›fast‹ benutzt, und zweitens, du musst dir keine Entschuldigungen für mich einfallen lassen, Marjorie. Ich bin schon erwachsen.« Michael griff nach dem Stapel mit den Telefonnachrichten und machte sich auf den Weg in sein Büro.

»Ach, ich verstehe – gab es heute Morgen ein äußerst wichtiges Meeting von einem der Topsecret-Erwachsenen-Clubs bei Starbucks?«

Michael erstarrte, dann drehte er sich zu Marjorie um und fragte: »Warum? Sollte das ein Witz sein?«

Marjorie gab in ihrer Verlegenheit vor, in einem Papierstapel nach etwas zu suchen, dann antwortete sie: »Nein, das war nur eine Frage.«

»Das war eine recht witzige und amüsante Frage.« Marjorie errötete und lächelte an ihrem Schreibtisch still vor sich hin, während Michael endlich sein Büro betrat und die Tür hinter sich schloss.

Er war tatsächlich zu spät gekommen – und er war enttäuscht. Er hatte den ganzen Morgen im Starbucks verbracht, in der Hoffnung, seine geheimnisvolle Frau zu sehen. Eigentlich wollte er dort am Laptop arbeiten, aber schließlich surfte er nur ein wenig im Internet herum. Nach zwei Stunden Herumsitzen und Kaffeetrinken war er zappelig und frustriert, aber keinen Schritt näher an einer Verabredung zum Abendessen. In der ersten halben Stunde hatte er jedes Mal den Kopf hochgerissen, wenn er die Tür hörte, in der Erwartung, ihr Gesicht zu sehen. Nach den ersten siebenunddreißigmal in Folge, die sie es *nicht* war, versuchte er das Schicksal zu beschwören: Sie würde es sein, wenn er die nächsten dreißig Sekunden nicht aufsah. Und wenn er abwartete, bis die Angestellte am Tresen »Willkommen bei Starbucks« sagte, musste sie es sein. Und wenn er schließlich seinen Atem anhielt und bis fünfzig zählte, würde sie es ganz *bestimmt* sein. Doch trotz seiner Bemühungen tauchte sie nicht auf. Er ging um 10:00 Uhr und war beleidigt und auch ein wenig verärgert, als hätte man ihn bei einer Verabredung versetzt.

Jetzt krieg dich wieder ein – du kennst die Frau ja nicht einmal, sagte er zu sich selbst. Er saß am Schreibtisch und starrte auf den Stapel mit Telefonnachrichten, aber eigentlich dachte er nur an ihr Gesicht. Sein Kopf sagte ihm, diese Verknalltheit sei eine absolut lächerliche Fantasie, von Hormonen und Projektionen erzeugt, aber dieses Wissen konnte seine Leidenschaft keineswegs dämpfen. Was war Liebe auf den ersten Blick denn sonst – außer Projektion und Fantasie? Michael spürte, dass er eine kleine Verschnaufpause brauchte. War es wirklich so merkwürdig, dass er hier inmitten von ungelesenen Drehbüchern und nicht erledigten Telefonnachrichten an seinem Schreibtisch saß und nicht arbeiten konnte, weil er zu sehr mit seinen Tagträumen von der Zukunft mit einem Menschen beschäftigt war, den er nicht einmal kannte? Was war eigentlich verkehrt daran, die Vormittage in einem Café zu verbringen und wider alle Vernunft zu hoffen, einen flüchtigen Blick auf eine junge Frau werfen zu können, die er ein einziges Mal eine ganze Minute lang gesehen hatte.

»Das nennt man *Stalking*, du Idiot«, tadelte er sich laut, ehe er mit seiner Arbeit anfing.

Es sei denn … Die Zettel mit den markierten Nachrichten gerieten wieder in den Hintergrund, als seine Gedanken erneut davonschwirrten. Es sei denn, sein Schicksal hatte ihm die Latte-Sojamilch-Frau vorherbestimmt. Aber Umstände, die außerhalb der Kontrolle des Universums lagen, hatten ihre erste Begegnung verkürzt, und nun lag es an ihm, ihre Verbindung wiederherzustellen, damit sie heiraten und – als Ergebnis ihrer außerordentlich leidenschaftlichen und befriedigenden körperlichen Vereinigung – dieses besonders außergewöhnliche (und süße) Kind zeugen konnten, das dazu ausersehen war, als Erwachsener die Welt zu retten. In diesem Fall – und wer sagte denn, dass dieser Fall nicht zutraf – war er eigentlich kein Stalker, sondern ein Held. Denn wenn *das Schicksal der Welt* von seiner Fähigkeit abhing, die Telefonnummer dieser süßen Frau mit der chaotischen Kaffeebestellung zu bekommen, dann blieb ihm nichts anderes übrig, als jeden Morgen im Starbucks zu sitzen, bis er seine Aufgabe erfüllt hatte.

»Siehst du«, sprach er laut zu sich selbst, als er sich schließlich auf seine Arbeit konzentrieren konnte, weil er endlich einen präzisen Plan im Kopf hatte, »das ist keineswegs verrückt.«

»Hamilton Morgan auf der Zwei«, kam es aus der Sprechanlage auf seinem Schreibtisch.

»Ich nehm's an«, brüllte er wie üblich durch die geschlossene Tür und schmunzelte über Marjories Enttäuschung und Verärgerung. Dabei fragte er sich insgeheim, wie lange der Witz noch funktionieren würde – er jedenfalls fand diese Situation immer noch witzig. Dann machte er sich an die weitaus weniger erfreuliche Aufgabe, Hamiltons Anruf entgegenzunehmen.

»Hamilton, wie geht es Ihnen?«, fragte Michael, und aus Spaß bemerkte er noch: »Und welche Höllenqualen haben Sie heute für mich im Angebot?«

»Höllen-*was*?«, stammelte Hamilton, entweder weil er Michael wirklich nicht verstanden hatte oder weil ihn der Wahrheitsgehalt in Michaels Frage erschreckte. »Ach so! Was für Höllenqualen! Hahaha! Der ist gut, den muss ich mir merken!«

»Ja, machen Sie das«, schlug Michael ein wenig enttäuscht vor, weil seine Spitze so einfach abgeprallt war. »Aber im Ernst, Hamilton, was verschafft mir die Ehre Ihres Anrufs?«

»Es gibt großartige Neuigkeiten, mein Lieber – wirklich *großartige Neuigkeiten*! Wir werden nämlich zusammenarbeiten!«

»Was werden wir?«, fragte Michael misstrauisch.

»Ja, wir werden zusammenarbeiten. Ihre Lieblingsklientin und ich hatten gestern Abend ein äußerst erfolgreiches Abendessen, und ich stelle mit Vergnügen fest, dass nun doppelt so viele gute Männer auf ihrer Seite stehen. Ich glaube, Sie können sich vorstellen, worauf ich hinauswill, nicht wahr, werter Kollege?«

»Ich denke schon, mein Lieber, aber warum erzählen Sie es mir nicht selbst?«, schlug Michael vor und wünschte sich, seinen Missmut noch einen kurzen Augenblick hinauszögern zu können.

»Unsere reizende Sapphire Rose bat mich, für sie als Manager zu arbeiten. Sie bleiben natürlich ihr Agent. Rose steht absolut loyal zu Ihnen, Michael, und ich möchte, dass Sie wissen, dass ich vorhabe, *mit* Ihnen als Team zusammen zu arbeiten und nicht gegen Sie.«

»Warum sollte ich denn etwas anderes denken?«, erwiderte Michael, der sich fragte, ob Hamilton den hinterhältigen Trick mit dem gestrigen »Geheimtreffen« für Teamarbeit hielt.

»Nun, aber Sie tun es – und genau das ist ja mein Anliegen!«

»Ach, gut«, sagte Michael. »Ich hatte gehofft, dass Sie ein Anliegen haben.«

»Nun, ich denke, wir haben ein gemeinsames Anliegen«, begann Hamilton und wurde plötzlich ernst. »Wir können ein gemeinsames Anliegen *fokussieren.* Wenn Sie möchten, erzeugen wir einen Synergieeffekt – und zwar bei Sapphire Rose. Ich möchte, dass *Sie* verstehen, dass *ich* verstehe, dass Sie bislang das Vergnügen hatten, für sie zu arbeiten, und dass Sie vermutlich ein Prozedere hatten, das Ihnen beiden entgegenkam. Ich möchte, dass Sie wissen, dass ich keine Veränderungen beabsichtige – zumindest nicht in den Bereichen, die funktionieren. Ich denke aber, wir alle erhalten einen besseren Überblick über unsere gemeinsamen Anstrengungen, wenn wir das Thema bei unseren wöchentlichen Arbeitssitzungen vertiefen.«

»Was für wöchentliche Sitzungen?«

»Ach, stimmt ja! Ich vergaß, Ihnen gegenüber eine der grandiosen Ideen zu erwähnen, auf die Sapph und ich gestern Nacht gekommen sind. Zuallererst möchte ich aber noch einmal betonen, dass das, was ich jetzt sagen werde, keineswegs als Kritik an Ihrem Arbeitsstil zu bewerten ist.«

»Natürlich nicht«, antwortete Michael, der sehr wohl wusste, dass Leute dies nur sagten, bevor sie prompt den Arbeitsstil kritisierten.

»Also, Sapphire hatte das Gefühl, dass sie nicht genügend Beachtung bekam. Wie gesagt – das ist kein Vorwurf gegen Sie, Michael. Ich weiß, allein die Natur des *Agenten-Business* mit der Anzahl der Klienten, die Sie gezwungenermaßen zu jeder Tageszeit zu betreuen haben, kollidiert mit der Fähigkeit, sich einer einzelnen Person ausreichend intensiv zu widmen. Und an diesem Punkt komme ich ins Spiel. Zu meiner Strategie gehört, nie mit mehr als fünf Klienten gleichzeitig zu arbeiten, damit jeder von ihnen hinreichend individuell betreut werden kann. Sehen Sie, das unterscheidet meine Seite des Geschäfts von …«

»Genau, Hamilton – ich weiß eigentlich selbst ganz gut, wie das *Manager-Business* läuft. Ich bin sogar angetan und erfreut darüber, dass Sapphire noch jemandem in ihrem Arbeitsteam hat, der ihr all die Aufmerksamkeit zukommen lässt, die sie wünscht.«

»Die Aufmerksamkeit, die sie *verdient*, Michael.«

»Ja, Hamilton, ich hoffe doch, wir bekommen *alle*, was wir verdienen.«

»Ja, Gott sei Dank.« Hamilton legte eine künstliche kurze

Pause ein, um die Bedeutung ihrer von nun an gemeinsamen Mission zu betonen, bevor er weitersprach. »Ich denke, die Arbeit für unsere Sapph verläuft besser, wenn wir sie jede Woche in kleiner Runde bei der Arbeit treffen. Denn falls es irgendetwas für sie zu erledigen geben sollte, könnten wir das sofort angehen. Was halten Sie von sechs Uhr, jeden Montag?«

»Sechs Uhr? Morgens?«

»Ja, sechs Uhr morgens.« Hamilton lachte über seinen Überraschungscoup, dann legte er einen anderen Gang ein und gab zu erkennen, dass die Zeit des gemeinsamen Vergnügens vorbei war. »Im Ernst, ich weiß, es ist sehr früh, aber Sapphire kommt fast jeden Morgen so früh zur Arbeit, und sie hat sich deshalb viel zu lange so einsam gefühlt. Schließlich profitieren wir alle von ihrer Arbeit, und wir – ich meine, Sapphire und ich – haben das Gefühl, diese Art der Unterstützung genau zu Beginn ihrer Arbeitswoche wird ihr langfristig das Gefühl geben, dass wir wirklich zu ihrem Team gehören.«

Michael überlegte, ob es sich überhaupt lohnte, mit Hamilton dessen lächerlichen Plan zu diskutieren, aber dann entschied er, dafür einfach keine Zeit, keine Energie und keine Lust zu haben. In Wahrheit sah er sich selbst langfristig nicht als Bestandteil dieser fehl konstruierten *ménage à trois* – denn meistens funktionierte ein Dreier ohnehin nicht –, aber vielleicht hatte dieser ja einen gewissen Unterhaltungswert. Außerdem wäre die frühe Morgenstunde von doppeltem Nutzen, er würde den Verkehr vermeiden und könnte rechtzeitig für sein Stalking – nein, für den *Kaffee* – im Starbucks sein.

11

Kate stand zu Hause in der Tür zu ihrem Fitnessraum und starrte auf den Hometrainer. Sie war vom Stress einer weiteren schlaflosen Nacht, in der sie auf Hamilton gewartet hatte, so benommen, dass sie schon nicht mehr wusste, wie diese verdammte Maschine überhaupt funktionierte – oder warum diese immer die Hauptrolle spielte. Als ihr Telefon endlich um 2:00 Uhr morgens geklingelt hatte, war sie in der Hoffnung aufgesprungen, Hamilton würde sich entschuldigen und ihr mitteilen, dass er auf dem Heimweg sei. Aber die Stimme am anderen Ende der Leitung gehörte Sam, der sie wissen ließ, dass ihr endlich die zweifelhafte Ehre zuteil würde, der Welt ihren Hintern zu zeigen. Ihr Arbeitsbeginn war auf 14:00 Uhr angesetzt, was bedeutete, dass die Vorführung ihres Hinterns tatsächlich irgendwann zwischen 14:00 Uhr und 2:00 Uhr am folgenden Morgen stattfand, wenn alles im Kasten sein sollte.

Nun stand sie also hier und befahl ihren Gliedmaßen, die schwer unter dem Gewicht der Depression litten, auf die Furcht einflößende Maschine zu steigen, um auf dem Laufband einige Kilometer ins Nichts zurückzulegen. Aber ihre Glieder waren anderer Meinung. Irgendwie wussten ihre Beine, was ihr Gehirn sich noch weigerte zu verarbeiten: Irgendetwas braute sich zusammen.

Kate lehnte gegen den Türrahmen und ließ sich hinabgleiten, bis sie am Boden saß und auf der Suche nach Wärme und Geborgenheit ihre Kaffeetasse mit beiden Händen umfasste. Sie fühlte sich haltlos und verwirrt. Hamilton hatte letzte Nacht nicht angerufen und war auch nicht nach Hause gekommen, mittlerweile waren aus ihrer Sorge heftige Bauchschmerzen geworden. Sie war fast die ganze Nacht wach gewesen und hatte erfolglos versucht, ihrer Angst Herr zu werden, indem sie ihr bereits penibel sauberes Haus wie manisch geputzt und dabei das schnurlose Telefon von Zimmer zu Zimmer mitgenommen hatte, wo es immer in ihrer Reichweite lag. Zudem war sie unzählige Male zum großen Fenster gerannt, wenn sie glaubte, das Geräusch von Hamiltons Auto zu hören.

»Kein Wunder, dass du müde bist, du Idiotin«, sprach sie laut in die bedrückende Leere des Hauses und ließ ihren Kopf gegen den Türrahmen fallen. »Immerhin bist du heute Nacht fünfzehn Kilometer gelaufen.«

Normalerweise wären fünfzehn Kilometer mit leerem Magen Grund zum Feiern, und sie hätte zuversichtlich auf die Waage im Badezimmer steigen können, aber an diesem Morgen konnte Kate die Erschöpfung nach der Überanstrengung nicht als Sieg begehen.

»Vielleicht, weil Hamilton nicht da ist, der mich ermahnt«, sagte sie wieder laut. Bei dieser Erkenntnis musste sie ein wenig kichern, brach dann aber sofort wieder in Tränen aus. *Hamilton ist nicht da, um mich zu ermahnen. Hamilton ist nicht da.* Kate stellte die Kaffeetasse neben sich auf dem Fußboden ab, selbst diese Last war ihr auf einmal zu schwer. Wie sollte sie heute nur vor die Kamera treten? Wie sollte sie sich *aufraffen*, vom Workout ganz zu schweigen, sich duschen, zum Studio fahren und rechtzeitig vor dem Dreh ihre Tränen dämmen? Wahrscheinlich besaß sie nicht einmal mehr die Kraft, den Bauch einzuziehen und so zu posieren, dass man ihre Cellulite nicht bemerkte. Vielleicht könnten sie ein Fotomodell einsetzen – oder, noch besser, ein Double mit steinharten Bauch- und Beinmuskeln, und sie bekäme dann einen Werbevertrag für Fett verbrennende Diätpillen und gäbe zahllose Interviews darüber, wie sie wie ein Scheunendrescher essen konnte und sich nicht um Fitness kümmern müsste, »aber weiterhin abnahm!« *Ohne Hamilton an deiner Seite, der sich um deine Karriere kümmert, könntest du mit so etwas glücklich sein*, erinnerte sich Kate selbst – die geringe Chance, dass ihre Ehe scheiterte, reichte nicht aus, ihre Depression zu schmälern.

»Weißt du was? Wahrscheinlich ist das schon wieder eine Überreaktion«, sagte sich Kate und brachte die übermenschliche Kraft auf, ihre Kaffeetasse hochzuheben. Sie hoffte, dass sie mit nur ein wenig Koffein im Körper die unvorstellbare Menge Extrakraft aufbringen würde, um tatsächlich aufstehen zu können. »Überreaktion hin oder her, momentan bist du ganz offiziell die Verrückte, die am Boden sitzt und Selbstgespräche führt.« Der Gedanke an Hamiltons Gesicht, falls er sie beim Heimkommen so antreffen sollte – im verlotterten Trainingszeug, mit ungeputzten Zähnen und ungekämmtem Haar auf dem Fußboden –, gab ihr den nötigen Antrieb, um sich selbst in den Anschein einer Aktivität zu zwingen. Vielleicht schaffte sie in diesem Zustand kein Workout mehr, aber schon unter die Dusche zu gehen, war für sie eine beachtliche Leistung.

Als sie sich einige Stunden später in das Maskenmobil schleppte, konnte sie an Paiges Gesicht ablesen, dass ihr aufgesetztes Lächeln und die Abdeckpaste unter den Augen, die sie kurz zuvor aufgetragen hatte, niemanden täuschen konnten.

»*Mist und noch einmal Mist*«, entfuhr es Paige, die ihr in dem engen Gang im Trailer entgegenkam, um ihr einen Stuhl anzubieten, als wäre Kate eine altersschwache Person, die kurz vor der Ohnmacht stand. »Was ist denn mit dir passiert?«

»Nichts.«

»Wie bitte, nichts? Warum siehst du dann so aus, als wäre

gerade dein Hund gestorben? Um Gottes willen – dein Hund ist nicht gestorben, oder?«

»Ich habe keinen Hund.«

»Gott sei Dank«, sagte Paige und sank selbst auf den Stuhl, den sie eigentlich für Kate bereitgestellt hatte. »Es ist fürchterlich, wenn dein Hund stirbt.«

»Wieso, ist dein Hund gestorben?«

»Ja, als ich zehn Jahre alt war, und ich bin immer noch nicht darüber hinweg.«

»Das tut mir leid«, sagte Kate und freute sich über ihre verrückte Freundin und ihr erstes echtes Lächeln des Tages.

»O nein, es tut dir nicht leid«, erwiderte Paige. Sie stand auf und tippte vorwurfsvoll auf Kate. »Du hältst mich nicht davon ab herauszufinden, wieso aus deinem schönen Gesicht eine geschwollene Tränenleitung wurde.«

»Es ist nichts. Ich habe letzte Nacht nur nicht geschlafen.« Kate hasste Lügen, aber was sollte sie denn sonst sagen? Dass ihr Ehemann sie *vielleicht* wegen der Verrückten im nächsten Trailer verlassen hatte? Dass er, falls er sie noch nicht verlassen haben sollte, in seinem engen Terminkalender irgendwann Zeit finden würde, um ihr mitzuteilen, dass besagte Verrückte weitaus talentierter und wirtschaftlich interessanter sei als sie? Das wäre großartig. Und am besten würde sie Paige auch noch darum bitten, niemandem davon zu erzählen, obwohl es wohl der pikanteste Klatsch des Jahres war (oder, vielleicht auch nur dieser Woche, schließlich befanden sie sich in Hollywood). Nicht, dass sie Paige nicht trauen konnte, sie traute sich einfach selbst nicht zu, etwas zu sagen, was sich später nicht fürchterlich rächen könnte. »Im Ernst, mir geht es gut.«

»Dir geht es nicht gut, aber ich frage nicht weiter nach. Ich an deiner Stelle hätte vermutlich wegen dieser ganzen Sapphire-Drehplan-Idiotie schon hundert Mal die Nerven verloren, also tue ich so, als wäre *dies* das Problem und halte den Mund und kümmere mich um deine Maske.«

»Danke.«

»Gern geschehen«, antwortete Paige und nahm aus dem Minikühlschrank eine Kühlkompresse, die sie auf Kates Gesicht legte. »Du weißt, dass ich lüge, oder?«

»Ja … Danke«, sagte Kate und konzentrierte sich darauf zu schweigen, da Paiges Liebenswürdigkeit und ehrliche Fürsorge ihre Entschlossenheit bedrohten, den Schmerz für sich zu behalten.

»Ich bin's!«, rief Sam und stapfte zur Trailertür herein. »Wir brauchen eine ungefähre Einschätzung, was Kate angeht. In fünfzehn Minuten sind wir so weit.«

»Aber sie ist gerade eben erst angekommen«, protestierte Paige.

»Ich bin doch in fünfzehn Minuten gar nicht dran«, ergänzte Kate und nahm die Kühlkompresse ab, um auf die Wanduhr zu zeigen.

»Ich verstehe dich, und es stimmt auch alles, was du sagst«, gab Sam zu. »Aber wir sind mit der letzten Aufnahme schneller fertig geworden als geplant, und wenn du jetzt nicht innerhalb von dreißig Minuten drehfertig auftauchst, werden sie deine Aufnahme verschieben und die nächste drehen. Willst du das?«

»Ich möchte nur die üblichen sechzig Minuten für Kates Maske haben.«

»Und ich hätte gern ein Pony, aber leider bekommen wir nicht immer das, was wir uns wünschen, Paige.«

»Sei kein Dummschwätzer, Sam.«

»Sei keine Primadonna, Paige. Wir brauchen sie in dreißig Minuten. Ja oder nein?«

»Dreißig sind einfach nicht genug. Verdammt, wer muss seinen Hintern retten, wenn sie nicht gut aussieht?«

»Also, ich muss meinen Hintern retten«, mahnte Kate, die sich mittlerweile wie ein Kind zwischen streitenden Eltern fühlte. »Heute geht es buchstäblich um meinen Hintern, vermutlich wird ohnehin kein Mensch auf mein Gesicht achten. Was hältst du davon: Du steckst mir die Haare hoch, machst mir schnell ein Make-up und schickst mich weg?«

»Großartig«, lobte Sam.

»Halt!«, sagte Paige. »Kate, du hast das Recht, dir die Zeit zu nehmen, die du brauchst, um dich wohl zu fühlen, das weißt du. Sie werden auf dich warten.«

»Nein, das werden sie nicht.«

»Sam! Du bist heute wirklich keine Hilfe!«

»Ich versuche es ja, ob ihr es glaubt oder nicht. Nur, der neue Drehplan macht alle verrückt, und wir müssen irgendwie erledigen, was erledigt werden muss. Ohne Ausnahmen.«

»Es sei denn, du heißt Sapphire Rose.«

»*Jetzt* hast du es kapiert.« Sam gestikulierte mit einem Finger, um ihr Gespräch zu unterbrechen, und konzentrierte sich einen Moment auf das Headset. »Ja, verstanden … Ich bin gerade bei ihnen … Ja, sie sitzt in der Maske … In fünfundzwanzig Minuten drehfertig?« Er sprach zwar den letzten Satz ins Mikro, sah aber zugleich Kate mit hochgezogenen Augenbrauen an, als wollte er fragen: »Bist du dabei?« Kate zuckte mit den Achseln, um Paige ihr Bedauern anzuzeigen, und nickte Sam zu, der noch »Alles in Ordnung« ins Mikro sagte, ehe er den Trailer verließ.

Paige schüttelte den Kopf, machte sich aber schleunigst an

die Arbeit. Sie steckte eilig Kates Haar zu einer zerzausten Frisur hoch und schminkte sie in Rekordgeschwindigkeit.

»Was ist?«, fragte Kate, nachdem Paige zwanzig Minuten ohne ein einziges Wort gearbeitet hatte.

»Nichts«, antwortete Paige.

»Mist.«

»Mist? *Du* solltest ›nichts‹ sagen.«

»Ja, denn mit mir ist nichts.«

»Mist.«

»Egal, du willst mir immer noch sagen, was du eigentlich denkst.«

Paige machte eine klitzekleine Pause. »Verdammt noch mal! Verdamm mich und meine Schwäche, meine Gedanken nicht für mich behalten zu können. Kate, das ist meine Meinung: Ich kann einfach nicht mit ansehen, wie sie dich behandeln. Du hast mehr Macht hier, als du denkst.«

»Ich will keine Macht, Paige. Ich möchte nur diese Aufnahme abschließen, heimfahren und ins Bett krabbeln.«

»Kate, du kannst immer noch ins Bett krabbeln, nachdem du …«

»Paige, bitte …«

Paige holte tief Luft, so als setzte sie zu einem der üblichen Streitgespräche zum Thema Frauen und Macht an, aber der Anblick von Kates müden, flehenden Augen ließ sie innehalten. »Okay, genug gesagt – für heute.«

Genau in diesem Moment klopfte es an der Tür, und sie hörten Sam rufen: »Sie warten auf dich!«

»Sie kommt schon«, rief Paige zurück und reichte Kate ihren Lippenstift. »Die zwei Minuten können sie jetzt auch noch auf dich warten, sonst siehst du fast wie ein Zombie aus.«

»Fast wie ein Zombie? Hilfe!«, antwortete Kate und schminkte schnell ihren Mund. »Dank deiner Hilfe fühle ich mich jetzt wie eine wunderhübsche kleine Prinzessin.«

»Dafür bin ich da, Königliche Hoheit.«

Kate gab den Lippenstift zurück. »Im Ernst«, sagte sie, »danke.«

»Im Ernst«, antwortete Paige, »gern geschehen. Und nun zieh dich an – ich meine, zieh dich aus –, und wir treffen uns am Set wieder.«

Als Kate aus dem Maskenmobil kam, musste sie lachen.

Kates Lachen hörte sofort auf, als sie um die Ecke ging und beinahe mit Hamilton zusammenstieß, der gerade aus dem Trailer kam, der am nächsten zum Studio stand – dem Trailer von Sapphire Rose.

»Kate!«, rief Hamilton, als wäre er überrascht, sie hier anzutreffen – am Set *ihrer eigenen* TV-Serie.

»Hamilton«, sagte Kate, die es irgendwie schaffte, mit verhältnismäßig ruhiger Stimme zu sprechen, obwohl in ihrem Kopf eine gewaltige Kakophonie von Schmerz, Schuldzuweisungen und unbeantworteten Fragen dröhnte.

»Ich bin so froh, dich hier zu treffen«, sagte er und nahm ihren Arm, um sie von Sapphires Trailer weg zu ihrem eigenen zu geleiten. »Ich habe mir schon Sorgen um dich gemacht. Du hast auf keine von meinen Nachrichten reagiert.«

»Du hast überhaupt *keine* Nachrichten hinterlassen«, entgegnete Kate bestimmt, denn ausnahmsweise war die Situation für sie eindeutig. »Ich hatte die ganze Nacht das Telefon direkt neben mir liegen.«

»Das hast du gemacht? Ach, wie lieb.« Hamilton gab ihr einen Kuss auf die Wange, während er für sie die Trailertür öffnete und ihr hineinfolgte. »Hast du dir wegen unseres kleinen Ehekrachs Gedanken gemacht?«

»Hamilton, das war mehr als ein kleiner Ehekrach. Du bist letzte Nacht nicht nach Hause gekommen – und du hast nicht einmal angerufen.«

»Liebling, natürlich habe ich nicht angerufen. Ich wollte dich doch nicht aufwecken. Ich habe dir mehrere E-Mails geschickt, damit du dir keine Sorgen machst.«

»Du hast mir E-Mails geschickt? Aber ich weiß doch nicht einmal, wie ich meine E-Mails checken kann, solange du mir das am PC nicht einrichtest!«

»Wirklich? Ach, mein Liebling, du bist wirklich eine süße kleine technische Niete.«

»Hamilton!« Jetzt riss Kate der Geduldsfaden. »Wo zum Teufel bist du letzte Nacht gewesen?«

»Kate, ich glaube, du hast es nicht nötig, diesen Ton anzuschlagen. Ich zumindest versuche mein Bestes, um mich zu beherrschen, aber du verlierst jetzt eindeutig die Kontrolle.«

Plötzlich hörten sie ein Klopfen an der Tür und dann Sams Stimme: »Es ist alles für dich vorbereitet, Kate.«

»Ich ziehe mich gerade um!«, rief sie zurück und suchte sofort die Kleinteile ihres Kostüms zusammen (das wirklich nur aus einigen Stoffstückchen bestand). Irgendwie zog sie sie über, während sie versuchte, von Hamilton eine ehrliche Antwort zu bekommen. »Okay, Hamilton, ich bleibe ganz ruhig. Ich höre, dass du versucht hast, mich zu erreichen. Ich habe deine Nachrichten nicht erhalten. Also, sag mir bitte, wo du warst.«

»Ich weiß nicht, ob dies wirklich der richtige Zeitpunkt ist, um das zu besprechen, Kate. Du musst zu deiner Arbeit gehen, und du musst erst einmal deine Gefühle verarbeiten, bevor du meine Neuigkeiten in einer Weise aufnehmen kannst, die für mich zufriedenstellend ist.«

»Hamilton«, begann Kate mit übertrieben ruhiger Stimme. Sie nahm sich sogar die Zeit, ihn zu sich auf das Sofa zu ziehen, obwohl sie unter allen Umständen sofort zum Dreh hätte gehen müssen. Sie wusste, ohne irgendeine Antwort von ihm würde sie nicht arbeiten können, aber sie wusste auch, solange er sich nicht ihrer absoluten, ungeteilten Aufmerksamkeit sicher sein konnte, würde er ihr nichts mitteilen.

»Ich möchte wirklich deine Neuigkeiten hören. Du und deine Neuigkeiten sind meine oberste Priorität.«

»Nun, manchmal habe ich aber nicht das Gefühl.«

O Gott, dachte Kate, *ich habe keine Zeit für eine beleidigte Leberwurst.* »Es tut mir leid, Liebling, ich hätte dich nicht wegen der Telefonnachrichten anschnauzen sollen. Es ist mein Fehler, meine E-Mails nicht gecheckt zu haben.«

»Ja, genau«, bestätigte Hamilton etwas fröhlicher, als er spürte, wie sich die Stimmung zu seinen Gunsten umkehrte.

»Kate! Wir müssen jetzt wirklich anfangen!« Sams Stimme war eindeutig schärfer geworden. Kate wusste, sie durfte keine Zeit mehr verlieren.

»Ich bin schon unterwegs!«, rief sie. Sie stand vom Sofa auf und verabschiedete ihren Traum, diese Szene ohne das Gefühl angehen zu können, dass ihr gesamtes Leben gerade in Stücke zersprang. »Ich nehme an, ich muss dann damit bis heute Abend warten.«

»Genau, Liebling«, sagte Hamilton und öffnete ihr die Tür. »Aber vergiss bitte nicht, die zweitwichtigste Klientin deines Ehemanns zu begrüßen, wenn du an ihrem Trailer vorbeikommst!«

»Wie bitte?«

»Sapphire gehört jetzt auch zu unserer kleinen Management-Familie. Ist das nicht großartig?«

Kate war sich sicher, wäre Sam nicht gerade auf sie zugekommen und hätte ihren Ellbogen gestützt, sie wäre in Ohnmacht gefallen.

»Ist das nicht großartig?«, wiederholte Hamilton seine Frage.

Wohl wissend, dass Hamilton erst zufrieden sein würde, wenn er die gewünschte Antwort erhielt, zwang sie sich zu einem ansatzweise fröhlichen »Ja ... großartig« und ließ zu, dass Sam sie die wackeligen Stufen hinabgeleitete.

»Liebling, noch etwas«, rief Hamilton, was Kate veranlasste stehen zu bleiben, und Sam, seiner Ungeduld freien Lauf zu lassen. »Du siehst echt nicht gut aus. Ich hasse es zu sagen, aber wirklich, du siehst ein wenig *dürr* aus. Achte darauf, dass sie die Beleuchter anweisen, dir zu helfen. Wir wollen doch nicht, dass es in einem dieser Artikel über magersüchtige Schauspielerinnen um dich geht, oder?«

Auf dem Weg zum Studio begann sich in Kates Kopf alles zu drehen. Ihre Gedanken, die seit langem von ihrer neurotischen Angst beherrscht waren, in der Szene, die sie nun endlich drehen sollte, zu fett auszusehen, wurden nun von der völlig neuartigen Angst beherrscht, zu dünn zu sein, sowie von der absolut realen Gefahr, ihren Ehemann an die andere Hauptdarstellerin der Serie zu verlieren. *Jetzt mach dich doch nicht lächerlich*, sagte sie im Stillen zu sich. *In Hollywood kann man nie zu reich oder zu dünn sein.* Sie bemühte sich, nicht an die andere Hollywood-Binsenweisheit zu denken: Aber wahrscheinlich verlierst du deinen Ehemann an deinen Co-Star.

»Katie, wunderbar, du hast es geschafft«, begrüßte sie Jimmy, der Regisseur der aktuellen Folge, und kam schnurstracks mit seinem Scriptgirl Pearl auf den Fersen auf sie zu. Er legte einen Arm über Kates Schulter, bog abrupt nach links ab, wo die Kameras aufgestellt waren, und eilte mit Kate weiter. »Kate, es tut mir wirklich leid, dich so zu stressen, aber dieser beknackte neue Drehplan macht uns alle hier verrückt. Und ich will dich wirklich nicht schon wieder nach Hause schicken, ohne diese verdammte Szene abgedreht zu haben.«

»Kein Problem.«

»Ich wusste, dass es für dich kein Problem ist. Du bist wirklich ein alter Hase. Okay, du weißt doch, um was es in dieser Szene geht, Darling?« Jimmy war selbst früher einmal der Star in einer kurzlebigen, aber beliebten TV-Western-Serie mit dem Titel *The Cowboys* gewesen. Aber obwohl er in Michigan geboren war und dort seine Jugend verbracht hatte, klang seine Sprache mittlerweile wie die Hollywoodvariante des Cowboy-Jargons.

»Ja, ich glaube schon. Habt ihr schon festgelegt, wo ich anfangen soll.«

»Ja, sogar wo du anfängst *und* aufhörst. Wegen dieses Zeitschwachsinns mussten wir schon beginnen und haben diese Kamelle mit dem Lichtdouble probiert, als wir auf dich warteten. Ich rufe grad nach Mary, damit sie dir zeigen kann, wo's langgeht.«

»Ach, okay … Aber …« Doch bevor Kate ihren Satz beenden konnte, war Jimmy schon wieder außer Hörweite und hetzte zu den Regie-Stühlen, wo er die ganze Zeit auf sein mitschreibendes Scriptgirl einredete. Eigentlich war es Kates Absicht zu erzählen, dass sie ein paar Ideen entwickelt hatte, wie sie die Szene anlegen wollte. Die Szene war kurz, aber ihre Figur musste darin eine bedeutende Gefühlswandlung vollziehen, die Kate einzig und allein durch ihre Bewegung und ihren Gesichtsausdruck darstellen konnte: Ihre Serienfigur, Melania, sieht ein, dass sie ihren wohlhabenden Ehemann Paul (mit dem sie aber gerade Sex hatte) nicht mehr liebt, sondern sich in den Gärtner Gunther verliebt hat (von dem die Zuschauer wissen, dass er eigentlich ein osteuropäischer Prinz ist, der sich vor seinen Feinden versteckt). In der vorausgehenden Einstellung war Melania in dem Bett, das sie gerade mit ihrem Ehemann geteilt hatte, aufgewacht. Die heutige Einstellung schloss daran an: Sie sollte das Schlafzimmer verlassen und durch das Wohnzimmer gehen, im frühen Morgenlicht am Fenster stehen bleiben und beobachten, wie Gunther seinen LKW vor ihrem Haus entlädt. Mit dem Wissen, dass sich Melania in der nächsten Szene wahnsinnig in Gunther verlieben und sich voller Widerwillen von ihrem Ehemann abwenden würde, hatte Kate einige Zeit daran gearbeitet, wie sie Melanias Gemütszustand darstellen könnte:

Zuerst wollte sie einen Moment vor dem Kaminsims stehen bleiben und die dort penibel aufgereihten Familienfotos betrachten, als Symbol für ihre unglücklichen Jahre mit Paul. Dann wollte sie zum Klavier gehen und kurz die Whisky-Karaffe auf dem Klavierdeckel berühren, für die Zuschauer ein Hinweis auf ihren Schmerz wegen Pauls Alkoholproblem. Und schließlich wollte sie zu dem kleinen Tisch am Fenster gehen und das Buch ablegen, das ihr Gunther geschenkt hatte (eine abgegriffene, aber wunderschöne Ausgabe ihres Lieblingsromans *Anna Karenina*, von der Gunther behauptete, sie in einem der Gärten, in denen er arbeitete, gefunden zu haben – aber die Zuschauer wussten, dass es eine äußerst seltene und wertvolle Erstausgabe war). Erst dann würde Melania aufblicken und ihren zukünftigen Geliebten vor dem Fenster sehen und ihre wahren Gefühle zu erkennen geben.

»Hey«, begrüßte sie Mary, Kates Lichtdouble, als sie auftauchte. »Ich zeige dir, was er will. Eigentlich gehst du nur von der Tür zu diesem Zeichen am Fenster. Das ist alles. Ganz einfach.«

»Hm«, sagte Kate und versuchte sich vorzustellen, wie sie Melanias lebensverändernde Erkenntnis auf einem drei Meter kurzen Weg überzeugend darstellen sollte. »Kann ich am Klavier stehen bleiben oder zum Kamin gehen?«

»Du weißt ja, da musst du Jimmy fragen. Aber er hat gewaltigen Stress, und Jerry sitzt ihm ständig im Nacken, vor Mittag mit der nächsten Einstellung anzufangen. Also, ich fürchte, es gibt wenig Spielraum für Änderungen. Aber versuch es doch selbst.«

»Ach, das bringt wohl nicht viel!«

Mary stoppte und betrachtete Kate aus der Nähe. »Hey, alles klar mit dir?«

»Ja, ich hatte mir nur ein paar Gedanken über die Szene gemacht.«

»Nein, ich meine nicht die Szene. Ist alles klar mit *dir*? Irgendwie siehst du nicht wie du selbst aus.«

Bevor Kate antworten konnten, hörte sie Jimmy schreien: »Okay, alle Mann herhören, wir müssen weitermachen! Warum die Verzögerung?«

»Alles klar«, rief Mary zurück und verließ schnell die Kulisse. Sie wusste nur zu gut, sollte ihr Gespräch mit Kate der Anlass für die Zeitverzögerung sein, würde sogleich ihr Kopf rollen.

»Also, dann, Leute, es geht los!«

»Okay!«, rief Rick, der erste Regieassistent durch sein Megaphon. »Packen wir es an! Maske!«

»Maske!« war das Signal für den Verschönerungstrupp, sich auf Kate zu stürzen. Paige stürmte herbei, Lipgloss und Puder im Anschlag, und Gladys, die Garderobiere am Set, folgte ihr auf dem Fuß, um Kate den Bademantel und die Schuhe abzunehmen. Zurechtgemacht und in den lavendelfarbenen Dessous nahezu nackt, begab sich Kate auf ihre Ausgangsposition und atmete einige Male tief durch, um sich in Melanias Gemütszustand zu versetzen. Sie überlegte kurz, mit Jimmy ihre Gedanken über die Szene zu besprechen, aber er sah so gestresst aus – alle sahen so gestresst aus –, dass sie entschied, die Szene einfach so zu gestalten, wie es der Regisseur vorgesehen hatte. Hoffentlich würden die Zuschauer in ihrer eigenen Fantasie die Lücken ergänzen.

»Uuuuund Action!«, rief Rick. Kate begann langsam durch den Raum zu gehen und versuchte die Tatsache, eine Schauspielerin in Unterwäsche vor hunderten (bald Millionen) Menschen zu sein, durch die Fiktion zu ersetzen, eine authentische Frau zu sein, die eine intime emotionale Situation in ihrer absoluten Privatsphäre erlebte. Sie hatte den halben Weg durch die Wohnzimmerkulisse bereits zurückgelegt, vertieft in ihren inneren Monolog voll des Begehrens nach Gunther, und hoffte, nicht zu dick aufzutragen, um dem Publikum die Intensität von Melanias Gefühlen zu vermitteln (aus leidvoller Erfahrung wusste sie, dass selbst Liebe wie Verstopfung aussehen kann, wenn Schauspieler Gefühle allein durch den Gesichtsausdruck darzustellen versuchen). Aber ihre intensiven Gedankengänge wurden abrupt von Jimmys Stimme unterbrochen, die »CUT!« schrie. Dann brach hektischer Aktivismus aus, die Regieassistenten sprachen nervös in ihre Walkie-Talkies, und viele Leute vom Team scharten sich zu einer Besprechung um den Regisseur.

»Kostüm und Maske zum Monitor!«, rief Rick, was zu einem Gewusel in der dunklen Ecke führte, in der Paige und Gladys ihre Klappstühle aufgebaut hatten. Paiges Strickzeug und Gladys' Smartphone flogen in die Ecke, und beide Frauen eilten mit ihren vollgestopften Settaschen herbei, um herauszufinden, was los war.

Kate stand völlig allein mitten im Set. War ihr plötzlich ein Eiterpickel gewachsen, der das Licht einfing und einen störenden Schatten bildete, der nun über ihr Gesicht fiel? Oder – Gott behüte – war irgendein fürchterliches Drama mit ihrem Kostüm passiert und dem Regisseur war es zu peinlich, mit ihr selbst darüber zu sprechen? Erst letzte Woche hatte Gladys ihr die Anekdote erzählt, dass sie Unterwäsche zum Set zu bringen sollte, weil dort eine Schauspielerin High Kicks übte und dabei einen Minirock ohne Slip trug. Kate überprüfte schnell und (wie sie hoffte) diskret ihr Kostüm und vergewisserte sich, dass ihre Geschlechtsteile korrekt bedeckt waren. Es sah alles korrekt aus, außer sie hätte gerade ihre Periode bekommen (in dem Fall würde sie sich ohnehin auf der Stelle erschießen). Also gab es nichts Weiteres zu tun, als wie in dem Bauernhof-Kinderspiel dazustehen und abzuwarten, dass sie endlich wieder dran war.

Schließlich lösten sich Paige und Gladys aus der Menschentraube und kamen auf sie zu, beide quälten sich zu einem aufgesetzten Lächeln. Paige sprach als Erste: »Also, die gute Nachricht ist, dass sie nicht finden, dass du zu fett aussiehst.«

»Okay«, antwortete Kate und wappnete sich. »Ich gehe davon aus, dass es auch eine schlechte Nachricht gibt.«

»Ja«, begann Gladys und sah Paige Hilfe suchend an. »Eine äußerst schlechte.«

»Um Himmels willen«, bat Kate, »ich stehe hier in Unterwäsche herum. Könntet ihr bitte mit der Sprache rausrücken?«

»Sie fürchten, du siehst zu dünn aus«, erklärte Gladys.

»Und müde«, fügte Paige hinzu.

»Sagt ihr das *im Ernst*?« Kate traute ihren Ohren nicht.

»Sie möchten, dass du einen Morgenmantel trägst.«

»Und dass du ein Nickerchen machst«, sagte Paige.

»Sie wollen, dass ich ein Nickerchen mache?«

»Nein, aber sie wollen, dass ich dafür sorge, dass du ausgeruht aussiehst. Aber da kann ich selbst mit einer ganzen Tube Abdeckung wenig ausrichten.«

Kate starrte Paige verständnislos an. Sie war einfach zu übermüdet und zu hungrig, um sich aufrecht zu halten. Zu dünn? Ein Nickerchen?

»Nein, Kate, das war ein Scherz«, sprach Paige weiter und trug zur Klärung der Verwirrung bei. »Doch, das mit dem Kostüm stimmt, aber sie würden natürlich *niemals* die Produktion für dein Nickerchen unterbrechen.« Kate mühte sich ein Lächeln ab, als Paige ihre Zaubertasche mit Schminke hervorholte. Gladys ging wieder zum Regisseur zurück, um gemeinsam zu überlegen, wo sie in der Kulisse den Morgenmantel hinlegen sollten, so dass Kate ihn gleich zu Beginn der Aufnahme anziehen könnte. Damit hätten sie den Anschluss zu dem Schlafzimmerbild, in dem sie nur die Unterwäsche trug. Kate saß auf Paiges winzigem Klappstuhl und beobachtete, wie das gesamte Team auf Trab war, um ihre persönliche Unzulänglichkeit auszubügeln. Sie hätte sich am liebsten in ihren Trailer verkrochen – oder noch lieber, in ihr Haus –, für einen Moment Privatsphäre, um ihre Erniedrigung verarbeiten zu können. Aber Jimmy hatte sie ja so nett als alten Hasen bezeichnet, was bedeutete, dass sie ihre wahren Gefühle verbarg, so lange es notwendig war, damit das Tagespensum erledigt werden konnte. Sie würde tapfer den unzähligen Mitarbeitern vom Team zulächeln, die an ihrem Stuhl vorbeikamen und ihr Bestes taten, um ihre demütigende Blamage hinunterzuspielen, denn das erwarteten schließlich alle von ihr. Sie erwarteten von ihr, dass sie sich aufraffte und dafür sorgte, dass sich jeder wohl fühlte, völlig unabhängig davon, wie unfair man sie behandelt hatte oder wie elend sie sich fühlte. Sie erwarteten von ihr, ein braves Mädchen zu sein.

Nach dreißig Minuten voller Hektik und intensiven Diskussionen, wobei andauernd auf Kate gezeigt wurde und viele entnervt den Kopf schüttelten, kam schließlich der Moment, in dem Kate die Szene spielen musste. Die bedrohlichen Dessous waren unter einem seidenen Morgenmantel verdeckt, die Tränensäcke waren mit einer dicken Schicht Schminke abgedeckt. Als der Kameramann nach zwei Takes immer noch nicht mit ihrem Aussehen zufrieden war, ließ er als letzten Versuch Kates Gesicht direkt mit einer von Hand gehaltenen Lampe anstrahlen, um ihr offensichtlich fürchterlich erschöpftes Aussehen zu kaschieren. Kate konnte nur noch hoffen, dass man ihr Augenblinzeln als Ausdruck überwältigender Leidenschaft deutete.

Kate kam mit ihrem Wagen nur langsam auf dem Sunset Boulevard voran, der träge Verkehr entsprach genau ihrer Stimmung. Sie schaute lustlos aus dem Wagenfenster und nahm kaum die scheinbar unendliche Ansammlung der Fast-Food-Restaurants wahr. Diesmal trieb sie keine Hungerattacke an, im Geiste jedes Restaurant-Angebot nach verbotenem Essen durchzugehen. Die Ironie ihrer Situation war ihr nicht entgangen: Ihr Boss – immerhin ein Hollywood-Produzent – hatte sie aufgefordert zuzunehmen, aber sie hatte keinen Appetit. Es kam ihr so vor, als würde sie mit dem Essen auch alles andere, was ihr gerade passierte, mit in sich aufnehmen, und als könnte sie der Schmerz darüber umbringen. Aber sie könnte natürlich auch an Hunger sterben.

Die Abzweigung zu ihrer Straße kam viel zu schnell, und bevor sie es registriert hatte, fuhr sie schon die gärtnerisch wunderbar gestaltete Auffahrt hoch. Sie war überrascht, dort Hamiltons Porsche vorzufinden, aber sie war völlig perplex, daneben ein kirschrotes Mercedes-Cabriolet zu sehen. Reizend, das Meeting mit seiner neuen Star-Klientin fand in Kates Zuhause statt. Wie heimelig.

Sie warf einen schnellen Blick in ihren Rückspiegel und erschrak. Wann war sie um zehn Jahre gealtert? Anscheinend hatte die Fahrt mehr Zeit in Anspruch genommen, als sie dachte … durch die Wüste … wo Blutegel jegliche Flüssigkeit aus ihrem Körper saugten, während eine bösartige Kosmetikerin eine austrocknende Lehmmaske auflegte. Aber letztlich betonte die Rötung wunderbar das Blaugrün ihrer Augen. Eigentlich war es müßig, etwas zu sagen, wenn man so niederschmetternd grauenvoll aussah. Und man brauchte es gar nicht erst zu versuchen, wenn keine Hoffnung auf eine bedeutende, sofortige Besserung bestand. Kate verzichtete sogar auf ihre übliche Handbewegung, mit der sie sonst die Mascara-Reste unter den Augen entfernte, und griff nach ihrer Handtasche. Sie stöhnte vor Anstrengung und schleppte ihren wenig kooperativen Körper aus dem Auto ins Haus.

»Hallo!«, rief Kate. Sie war überrascht, dass niemand im Wohnzimmer war. »Hamilton, ich bin zurück!«

Als sie keine Antwort bekam, setzte sie zu einer raschen Hausdurchsuchung an. Küche: niemand. Terrasse: niemand. Vorführraum: niemand. Im Flur hörte sie Musik aus dem Schlafzimmer – das war doch Prince, oder? Je näher sie kam, umso sicherer war sie, dass es tatsächlich Prince war. Und zwar der Soundtrack zu *Purple Rain* – schließlich galt es als das am meisten mit Sex aufgeladene Album, das je produziert wurde.

Sie stand starr vor der Tür ihres Schlafzimmers und hielt ihre Hand nur wenige Zentimeter vom Türknauf entfernt, unsicher, ob sie wirklich sehen wollte, was hinter der Tür stattfand. Sie horchte an der Tür, um festzustellen, ob sie außer dem pulsierenden Rhythmus der Musik noch etwas anderes vernehmen konnte. War das ein Stöhnen? Ja, das war ein Stöhnen – das war *eindeutig* ein Stöhnen –, aber gehörte das zu dem Song? Sie versuchte sich an den Titel zu erinnern, in dem Prince ein Mädchen namens Nikki kennen lernt – gab es darin eine Menge Sex mit Stöhnen? Mit Nikki ging es um Sex, so weit konnte sich Kate erinnern, aber sie konnte nicht sicher sagen, ob sie weitere verräterische Töne hörte. Doch als der Song zu Ende war und das Stöhnen nicht aufhörte, erhielt Kate eine Antwort. Nun, den Teil einer Antwort. Ihr blieb nichts anderes übrig, als die Tür zu öffnen, um den Rest herauszufinden. Sie atmete tief durch und sprach ein Stoßgebet zu Gott – Bitte, lass es nicht wahr sein! –, dann öffnete sie schwungvoll die Tür und schaute auf das Bett.

Das *leere* Bett.

Immer noch verwirrt vernahm Kate die ersten Töne von *When Doves Cry* hinter der geschlossenen Tür, die ihr Schlafzimmer mit dem Fitnessraum verband. Bilder von Hamilton und Sapphire, die innig umschlungen auf der Hantelbank im Takt von Kates Lieblingslied ihre Hüften kreisen lassen, schossen ihr ins Hirn und machten sie schwindelig vor Furcht und Wut. Sie fasste den Türknauf an, atmete zu ihrer Beruhigung mehrmals tief ein und aus und riss die Tür schwungvoll auf. Dort entdeckte sie einen schweißgebadeten Hamilton, der sich über eine Frau beugte, die – genau wie in Kates übelster Fantasie – auf der Hantelbank lag. Aber anders als in ihrer Fantasie hob diese Frau Gewichte. Und stöhnte dabei.

Sie stöhnte vor Anstrengung, *Gewichte zu heben.*

Als Hamilton die Tür hörte, hielt er inne und drehte sich um. Ebensolches tat eine in pinkfarbenes Lycra gekleidete Sapphire Rose.

»Hey, Kate«, begrüßte Hamilton sie ungezwungen, als wäre es die natürlichste Sache der Welt, dass seine Ehefrau ihren Fitnessraum betrat und ihn dort mit ihrer Schauspielerkollegin vorfand, schweißgebadet und ununterbrochen stöhnend. »Du bist aber früh zu Hause.«

»Eigentlich nicht«, sagte Kate und griff nach der Fernbedienung, um die Musik leise zu stellen. »Es ist sechs Uhr.«

»Oh, sechs Uhr schon!«, rief Sapphire und setzte sich auf, um Hamilton scherzhaft einen Klaps mit dem Handtuch zu verabreichen. »Du kleiner Schlingel. Du sagtest, es sei fünf Uhr.«

»Es war fünf, als ich das letzte Mal auf die Uhr gesehen habe. Kann ich vielleicht etwas dafür, dass die Zeit wie im Fluge vergeht, wenn du Spaß hast?«

»Entschuldigung«, sagte Kate, um das scherzhafte Geplänkel der beiden zu unterbrechen. »Hamilton, könnte ich bitte kurz mit dir sprechen?«

»Klar.« Hamilton ließ sich neben Sapphire auf die Hantelbank fallen und begann, ihre Schultern zu massieren. »Worum geht's?«

»Allein?«

Sapphire drehte sich zu Hamilton um, und beide tauschten verständnisinnige Blicke, bevor sich Hamilton dazu herabließ, seiner Frau mit einem schroffen »In Ordnung« zu antworten. Er verpasste Sapphires Schultern einen letzten zärtlichen Druck und folgte Kate in ihr gemeinsames Schlafzimmer. »Okay, Kate, hier sind wir ganz allein. Was gibt's?«

»Genau«, sagte Kate und schloss die Tür zum Fitnessraum. »Was gibt's?«

»Was es gibt?«

»Was bedeutet das hier?«

Hamilton saß auf dem Bett und seufzte verzweifelt. »Das bedeutet, dass ich mit meiner Künstlerin Workouts mache. Genau so, wie ich es mit *allen* meinen Klientinnen mache.«

»Du hast nur zwei.«

Hamilton erstarrte und musterte sie scharf. »Reizend, Katie. Wirklich reizend. Ich habe mich in den letzten drei Jahren meines Lebens privat und beruflich ausschließlich auf dich konzentriert und nach einem absoluten Tiefpunkt den Relaunch deiner Karriere geschafft, und nun versuchst du, mich für mein Opfer zu bestrafen.«

»Ich versuche nicht, dich zu bestrafen. Ich weiß sehr wohl zu schätzen, was du für mich getan hast, aber …«

»Aber du kannst deine eigene lächerliche Eifersucht und Unsicherheit nicht überwinden, um mich auch nur *ein Hundertstel* in dem Maße zu unterstützen, wie ich es getan habe.« Hamilton stand vom Bett auf und ging zurück zum Fitnessraum, drehte sich aber noch einmal zu Kate um, bevor er hineinging. »Es ist für mich erstaunlich, dass du einfach nicht verstehen kannst, dass ich *alles*, was ich tue, für dich tue – für *uns*. Ich gehe jetzt wieder zu meiner Klientin und absolviere mit ihr das Fitnesstraining bis zum Ende, und dann werde ich sie zu einem verdienten Abendessen ausführen. Eigentlich wollten wir dich dazu einladen, aber ich sehe ja, dass du nicht bereit bist, dich wie eine Erwachsene zu benehmen. Vielleicht solltest du dir hier ein wenig Karottenbrei mit Erbsen genehmigen. Schließlich musst du ja irgendetwas essen. Du siehst grauenvoll aus.«

Kate war sprachlos, als sich die Tür hinter Hamilton schloss. Dann hörte sie, wie Hamilton etwas murmelte, woraufhin Sapphire mit kräftiger Stimme antwortete: »Also, wenn das das Trainingsergebnis ist, dann komme ich jeden Tag hierher.« Dann brummte Hamilton noch etwas, und Kate verließ das Schlafzimmer mit dem Missklang des gemeinsamen Gelächters von ihrem Ehemann und Sapphire in den Ohren.

12

9:15 Uhr.

9:30 Uhr.

Michaels Vormittage vergingen nun in Fünfzehn-Minuten-Intervallen. Er hatte mit sich selbst eine Abmachung getroffen, die ihm gestattete, nur alle fünfzehn Minuten von seinem Computer aufzublicken. Dann durfte er genau eine Minute lang seinen Blick schweifen lassen, zur Tür hin, über die Menschenschlange am Bestelltresen und über die Nachbartische, um sich dann wieder voll auf seine Schriftstellerei zu konzentrieren.

Seine *Schriftstellerei.*

An den ersten beiden Tagen seiner, wie er es nannte, »Starbucks-Girl-Belagerung« hatte er allein an einem Tisch mit Blick zur Tür gesessen, nur mit seinem BlackBerry als Begleitung. Aber dann stellte er fest, dass er die Leute ringsherum beneidete, die mit ihren Laptops völlig beschäftigt waren. Er hatte sich oft über diese Menschen gewundert, die mit ihren Computern im Café saßen: Hatten diese Loser denn kein Zuhause? Aber seine Vormittage, die er mit Stalking – mit *Warten* – zubrachte, hatten seine Sichtweise geändert. Den Ort, den er früher nur zur Koffeinzufuhr zu Beginn seines hektischen Arbeitstages aufgesucht hatte, empfand er nun als eine kreative Gemeinschaft – und er wollte unbedingt dazugehören. Er wollte selbst einer von diesen Losern sein, einer von diesen Kaffeehaus-Autoren, die einander zwar nicht mit Namen kannten, sich aber über ihre Cappuccino-Becher hinweg zugrüßten, wenn sie aufblickten, um einen gerade geschriebenen Satz zu bedenken oder sich über den gelungenen Abschluss eines guten Abschnitts zu freuen. Die traurige Wahrheit war, dass er eigentlich die Hoffnung schon aufgegeben hatte, seine Traumfrau je wiederzusehen. Er hielt sich weiterhin an seine Fünfzehn-Minuten-Intervalle, aber inzwischen war aus der Jagd nach einer Frau eher die Routine beim Schreiben geworden, dies war mittlerweile seine Gedankenpause, in der er ein präzises Wort suchte oder über die Struktur eines bestimmten Satzes nachdachte. Als seine Geschichten Form annahmen, war er selbst erstaunt darüber, wie schnell diese Vormittage verstrichen und wie schwer es ihm nun fiel, sich von seinem, wie er sagte, »albernen Hobby« loszureißen, um quer durch die Stadt zu seinem eigentlichen Arbeitsplatz zu fahren. Er hatte niemandem von seinen Vormittagen erzählt, die er mit Kurzgeschichten vertrödelte – Gott bewahre: *Kurzgeschichten.* Lieber hätte er sein Stalking zugegeben, oder, wenn man ihn unter Folter gezwungen hätte zu begründen, warum er so viele Wörter in eine Reihe schrieb, konnte er sich mittlerweile auch vorstellen zu gestehen, etwas Akzeptableres zu schreiben. Ein Drehbuch für einen teuren Action-Film oder ein ordentliches Sachbuch für Männer über ein wirklich wichtiges Thema, wie zum Beispiel Geld verdienen. In einer Stadt Kurzgeschichten zu schreiben, in der man schon kaum jemanden fand, der etwas anderes als Drehbücher las (abgesehen von dem Roman auf der Bestsellerliste – aber den wiederum auch nur im Hinblick auf seine Verwertung als Drehbuch), war bestenfalls Wahnsinn und schlimmstenfalls das Ende der Karriere.

Wenn herauskam, dass Michael so viel seiner Zeit mit etwas verbrachte, das nicht dem Gelderwerb diente oder ihn mit Menschen in Beziehung setzte, die für sein Unternehmen Umsätze bedeuteten (Kontakte knüpfen wäre eine weitaus bessere Investition als Schreiben), dann hätte er die Bezeichnung »Künstler« weg und würde demnächst das Image eines ernsthaften Verhandlungspartners verlieren. Also saß er in seiner Stammecke im Starbucks und arbeitete an seinem Computer, wohl wissend, dass er, falls ihm hier zufällig jemand aus seinem Arbeitsumfeld begegnen sollte, sofort sein Schreibprogramm schließen und etwas Akzeptables starten müsste, zum Beispiel einen Porno.

Er beendete gerade seinen 10:45-Uhr-Kontrollblick über das Starbucks auf der Suche nach dem richtigen Wort für die Aktivitäten des neugierigen Nachbarn in seiner Kurzgeschichte, als sein Blick auf einen ihm bekannten Wuschelkopf fiel, und zwar genau in dem Moment, als das Wort *Invasion* in seinem Kopf auftauchte, um das er gerungen hatte. Er wusste nicht, wie er gleichzeitig das Wort aufschreiben und mit der Frau ins Gespräch kommen sollte, als er Angst bekam und »Invasion!« in ihre Richtung rief. Alle Gäste im Café drehten sich nach ihm um, auch die Frau mit dem Lockenkopf, in der er nun *definitiv* die Frau erkannte, die er die letzte Woche (sein ganzes Leben?) gesucht hatte. Doch vermutlich sah sie in ihm leider nur einen armen Irren, der ohne ersichtlichen Grund »Invasion!« gerufen hatte.

Aber zu seiner Überraschung lächelte sie ihm zu. Vielleicht aus Mitleid, aber arme Irre, die an überfüllten Plätzen unsinnige Dinge rufen, dürfen bezüglich der Motivation anderer Menschen nicht wählerisch sein. Also entschied Michael, das Lächeln als Aufforderung zu deuten, und ging zum Ende der Warteschlange, in die sie sich eingereiht hatte. Michael stellte fest, dass es auch Vorteile gab, wenn man für verrückt gehalten wurde, denn die Gäste im Café machten sofort einen großen Bogen um ihn, und der Weg zu »seiner Frau« war frei.

»Hallo«, sagte er und versuchte normal auszusehen, doch stattdessen bekam er nur eine steife Grimasse zustande.

»Hallo«, grüßte die Frau zurück und trat, mit Blick zum Ausgang, vorsichtig einen Schritt zurück.

»Hören Sie, bitte«, begann Michael und beugte sich zu ihr, um ihr etwas zuzuflüstern, aber er wandte sich wieder ab, als er ihre ausweichende Bewegung bemerkte. »Okay … Ich weiß, das war wohl gerade etwas seltsam.« Michael versuchte charmant zu lachen, aber das schien sie nur noch mehr zu erschrecken. Er spürte, wie die Zeit verrann, während die Warteschlange vorwärtskam, und stellte fest, dass ihm nur eine einzige Wahl blieb: volle Kraft voraus. »Okay, hm, es ist so: Ich bin Autor, und ich war so aufgeregt, weil ich gerade das passende Wort gefunden habe, um einen schwierigen Satz zu beenden, und vor lauter Aufregung habe ich es laut gerufen und habe Sie damit erschreckt, und es tut mir leid, und kann ich Sie als Wiedergutmachung zu einem Kaffee einladen?«

Die Zeit stand einen Moment (eine Stunde?) still. Die Frau betrachtete ihn genau, vielleicht suchte sie nach irgendwelchen Anzeichen, die seine Geschichte zunichtemachen und ihre erste Diagnose – ein Irrer – unterstützen würden.

»Es ist doch nur ein Kaffee«, sagte er und setzte seine Instinkte ein, die er in jahrelanger Erfahrung mit seinen Klienten verfeinert hatte. »Im Ernst, wenn ich Sie nicht zur Wiedergutmachung zu einem Kaffee einladen darf, bekommt mein neurotisches Autorenhirn eine Blockade, weil ich eine nette Frau erschreckt habe, als ich ohne ersichtlichen Grund ›Invasion!‹ rief. Und ich werde zeit meines Lebens nichts mehr schreiben können, und meine arme, kranke Mutter bekommt keine Medizin mehr.«

»Ihre Mutter bekommt keine Medizin mehr?«

»Nein, es sei denn, ich darf Sie zu einem Kaffee einladen.« Sie lächelte. Sie *lächelte.* Michael behielt die Nerven und zwang sich, stehen zu bleiben und keinen Freudentanz aufzuführen.

»Also, gut, ich bin …«, begann sie.

»Ja?« Nun waren sie an der Reihe, und Michael wusste, dass es in den nächsten 30 Sekunden um Leben oder Tod ging.

»Sie haben also nur ›Invasion!‹ gerufen, weil Sie ein Autor sind, der das passende Wort gefunden hat, und nicht, weil Sie die Gäste hier vor einer Invasion von Aliens warnen wollten. Stimmt das?«

»Ja.«

»Huch.« Sie ging inzwischen zum Tresen und gab ihre Bestellung auf. »Entkoffeiniert mit Sojamilch, bitte.«

»Das macht drei Dollar siebenundsechzig«, sagte der Mann am Tresen. Michael war sprachlos, er wollte sein Glück nicht erzwingen, war aber unschlüssig über seinen nächsten Schritt.

»Der Herr zahlt«, sagte sie und schenkte ihm ein verschmitztes Lächeln, während sie auf ihr Kaffeegetränk wartete.

»Ach, stimmt, ja!« Michael wühlte in seiner Brieftasche, gab dem Angestellten am Tresen einen Fünf-Dollar-Schein und ließ ihm in der Eile, »seiner Frau« folgen zu können, den Rest als Trinkgeld.

»Vielen Dank!«, sagte der Mann hinter Michaels Rücken. »Alles klar, Kate!«, rief er der Frau hinterher.

Kate. *Sie heißt Kate*, dachte Michael, als er sie fast eingeholt hatte. *Warum kommt mir ihr Name nur so bekannt vor? Warum kommt mir ihr Gesicht so bekannt vor? Kate … Kate … Kate!* Es fiel ihm sehr schwer, den Schock zu verdauen, den die Erkenntnis ausgelöst hatte, dass »seine Frau« eigentlich Hamilton Morgans Frau war. *Seine* Kate war Kate Keyes-Morgan.

»Wo ist Ihr Platz?«, fragte sie, und ihre Stimme holte ihn in die Gegenwart zurück. »Ich veredle nur gerade meinen Kaffee und komme dann zu Ihnen rüber.«

»Ja, schön«, stotterte er in dem vollen Bewusstsein, dass er seinen hart erarbeiteten Status als normaler Mensch sofort wieder verlieren könnte, wenn er wie belämmert dastand. »Ich sitze dort, bei meinem Laptop.«

»Wunderbar, ich bin gleich wieder da«, sagte sie, nahm ihren Kaffee vom Tresen und steuerte auf die Anrichte mit den Zutaten zu.

Als Michael sie auf ihrem Weg betrachtete, stellte er fest,

dass sie tatsächlich der Co-Star seiner Klientin war. Warum war ihm das nicht früher aufgefallen? Schließlich war er ein Schauspieleragent und wusste alles über zugeschminkte Sommersprossen und geglättetes Haar und dass Stars im echten Leben viel kleiner aussahen. Wieso hatte seine Antenne bei Kate nicht funktioniert? Normalerweise konnte er eine Schauspielerin einen Kilometer gegen den Wind erkennen: das Bedürfnis, im Mittelpunkt zu stehen, die Kontrollblicke in einem Raum, um das Wahrgenommenwerden zu bestätigen. Aber als er beobachtete, wie Kate geduldig an der Anrichte wartete, bis sie an der Reihe war, wie sie sich zwei Mal bückte, um eine Serviette und einen Trinkhalm aufzuheben, die andere verloren hatten, und wie sie sich sogar noch Zeit nahm, ein paar Milchtropfen aufzuwischen, die sie selbst verschüttet hatte, verstand er seinen Irrtum. Sie hatte ihn getäuscht, weil sie wie eine normale Frau handelte.

Sie hatte nun ihren Kaffee veredelt, drehte sich um und ließ suchend ihren Blick durch das Café schweifen. Er winkte, und sie lächelte über das gesamte ungeschminkte, sommersprossige Gesicht. Verdammt, sie stellte gar keine Rolle dar. Sie war normal, und sie war wirklich hinreißend. Aber leider war sie genauso wirklich verheiratet. Zwar war ihr Ehemann ein ausgemachter Mistkerl, der sie selbstverständlich nicht verdiente und vermutlich mit Michaels Klientin ins Bett ging, aber dennoch war sie mit ihm verheiratet. Eine Beziehung mit ihr wäre moralisch gesehen falsch.

»Hey«, sagte sie und nahm ihm gegenüber Platz.

»Hey«, grüßte er zurück, und während er seinen Blick kaum von ihren grünblauen Augen lassen konnte, sah er ein, dass er nicht der moralisch standhafte Mann war, für den er sich gern hielt.

»Ich bin immer noch nicht ganz davon überzeugt, dass Sie nicht verrückt sind.«

»Gut«, gab Michael zu und lächelte zurück, »da haben wir ja schon mal etwas gemeinsam.«

Sie musste lachen. Für Michael war es der schönste Klang, den er in seinem ganzen Leben gehört hatte.

13

Kate war unschlüssig. Sie stand an der Kreuzung Swarthmore Avenue und Sunset Boulevard und überlegte vergeblich ihren nächsten Schritt. Sie musste sich zügig für eine der beiden Straßen entscheiden oder sie riskierte, ihrem neuen »Freund« Michael merkwürdig vorzukommen, der ihr vermutlich vom Starbucks aus nachblickte. Aber sie hatte nun mal kein Ziel vor Augen. Sie wollte nicht zurück in ihr leeres Haus – also, sie ging davon aus, dass es leer war. Zumindest war heute Morgen, als sie losgefahren war, niemand außer ihr im Haus, nachdem sie eine weitere schlaflose Nacht auf ihren Ehemann gewartet hatte. Aber er war nicht gekommen. Er hatte sie nicht angerufen und ihr auch keine E-Mails geschickt (diesmal hatte sie nach etlichen Versuchen und Rumstochern tatsächlich ihre E-Mails checken können), also musste sie wohl davon ausgehen, dass er die Nacht mit Sapphire verbracht hatte. Oder dass er tot in einem ausgebrannten Autowrack lag. Insgeheim bevorzugte sie Letzteres – schließlich war es weitaus angenehmer, eine Witwe als eine betrogene Ehefrau zu sein.

Als die Ampel grün anzeigte, überquerte Kate die Straße

und versuchte zielstrebig zu wirken – trotz ihrer absoluten Ziellosigkeit. Sie fragte sich, ob Michael ihr nachschaute. Ein wenig erstaunt begriff sie, dass sie *wollte*, dass er ihr nachschaute. Diese Stunde mit ihm war ein wunderbarer Lichtblick in ihrer ansonsten grauenvollen Woche gewesen. Er hatte sie zum Lachen gebracht und selbst über alles gelacht, was sie gesagt hatte. Sie hatte schon vergessen, wie schön es war, mit einem Mann wie ihm zu harmonieren – falls sie dieses Gefühl überhaupt kannte. Zum ersten Mal seit einigen (insgesamt drei) Jahren kam sie sie sich in Gegenwart eines Mannes wieder wie ein Mensch vor und nicht wie ein Projekt. Und seit langer Zeit unterhielt sie sich zum ersten Mal mit jemandem, der sie einfach nur als »Kate« kannte, ohne die Last von »Kate Keyes-Morgan, Fernsehstar«. Die Freude an diesem authentischen Gespräch, bei dem ihr Image keine Rolle gespielt hatte, ließ sie erkennen, wie kaputt ihre Vorstellungen von Ruhm waren.

Sie konnte sich noch genau an den Moment erinnern, als sie beschlossen hatte, berühmt zu werden. Sie ging damals noch zur Highschool und saß allein zu Hause vor dem Fernseher, wo sie das Käse-Makkaroni-Fertiggericht mampfte, das sie stets aß, wenn ihre Eltern abends ausgingen. Sie bewunderte Olivia Newton-John in *Grease*. Sie empfand eine so echte Liebe und Bewunderung für diese großartige Schauspielerin, dass sie überzeugt war, Olivia könnte ihre Zuneigung über den Bildschirm hinweg spüren. *Genau das will ich*, dachte sie damals. *Ich will genauso geliebt und bewundert werden.* Zwanzig Jahre später war Kate selbst die Frau auf dem Bildschirm, und sie wusste, dass es hier und heute junge Mädchen gab, die sie ebenso verehrten, die vor dem Fernseher saßen, während ihre Eltern ausgingen, und darüber fantasierten, wie gern sie Kate als Freundin/Vertraute/Mutter hätten. Jetzt war ihr natürlich klar, dass Schauspieler die Verehrung des Publikums nicht durch den Bildschirm spüren können. Doch die große Ironie bestand darin, dass sie sich immer einsamer fühlte, je bekannter sie als Schauspielerin wurde. Denn statt die Sorgen einer gehemmten Jugendlichen zu lindern und die Angst vor Fremden zu besiegen, die sie anglotzten und andauernd beurteilten, hatte der Ruhm diese Gefühle verschärft … und ihr darüber hinaus unvorteilhafte Fotos mit unverschämten Kommentaren eingebracht.

Nicht, dass Kate die Zuneigung ihrer Fans nicht zu schätzen wusste. Die Fans waren überaus nett zu ihr, aber diese Verehrung hatte einen Preis. In ihrer ersten TV-Serie *Girl Time* ging es um die Liebschaften und das Leben von vier jungen Frauen, die zusammen in einer Wohnung in San Francisco lebten und in einer hektischen Notaufnahme als Assistenzärztinnen arbeiteten. Die Serie wurde aus dem Stand heraus ein gewaltiger Erfolg. Als die vier unsicheren, vom frühen Ruhm überwältigten jungen Schauspielerinnen durch die Talkshows, Preisverleihungen und Fototermine tingelten, die ihre freien Abende oder Wochenenden ausfüllten, machte Kate eine Beobachtung: Die Leute fragten nicht mehr »Wie geht es dir?«, sondern sie begannen ihr Gespräch mit »Du musst ja so zufrieden sein!« und »Du hast ja ein Glück!«. Sie war ja auch zufrieden … manchmal, und sie hatte Glück gehabt … zumindest meistens. Aber wenn sie einige wenige Male ehrlich geantwortet und ihre zwiespältigen Gefühle ausgesprochen hatte, war sie auf eine derart verwirrte Ablehnung gestoßen, dass sie aufgehört hatte, authentisch zu sein. Stattdessen hatte sie zur altbewährten Methode aller Stars gegriffen: Sag den Leuten, was sie hören wollen.

Kate strahlte Glück aus, egal wie es ihr tatsächlich ging. Das bestärkte die Vorstellungen der Leute über das wunderbare Gefühl, berühmt zu sein. Und Kate wiederum konnte ihre größte Sorge vermeiden, nämlich Menschen zu enttäuschen. Abgesehen von der ungemeinen Isolation und Einsamkeit, die ihre fehlende Authentizität mit sich brachte, funktionierte der Plan bestens für alle.

Nun, für alle *anderen*.

Aber jetzt brauchte Kate dringend einen Plan für den heutigen Tag. Sie hatte erfolgreich die Straße überquert und lief einige hundert Meter die Swarthmore Avenue mit der Absicht entlang, auf Michael beschäftigt und wichtig zu wirken. Doch nun wurde sie mit der Wahrheit konfrontiert, dass sie eigentlich nirgendwo gebraucht wurde. Es war Samstag, also musste sie nicht zur Arbeit, sie hatte bereits in ihrem Fitnessraum trainiert (wo sie sich vorsah, auch nur keines der Handtücher zu berühren, mit denen Sapphires schweißgebadeter Körper im pinkfarbenen Lycra-Dress Kontakt gehabt haben konnte). Ihre Starbucks-Visite war auch schon abgehakt, also musste sie noch die restlichen fünfzehn Sechzehntel des Tages hinter sich bringen. An Tagen wie diesen wünschte sie, sie hätte wenigstens stricken gelernt. Oder ein Flugzeug lenken. Sie war nie der Typ Mensch, der sagte: »Das Leben ist zu kurz.« Selbst mit ihren relativ jungen dreißig Jahren kam ihr ihr Leben unglaublich lang vor. Ihre Tage hatten sich immer hingezogen, mit unendlichem Warten: Warten, dass ihre Mutter heimkam. Warten, dass Hamilton kam und sie rettete. Warten, dass Sam sie für die nächste Einstellung abholte. Warten auf jemanden – auf irgendjemanden –, der ihr sagte, wer sie zu sein und was sie zu tun hatte. Ihr Leben kam ihr oft vor wie aus dem Kinderbuch *Are You My Mother?*, wo ein

Vogeljunges verschiedene andere Tiere trifft und regelmäßig hofft, eines sei endlich die Mutter, die es sucht. Glücklicherweise wimmelte es in Hollywood von lauter solchen Gestalten, wie sie es war.

Kate hörte hinter sich ein Rascheln und drehte sich um. Sie entdeckte eine Clique junger Mädchen, die sich hinter einem Gebüsch versteckten und auf sie zeigten. Es war anscheinend nicht möglich, auch nur einen einzigen Moment privat zu erleben, wenn einen der Rest der Welt für ein Vorzeigeobjekt im Zoo hielt. Der Affe im Tierpark von San Francisco warf oft mit seinen Exkrementen nach den Menschenmassen, die ihn anglotzten und mit dem Finger auf ihn zeigten. Nachdem ihr diese Reaktion nicht behagte, entschied Kate, die Mädchen anzulächeln, was bei diesen Kreischen, Kichern und »Oh-Gott«-Rufe auslöste, bevor sie sich gackernd vor Lachen hinter den Büschen auf dem Boden wälzten. Daraufhin musste Kate selbst lachen. Dann ging sie zu ihrem Wagen zurück, weil sie erkannte, dass sie keine Option auf einen netten, kleinen Nervenzusammenbruch in der Anonymität einer Straßenecke hatte. Der Zusammenbruch musste wohl in der Privatsphäre ihres eigenen Hauses stattfinden.

Als Kate vor ihrem Haus parkte und das knallrote Mercedes-Cabriolet neben Hamiltons Porsche geparkt sah, wurde ihr klar, dass ihr intimer Zusammenbruch noch warten musste. Sie erwog, wieder umzudrehen und wegzufahren, aber sie wusste nicht, wohin. Also parkte sie ihren Wagen neben Sapphires Mercedes und ging ins Haus. Die Szene, die sich ihr in der Küche bot, war nicht die widerliche Orgie, die sie befürchtet hatte. Man könnte das Tableau eher als den Inbegriff häuslichen Glücks beschreiben. Hamilton saß am Küchentisch und las die Zeitung, während er sich im Glanz der späten Morgensonne und von Sapphires Zuwendungen aalte, und Sapphire servierte ihm gerade dampfend heiße Rühreier aus der Bratpfanne. Sie waren so mit sich beschäftigt, dass sie Kate nicht hereinkommen hörten. Kate musste sich drei Mal deutlich räuspern, bevor die beiden wahrnahmen, dass sie bereits eine Weile mitten in der Küche stand. Hamilton besaß nicht einmal den Anstand, die Situation peinlich zu finden, sondern begrüßte sie herzlich mit »Guten Morgen!«.

»Guten Morgen«, antwortete Kate zögernd. Sie kam sich in ihrer eigenen Küche wie ein Eindringling vor.

»Hättest du auch gern ein Rührei?«, bot Sapphire ihr an. »Vielleicht finde ich noch Eier im Kühlschrank, aber der ist, ehrlich gesagt, nicht besonders gut bestückt.«

Wurde sie jetzt dafür getadelt, den Kühlschrank nicht ordentlich zu bevorraten? »Nein, danke. Ehrlich gesagt, mir ist der Appetit ein wenig vergangen.«

»Ja, das sieht man«, sagte Hamilton. »Weißt du, Kate, du solltest wirklich etwas essen. Großes Gesicht, dürrer Körper, diese Lollipop-Figur ist wirklich nicht mehr in.«

»Da hat er recht«, bestätigte Sapphire. »Schließlich hat kein Mann Lust, nachts mit einem Sack Knochen rumzukuscheln.«

»Wie bitte?!«

»Ich will dir doch nur als alte Freundin sagen, dass du vielleicht ein paar Pfund zulegen solltest, bevor du wieder gehst.«

»Bevor ich wieder gehe? Was *soll* das denn nun bedeuten?« Kate traute ihren Ohren nicht. Gab ihre »alte Freundin« Sapphire ihr nun schon vor ihrem eigenen Ehemann Beziehungstipps?

»Okay, Kate, ich denke, du solltest dich hinsetzen und tief Luft holen«, schlug Hamilton vor und deutete auf den Stuhl gegenüber, während er liebevoll Sapphire auf den Stuhl neben sich zog. »Sapphire und ich müssen mit dir reden.«

Kate nahm gehorsam Platz.

»Okay.«

»Ich denke, es ist ganz offensichtlich, was hier los ist.« Hamilton schaute zu Sapphire auf, die behutsam ihre Hand auf seine legte und ihn voller Bewunderung anhimmelte.

»Also, für mich ist es nicht offensichtlich«, log Kate in dem verzweifelten Versuch, das Unvermeidliche hinauszuzögern.

»Sapphire und ich, wir haben uns ineinander verliebt.« Bei diesen Worten schauten sie beide Kate an, als erwarteten sie ihren Segen.

»Verdammt, soll das ein Witz sein?« Schmerzerfüllt und ungläubig sprang sie vom Stuhl auf.

»O je, Liebster«, sagte Sapphire ängstlich und rückte näher zu Hamilton, der einen Arm schützend um ihre Schultern legte, als müsste er sie vor Kates schlechter Erziehung verteidigen.

»Also, Katie, ich finde nicht, dass diese Sprache hier nötig ist, oder? Ich hatte wirklich gehofft, wir könnten das alles besprechen wie wohlerzogene Erwachsene, was einige von uns sind und andere von uns noch werden wollen.« Er lächelte Kate herablassend an, so als schenkte er dem Dorfdepp ein Lächeln.

Die Küche begann sich zu drehen. Kate konnte von Hamiltons und Sapphires selbstgefälligen Gesichtern nur noch Bruchteile erkennen, die mal näher kamen und sich dann wieder entfernten, denn vor allem spürte sie ihre eigene Wut und Verwirrung. Sie wollte den beiden zu verstehen geben, welchen Schmerz sie bei ihr anrichteten, wie falsch, wie brutal sie sich verhielten – aber sie brachte nur noch ein weiteres »Verdammt, soll das ein Witz sein?« hervor.

»Oh, Kate«, tadelte Hamilton sie und schüttelte mitleidig und enttäuscht den Kopf. »Ich sehe ja, dass man mit dir im Moment nichts anfangen kann. Du bist eindeutig zu erregt für ein vernünftiges Gespräch. Du lässt wieder einmal deinen Gefühlen freien Lauf.«

»*Ich lasse meinen Gefühlen freien Lauf*?«, stammelte Kate. »Wie soll ich denn sonst reagieren, Hamilton? Verdammt noch mal, soll ich euch vielleicht noch meinen *Segen* geben?«

»Das wäre reizend, Kate, aber ehrlich gesagt, ich glaube, du bist noch nicht so weit. Ich glaube, das wäre ein großartiges Thema für eine Sitzung mit Penelope, wenn …«

»Zum Teufel mit Penelope!«

Hamilton musste bei dieser Majestätsbeleidigung nach Luft ringen.

»O je, Liebster«, piepste Sapphire erneut mit ihrer gekünstelten Stimme und rückte noch näher an Hamilton heran.

»Ich habe kein Interesse daran, hier zu sitzen und darauf zu warten, dass du einen Wutanfall bekommst, Kate«, warnte Hamilton und versuchte seine geduldige Fassade aufrechtzuerhalten. »Ich möchte außerdem auch Sapphire nicht in dein kleines Drama mit hineinziehen.«

»Mein kleines Drama? Ihr beide habt eine Affäre!«

»Sieh mal, Kate, das meine ich doch – diese dramatische, anklagende Sprache. Sapphire und ich, wir haben keine *Affäre*, wir sind ineinander verliebt. Ehrlich gesagt, wir zwei wissen doch, dass wir beide uns in der letzten Zeit auseinandergelebt haben.«

»Nein«, sagte Kate, der allmählich die Ausmaße dieser Situation bewusst wurden.

»Nun, dann bist du die Einzige. Penelope und ich reden schon seit Monaten darüber.«

»Ihr redet über dich und Sapphire?«

»Nein, natürlich nicht. Das zwischen mir und Sapphire ist, sagen wir es mal so, eine glückliche Überraschung.«

»Nicht für alle Beteiligten«, blaffte Kate.

»Es gibt keinen Anlass, unhöflich zu sein. Aber ich sehe, du kannst dir im Moment selbst nicht helfen. Ich meine, du gehst jetzt besser, bevor du noch etwas sagst, das du bereust.«

Kate wollte ihren Ohren nicht trauen. »Du wirfst mich aus meinem eigenen Haus raus?«

»Ach, Katie, tu nicht so, ist das jemals *dein* Haus gewesen?«

Kate konnte sich auf ihrem Stuhl nicht bewegen, ihre Beine waren mittlerweile wachsweich geworden.

»Sapphire und ich, wir haben beschlossen zusammenzuleben«, sprach Hamilton weiter, »und wir finden, für uns ist es am besten, in diesem Haus zusammenzuleben.«

»Aber ... Was wird aus mir?« Kate hasste den pathetischen Klang ihrer Stimme, aber sie fühlte sich so verflucht ... pathetisch.

Sapphire beugte sich zu Hamilton und flüsterte so deutlich und verständlich, dass man es über ein ganzes Fußballfeld hätte hören können: »Es ist genauso, wie du gesagt hast. Sie bezieht immer alles nur auf sich.«

»Ich weiß, liebste Sapphire«, sagte Hamilton und küsste sie auf ihre chirurgisch verkleinerte Nase. Dann wandte er sich Kate zu und sagte: »Wenn du nur versuchen könntest, nicht so hypersensibel zu reagieren und stattdessen diese Situation objektiv zu betrachten, dann würdest du erkennen, dass es für alle Beteiligten die beste Lösung ist. Schließlich sind Sapphire und ich zwei Personen, und wir brauchen die Geräumigkeit, die dieses Haus bietet. Außerdem – lass uns mal ehrlich sein, Kate –, das Einzige, das in diesem Haus wirklich von dir ist, ist *dein* Kleiderschrank … so wie er ist.«

Kate wollte gerade protestieren, aber bevor sie auch nur ein einziges Wort hervorbrachte, kam ihr die Erkenntnis, dass Hamilton recht hatte. Hamilton hatte dieses Haus ohne ihr Zutun in dem Monat ausgesucht, den sie in einem ultimativen Wellness-Tempel verbracht hatte, um sich mit einer vierwöchigen Saftkur auf ihre Hochzeit vorzubereiten. Und als sie von ihrer Hochzeitsreise zurückgekommen waren, fanden sie das Haus komplett eingerichtet vor. In Wahrheit hatte ein Stylist den Großteil ihrer Garderobe ausgesucht, also hatte die eigentlich auch nichts mit ihr zu tun …

Kate schwieg einen Moment, dann gab sie schmerzerfüllt zu: »Ich weiß nicht, wo ich hingehen soll.«

»Oh, Kate, glaubst du, ich würde dich einfach so vor die Tür setzen?«, fragte Hamilton salbungsvoll. Er vermochte nun wieder gütig zu sein, schließlich bekam er seinen Willen. »Ich habe mich doch immer um dich gekümmert, oder?« Kate musste zugeben, dass das stimmte, ja, er hatte sich immer um sie gekümmert, und sie merkte, wie sie entspannt zuließ, ihn wie üblich gewähren zu lassen.

»Ja, das stimmt.«

»Genau, und ich kümmere mich natürlich weiter um dich.« Er lächelte sie an. »Aber am besten fängst du jetzt mal mit Packen an, okay?«

»Okay«, antwortete Kate matt. Sie stellte sich auf ihre gefühllosen Beine und ging aus der Küche.

»Deine Mutter erwartet dich schon.«

14 Kate stand an der Eingangstür zum Haus ihrer Eltern und wollte klingeln. Im Innersten ihres Herzens wusste sie genau, dass es ein Fehler war, aber Hamilton hatte sie davon überzeugt, dass dies der sicherste Aufenthaltsort für sie sei. »In den Hotels wimmelt es von Paparazzi, Kate. Willst du dir das zum jetzigen Zeitpunkt antun?« Und damit hatte er schon wieder seinen Willen bekommen. *Vielleicht ist es trotzdem das Beste*, dachte Kate. *Vielleicht ist für meine Mutter der Zeitpunkt gekommen, um endlich für mich da zu sein.*

Dann öffnete ihre Mutter die Haustür.

»Hallo, Kate«, grüßte sie kühl und machte keinerlei Anstalten, Kate hereinzubitten.

»Hallo, Mami.«

»Nun, okay, komm herein.« Ihre Mutter trat in den mit Marmor gefliesten Eingang zurück und öffnete die Haustür gerade so weit, dass Kate hineinschlüpfen konnte. »Wie lange willst du eigentlich bei uns bleiben?«

Kate schluckte fassungslos. »Ich weiß es nicht, Mami. Ich kenne die übliche Verweildauer von Töchtern, deren Ehemänner Ehebrecher sind, nicht.«

»Oh, Katie, musst du wirklich so reden?« Kate hatte vergessen, dass ein Satz, der die Worte »Ehebrecher« und »Ehemann« in Verbindung brachte, einer Majestätsbeleidigung gleichkam.

»Es tut mir leid, Mami, aber es stimmt doch.«

»Ich weiß, dass es stimmt, meine Liebe, aber das bedeutet noch lange nicht, dass wir darüber auch noch *sprechen* müssen.«

»Worüber würdest du denn gern sprechen, Mami?«

»Ehrlich gesagt, Kate«, gestand ihre Mutter mit einem Seufzer, »ich habe überhaupt keine Zeit für ein Gespräch. Dein

Vater und ich haben heute eine Party im Klub und später auch noch eine Einladung zum Abendessen, also, ich habe erst morgen Zeit für dich.«

»Soll ich einen von meinen Assistenten bitten, deine Sekretärin anzurufen, um einen Termin zu vereinbaren?«

»Katherine, nicht schon wieder. Meinst du, dieser Sarkasmus ist das Richtige für dich? Du weißt genau, kein Mann will nach Hause kommen und sich dann solche Sätze anhören.«

»Hamilton verlässt mich nicht, weil ich sarkastisch bin, Mami.«

»Nein«, gab ihre Mutter zu. »Nicht *nur* wegen deines Sarkasmus.« Sie machte auf dem Absatz kehrt und schritt durch die Diele, während Kate noch völlig schockiert in der geöffneten Haustür stand. »Also, meine Liebe, kommst du jetzt? Ich habe kaum Zeit, dir dein Zimmer zu zeigen und dir den Hausschlüssel zu geben, bevor ich deinem Vater helfen muss, sich für unsere Einladung anzuziehen.«

»Ja, ich komme«, antwortete Kate und riss sich zusammen, um ihrer Mutter durch dieses ihr fremde Haus zu folgen.

Kates Eltern, Henry und Marcia, waren an Kates letztem Kindergartentag aus dem Haus ihrer Kindheit ausgezogen und seither sieben Mal umgezogen. Ihre jeweils aktuellen Hobbys trieben sie seither von Haus zu Haus. Zuerst war eine Wohnung in Marina del Rey dran, wo sie ein Boot liegen hatten. Als sie merkten, dass sie eher keine Wasserratten waren, versuchten sie es mit Reiten und kauften eine große Wohnung in der Nähe des Reiterzentrums in Studio City. Aber bald kamen sie zu dem Schluss, dass sie zwar Pferde liebten, aber die brütende Sommerhitze im San Fernando Valley nicht aushielten. Also kauften sie ein Reihenhaus in

Bel Air im Gelände vom Mountaingate Country Club und versuchten es mit Golf. Mit jedem Umzug wurde der Kate zugedachte Raum kleiner. Das lag keineswegs am Platzmangel. In ihrem derzeitigen Haus verfügten Henry und Marcia nicht nur über ein Wohn- und ein Esszimmer, es gab insgesamt vier weitere Zimmer, aber jedes davon hatte eine wichtigere Funktion, als ihre Tochter zu beherbergen. Henry und Marcia hatten ein gemeinsames Schlafzimmer, jeder hatte sein eigenes Arbeitszimmer (wofür eigentlich, fragte sich Kate) und das freie Zimmer diente als Abstellkammer, oder, in Kates Worten: als ihr vorübergehendes Zuhause.

Während sie allein mit dem Klappbett kämpfte, hörte Kate, wie sich ihre Eltern im angrenzenden Zimmer für den Abend vorbereiteten. Genauer gesagt, sie konnte hören, wie ihre Mutter ihrem Vater Anweisungen erteilte, damit er sich ankleidete. »Oh, Henry, das ist doch wohl nicht dein Ernst. *Das* kannst du nicht tragen. Zieh doch bitte das an, was ich dir auf dem Bett zurechtgelegt habe.« Dann kam das übliche Nuscheln ihres Vater, gefolgt von der Kommandostimme ihrer Mutter: »Du hast das nicht gesehen? Aber es liegt doch da auf dem Bett. Henry-Schatz, ich schwöre zu Gott, du solltest darum beten, dass ich nicht vor dir abtrete, denn allein wirst du noch verhungern.« Nuscheln. »Warum? Weil du nicht einmal fähig sein wirst, den Kühlschrank zu finden, darum!« Nuscheln … Nuscheln … *Quietsch!* »Oh, Henry-Schatz, hör sofort auf damit! Du verwischst mein ganzes Make-up.« Kichern … Nuscheln … Kichern.

Kate ging hinaus und setzte sich in ihr Auto.

Krieg oder Sex, mehr gab es über ihre Eltern nicht zu sagen. Kate spielte eigentlich keine Rolle. Zuweilen fragte sie sich, warum sie überhaupt ein Kind hatten, und kam zu dem

Schluss, dass sie vermutlich sehen wollten, was sie mit ihrer Liebe und ihrer außergewöhnlichen DNA produzieren könnten. Und nachdem sie ihr Produkt genügend bewundert hatten, schienen sie ihr Interesse daran verloren zu haben.

Kate ließ ihre Seitenfenster hinunter, um sich Luft zu verschaffen, und fragte sich, wie lange ihre Eltern brauchen würden, um ihre Abwesenheit zu bemerken.

Als sie neun Jahre alt war, hatte eine ihrer Schulfreundinnen ihr einen Tipp gegeben: »Weißt du, was du machst, wenn du richtig, richtig sauer auf Mama und Papa bist? Dann musst du dich verstecken, aber so, dass sie dich nicht finden. Dann machen sie sich ganz doll Sorgen um dich, und Mama fängt an zu weinen und so. Und dann finden sie dich unter dem Waschbecken und sind ganz glücklich, und sie schenken dir ein Eis oder so, und alles ist wieder okay.«

Genau, dachte Kate. Als sie tatsächlich einmal diesen Rat befolgt und sich vor ihrer Mami versteckt hatte (unter dem Bett, denn ihre Mutter benutzte Kates Waschbeckenschrank als zusätzliches Make-up-Lager), war sie am nächsten Morgen in ihrem Versteck aufgewacht. Zumindest hatten ihre Eltern ihr die Nachricht auf der Arbeitsplatte in der Küche hinterlassen, dass sie zum Frühstück weggefahren waren.

»Aber wahrscheinlich werde ich in diesem Viertel noch dafür verhaftet, wenn ich die Nacht in meinem Auto verbringe«, sagte Kate zu sich und blickte in den Innenrückspiegel. »Und Gott allein weiß, ob meine Eltern zwischen all ihren gesellschaftlichen Pflichten überhaupt noch Zeit fänden, um meine Freilassung gegen Kaution zu organisieren.«

Sie blieb in ihrem Wagen sitzen, bis ihre Eltern den pinkfarbenen Buick aus der Garage fuhren. Henry hatte sich nie darüber beklagt, ein bonbonrosafarbenes Auto zu fahren, denn sein Stolz auf die Erfolge seiner Frau als Mary-Kay-Kosmetik-Beraterin hatte ihn für den Rest der Welt blind gemacht. Kate winkte, als sie abfuhren, wohl wissend, dass ihr Abschiedsgruß nicht erwidert werden würde. Ihre Mutter würde lediglich in den Schminkspiegel sehen, und ihr Vater hatte nur Augen für ihre Mutter.

Unbemerkt sich seinem Leid hinzugeben, war mit dreißig Jahren genauso unbefriedigend wie mit sechs Jahren. Also beschloss Kate, der Tatsache ins Gesicht zu sehen, dass sie ihre erste Nacht als verlassene Ehefrau allein in einem unbekannten Haus verbringen würde. Als sie ihre Taschen durch den langen Flur in die Abstellkammer schleppte, erkannte Kate, dass sie sich trotz der dreißigjährigen Erfahrung irgendwie vorgestellt hatte, an diesem Abend von ihrer Mutter getröstet zu werden. Wie konnte sie nur vergessen, dass ihre Mutter Leid für eine ansteckende Krankheit hielt, insbesondere, wenn die Ursache erniedrigend oder peinlich war? Marcia konnte sich schlicht und ergreifend für nichts begeistern, womit man an Attraktivität einbüßte. Krebs war von vornherein übel, wegen des Haarausfalls. Magersucht war allerdings nur im Extremfall negativ. Insgeheim glaubte Kate sogar die Enttäuschung ihrer Mutter zu spüren, weil sie noch nie Thema einer der Reportagen mit dem Titel »Gefährlich dünn!« gewesen war. Sie betastete ihre hervorstehenden Hüftknochen und überlegte, ob ihre Mutter jetzt möglicherweise endlich stolz auf sie wäre – bis ihr wieder einfiel, dass sie eine betrogene Ehefrau war.

Dünn und betrogen.

Marcia wäre niemals imstande, so einen Widerspruch zu verstehen. Kate stellte sich vor, wie sich ihre Mutter im Kreis drehte, wild mit den Armen fuchtelte und immer wieder »Verstehe ich nicht« rief, bis ihr Kopf vor lauter Stress schließlich auf den Boden kullerte.

Das Echo von Kates Lachen hallte durch das menschenleere Haus. Was ist trister als eine Frau, die allein lacht? Oder, genauer gesagt, was ist *verrückter,* als allein zu lachen? *Oder,* dachte Kate, *was ist trister, verrückter oder Mitleid erregender als eine Frau, die sich fragt, ob ihr Mitleid erregendes Leben eher trist oder eher verrückt ist?*

»Nichts«, sagte Kate laut. »Außer vielleicht Selbstgespräche führen.« Sie überlegte, sich in den Badezimmerschrank unter dem Waschbecken zu quetschen, schlurfte aber stattdessen ins Wohnzimmer und machte es sich im verstellbaren La-Z-Boy-Lehnsessel ihres Vaters bequem. Wenn sie schon an Einsamkeit sterben sollte, dann zumindest beim Anschauen von *E!*.

Als sie am nächsten Morgen sehr früh aufwachte, fand sie eine Nachricht ihrer Eltern vor. Diesmal waren sie nicht ohne sie frühstücken gegangen. Sie waren nachts noch nach Palm Springs gefahren.

Da half nur noch ein richtiger Caffè Latte mit Vollmilch.

15

Michael fragte sich, ob es eine neue Krise oder eine besondere Leistung war, vor dem noch geschlossenen Starbucks zu stehen. Als er um halb fünf wach geworden war, waren ihm tausend Ideen für Kurzgeschichten durch den Kopf geschwirrt. Er hatte es kaum erwarten können, aufzustehen und mit dem Schreiben anzufangen, aber als er vor dem Monitor saß, fiel ihm nichts mehr ein. Er sah sich in seiner sorgfältig eingerichteten Eigentumswohnung um. Die schwarzen Ledercouchs und der Glastisch gehörten eindeutig zu »Michael, dem Agenten«. Trotz der prächtigen Aussicht auf den Ozean war dies eher ein Platz für kurze Nickerchen, die man zwischen abendliche Geschäftsessen und Vormittagsmeetings quetscht, und kein Ort für Kreativität. Wie so viele andere Errungenschaften seines Glamour-Lebens schien auch sein Zuhause nicht mehr zu ihm zu passen. Vielleicht hatte es nie zu ihm gepasst. Während er nun um 5:00 Uhr morgens vor dem Starbucks stand und sich mit seinen schlaflosen Laptop-Kollegen unterhielt, hatte Michael das Gefühl, etwas entdeckt zu haben, was die Mitglieder der Marching Band seiner Highschool wohl schon längst wussten: Nerds haben mehr vom Leben.

Als die Türen schließlich eine halbe Stunde später aufgingen, trat der junge Angestellte zur Seite, damit die Menschenschlange hineingehen konnte, und schüttelte verwundert den Kopf über seine verrückten Stammgäste. Er musste ja zu dieser Zeit aufstehen und arbeiten, sonst würde er gefeuert. Aber die Tatsache, dass diese Irren ihre Zeit hier verbringen wollten und dabei noch so glücklich wie Michael aussahen, war unfassbar.

»Guten Morgen, Chad!«

»Es ist absolut nervig, wenn man kurz vorm Morgengrauen so putzmunter ist«, brummte der übermüdete Angestellte.

»Nervig, Chad? Oder wunderbar?« Michael stellte seinen Computer ab, ehe er sich in die Warteschlange einreihte, die nur jetzt, vor dem Ansturm um 6:00 Uhr, so kurz war.

»Nervig«, bestätigte Chad und setzte sich auf seinen Stuhl hinter dem Tresen.

Michael lachte und überlegte, in welcher seiner Geschichten er einen schrulligen Barista unterbringen könnte.

Seit er seine Schreiberei mit Ernst betrieb, kam ihm sein Leben gar nicht mehr so nervig vor. Fast alles – oder alle – waren Futter für seine Kurzgeschichten. Selbst Sapphire Rose, die ewig ärgerliche Nervensäge, war ein Quell der Inspiration für sein modernes Märchen geworden. Es handelte von einer bösen Stiefmutter, die ihre schöne und freundliche Stieftochter quälte, indem diese die schönheitschirurgischen Operationen zuerst ausprobieren musste, die sie für sich selbst in Betracht zog. Er wusste noch nicht recht, wie diese Kurzgeschichte enden würde, aber genoss es in vollen Zügen, seine bizarren Erlebnisse mit Sapphire auf diese Weise zu verarbeiten. Auch seine Zeilen über die schöne Stieftochter waren ihm Anlass zur Freude. Er nannte sie »Cat«. Irgendwann würde Cat von einem attraktiven Prinzen gerettet werden. Michael überlegte, ihn eventuell »Michael« zu nennen.

Michael machte seinen 5:45-Uhr-Kontrollblick durch das noch kaum besuchte Café und beruhigte sich damit, dass es vermutlich zu früh war, um Kate schon anzutreffen. Er war immer noch von ihrem Gespräch am vorherigen Tag beflügelt. Anscheinend mochte sie ihn, obwohl sie ihn für einen Hungerkünstler hielt. Tatsächlich hatten sie eine Stunde lang miteinander geplaudert, und sie hatte ihn nicht einmal nach seiner Automarke gefragt, was für das Flirtverhalten in Los Angeles bestimmt eine Leistung darstellte. Dabei hatten sie eigentlich auch gar keine Zeit, sich über Autos zu unterhalten. Sie hatten über die grauenvolle Zeit der Pubertät geredet und darüber, wie sie beide Zuflucht in Büchern gefunden hatten. Sie hatten darüber gesprochen, wie schwer es war, normal und erdverbunden zu bleiben, wenn man täglich dem

Zirkus von West Los Angeles ausgesetzt war. Und sie hatten viel Zeit damit verbracht, Geschichten über ihre Mütter auszutauschen. Es war wie ein Gespräch zwischen alten Freunden gewesen.

Eigentlich nicht das, wonach Michael strebte, aber es war ein Anfang.

Er hörte, wie die Eingangstür aufging, und sah eher zufällig auf, in Erwartung eines Laptop-Kollegen. Aber zu seiner freudigen Überraschung war es Kate. Weniger Grund zur Freude bot allerdings ihr Zustand. Sie sah aus, als hätte sie die ganze Nacht kein Auge zugetan. Sie wirkte völlig erschöpft, und ihr Nicki-Trainingsanzug schlabberte an ihr, als wäre er das abgelegte Kleidungsstück einer dickeren (wenn auch modebewussten) Cousine. Sie sah ihn nicht, denn sie hielt ihren Kopf gesenkt, und ihre Augen starrten auf ihre Füße in den Ugg-Boots, während sie sich zum Tresen schleppte. Sie bekam gerade noch ein mattes Lächeln für Chad hin, als sie ihre Bestellung aufgab. Dann schlurfte sie in die andere Ecke des Cafés, um auf ihren Kaffee zu warten, wo sie fast in der Nische zwischen der Wand und der Anrichte mit den Servietten und dem Zucker verschwand.

Michael erwog, sie mit ihren Gedanken allein zu lassen, entschied sich aber dagegen, weil dies bedeutet hätte, nicht mit ihr zu sprechen. Er konnte sich höchstens auf den Kompromiss einlassen, sie nicht zu umarmen.

Kate sah ihn erst, als er direkt vor ihr stand. Selbst dann nuschelte sie nur »Entschuldigung« in die Richtung seiner Füße und verkroch sich noch tiefer in die Ecke, um ihm seinen Weg zu Milch und Zucker frei zu machen.

»Kate?« Michael sprach sie sehr leise an, um nicht die Aufmerksamkeit der anderen Gäste auf sich zu ziehen.

Als sie endlich aufsah, brauchte sie einige Zeit, bis sie reagieren konnte.

»Ach, Michael. Hallo.«

Ihre Hände fuchtelten fahrig vor ihrem Gesicht, dann schoben sie nervös ihr widerspenstiges Haar unter die Baseballkappe zurück und verdeckten schließlich ihren Mund, als wollte sie sich verstecken.

Ihre Augen waren rot und geschwollen. Sie sah wie ein verschrecktes Tier aus. Michael fragte sich, ob ihr zermürbter Zustand irgendetwas mit Hamilton zu tun hatte. Denn dann würde er diesen Hornochsen umbringen. *Dann wäre Kate allerdings ein Single*, dachte Michael hocherfreut. *Aber du wärest im Gefängnis, also ist das keine gute Idee.* Er bemerkte, wie sich Kates Augen mit Tränen füllten. Er trat näher und nahm ihre Hände vom Gesicht, um sie besser betrachten zu können. »Hey, bist du okay?«

»Ja, ich bin okay«, antwortete sie mit bebendem Kinn.

Michael nahm ein paar Papierservietten von der Anrichte und wischte ihr die Tränen von den Wangen. »Möchtest du herüberkommen und dich zu mir setzen?«

»Ich kann nicht«, sagte sie schniefend.

»Warum nicht?«, fragte Michael und fürchtete, sie würde die Flucht ergreifen.

»Weil …«, Kate konnte kaum sprechen und nahm die Servietten, weil ihre Tränen nun zu strömen begannen, »weil ich noch auf meinen Kaffee warten muss.«

Michael konnte nicht anders. Er musste lachen. Kate ebenfalls, zum Glück.

»Okay«, sagte Michael und führte sie behutsam zu seinem Tisch. »Was hältst du von diesem verrückten Vorschlag: Ich hole deinen Kaffee am Tresen ab und bringe ihn dir hierher.«

»Ich weiß nicht«, sagte Kate. »Er ist heute recht schwer. Ich trinke ihn heute mit Vollmilch.«

»Gut. Die brauchst du auch.« Michael zog einen Stuhl heran. »Setz dich, bitte.«

Sie setzte sich.

16

Hamilton und Sapphire wachten an ihrem ersten Morgen als offizielles Paar gemeinsam auf und sprachen wie echte Seelenverwandte zur selben Zeit denselben Satz aus: »Wann geben wir eigentlich unsere Presseerklärung heraus?«

»Eieiei!«, zwitscherten beide unisono und brachen in Lachen aus. Dann umarmten sie sich, und jeder dachte für sich, wie großartig ihre verschlungenen Körper auf den Frette-Bettlaken wirken mussten. Hamilton wand sich aus der Umarmung und betrachtete Sapphire nachdenklich. »Wir müssen noch andere Dinge bedenken, ehe wir an die Presse gehen, Liebling.«

»Befürchtest du, wir könnten Kate verletzen?«, fragte Sapphire in einer seltenen Anwandlung von Mitgefühl.

»Nein«, gestand Hamilton wahrheitsgemäß. »Ich meinte eher das perfekte Timing für unseren ersten gemeinsamen Auftritt in der Öffentlichkeit. Allerdings müssen wir Kate durchaus im Auge behalten: Wenn sie die Opferkarte spielt, könnte sich das in der öffentlichen Meinung negativ auf uns auswirken.«

»Aber ich passe doch viel besser zu dir als sie.« Sapphire war beleidigt.

»Ja«, gab Hamilton zu. »Aber so ungerecht das auch klingt –

so ungerecht es auch *ist* –, Kates Position als verlassene Ehefrau könnte bei den Zuschauern Mitleid und Unterstützung auslösen. Ich weiß, für dich ist das nicht nachvollziehbar, aber es gibt überall Frauen in der gleichen Situation wie Kate, die unsere Liebesbeziehung als unpassend empfinden könnten.«

»Aber das ist so ungerecht. Kannst du ihnen nicht erklären, dass Kate selbst schuld ist, weil sie sich permanent geweigert hat, High Heels und ansprechende Dessous zu tragen?«

»Das würde ich gern, Liebling. Weißt du, allein die Tatsache, dass dies für dich alles so offensichtlich ist, ist einer der vielen Gründe, warum du so eine außergewöhnliche Frau bist.« Hamilton küsste sie auf die Stirn, und Sapphire veränderte ihre Pose, um die unvorteilhafte, grelle Morgensonne, die durch das Schlafzimmerfenster drang, zu vermeiden. »Aber, ob du es glaubst oder nicht«, sprach er weiter, »es gibt tatsächlich in der ganzen Welt Frauen, die meinen, sie könnten trotz flacher Schuhe und Baumwollunterwäsche mit einem Mann eine Liebesbeziehung haben.«

»Nicht mit einem *echten* Mann.«

»Nein, natürlich nicht, aber sie wissen es halt nicht besser. Es ist unendlich traurig, denn sie könnten so viel von dir lernen, aber ihr Verstand hat unter negativen Einflüssen gelitten – unter diesem Feminismus und so.«

»Dieser üble Femi-Nazismus!«

»Ja«, stimmte Hamilton düster zu. »Wir können nur hoffen, dass wir ein leuchtendes Beispiel der Vernunft in dieser absolut verrückten Welt abgeben.«

»Oh, Hamilton, ich liebe dich so sehr.«

»Ich liebe dich auch. Nun, was meinst du, wie lange brauchst du, um dich zurechtzumachen, damit wir ausgehen und einen Happen essen gehen können?«

»Ich bin ganz fix«, antwortete Sapphire und veränderte ihre Stellung, damit ihr bei Mystic Tan gebräunter Rücken besser zur Geltung kam. »Ich gehe nur rasch unter die Dusche, frisiere mich, lege mein Make-up auf, und schon bin ich fertig. Sagen wir, in einer Stunde?«

»Eine Stunde ist gut.« Hamilton wusste, dass daraus vermutlich neunzig Minuten werden würden, aber allein die Tatsache, dass sie bereit – nein, *begierig* – war, eine ganze plus eine halbe Stunde dafür aufzubringen, um sich für ihn schön zu machen, ließ ihm den Kamm schwellen. Kate hingegen war immer stolz darauf gewesen, in zwanzig Minuten fertig zum Ausgehen zu sein, Duschen eingeschlossen, was für ihn einen persönlichen Angriff auf seine Männlichkeit darstellte. Warum glaubten solche Frauen nur, sie könnten das Haus ohne Make-up verlassen? Oder sie könnten im Haus ohne Make-up herumlaufen? »Du bist jede Sekunde wert, meine hübsche, meine wunderhübsche Prinzessin.« Sapphire lächelte ihn glückselig über die Schulter hinweg an, als sie in ihren pinkfarbenen Morgenmantel aus Seide und in ihre Stilettopantöffelchen schlüpfte und zum Badezimmer tippelte. Hamilton betrachtete sie, wie sie mit ihrem recht üppigen Hinterteil wackelte, und dachte über die wunderbare Wendung in seinem Leben nach. Endlich hatte er eine Frau, die seine Vision teilte, die wirklich, ja: die *wirklich* einen Privatjet haben wollte. Als er Kate vor drei Jahren begegnete, hatte er geglaubt, dass sie seine Wertvorstellungen und Ziele teilte und dass sie das Potential besaß, diese zu erreichen. Gut, sie war ein bisschen stämmig gewesen, und ihr Haarschnitt war eine einzige Katastrophe, aber er dachte, in ihr steckte genügend Rohmaterial, um aus ihrer bisherigen Karriere ein profitables Geschäft zu entwickeln. In jenem ersten Jahr schienen sie dasselbe Ziel zu haben, beide konzentrierten sich auf ihre Diät und darauf, ihr verloren gegangenes Stilgefühl wieder herzustellen. Sie war seinen Ratschlägen wortwörtlich gefolgt, indem sie ausschließlich Dinge von seiner Liste mit »erlaubten« Speisen aß, mit seinem Trainer ihr Workout machte und nur die Kleidung trug, die sein Stylist, Armand, ausgewählt hatte. Er und Armand waren von der Entwicklung beglückt, ebenso die Casting-Agenturen, die für das Relaunch von Katie, dem Walross, Tür und Tor öffneten. Hollywood wusste so ein Comeback zu zelebrieren, genauso wie Hollywood den Zusammenbruch einer erfolgreichen Karriere zu zelebrieren wusste, und im Fall von Kate bekamen sie beides geboten. Das war kurz bevor Hamilton für sie eine kleine Rolle im Pilotfilm von *Generations* ausgehandelt hatte, der bombastisch einschlug. Hamilton dachte, seine Träume gingen endlich in Erfüllung, aber aus seinen Träumen wurden bald Albträume. Seine junge Ehefrau, einst so hingebungsvoll und folgsam, benutzte nun brisante Worte und Wendungen wie »Respekt« und »auf Gefühle hören«. Er hatte so gehofft, dass Penelope Kate helfen würde, die Bedeutung der ihr zugedachten Rolle in ihrer Beziehung zu erkennen. Aber tragischerweise faselte Kate weiterhin von ihren Gefühlen, und noch schlimmer, von ihren *Gedanken*. Dann fing sie auch noch an, ihre Kleidung selbst auszusuchen, und sie benahm sich Hamilton gegenüber oftmals respektlos, indem sie lieber bequeme Sachen als sexy Kleider trug. Von da an war es nur eine Frage der Zeit, bis Hamilton gezwungen war, sich anderweitig nach dem Kick umzusehen, den sein männliches Ego brauchte.

Er fühlte sich am Zerbrechen seiner Ehe mit Kate unschuldig, er spürte nur die Ernüchterung und die Enttäuschung, nachdem er sich so hilfsbereit gezeigt hatte, seine Hilfe aber abgewiesen wurde. Natürlich freute er sich nicht über Kates unvermeidbares Scheitern: Jegliche Befriedigung darüber, Recht zu haben, würde sicherlich dadurch geschmälert, dass ihr Scheitern sich auch auf seinen Anteil an ihren zukünftigen Einkünften auswirken würde.

Aber was auch immer er mit Kate verlieren würde, Sapphire Rose würde es wieder wettmachen, davon war er überzeugt. Sapphire war eine echte Frau. Nun vielleicht nicht gerade im engeren Sinn – schließlich war sie zugegebenermaßen ein Kunstwerk, wenn man ihre Brust, ihre Wangen, ihre Pobacken und ihre Lippenimplantate betrachtete –, aber sie war eine echte Frau in all den Bereichen, auf die es wirklich ankam. Er hatte ihr Penelopes Buch zu lesen gegeben, gleich nach ihrer ersten Begegnung in ihrem Trailer, als er zum ersten Mal ihre außerordentliche gegenseitige Anziehungskraft gespürt und gefühlt hatte, dass sie eine gemeinsame Zukunft haben könnten. Sie nahm das Buch mit der gebührenden Liebenswürdigkeit in Empfang, weil es das Geschenk eines Mannes war. Aber sie gab sofort zu, keine große Leserin zu sein, und bat Hamilton, ihr stattdessen den Inhalt des Buchs zu erzählen. Sie hörte ihm aufmerksam zu, als er Penelopes Leitsätze erklärte, und nickte begeistert, als er ihr in Aussicht stellte, sie zur Belohnung für ihre bedingungslose Unterstützung und Bewunderung wie eine Prinzessin zu behandeln – regelmäßige Schmuck- und Dessous-Geschenke eingeschlossen.

»Oh, mein Gott«, keuchte sie und legte eine Hand auf die Stelle ihres prallen Busens, unter der vermutlich ihr Herz schlug. »Das ist ja, als könntest du meine Gedanken lesen. Ich bin *immer* für Schmuck zu haben, und ich werde *nie* etwas in Frage stellen!«

Hamilton schaute in ihre saphirblauen Augen (ihr Künstlername wurde sofort festgelegt, nachdem man die Kontaktlinsen mit dem perfekten Farbton für sie ausgewählt hatte, beinahe wäre daraus »Ozeanwellen« geworden) und wusste, dass sie eine gemeinsame Zukunft vor sich hatten. Er wusste obendrein, dass bei ihr demnächst eine Vertragsverlängerung anstand, und er war zuversichtlich, für sie beide eine äußerst erfreuliche sowie äußerst lukrative Zukunft aushandeln zu können.

Gab es etwas Romantischeres?

17

Als Michael mit ihrem Kaffee zurückkam, hatte sich Kate ein bisschen besser unter Kontrolle. Sie sah nun eher verlegen als verzweifelt aus.

»Entschuldigung wegen vorhin«, sagte sie und nahm ihren Kaffee in Empfang. »Und danke hierfür.«

»Du musst dich nicht bedanken. Du hast dafür bezahlt.«

»Ach ja, *wofür?*« Sie grinste, Michael schmolz dahin.

Er zog den Stuhl auf der anderen Tischseite hervor und setzte sich. In diesem Stadium ihrer Beziehung erschien es ihm unpassend, direkt neben ihr zu sitzen, Bein an Bein. Vielleicht nach dem zweiten Kaffee. »Möchtest du über das sprechen, was dich zu dieser lächerlich frühen Stunde so aufgebracht hat? Ich meine, abgesehen davon, dass du deinen Kaffee selbst bezahlen musstest.«

»Ja, es geht vor allem darum.«

»Kate.«

»Es geht *teilweise* darum.«

»Gut. Angenommen, ein *Teil* deines Kummers ist, dass du drei fünfundsiebzig für deinen Latte bezahlen musstest. Aber irgendwie habe ich das Gefühl, da *könnte* noch etwas sein.« *Und ich hoffe inständig, dieses Etwas ist eine bevorstehende Scheidung …*

»Es ist meine Mutter.« *Mist.*

»Was ist mit deiner Mutter?«

»Nun, ich wohne gerade bei ihr, weil … Also, ich wohne vorübergehend bei ihr.« *Hurra!*

»Echt?« Michael bemühte sich, sich seine Aufregung nicht anmerken zu lassen. »Ist dein Haus gerade eine Baustelle?«

»Ja, es ist eine Art Baustelle.«

»*Eine Art* Baustelle, hm.«

Sie schenkte Michael wieder ein Lächeln. »Also, zu Hause werden gerade einige Veränderungen vorgenommen.«

»Bei dir zu Hause werden gerade Veränderungen vorgenommen? Was soll das bedeuten?«

»Du weißt nicht, was es bedeutet, Veränderungen in einem Haus vorzunehmen?« Unterschwellig war deutlich *Was bist du für ein Schwachkopf?* zu vernehmen.

Aber Michael war zu sehr darauf bedacht, von ihr die Wahrheit zu hören, als beleidigt zu sein. »Nein, das weiß ich nicht.«

Kate schnaufte verärgert. »Also, ich weiß nicht, wie ich dir das erklären soll.«

»Weil du es selbst nicht weißt?«

»Wie bitte?«

»Mal sehen … Wie soll ich mich deutlicher ausdrücken? Ja, jetzt hab ich's, weil du mich nicht für voll nimmst.«

Kate schaffte es nur zehn Sekunden, beleidigt zu tun, dann

musste sie vor Lachen prusten. »Schade! Ich hatte gehofft, wenn ich frech und arrogant genug klinge, würdest du nicht nachfragen.«

»Ja, normalerweise ist das eine hervorragende Methode … wenn du mit Zwölfjährigen sprichst.«

»Willst du damit vielleicht andeuten, dass du intellektuell über dem Niveau von Zwölfjährigen stehst?«

»Nur, wenn es darum geht, deine eher simplen Ablenkungsmanöver zu durchschauen. Ich bin ziemlich sicher, dass selbst das untere Drittel einer durchschnittlichen sechsten Klasse mich in allem schlägt, was mit Computern zu tun hat.«

»Meine Güte, das stimmt tatsächlich. Ist es nicht erstaunlich, dass sie heutzutage besser mit Computern umgehen können als ich mit einer einfachen Fernbedienung für den Fernseher?«

»Kate?«

»Ja, bitte?«

»Erinnerst du dich noch daran, dass ich gesagt habe, ich sei ganz gut beim Durchschauen von simplen Ablenkungsmanövern?«

»Ja …«

»Nun, wenn du in der Ecke da nicht wegen deines mangelhaften Computerwissens geweint hast, zeigt mir meine sorgfältig ausgerichtete Antenne, dass du mir nicht alles erzählt hast.«

»Ich habe nicht wegen meines mangelhaften Computerwissens geweint.«

»Ich bin schockiert«, sagte Michael, der eindeutig nicht schockiert war.

»Ja, das sehe ich. Es geht eigentlich auch nicht um meine Mutter.«

»Das glaube ich allerdings *nicht*. Es geht ständig um unsere Mütter.«

»Dieser Punkt geht an dich.« Kate lachte. »Aber es geht *nicht nur* um meine Mutter.«

»Ich verstehe«, antwortete Michael zunächst und sprach mit einem grauenvollen Wiener Akzent weiter. »Und würdest du mir bitte erzählen, warum du denkst, dass es nicht um deine Mutter geht?«

»Soll das Freud sein?«

»Soll das schon wieder ein Ablenkungsmanöver sein?«

Michael ließ die Stille walten und genoss das zaghafte Lächeln, das schließlich Kates Augen erreichte. »Du erzählst mir wohl nicht, was wirklich los ist, oder?«, hakte er nach.

»Noch nicht«, gab sie zu. »Aber mir geht es schon besser.«

»Gut«, sagte Michael außer sich vor Freude über das Wort »noch«. »Ich nehme an, das ist zumindest etwas.«

»In Anbetracht meines Zustands, als ich hier ankam, ist es eine ganze Menge. Danke.«

»Gern geschehen.« Michael beschloss, den Verlobungsring zu kaufen. »Treffe ich dich morgen wieder hier? Ich verspreche auch, dich zu deinem Kaffee einzuladen.«

»Eine Einladung zum Kaffee? Hey, das klingt verlockend, aber leider muss ich morgen zur Arbeit.«

»Arbeit? Um Gottes willen, ist morgen etwa schon wieder Montag?«

»Ja, morgen ist Montag, werter Poet. Ich nehme an, die Wochentage sind nicht so wichtig, wenn man selbst den Zeitplan festlegen kann. Schreibst du jeden Tag?«

»Ja, in letzter Zeit schon«, antwortete Michael, selbst überrascht von dieser Erkenntnis.

»Man sagt ja, das sei der halbe Kampf von Schriftstellern – die Worte aufzuschreiben.«

»Wie heißt es doch so schön: Schriftsteller schreiben.« *Und ich schreibe jeden Tag. Bin ich jetzt ein Schriftsteller?*, fragte sich Michael, der allein bei dieser Vorstellung ein totales Glücksgefühl verspürte.

»Also, ich bewundere diese Disziplin.«

»Danke. Ehrlich gesagt, ich auch.« Würde ihr Lachen je aufhören ihn zu betören? Michael konnte sich das nicht vorstellen. »Ich gehe davon aus, dass du bei deiner Arbeit ebenfalls diszipliniert sein musst … Was auch immer du von Beruf bist.«

»Ja, ich bin Schauspielerin, ich muss diszipliniert sein, wenn ich Texte lerne und zur Arbeit gehe. Aber wenn ich erst am Set bin, wird mir so vieles abgenommen, als wäre ich eine geistig behinderte Prinzessin.«

Michael entschied, dass es für ein *Ich liebe dich* noch zu früh war, also sagte er nur: »Du bist hinreißend.«

Kate wurde rot, was sie nur noch hübscher machte. »Ja, also, wir werden ja sehen, wie hinreißend ich aussehe, wenn morgens um halb fünf mein Wecker schrillt.«

»Soll das etwa eine Einladung sein?«

»Nein«, wehrte sie ab und lachte. »Das war nur ein Teil meines Ablenkungsmanövers. Ich kann mit Komplimenten nicht sonderlich gut umgehen. Mich überrascht, dass dir das mit deiner feinen Antenne noch nicht aufgefallen ist.«

»Dieser Satz geht an dich, meine liebe Gegnerin. Aber ist halb fünf nicht eine unchristliche Zeit zum Aufstehen?«

»Ich muss um sechs bei der Arbeit sein.«

»*Ach.*«

»Genau«, sagte Kate in Gedanken an die Qual, vor Anbruch der Dämmerung aus dem Bett zu kriechen. Michaels »Ach« hatte aber nichts mit Kates früher Arbeitszeit zu tun. Er machte sich um seine eigene Arbeitszeit Sorgen. Er musste nämlich selbst am nächsten Morgen am *Generations*-Set parat stehen. Und wie sollte »Michael, der Schriftsteller« seine Anwesenheit um sechs Uhr morgens in Sapphires Trailer erklären?

18

»Hallo! Ich bin wieder da!«, rief Kate in den Flur. Aber sie vernahm nur das schon vertraute Echo im menschenleeren Haus ihrer Mutter. Auch ihr Vater, der immerhin die zahlreichen neuen gemeinsamen Wohnsitze bezahlt hatte, nannte jeden nur »das Haus deiner Mutter«. Natürlich war es in seinem Fall auch noch das *Leben* ihrer Mutter.

Kate ging durch den Eingangsbereich in die Küche und betrachtete auf dem Weg dahin die Fotos an den Wänden. Zum ersten Mal fiel ihr etwas auf: Ihre Mutter wirkte auf jedem einzelnen Foto äußerst präsent. Natürlich war sie selbst auf den üblichen Feiertagsfotos zu sehen, die jeden Oktober im Einkaufszentrum aufgenommen wurden, mit Mami und Papi vor einem verschwommen braunen oder blauen Hintergrund, je nachdem, für welche Farbe sie sich bei ihrer Kleidung entschieden hatten (oder eher, für welche Farbe sich ihre Mutter entschieden hatte). Aber jetzt erst fiel Kate auf, dass Marcia zusätzlich auf all ihren Schulfotos zu sehen war, immer direkt neben dem Lehrer. Kate konnte sich nicht daran erinnern, dass ihre Mutter an dem monatlichen Kuchenbasar teilgenommen oder den Lehrern an den Tagen geholfen hatte, an denen Werken und Handarbeiten auf dem Programm standen. Aber sie konnte sich daran erinnern, wie sie an den Fototagen fröhlich-bunt gekleidet auf hohen Absätzen über den Schulhof stolzierte. Sie fragte sich, ob den anderen aufgefallen war, dass Marcias Version einer Klassenmutter mehr einem Modell als einer Mutter entsprach.

Story of my Life, dachte Kate und fragte sich, ob ihre Mutter wohl gerade in diesem Augenblick die perfekte Mutter spielte und bei ihren Freundinnen in Palm Springs Anekdoten über ihre so wahnsinnig berühmte Tochter zum Besten gab – während ihre berühmte Tochter traurig und allein in ihrem Haus saß. Kate wartete am Küchentisch auf den nächsten Schwall Tränen des Selbstmitleids, der aber nicht kommen wollte. Stattdessen turnten ihr Bilder von Michael durch den Kopf. Er war an diesem Morgen so unglaublich lieb gewesen, dass sie kurz davor gewesen war, die ganze Geschichte ihrer möglichen Scheidung und ihrer bevorstehenden Heimatlosigkeit preiszugeben. Doch die Gewohnheit, jegliche persönliche Information zu behüten, saß so tief in ihr, dass sie seinen direkten Fragen ausgewichen war. Wahrscheinlich hielt er sie für eine CIA-Agentin, die Staatsgeheimnisse verteidigte. Wenn sie Glück hatte und ihn morgen wieder sah, würde sie ihm die Wahrheit erzählen. Natürlich würde sie einige Namen verändern, um die unschuldig Beteiligten zu schützen. Und sogar die Schlampe. *Hör auf*, schimpfte sie sich. *Du solltest nicht einmal an ihn denken.*

Aber er mag mich doch.

Das macht nichts. Du siehst nicht gut aus.

Warum nicht?

Weil du unglücklich und gedemütigt bist.

Also?

Also, du Dummkopf, das bedeutet, dass du unausstehlich sein musst. Das ist blöd.

Du bist blöd.

So richtig erwachsen.

Du bist erwachsen.

Du bist dumm und erwachsen ... und so weiter und so weiter.

Eins zu null für dich.

»Ach, hör doch auf!«, sagte sie laut zu sich, in der Hoffnung, das (irre?) Streitgespräch mit sich selbst zu unterbrechen. Eigentlich bräuchte sie für dieses Gespräch einen Gesprächspartner. Angenommen, dieser Gesprächspartner wäre eine rotzfreche Neunjährige, das Geplänkel würde sich vermutlich auf einem etwas höheren geistigen Niveau abspielen. Aber der springende Punkt war, dass sie in der Küche ihrer Mutter besser keine Selbstgespräche führen sollte. Sie sollte mit ihren Freundinnen sprechen. Aber die traurige Wahrheit war, dass sie keine hatte. Sie hatte keine College-Freundinnen, vor allem, weil sie nie aufs College gegangen war. Sie war in ein paar Werbeclips für lokale Fernsehstationen aufgetreten, als sie noch auf der Highschool war, und als sich die Frage nach dem College stellte, meinte ihre Mutter, die nie viel von Bildung gehalten hatte: »Ach, Katie, warum willst du eigentlich deine Zeit auf dem College vergeuden? Wir wissen doch beide, dass dein Aussehen dein größtes Plus ist. Warum solltest du deine schönsten Jahre in einem dunklen Klassenzimmer verschwenden?« Also hatte sie auf eine weitere Ausbildung verzichtet und stattdessen bei Casting-Agenturen vorgesprochen und musste dann jedes Mal ausweichend antworten, wenn ein wohlgesonnener Agent sie freundlich fragte: »Und, wo bist du aufs College gegangen?«

In den ersten Jahren ihrer Selbstständigkeit, bevor sie Hamilton traf, hatte sie ein paar Freundinnen, ein paar junge Frauen, die sie bei Dreharbeiten kennenlernte. Aber diese Beziehungen veränderten sich so schnell, wie die Drehorte wechselten. Außerdem fiel es ihr schwer, Freundschaften mit Frauen aufrechtzuerhalten. Sie wusste nicht so recht, was eigentlich von ihr erwartet wurde oder ob sie überhaupt etwas vorzuweisen hatte. Laut Penelopes Theorie beruhte Kates Unsicherheit gegenüber anderen Frauen auf der Tatsache, dass sie niemals fähig gewesen war, für längere Zeit die Aufmerksamkeit ihrer Mutter zu fesseln. Momentan, so allein am Küchentisch ihrer Mutter, musste Kate zugeben, dass durchaus einiges für diese Theorie sprach. Vielleicht sollte sie jetzt gleich Penelope anrufen … oder lieber nicht. Sie hätte schwören können, jegliche Kontaktaufnahme mit Penelope würde zu einem ewigen, in die Länge gezogenen *Ich habe dir doch schon immer gesagt* führen, und das würde sie noch weniger aufbauen.

Fast wünschte sie sich, es wäre ein Arbeitstag, damit sie Paige sehen könnte. Paige hätte sicher einen genialen Kommentar auf Lager – genial und witzig und klug. Kate hatte zwar Paiges private Telefonnummer, seit sie sie für ihre Maske bei einer Preisverleihung engagiert hatte. Sie könnte sie sofort anrufen. Kate nahm ihr Handy und sah die Zeit im Display: 11:30 Uhr. Das war bestimmt nicht zu früh für einen Anruf. Aber vielleicht war es zu spät? Paige war wahrscheinlich schon auf Achse und genoss ihren Tag mit Fahrradfahren, Einkaufen oder einem Brunch bei Freunden. Oder vielleicht hatte sie es sich mit der Sonntagsausgabe der *New York Times* zu Hause gemütlich gemacht und war dankbar dafür, einen ruhigen Tag vor dem Beginn ihrer strapaziösen

Arbeitswoche zu verbringen. In diesem Fall wäre Kates Anruf das Letzte, was sie gebrauchen könnte. Außerdem könnte es moralisch falsch sein, eine Telefonnummer, die man von Berufs wegen erhielt, für einen privaten Anruf zu verwenden. Denn die arme Paige würde sich vermutlich genötigt fühlen, auf den Anruf einzugehen, weil Kate im Grunde genommen ihre Chefin war. Es war wie sexuelle Belästigung ohne Sex: emotionale Belästigung. Wie dramatisch wäre es wohl, wenn sie angeklagt würde, weil sie ihre Position ausnutzte, um jemanden zur Freundschaft zu zwingen? Oder sollte sie es stattdessen mit Sam versuchen? Das Gerichtsverfahren wäre dann nicht so demütigend, und vielleicht würde er hinterher noch mit ihr reden. Kann man mit dem Opfer seiner sexuellen Belästigung nach dem Koitus trotzdem kuscheln und quatschen?

Das wäre nur gerecht.

Natürlich, wenn das Leben gerecht wäre, dann säße Kate in diesem Moment in Italien und äße Pizza, während Michael ihr seine Gedichte vorläse, die er nur für sie geschrieben hätte. Nun, vielleicht wäre das der Fall, wenn das Leben rundum schön wäre, aber warum sollte man überhaupt über ein gerechtes Leben nachdenken? Wahrscheinlich konnte Michael es sich nicht einmal leisten, sie zu einer Reise nach Italien einzuladen, auf keinen Fall zu einer, wie sie sie mit Hamilton erlebt hatte.

Die Italienreise mit Hamilton verlief ausschließlich erster Klasse, angefangen beim Flug bis zu den eleganten Hotelsuiten und den BMW-Limousinen mit Chauffeur. Sie speisten nur in den besten Restaurants und verbrachten die Tage mit Einkäufen in den edelsten Designerboutiquen. Im Nachhinein betrachtet, wäre es wohl bequemer gewesen – und auch billiger –, einfach zu Hause zu bleiben und eine Luxuslimousine zu mieten, die sie durch Beverly Hills fuhr. Doch für Hamilton ging es beim Reisen nicht darum, eine andere Kultur zu erleben, es ging darum, all die heimatlichen Annehmlichkeiten an einem anderen Ort zu haben, von dem er später bei Dinnerpartys prahlen konnte. Der Ort an sich war dabei weitgehend bedeutungslos, es ging nur um seinen gewichtigen Klang in einem Satz wie: »Du weißt ja, Kate und ich waren in den Ferien in Portofino.« Oder halt einem anderen berühmten Ort. Wenn Kate gelegentlich in einer Zeitschrift etwas über eine interessante Stadt las und diese als Reiseziel vorschlug, war Hamiltons erste Frage stets: »Wer war schon da?« Sein Ratingsystem für Ferienziele basierte auf der Anzahl der bisherigen VIP-Gäste sowie auf den Sternen. Das Minimum lag für beide Kategorien bei fünf.

Als das Telefon klingelte, war Kate von sich selbst überrascht, dass sie sich mit der merkwürdig gekünstelten Formel meldete, die ihr ihre Mutter als Sechsjährige beigebracht hatte: »Hier bei Keyes, Kate am Apparat.« Alte Gewohnheiten.

»Hallo, Kate. Hamilton am Apparat.« Am liebsten hätte sie darüber gelacht, wie er ihre übertriebene Förmlichkeit nachahmte. Aber dann hielt sie es für absolut unpassend, den Mann liebenswürdig aufzuziehen, der sie gerade für ein Flittchen sitzen gelassen hatte. Sie würde diese Frage im *Emily-Post*-Benimmbuch ihrer Mutter nachschlagen.

»Hallo, Hamilton.«

»Wie geht es dir?« *Sollte das ein Scherz sein?*

»Zum Teufel noch mal, machst du Witze?«

»Ich denke wirklich nicht, dass diese Sprache nötig ist, Kate.«

»Weißt du was, Hamilton? In den letzten achtundvierzig Stunden sind mir verdammt viele unnötige Dinge passiert, so dass ich mich berechtigt fühle, so zu sprechen, wie ich will.«

»Nun, wahrscheinlich sollte ich nicht so überrascht sein. Penelope hatte ja schon immer davor gewarnt, dass du uns irgendwann pubertäre Verhaltensmuster präsentieren würdest.«

»*Pubertäre Verhaltensmuster präsentieren*? Was soll das denn schon wieder bedeuten?«

»Welches von den genannten Worten verstehst du nicht, Katie?«

»Fahr zur Hölle, Hamilton! Lass mich in Frieden!«

»Nun, ich ahne nicht, wie weit deine Regression geht. Du klingst wie eine Dreizehnjährige! Dieser unverschämte Tonfall und dieses Fluchen, das ist einfach keine Art. Wie ich sehe, unterliegt deine Sprache also auch einer Regression.«

»Mit meiner Sprache ist alles in Ordnung«, schnaubte Kate vor Wut.

»Oh, das klingt beruhigend. Ich weiß ja, das ist ein wunder Punkt für dich, wegen deiner mangelhaften Bildung.«

Hilfe. »Hamilton, weswegen rufst du an?«

»Also, ich hoffte eigentlich auf ein erfreuliches Gespräch.«

»Nun, vielleicht hättest du dann nicht mit einer anderen Frau schlafen sollen.«

»Oh, Kate, jetzt werd endlich erwachsen. Ich muss mit dir ein Gespräch unter Erwachsenen führen. Ist das möglich?«

Sie streckte dem Telefonhörer die Zunge heraus und antwortete: »Ja.«

»Gut. Tatsächlich rufe ich im Auftrag von Sapphire an. Sie ist besorgt, du könntest ihre Situation beim Dreh erschweren.«

»Ich könnte *ihre* Situation erschweren?«

»Ja. Nun, ich habe sie beruhigt und ihr gesagt, dass sie keinen Anlass zur Sorge hat. Denn du bist und bleibst ja ein Teamplayer. Aber im Moment bin ich mir da leider nicht so sicher.«

Kate hätte Hamilton am liebsten gesagt, dass er völlig richtig lag, sich nicht so sicher zu fühlen: Seine geliebte Sapphire hätte eine *ganze Menge* zu befürchten. Sie hätte ihm zu gern um die Ohren gehauen, dass sie seiner neuen Freundin das Leben am Set von *Generations* zur Hölle machen würde, dass sie ihr beträchtliches Ansehen im Team einsetzen würde, um alle gegen sie aufzubringen – nun, sie *noch mehr* gegen sie aufbringen, als sie es ohnehin schon waren.

Aber sie tat es nicht. Denn sie wusste, es entsprach nicht der Wahrheit. »Sag ihr, sie soll sich keinen Kopf machen, Hamilton. Ich tendiere nicht zu Problemen, beim Dreh.«

»Braves Mädchen«, sagte er und legte auf.

19

22:30 Uhr.

23:23 Uhr.

0:54 Uhr.

1:45 Uhr.

Um 2:15 Uhr gab Kate schließlich den Kampf gegen ihre Schlaflosigkeit auf und stieg aus dem Bett (wenn ein Klappbett diesen Namen überhaupt verdiente). Es fiel ihr immer schwer, ruhig zu schlafen, wenn sie früh zum Dreh musste. Ihre Angst, zu verschlafen, war enorm, und ihre Furcht, zu spät zur Arbeit zu kommen, war so gewaltig, dass sie nur ein wenig dösen konnte. Oft fuhr sie von kleinen Panikattacken erschreckt senkrecht aus dem Halbdämmer auf und stolperte mit der Gewissheit, verschlafen zu haben, in die Küche, bevor sie sich so weit unter Kontrolle hatte, um auf die Uhr zu sehen. Sie hatte sich selbst die Spielregel aufgestellt, wieder ins Bett gehen zu müssen, wenn es vor 2:00 Uhr morgens war, aber danach gestattete sie sich, vor dem laufenden Fernseher auf der Couch vor sich hinzudämmern, den Wecker wie einen Rettungsring fest umklammert. Sie war irritiert von Kollegen, die eine halbe Stunde zu spät bei der Arbeit auftauchten, ein komplettes Filmteam einfach warten ließen und den Anruf des in panischer Suche gestressten Regieassistenten für einen normalen Weckruf hielten. Sie wusste durchaus, dass Aufbleiben und die ganze Nacht über die Uhr im Auge zu behalten kaum probate Gegenmittel waren. Doch solange sie schon wegen einer fünfminütigen Verspätung zu einer umfassenden Selbstgeißelung überging, war dies noch die beste Alternative.

Aber dieser spezielle Montagmorgen hielt für Kate noch den extra-super Spezial-Hammer bereit, bei der Arbeit der neuen Freundin ihres Ehemanns zu begegnen. Jedes Mal, wenn sie die Augen schloss, sah sie eine andere grauenvolle Version von Hamilton und Sapphire als Liebespaar. Sie stellte sich das Paar immer wieder als ein Knäuel von verschlungenen Armen und Beinen in den unmöglichsten Positionen vor, das nur über sie lachte, und der Schauplatz wechselte mit jeder neuen Szene. Manchmal lagen die beiden auf ihrem (Kates) Bett und kicherten. Dann standen sie vor romantischen Sehenswürdigkeiten wie dem Eiffelturm oder den Weinbergen der Toskana, aber immer in ihrer wundersamen akrobatischen Verrenkung. Und keiner der übrigen Touristen in Kates Albträumen schien diese nackten Liebenden zu bemerken. Vielleicht erfreuten sie sich alle eines gesunden Schlafes. Kate tappte in die Küche ihrer Mutter und machte sich daran, den Kaffee aufzusetzen. Marcia konnte keinerlei Unordnung ausstehen (außer in Kates luxuriöser Abstellkammer natürlich), weshalb sie alle Nahrungsmittel sofort aus der Originalverpackung nahm und in ihre umfassende Tupperwaresammlung umpackte. Das Ergebnis war, dass ihre Küche zwar makellos aussah, aber nur sie allein wusste, welches Behältnis welches Nahrungsmittel enthielt. Kate musste nun jede Tupperdose einzeln öffnen, wobei sie sich drei Fingernägel abbrach, bevor sie schließlich die Kaffeedose zwischen einem pinkfarbenen Pulver, das nach Jell-O-Erdbeergötterspeise roch, und einem weißen Pulver, das hoffentlich nur Mehl war, eingekeilt fand. Sie betete nur noch, dass das kleine ›*n*‹ unter dem Deckel »normal« bedeutete. Für heute musste sie auf die Wirkung von Koffein bauen können, um den Tag zu überstehen. Nur mit einer Tasse entkoffeiniertem Kaffee für diesen harten Tag fürchtete sie buchstäblich zusammenzufallen. Dann würden ihre Eltern nach Hause kommen und nichts als Haarreste und einzelne Zähne vorfinden, die den Flur verschmutzten.

Ihre Mutter wäre angesichts dieser Unordnung völlig außer sich. Danach würde sie die Einzelteile ihrer Tochter aufheben und in eine geeignete Tupperdose legen. Kate hoffte, ihre Mutter fände dann wenigstens die Zeit, diese zu beschriften. Sie würde es nämlich nicht schätzen, mit Jell-O-Pulver verwechselt zu werden und für das Picknick ihrer Eltern mit der Hauseigentümergemeinschaft in einer Puddingform zu landen.

Während sie abwartete, dass der Kaffee durch den Filter lief, fragte sich Kate, ob ein kleines Frühstück nicht eine gute Idee wäre. Sie musste mit Schaudern an die Demütigung denken, dass sie sich für ihre sexy Unterwäscheszene bedecken musste. Sie hasste die Situation, in der die vielen Leute vom Team sich um die Kamera drängten, dann auf sie zeigten und zu ihr hinüberglotzten, ihren Körper diskutierten und ihn schließlich nicht akzeptabel fanden – denn das hieß, *sie* war nicht akzeptabel. Sie konnte Paige schon sagen hören: »Du bist nicht dein Körper«, aber wenn Kate nicht ihr Körper war, was war sie dann? Oder, auf den Punkt gebracht, *wer* war sie überhaupt? Sie stand vor dem offenen Kühlschrank und betrachtete die penibel aufgereihten Packungen mit fett- und zuckerfreien Nahrungsmitteln und versuchte ihre innere Stimme abzuschalten, die wie in einer Endlosschleife »weniger ist mehr« wiederholte. Doch ihr Hirn war wie ein Computer darauf programmiert, in jeder Situation jeweils das Essen mit den geringsten Kalorien herauszufinden und sich auch nur dieses einzuverleiben.

Aber zuckerfreie Götterspeise ist kein gesundes Frühstück.

Das sind nur zehn Kalorien.

Es ist ein Becher voller Chemie.

Ja, aber der ganze Becher enthält nur zehn Kalorien.

Sie schloss den Kühlschrank und ging in der Hoffnung zum Tisch zurück, allein mit Zuschauen könnte sie die Kaffeemaschine auf Trab bringen. Sie würde hier ihren Kaffee trinken und dann am Set frühstücken. Paige könnte etwas für sie auswählen. Wenn Paige nur laut und deutlich genug die wahren Wunder pries, die ein gesundes Frühstück bewirkte (was sie gewöhnlich tat), könnte sie vielleicht Kates Programmierung überlisten. Leider war es besonders grausam, dass die lauteste Programmierung die Stimme ihrer Mutter trug. Ihr fiel ein anderer von Paiges Sprüchen ein: »Natürlich bedient deine Mutter alle Knöpfe bei dir. Sie hat sie schließlich auch angebracht.«

So gut es ging, möbelte sie ihren Kaffee mit dem milchpulverähnlichen Diätpulver ihrer Mutter auf und nahm den Becher mit zum Fernseher. Sie warf einen Blick auf den Hometrainer und die pinkfarbenen Hanteln ihrer Mutter und betrachtete sie eindringlich. Sie sollte sich wohl endlich an ihr Workout machen. Dann überfiel sie ein unglaublicher Gedanke: *oder nicht.* Sie könnte ihr Workout machen ... *oder nicht.* Sie schaute sich um und erwartete, dass ihre Mutter oder Hamilton aus dem Schrank stürmten und sie für eine derartige Blasphemie tadelten.

Aber nichts geschah.

Sie saß weiter unbehelligt auf dem Sofa, keinen halben Meter von einem absolut funktionstüchtigen Fitnessgerät entfernt, und nippte an ihrem Kaffee. Niemand schrie sie an, und sie war sich ziemlich sicher, dass ihre Kleidung nicht minütlich enger wurde. Gut, sie trug gerade einen Schlafanzug aus Flanell, der Härtetest käme erst später, wenn sie das für den heutigen Drehtag vorgesehene Kostüm anzog, aber eine völlig neuartige Freude an der Meuterei überfiel sie. Sie würde ihr Workout ausfallen lassen und stattdessen frühstücken. Zugegeben, bei ihrer Meuterei wurden weder Säbel gewetzt noch Taue geschwungen wie bei einer echten Hochseemeuterei, aber für eine so gesetzestreue Frau wie Kate kam diese Verweigerung einem Aufstand gleich.

Sie nahm die Chenille-Decke von der Sofalehne und legte sie um ihre Schultern, dann kuschelte sie sich mit ihrem warmen Becher und der Fernbedienung in die Sofaecke. Als sie den Fernseher einschaltete, stellte sie fest, dass in genau einer Minute ein zweistündiger Dokumentarfilm über Bette Davis begann. Jetzt spürte Kate, dass in diesem Universum eine Macht der Liebe existierte. Sie wusste, irgendwie würde ihre Seele getröstet werden. Und für die nächsten beiden Stunden würde die göttliche Bette Davis ihre Seelentrösterin sein.

Kates gute Laune begleitete sie später in die Dusche und hielt auch noch auf ihrer Fahrt zur Arbeit an. Erst als sie vor den Toren zum Starlight Studio anhielt, spürte sie die Macht der Angst, die mit ihrer schwarzen Magie ihre Psyche bedrohte. Es zog sie heute wahrhaftig nicht da rein. In ihrer Jugend hatte sie mal eine Freundin gehabt, Cassie. Cassie wurde ein Tag im Jahr zugestanden, der sogenannte Tag der geistigen Gesundheit. An dem ließ ihre Mutter sie aus dem simplen Grund zu Hause, weil Cassie halt nicht in die Schule wollte. Diesen Tag verbrachte Cassie dann gemeinsam mit ihrer Mutter vor dem Fernseher, wo sie zusammen Popcorn aßen und sich Soaps und alte Filme anschauten. *Ich brauche auch einen Tag der geistigen Gesundheit*, dachte Kate, obgleich sie wusste, dass sie, wie schon in ihrer Kindheit, in dem menschenleeren Haus und bei einem Plastikbecher mit zuckerfreier Jell-O landen würde. *Verdammt! Ich werde einsam und unausstehlich, also kann ich dafür auch bezahlt werden.* Sie brachte gerade noch genug Energie auf, um den Pförtner am Eingang anzulächeln und ihm halbherzig zuzuwinken, als sie sich selbst befahl, durch das Tor und zu dem Teil des Studiogeländes zu fahren, in dem *Generations* gedreht wurde.

Sie hielt auf dem für sie reservierten Platz und stellte erleichtert fest, dass Sapphires Parkplatz leer war. Vielleicht hatte es wieder eine Drehplanänderung gegeben und sie würde heute nicht zum Studio kommen. Wäre das nicht erstaunlich? Kate genoss die Vorstellung, einen ganzen Tag in Frieden arbeiten zu können, vorgeben zu können, dass ihr Leben noch nicht gescheitert war. Mit diesen Gedanken gelangte sie heil von ihrem Wagen zum Maskenmobil.

Erst als Paige sie an der Tür mit einem schockierten Gesichtsausdruck erwartete, drehte sich Kate um und sah, wie Hamilton und Sapphire Händchen haltend über den Parkplatz schlenderten.

20

Auch Michael beobachtete die beiden von seinem Aussichtspunkt in Sapphires Trailer, wo er wie ein neugieriger Hausmeister durch die Vorhänge spähte. Auch er hatte eine schlaflose Nacht hinter sich, voll Sorgen über den kommenden Tag. Die Begegnung mit Sapphire war dabei sein geringstes Problem. Er hatte die ganze Nacht überlegt, wie er sein Meeting mit dem peinlichen Paar organisieren sollte, ohne von Kate entdeckt zu werden. Um halb fünf entschied er sich für die Taktik, besonders früh da zu sein und sich in Sapphires Trailer zu verstecken, um eine Begegnung mit Kate zu vermeiden. Ihm war klar, dass sie eines Tages dahinterkommen würde, dass Michael, der reizende Autor, eigentlich Michael, der raffgierige Agent war, aber bis dahin sollte sie ihm wohlgesinnt und in ihn verliebt sein … und schwanger mit ihrem ersten (oder zweiten?) gemeinsamen Kind.

Also lungerte er um sechs Uhr morgens untätig auf dem Bettsofa in Sapphires Trailer und beobachtete Kate durch das winzige Fenster. Sie wirkte niedergeschlagen, aber das war wohl kein Wunder. Sie musste schließlich zusehen, wie ihr Ehemann und ihre Nebenbuhlerin wie zwei verliebte Teenies zur Arbeit schlenderten. Michael hatte insgeheim gehofft, dass die gescheiterte Ehe der Anlass für Kates Aufenthalt bei ihrer Mutter war, aber den Schmerz, den diese taktlose Inszenierung verursachte, würde er niemandem wünschen.

Als Hamilton und Sapphire den Trailer erreicht hatten, setzte sich Michael lässig aufs Sofa. Leider wurde er daher gezwungenermaßen Zeuge einer raschen Fummelaktion im Eingang, Hinterngrabschen und eindeutige Hüftbewegungen inklusive. Am liebsten hätte er diese brünstige Zweisamkeit mit dem Gartenschlauch abgekühlt, stattdessen hustete er laut und vernehmlich in der Hoffnung, dass sie ihn endlich bemerkten.

»Michael!«, sagte Hamilton zum Gruß und löste sich unbeeindruckt von Sapphire. »Morgenstund hat Gold im Mund, was?«

Sapphire kicherte, als hätte Hamilton gerade eine ganz unglaubliche Weisheit von sich gegeben, und Michael musste seine ganze Kraft aufbringen, um nicht mit den Augen zu rollen.

»Okay«, begann er. Er stand auf und strich sein Jackett glatt. »Wann hat die Sache zwischen Ihnen und Sapphire eigentlich angefangen?«

Hamilton strahlte Sapphire wie ein Honigkuchenpferd an. »Ach, Michael, das ist schwer zu sagen.«

»Was ist daran so schwer?«, hakte Michael nach.

»Weil wir *Seelenverwandte* sind«, tönte Sapphire und machte es sich auf der Sofabank bequem, wo sie einem überdimensionalen Blaubeermuffin die Zellophanverpackung abriss.

»Ich weiß nicht, ob ich folgen kann«, stellte Michael fest

und wandte seinen Kopf zur Seite, um die Fressorgie nicht mit ansehen zu müssen.

»Was ist denn daran so schwer zu kapieren?«, fragte Sapphire mit großen Augen. »Ich habe letzte Nacht Norman angerufen, mein Medium. Und Norman hat gesagt, dass er ganz genau weiß, dass Hamilton und ich schon in diversen anderen Leben miteinander in Liebe verbunden waren.«

Michael starrte Sapphire an und hoffte auf irgendein Zeichen für Ironie. Als das ausblieb, fragte er ungläubig: »Aha, dieser Norman weiß das also ganz genau?«

»Ja, richtig«, bestätigte Sapphire schlicht. »Er hat das mit seinen Kontrollgeistern abgeklärt, und die haben ihm versichert, dass wir schon eine Ewigkeit miteinander verbunden sind. Verstehst du, wie Antonius und Kleopatra.«

Michael wandte sich Hamilton zu, der Sapphire mit unverhohlener Zuneigung anhimmelte. »Ich weiß nicht, wie viel ich von diesem Wiedergeburtkram halten soll«, sagte er zu Michael, »aber um der Wahrheit die Ehre zu geben, irgendwie habe ich von jeher eine Verbindung zu Antonius gespürt. Norman meinte übrigens, dass wir in unseren früheren Leben möglicherweise König Salomo und die Königin von Saba waren, oder sogar Laurence Olivier und Vivien Leigh.«

Sapphire mampfte unüberhörbar ihren Muffin. »Ist das nicht unglaublich?«

»Genau … Es ist unglaublich«, bestätigte Michael trocken. »Allerdings möchte ich im Fall von Olivier und Leigh darauf hinweisen, dass die zwei noch lebten, als Sie beide auf die Welt gekommen sind.«

Sapphire sah ihn verständnislos an. »Ja, und?«

»Also worauf ich hinaus möchte …«, begann Michael, aber er sah sofort ein, dass jeder Versuch, Logik oder Vernunft in dieses Gespräch einzubringen, sein Elend nur verlängern würde. »Ich möchte darauf hinaus, dass wir zum Geschäft kommen sollten. Liegt irgendetwas an – das mit Filmprojekten zu tun hat –, das wir heute Morgen besprechen sollten?«

»Tatsächlich, da gibt es etwas«, bejahte Hamilton und nahm die Haltung eines Geschäftsmanns ein. »Sapphire hat erwähnt, dass Sie mit Bob Steinman von Cutting Edge Pictures an einem Deal für die Hauptrolle in einer Filmbiografie über Vivien Leigh arbeiten. Wir beide halten das für aufregende Neuigkeiten.«

Bitte nicht. »Ja … sehr aufregende Neuigkeiten«, erwiderte Michael ausweichend.

»Es liegt doch auf der Hand, dass Sapphire für diese Rolle geboren wurde.«

»Sie meinen, wiedergeboren wurde«, verbesserte Michael trocken.

»Genau«, versicherte Hamilton und ging zu Sapphire, die ihren Muffin verschlungen hatte und nun sorgfältig die letzten Krümel von der Zellophanverpackung leckte. »Das ist doch genial! *Amerikas* berühmteste Schönheit in der Rolle von *Englands* berühmtester Schönheit!« Sapphire sah auf und lächelte, was ein Stückchen Blaubeere zwischen ihren Schneidezähnen erkennen ließ.

»Übrigens, ich hoffe, Sapphire hat erwähnt, dass dieses Projekt noch in einem, sagen wir, *Anfangsstadium* steckt«, mahnte Michael. »Und zwar am *Beginn* eines Anfangsstadiums.«

»Ja, ich weiß, aber das ist genau der Grund, warum ich denke, es ist der richtige Zeitpunkt, an dem ich mich einbringen kann. Also, Michael, wie stellen Sie sich unseren nächsten Schritt vor? Denn ich finde, dieser Dreh wäre ein gutes Projekt für die Staffelpause, und das bedeutet, dass wir uns beeilen müssen. Soll ich mich ranmachen und schon mal Bobby anrufen?«

Michael wusste, dass man Bob Steinman blitzartig auf die Palme brachte, wenn man ihn »Bobby« nannte, also hätte er am liebsten »ja« gesagt, nur um auf der anderen Leitung mitzuhören, wie Hamilton von dem bekanntermaßen cholerischen und empfindlichen Studioboss in Stücke gerissen würde. Aber die Erkenntnis, dass er der Nächste sein würde, schmälerte den komischen Gehalt dieses Gags ein wenig.

»Wissen Sie, Hamilton, ich weiß es wirklich zu schätzen, dass Sie beide sich sofort in dieses Projekt einklinken wollen, aber ich glaube, am besten verhandle ich im Moment noch allein. Ich weiß nicht, wie viel Sapphire Ihnen erzählt hat, aber das ganze Projekt ist wirklich absolut topsecret. Ich sollte eigentlich selbst Sapphire noch nichts davon erzählen.«

»Ja, Sapphire hat gesagt, dass es noch geheim ist, aber, Michael, Sie sollten für jetzt in alle Zukunft wissen, dass Sapphire und ich keine Geheimnisse voreinander haben.«

»Gut, geht klar. Aber vor den Kollegen vom Studio bleibt das unser Geheimnis, einverstanden?«

»Einverstanden.« Hamilton stand auf und ging als Zeichen dafür, dass er ihr Meeting für beendet hielt, zur Trailertür. »Außer es gibt neue Nachrichten, sehen wir uns nächsten Montag um sechs Uhr wieder hier, ja?«

»Ja, ich freue mich schon darauf«, log Michael und versuchte auf dem Weg zur Tür mit einem flüchtigen Blick durch das Fenster zu kontrollieren, ob Kate nicht in der Nähe war und seinen Weggang miterlebte. »Darf ich Sie noch etwas fragen?«, sagte er so leise zu Hamilton, dass Sapphire nichts mitbekam, die gerade einen zweiten Muffin aus dem knisternden Zellophan packte.

»Ja, natürlich.«

»Wie geht es eigentlich Ihrer Frau mit… mit der ganzen Sache?«

»Sie meinen Kate?«

Michael hatte sich gerade noch in der Gewalt, um ihm nicht in Kates Namen das Gesicht zu verbeulen. »Ja, Kate. Ihre *Ehefrau.*«

»Ach, wissen Sie, Michael, Kate ist wirklich ein Vollprofi. Ich denke, sie versteht irgendwie, dass Sapphire und ich füreinander bestimmt sind. Sie wissen doch, eigentlich sind alle immer für eine große Lovestory zu haben.«

»Bie pfei Anphoujusch unn Kleopfatra«, erinnerte Sapphire.

»Genau, Liebling, wie bei Antonius und Kleopatra.«

Eher wie bei Judas oder Brutus, dachte Michael für sich und war froh, endlich dieses absolut peinliche Paar fürs Erste los zu sein – und die Schuldgefühle wegen seiner Empfindungen für Kate.

21

Paige stand mit verschränkten Armen und ernstem Gesichtsausdruck vor Kate.

»*Is' was*?« Kate hoffte, sie könnte Paige mit ihrer abwehrenden Stimme abschrecken.

»Sprich nicht in diesem Ton mit mir.« *Mist.* »Du wirst mir jetzt sagen, was hier los ist, und zwar sofort und auf der Stelle.«

»Was soll's? Morgen kannst du eh alles in der Klatschpresse lesen, mit den Fotos des glücklichen Paars.«

Paige musterte Kate einen Augenblick, dann sagte sie ruhig: »Willst du das wirklich? Willst du, dass ich das in der Klatschpresse lese? Nett zu wissen, dass ich genauso viel zähle wie alle anderen, die dich nicht kennen.« Sie wandte sich ab und bereitete ihren Arbeitsplatz vor, indem sie sorgfältig die Tiegel und Schminkpinsel auf den Tisch vor dem Spiegel platzierte.

»Das wollte ich damit nicht sagen«, entschuldigte sich Kate, die von Paiges Reaktion überrascht war.

»Ach, nein?« Paige funkelte sie an. »Was wolltest du dann damit sagen?«

»Ich weiß es nicht.« Kate spürte, wie sich ihr letztes Restchen Kampfgeist in Nichts auflöste, und brach in Tränen aus. »Ich weiß es ehrlich nicht. Ich wollte dich nicht verletzen, vor allem dich nicht. Es tut mir so leid.«

»Ach, komm zu mir, meine liebe Kate.« Paige streckte Kate ihre Arme entgegen, die sich dankbar in diese warme Umarmung fallen ließ. »Ich denke, ich kann dir dein kindisches Gehabe gut an einem Morgen verzeihen, an dem dein Ehemann hier Händchen haltend mit dem Antichrist auftaucht.« Schluchzend an Paiges tröstende Schulter gelehnt, musste Kate trotz allem lachen. »Eines sage ich dir jetzt mal klar und deutlich: Ich frage dich nicht, was los ist, damit ich bei meiner nächsten Cocktailparty eine köstliche Story zum Besten geben kann, ja? Und zwar nicht nur, weil ich eh nicht auf Cocktailpartys gehe. Ich frage dich, weil ich dich gern mag und weil ich mir Sorgen um dich mache. Verstanden?« Kate nickte, ohne den Kopf zu heben, und Paige schob sich mit Kate zu einem Stuhl, löste ihre Umarmung, setzte Kate hin und hockte sich ihr gegenüber auf den zweiten Stuhl. »Meinst du, es würde dir helfen, mit einer Freundin über die

Sache zu reden?« Kate nickte wieder, senkte aber den Blick. »Du weißt, dass ›über die Sache reden‹ vor allem *reden* bedeutet, ja?«

»Das weiß ich«, wisperte Kate. »Anscheinend bist du ja tatsächlich meine Freundin und kannst sogar meine Gedanken lesen.«

»Ach, *echt*?«

»Ja, aber erst brauche ich noch Eis und eine Zuckerperlenkette.«

»Also, wir haben schon mal Gedankenlesen, Eis und Süßigkeiten. Wie alt bist du? Neun Jahre?«

»Ich wäre *liebend* gern neun Jahre alt. Das gäbe wohl doppelte Punkte, oder?«

Paige war zwar froh, dass Kate nun wenigstens lächeln konnte, aber sie ließ nicht locker. »Bist du bereit, darüber zu reden?«

»Rufen sie mich nicht gleich zum Set?«

»Nein, Sapphire hat irgendein privates Meeting, also verschiebt sich die Anfangszeit für das Team. Ich nehme an, keiner hat dich angerufen, aber bei dem Irrenhaus hier ist das kein Wunder.«

»Oh, vielleicht haben sie mich doch angerufen. Ich war nicht zu Hause. Ich bin bei meiner Mutter.«

Paige musste so heftig und bedrohlich keuchen, dass beide Frauen in Gelächter ausbrachen. »*Was* bist du?«

»Ich weiß, ich weiß … Aber ich bin halt notgedrungen zu ihr gezogen, oder sollte ich mit Hamilton und Sapphire gemeinsam Händchen halten?«

»Okay«, sagte Page, »ich finde zwar die Vorstellung köstlich, dich mit diesen beiden Irren Ringelreihen tanzen zu sehen, aber ich weiß immer noch nicht, was eigentlich passiert ist. Ich habe eine lange Zeit zugesehen, wie du vor meinen Augen – buchstäblich und figürlich – verschwunden bist, und nun lebst du bei deiner Mutter, und dein Ehemann bringt diese grauenvolle Cheerleader-Anführerin morgens zur Schule. Was ist passiert?«

Kate atmete tief durch und begann zu erzählen. Und als sie erst einmal angefangen hatte, konnte sie gar nicht mehr aufhören. Paige war eine aufmerksame Zuhörerin, sie nickte, seufzte und lachte an den richtigen Stellen. Sie musste auch einige Male gemeinsam mit Kate weinen. Immer wenn Kate ein besonders niederschmetterndes Ereignis erzählte, stimmte Paige ein »O Gott, ich kann es mir so gut vorstellen« an, und Kate fand den Mut weiterzureden. Am Ende suchte Kate in ihrer Erinnerung nach den schlimmsten Situationen ihres Lebens, teils wegen des puren Vergnügens, Paige so lachen zu sehen, aber vor allem wegen ihrer großen Erleichterung, dass es Paige nicht viel besser ergangen war – sie also nicht alleine mit solchen Demütigungen gelebt hatte. Paige hatte sich damals selbst wegen eines Mannes, wegen des Alkohols oder weil sie halt nicht mehr weiterwusste, aufgegeben. Als Kate berichtete, dass sie, ohne Widerstand zu leisten, aus ihrem eigenen Haus hinausgeworfen worden war, wedelte Paige ab: »Weißt du, meine liebe Kate, das ist noch gar nichts. Ich habe mein letztes Geld in ein Auto für meinen damaligen Freund investiert, und am nächsten Morgen thronte meine beste Freundin auf dem Beifahrersitz, mein Hund auf der Rückbank, und gemeinsam fuhren sie selig in die Zukunft. Ich war damals ziemlich betrunken, also sind mir ein paar Details entgangen. Doch ich bin mir ziemlich sicher, dass ich ihnen auch noch ihr Picknick eingepackt habe.«

Als ihre redegewandte, selbstbewusste Freundin zugab, dass

sie ständig das Gefühl hatte, unzureichend zu sein, war Kate völlig platt. Paige hingegen war von Kates Eingeständnis weniger überrascht, dass diese trotz ihres derzeitigen Untergewichts immer noch befürchtete, dick auszusehen. Paiges eigene schmerzhafte frühere Erfahrungen mit dem Thema Körperwahrnehmung hatten sie gelehrt, wie schwierig es ist, den eigenen Körper realistisch einzuschätzen. Aber selbst dieses heikle Thema behandelte sie wie alles andere – mit gnadenlosen, aber charmanten Witzeleien. »Dick im Vergleich mit *was*?«, bohrte Paige nach. »Im Vergleich mit einem extrem dünnen Besenstiel?« Kate konnte es kaum fassen, dass sie nicht nur ihre tiefsten, dunkelsten Geheimnisse ausplauderte, sondern dass sie darüber zudem lachen konnte. Diese Art von Freiheit war ihr bislang unbekannt. Als Sam zwei Stunden nach ihrem geplanten Arbeitsbeginn hereinkam und damit rechnete, eine verzweifelte Kate und eine verärgerte Paige anzutreffen, hatte er zwei Frauen vor sich, die sich vor Lachen bogen und denen die Lachtränen über die Wangen kullerten.

»Meine Damen«, begann er verblüfft, wusste dann aber nicht weiter.

Kate und Paige schauten gleichzeitig zu ihm hoch. »Seit wann bist du denn schon da?«, gackerte Paige.

»Ich bin gerade erst hereingekommen«, antwortete er. »Warum?«

»Darum«, bekam Kate gerade noch heraus, bevor ihre nächste Lachsalve losging.

»Was ist daran so lustig?«

»Nichts«, prustete Paige, der es schwerfiel, ernst zu bleiben. Sie zeigte auf Kate. »Es ist nur, sie ist so unreif. Ich glaube, es liegt am Übergewicht.« Kate konnte sich nun nicht mehr halten vor Lachen. Sie glitt am Rand des Küchenschranks entlang, an den sie sich gerade gelehnt hatte, bis sie auf dem Fußboden saß und sich die Seiten hielt.

»Oh … sei … doch … still … du … *dumme Gans*«, ächzte sie und löste damit bei Paige den nächsten Lachkrampf aus, die nun mit ihr johlend am Boden lag. Sam wurde zunehmend verwirrt und dazu neidisch auf den Spaß, den die beiden Frauen offensichtlich hatten.

»Also«, begann er, obwohl er gar nicht wusste, ob die beiden ihn in ihrer Albernheit überhaupt hören konnten. »Ich wollte den Damen eigentlich nur mitteilen, dass der Drehplan geändert wurde.«

»Oh, Mist«, sagte Kate. Die beiden Frauen erstarrten, ihr Gelächter brach abrupt ab, als sie gegenseitig ihren derangierten Zustand wahrnahmen. Paige drehte sich zu Sam um.

»Bitte, bitte, sag, dass sie für Kates Einstellung noch nicht fertig sind.«

»Um Himmels willen, nein. Sie schicken euch beide heim. Es gibt heute ein Problem mit den Drehgenehmigungen für die Außendrehs, und wir können deine Einstellung nicht machen. Wir haben noch keinen Plan, welche Einstellung wir heute überhaupt drehen werden, wir wissen nur, dass du heute nicht drankommst.«

Kate fühlte sich wie eine Lottogewinnerin. »Ist das wahr?«

»Ja«, versicherte Sam. »Ich weiß, es ist absolut dämlich für euch, dass ihr den ganzen Weg hergefahren seid, nur um jetzt wieder heimgeschickt zu werden, aber …«

»Sam«, unterbrach ihn Kate. »Ich will nicht, dass du dir auch nur eine Minute deines Lebens darüber Gedanken machst. Ich habe gerade einen der besten Morgen meines gesamten Lebens verbracht.«

»Und einen der übelsten«, ergänzte Paige.

»Vielen Dank, dass du mich dran erinnerst.«

»*That's what friends are for*«, trällerte Paige fröhlich.

»Du bist keine gute Frau«, sagte Kate und lachte.

»Das«, sagte Paige ernst, »stimmt allerdings. Aber auf eine etwas unkonventionelle Art bin ich außerordentlich attraktiv. Findest du nicht auch, Sam?«

Sam war nun total verdattert, dass sie ihn in ihre albernen Scherze hineinzogen, und murmelte nur noch unbeholfen: »Ja, Paige, du bist sehr attraktiv«, und ergriff die Flucht.

»Jetzt hast du ihn aber erschreckt«, kicherte Kate.

»Ja«, sagte Paige und seufzte. »Das ist meine übliche Wirkung auf Männer. Es liegt an meiner umwerfenden Schönheit. Oder an meinem vollen Regal mit zerlesenen Selbsthilfebüchern. Man weiß es nicht.«

»Also«, sagte Kate und atmete zuerst tief ein, bevor sie die Luft anhielt, womit sie sich auf das vorbereitete, was sie für ein gewaltiges emotionales Wagnis hielt: »Gehst du mit mir frühstücken?«

»Das hängt ganz davon ab«, antwortete Paige nachdenklich.

»Wovon?«, fragte Kate und machte sich auf eine Abfuhr gefasst.

»Davon, ob du tatsächlich mit mir etwas essen gehst oder ob du mir nur gegenübersitzen willst, um graziös an einem Zitronenwasser zu nippen und in einem nicht angemachten Salat nach Art des Hauses herumzupicken, während ich eine ordentliche Portion Rührei verdrücke.«

Kate fühlte sich einerseits ertappt, anderseits hatte sie sich noch nie so verstanden gefühlt. »Ich verspreche, etwas Anständiges zu essen.«

»Gut«, sagte Paige ruhig. »Dann würde ich gern mit dir frühstücken gehen.«

»Großartig«, sagte Kate erleichtert.

»Ja, das bist du«, grinste Paige, und die beiden Frauen packten ihre Sachen zusammen und machten sich auf den Weg.

22

Michael dachte während der Fahrt über seinen nächsten Schritt nach. Am liebsten wäre er nach Pacific Palisades gefahren, um im Starbucks am Computer zu arbeiten und Kate wieder zu treffen. Aber er hatte sie ja gerade am *Generations*-Set gesehen, und zudem klingelte sein Handy pausenlos mit dringenden geschäftlichen Telefonaten. Also beschloss er, in den sauren Apfel zu beißen und direkt ins Büro zu fahren. Außerdem musste er sich etwas einfallen lassen, um die Bob-Steinman-Sache aufzufangen. Möglicherweise versuchte ja sogar Bob selbst *gerade in diesem Moment* ihn anzurufen, um ihm einen Film über Vivien Leigh mit seiner Klientin Sapphire Rose in der Hauptrolle vorzuschlagen. Ein schöner Tagtraum …

Doch die Idee selbst war gar nicht so übel. Das Leben von Vivien Leigh war äußerst faszinierend und enthielt alle nötigen Bestandteile für ein Drama, ein bewegtes Liebesleben und obendrein eine Geisteskrankheit. Eigentlich schrie ihr Leben geradezu danach, auf die Leinwand gebracht zu werden. Und Michael hatte eine Klientin, der diese Hauptrolle auf den Leib geschrieben war. Er wusste, für Sapphire würde dieser Film eine Oscar-Nominierung bedeuten. Es wäre die Rolle, die sie wieder an die Spitze zurückkatapultieren würde … oder wenigstens in die für die Filmstars reservierten Sitzreihen bei der Verleihung der Golden Globes. Er wusste, dass sie mit dieser Vorstellung gar nicht so falsch lag, und genau das bereitete ihm Kopfzerbrechen. Er war derzeit so genervt von ihr, so verärgert über das, was sie und Hamilton Kate antaten, dass es ihm schwerfiel, ihr zu helfen, damit ihre egozentrischen Träume wahr würden. Obwohl er zugeben musste, dass ihre erstaunliche Egozentrik tatsächlich für ihn eine Chance bot, seinen *eigenen* Traum zu verwirklichen. Nun, Kate wurde zwar gedemütigt von diesen beiden Egomanen, aber sie war frei. Abgesehen davon, dass sie mit ansehen musste, wie ihr zukünftiger Ex-Ehemann am Dreh mit Sapphire herumknutschte, ging es ihr jetzt vermutlich besser als je zuvor.

Und bald, dachte Michael, *kümmert sie sich intensiv um ihren Schriftstellerfreund am Ecktisch im Starbucks.*

Aber als er sich erinnerte, wie verletzt sie beim Anblick von Hamiltons und Sapphires Händchenhalten ausgesehen hatte, erkannte Michael, dass er die Sache behutsam angehen musste. Auf jeden Fall musste er zwischen Kate und dem glücklichen Paar eine Distanz schaffen, damit sie sich erholen konnte. Er redete sich ein, ihr helfen zu wollen, weil er ein netter Mensch war. Aber er wusste sehr wohl, dass seine Begierde zumindest eine ebenso große Rolle dabei spielte wie seine guten Absichten. Nun, viele Wohltaten sind doch im Namen des Egos geschehen – warum nicht auch im Namen von Testosteron? Dann könnte er mit Kate gemeinsam viele gute Taten vollbringen, vielleicht sogar bei der Essenausgabe für Obdachlose mitarbeiten … nachdem sie sich für ihn ausgezogen hatte. Dann hätten sie ausreichend Zeit und könnten die Welt verbessern *und* fummeln. Zuallererst jedoch musste er sich um Sapphires Geschäfte kümmern.

Wenn er für sie mit Cutting Edge Pictures einen Deal für einen Film mit einem halben Jahr Dreharbeiten in, sagen wir mal, Prag, abschließen könnte, wäre das sicher auch eine große Hilfe für Kate. Wenn er Sapphire dann noch in ein Hotel ohne Telefonanschluss und Internetzugang stecken würde, wäre er ebenfalls erleichtert. Vielleicht gefiel es ihr dort sogar, und sie würde für immer dorthin ziehen und dort Borschtsch essen und Wodka trinken – oder machte man das in Russland? Wie auch immer, so ein Drehort lag auf der anderen Hälfte der Erdkugel, und Michael ging es um die Distanz, nicht um den Ort an sich. Oder sollte er ihr erzählen, dass alle bedeutenden großen Schriftsteller aus Osteuropa kamen? Sapphire gefiel sich doch in ihrer neuen Rolle als Autorin – vielleicht würde sie dann nach Osteuropa ziehen, in der Hoffnung, dort ihre Muse zu finden. Aber, Michael – richtig – Sapphire hatte ihre Muse ja bereits gefunden, und die hieß Joan oder Jane. Und wie er Sapphire kannte, würde sie vermutlich nur ihre arme Ghostwriterin in eine ungeheizte billige Pension schicken, um ihr zuweilen dämliche Einfälle zu mailen, aus denen Joan/Jane dann einen Roman fabrizieren sollte, der den Pulitzer-Preis gewann.

Plötzlich fiel ihm siedendheiß ein, dass seine größenwahnsinnige Klientin auf die Idee kommen könnte, ihr Drehbuch selbst zu »schreiben«. Bislang kannte Sapphire nur Emma Thompson in der Doppelfunktion von Drehbuchautorin und Hauptdarstellerin. Doch weil ihr Emmas Abendrobe bei der Oscar-Verleihung nicht gefallen hatte, hatte sie glücklicherweise kein Interesse, ihr nachzueifern. Michael war sich nicht einmal sicher, ob Sapphire überhaupt mitbekommen hatte, dass Emma Thompson den Oscar für ihr Drehbuch von *Sinn und Sinnlichkeit* gewonnen hatte, denn ihr eingeschränktes Konzentrationsvermögen war normalerweise nur für die Darsteller- und Regiepreise reserviert. Und *Good Will Hunting* hatte sie sich nicht einmal angesehen. In dem Film ging es zu viel um Mathe.

Wenn er sie nur für die nächsten Wochen von allem – Schreibmaschine und BlackBerry inbegriffen – fernhalten könnte, könnte er sich ungehindert an das Projekt begeben. Zwar würde er Sapphire absolut aggressiv vermarkten müssen, damit sie die Hauptrolle in dem Film erhielt, aber wenn ihre Liaison mit Hamilton bei der Presse tatsächlich so einschlug, wie Michael vermutete, könnte er die Welle der öffentlichen Aufmerksamkeit ausnutzen und einen guten Deal aushandeln. Das Publikum liebte es, Sapphire zu hassen, und dieser Hass würde bestimmt noch größer, wenn herauskam, dass Sapphire »der reizenden Kate Keyes-Morgan den Ehemann einfach weggenommen hat«. Selbst wenn manche Zuschauer nur in diesen Film gingen, um Popcorn auf ihr Leinwandbild zu werfen, hätte die Produktion damit garantiert bombastische Zuschauerzahlen am Filmstart-Wochenende, und das war das Hauptziel für Bob Steinman. Sollte der Film wie durch ein Wunder auch noch *gut* sein und Sapphire in ihrer Rolle *überzeugen*, dann hätte das Publikum das, was es fast so sehr schätzte wie einen tragischen Absturz – ein triumphales Comeback. Die Leute, die bislang nur mit dem Kopf geschüttelt und zu ihren Freunden gesagt hatten: »Jeder bekommt, was er verdient – ich wusste doch, dieser männermordende Vamp Sapphire Rose kriegt mal sein Fett ab«, würden nun zu denselben Freunden sagen: »Sapphire Rose war doch einfach genial in diesem Vivien-Leigh-Film, oder?

Ich freue mich so für sie, dass sie in diesem attraktiven Hamilton Morgan endlich einen Seelenfreund gefunden hat.«

Michael wusste, selbst wenn er mit Hilfe einiger göttlicher Eingebungen dieses Projekt zustande brächte, gäbe es keinen allzu üppigen Vorschuss für Sapphire. Aber seine Klientin war ohnehin mehr auf andere vertraglich festgelegte Vergünstigungen aus. In vielen frustrierenden Vertragsverhandlungen hatte er für sie um eine höhere Gage gefeilscht, während sie eigentlich nur interessierte, wie lang der Filmtrailer wäre oder wie viele Einzelstücke der Filmkostüme sie für ihren Privatgebrauch behalten könnte. Hoffentlich hatte sie nicht gerade denselben Artikel über Vertragsforderungen einer Top-Schauspielerin gelesen wie er. Denn dann ginge es nicht mehr um eine hart erkämpfte gute Gage, sondern um so wesentliche Dinge wie Schokolinsen in der Lieblingsfarbe oder den Transport einer Spezialabfüllung von verjüngendem Quellwasser auf den Rücken von spirituell begabten Eseln von Uruguay nach Los Angeles.

Himmel – er musste sich jetzt erst einmal auf das Naheliegende konzentrieren. Zuerst ging es bei seinem Anruf bei Bob um die Unterstützung für ein Filmprojekt über das Leben einer verblichenen Filmdiva, von der dessen Zielgruppe von zirka zwölfjährigen männlichen Jugendlichen noch nie etwas gehört hatte. Mit seiner eigenen kapriziösen Klientin in der Hauptrolle, dem ehemaligen Filmstar und derzeitigen männermordenden Kult-TV-Star…

Er hatte einen langen Tag vor sich.

Sapphire beobachtete durch das Fenster ihres Trailers, wie Kate zu Paige in deren Kleinwagen stieg und wegfuhr.

»Ist das so ein Auto wie das von Cameron Diaz?«, fragte sie

Hamilton, der neben ihr auf dem Sofa saß und gleichzeitig durch das Fenster lugte.

»Ja, Liebling, das ist ein Prius.«

»Der ist aber klein.«

»Ja, das ist er. Aber er ist gut für die Umwelt, also hat man damit eine gute Presse.«

»Fährt Cameron ihn deswegen?« Sapphire hatte kein Interesse mehr daran, nach draußen zu sehen, sondern betrachtete sich lieber selbst im Spiegel, was ihr niemals langweilig wurde.

»Nein, ob du es glaubst oder nicht, sie will tatsächlich Energie sparen.« Hamilton kicherte. »Ich bin ja auch dafür, Gutes zu tun, aber um Himmels willen, sorge stets dafür, dass eine Kamera in der Nähe ist. Sonst fährst du ja noch völlig nutzlos ein unbequemes Auto.«

»Ich will aber kein unbequemes Auto fahren«, beschwerte sich eine besorgte Sapphire. Sie war hin und her gerissen zwischen ihrer Begierde nach einem positiven Medienecho und ihrer Obsession, sich jede einzelne Minute des Tages so behaglich wie nur menschenmöglich zu fühlen.

»Keine Angst, meine schöne Treibhausorchidee«, beruhigte Hamilton sie und umfing sie in einer Trost spendenden Umarmung. »Ich verspreche dir, dich immer mit beheizten Ledersitzen und einer Innenverkleidung aus poliertem Holz zu chauffieren.«

»Aber ich will doch auch eine gute Presse haben«, jammerte sie mit ihrer Kleinmädchenstimme, die Hamilton so wahnsinnig unwiderstehlich fand.

»Das weiß ich doch, mein Mädchen, und Papi wird selbstverständlich dafür sorgen. Wir müssen nur in einem Hybridauto sitzen, wenn wir bei einer Preisverleihung vorfahren.

Wir müssen darin ja nicht einmal den gesamten Weg zurücklegen. Wir nehmen dann eine Luxuslimousine bis in die Nähe der Preisverleihung, und dann müssen wir die Unbequemlichkeit nur ein oder zwei Straßenzüge aushalten.«

»*Einen* Straßenzug, okay?«

»*Weniger* als einen Straßenzug, wenn dich das glücklich macht.«

»Das macht es«, plapperte Sapphire, sprang vom Sofa auf und begann mit exaltierten Dehnübungen für ihre Arme und Beine, als hätte sie gerade eine langwierige und anstrengende Verhandlung hinter sich gebracht. Sie beobachtete sich dabei im Spiegel, um die Wirkung der diversen Stellungen zu überprüfen. »In Form sein« bedeutete für sie weniger, Verletzungen zu vermeiden, sondern ihren Körper vorteilhaft zu präsentieren. Sie entdeckte eine besonders aufreizende Position und verdrehte ihren Körper so, dass Hamilton auch in den Genuss des Anblicks ihrer recht schmalen Taille kam, wenn sie beide Arme über den Kopf streckte, ihr linkes Bein dehnte und an ihre Zehen tippte. »Muss ich heute arbeiten?«

»Ja, heute musst du arbeiten, Prinzessin«, antwortete Hamilton, dem absolut nicht entgangen war, dass diese Übungen sie ungemein attraktiv machten. »Sie haben für dich den gesamten Drehplan umgeworfen, weißt du noch? Und zwar so, dass du Kate nicht sehen musst.«

»Aber ich habe sie gesehen«, wandte Sapphire ein.

»Aber doch nur durch dein Fenster, meine Zuckerpuppe. Jerry hat versprochen, dass du keine einzige Szene mehr mit ihr drehen musst.«

»Ich will sie überhaupt nicht mehr sehen. Das regt mich auf.« Um das Ausmaß ihrer Aufregung zu verdeutlichen, ließ sie von ihren Posen ab und plumpste auf das Sofa. Glücklicherweise saß sie nun in Reichweite des Körbchens mit den Backwaren.

»Du weißt doch, dein Wohlergehen hat für alle hier oberste Priorität. Aber da du und Kate in derselben Serie arbeiten, wirst du ihr vermutlich ab und zu über den Weg laufen.«

»Aber warum?«, fragte Sapphire mit einem halben Schoko-Croissant im Mund.

»Weil ihr zusammen arbeitet, Liebling.«

»Aber *warum*?«

Hamilton sah sich die Frau an, die er neuerdings liebte, er sah ihre mit Schokolade verschmierte und mit Krümeln bedeckte Unterlippe, die zu einem liebreizenden Schmollmund geschürzt war, und er erkannte, dass er für ihr Glück alles in seiner Macht Stehende unternehmen würde, selbst wenn das bedeutete, seinen hart erkämpften Anteil an Kates Gage zu verlieren. »Wäre es dir denn lieber, wenn sie gar nicht hier wäre?«

Sapphire senkte den Kopf, bevor sie die Augen wieder hob, um Hamilton anzusehen, dabei achtete sie darauf, dass sie im richtigen Licht stand. Dann ließ sie eine einzige Träne über ihre linke Wange kullern und nickte bedächtig, um deutlich zu machen, dass sie zwar alles dafür geben würde, wenn man Kate kündigte, dies ihr aber Schmerzen bereiten würde.

Hamilton setzte sich zu ihr und küsste die Träne fort. »Ich kann deinen Kummer nicht ertragen, meine Süße. Ich gehe sofort zu Jerry und bespreche mit ihm, ob es eine Lösung gibt.« Er zog sie an sich heran und küsste sie auf den Kopf. »Ginge es dir dann besser?«

Sapphire lehnte an seiner Brust und nickte. »Ein bisschen.«

»Das ist doch immerhin etwas«, sagte Hamilton, ging zur Tür und wandte sich noch mal um. »Vielleicht muss ich mit meinem kleinen Mädchen einen kleinen Spaziergang zum Juwelier machen, um seine Laune anzuheben. Was meinst du?«

Sapphire hielt sich für das glücklichste kleine Mädchen auf der großen weiten Welt.

23

»Palm Springs?« Paige dachte zuerst, sie hätte sich verhört. »Deine Eltern haben dich an dem Tag, an dem du dich von deinem Mann getrennt hast, mutterseelenallein gelassen, um nach *Palm Springs* zu fahren?«

»Ja«, bestätigte Kate, die über die heftige Reaktion ihrer Freundin verblüfft war. »So wild ist das nun auch wieder nicht.«

»So wild ist das nun auch wieder nicht? Bist du *high*? Hast du etwas genommen?«

»Nein«, antwortete Kate, die sehr wohl wusste, dass dies eine rhetorische Frage war, aber dennoch das Bedürfnis hatte, sich zu verteidigen. »Warum schreist du mich so an?«

»Oh, meine Liebe, das tut mir leid. Ich wollte dich nicht anschreien.« Paige atmete tief durch, um sich zu beruhigen, bevor sie weitersprach. »Es ist nur so: Deine Lage ist hoffnungslos, und du hast einfach keinen Plan, wie es weitergehen soll!«

»Du schreist schon wieder.«

»Nein, das tue ich nicht!«, brüllte Paige. Die beiden sahen

sich einen Moment über ihren fast aufgegessenen Rühreiern mit Gemüse hinweg an und brachen dann in Gelächter aus.

»Du weißt schon, dass alle zu uns herübersehen«, flüsterte Kate.

»Klar doch«, sagte Paige. »Du bist schließlich eine Berühmtheit.«

»Im Ernst?«

»Im Ernst.«

»He. Stell dir vor, daraufhin wäre meine Mutter jetzt netter zu mir.«

»*Aber darum geht es doch gerade*!«, donnerte Paige so laut, dass sich die meisten Gäste im Restaurant erneut zu ihnen umdrehten und sie anstarrten. Kate machte sich hilflos kichernd auf ihrem Stuhl klein und versuchte sich in Luft aufzulösen. Einige der Gäste waren begeistert, dem Spektakel beiwohnen zu dürfen. Andere zeigten wiederum offen ihre Missbilligung über dieses ungebührliche Benehmen. An ihrem Verhalten zeigte sich, wer Kate als den Fernsehstar erkannt hatte – und wer nicht. Diejenigen, für die sie eine Berühmtheit war, hielten jeden Atemzug von ihr für liebenswürdig und interessant. Für die anderen war sie nur ein Gast wie alle anderen auch, in dem Fall die eine Hälfte eines zu lauten Paars.

»Paige, das steht morgen in der Klatschpresse.«

»Wie denn? Kate Keyes-Morgan hat eine Freundin, die sich nicht benehmen kann? Ich glaube nicht, dass das für einen Aufmacher reicht. Es sei denn, du ziehst jetzt deinen wenig vorteilhaften Bikini an. Cellulite ist immer für eine Schlagzeile gut.«

»Um Gottes willen«, stöhnte Kate. »Ich würde sterben.«

»Ich wünschte mir ja, dass du übertreibst, aber ich fürchte, du meinst es ernst.«

Kate zuckte mit den Achseln. »Nun, vielleicht würde ich ja nicht sofort *sterben.*«

»Aber du denkst gerade, dass du dich am liebsten umbringen würdest, oder?«

Verdammt, Paige hatte sie durchschaut. »Sagen wir mal so, ich hoffe, ich würde mich davon erholen … aber ich bin mir dessen nicht so sicher.«

»Gut, hoffentlich kommt es erst so weit, wenn du dreitausend Mal gesünder bist als jetzt.«

»Einverstanden … Solange *gesund* für dich kein Euphemismus für *fett* ist.«

Paige ließ den Kopf auf ihre Hände fallen. »Liebe Kate, wir müssen noch sehr viel an dir arbeiten.«

»Meinst du wirklich, das ist der richtige Zeitpunkt für eine Schönheitsoperation?«, fragte Kate mit gespieltem Ernst.

»Wenn ich wüsste, dass es deinem verkrüppelten Selbstwertgefühl auf die Beine hilft, würde ich dich höchstpersönlich in die Praxis schleifen.«

»Das kannst du dir sparen. Dafür würde sogar meine Mutter sofort aus Palm Springs anrauschen.«

Paige schüttelte den Kopf und sagte: »Bitte, sag, dass das nur ein Scherz war.«

»Nein, keineswegs. Sie will ja, dass ich mir die Brust operieren lasse, seitdem ich mit fünfzehn den Schönheitswettbewerb zur Miss Junior von Orange County nicht gewonnen habe. Sie denkt vermutlich, Hamilton hat mich wegen meiner mangelnden Oberweite verlassen. Und wenn ich darüber nachdenke, war das vielleicht sogar der Grund.«

»Jetzt mach dich bitte nicht lächerlich«, mahnte Paige und fügte grinsend hinzu: »Obwohl – das war *bestimmt* der Grund.«

»Oh, Gott«, stöhnte Kate. »Das ist doch Mitleid erregend, oder?«

»Nein, Kate, das ist überhaupt nicht Mitleid erregend«, sagte Paige und beugte sich vor, um zu verdeutlichen, wie ernst sie nun ihr Anliegen nahm. »Es ist äußerst ärgerlich … es ist verdammt bitter … es ist zum Verrücktwerden – aber es ist nicht Mitleid erregend. Verdammt noch mal, wo ist deine Wut? Dein Mann hat dich wegen einer hirnlosen Irren verlassen, und als du bei deiner Mutter Trost gesucht hast, ist die eilends nach Palm Springs gedüst. Du solltest *wütend* sein!«

Kate merkte, wie Paige zunehmend in Fahrt kam. Es schien ihr überhaupt nichts auszumachen, dass die anderen Gäste sie anstarrten und sie vermutlich für verrückt und durchgeknallt hielten – oder sogar für unerzogen. Paige schien vor ihr zu wachsen, so als würde ihr Ärger sie von innen her aufplustern. Kate wusste, sie selbst wurde immer kleiner, buchstäblich und figürlich, wenn sie Ärger verspürte. Als sie schließlich etwas herausbekam, klang sogar ihre Stimme matt. »Doch, ich werde schon wütend, wenn ich mit Hamilton spreche. Zum Beispiel, habe ich im Gespräch mit ihm mehr als einmal nicht sehr liebevolle Ausdrücke benutzt.«

»Das war schon mal gut. Ich bin sehr glücklich, das zu hören«, lobte Paige sie wie eine stolze Mutter, als käme Kate gerade mit einem glatten Einser-Zeugnis nach Hause. »Hamilton zu beschimpfen oder im Beisein von Hamilton zu fluchen, ist ein guter Anfang. Doch ich denke, irgendwo muss in dir dieser absolut vernichtende Zorn stecken, der seinen Weg nach draußen sucht. Du bist einfach die ganze Zeit zu … *brav*.«

»Nun … Ich will doch keinen Terror machen. Ich möchte eigentlich nur Ruhe haben.«

Paige atmete tief ein, aber statt eine energiegeladene Kampftirade anzustimmen, atmete sie nur langsam aus. »Weißt du was? Ich würde auch gern meine Ruhe haben. Wir schälen dich aus dem Haus deiner Mutter heraus und dann verbringen wir den Nachmittag mit alten Filmen und gammeln auf der Couch rum.«

Kate schwieg verwirrt. Hieß das, Paige lud sie ein, bei ihr zu wohnen? Das wäre *zu* schön, um wahr zu sein. Oder bot sie ihr nur einen Nachmittag mit ollen Kamellen in der Glotze an? »Ah, ja, okay, das klingt spaßig. Packen wir es an … Ein Nachmittag Abstand von meiner Mutter ist es wert.«

Nun war Paige verwirrt. »Einen Moment mal. Willst du damit sagen, dass du nur für einen Nachmittag zu mir kommen möchtest? Und, wenn dem so sein sollte, sagst du das jetzt, weil du wirklich nicht bei mir wohnen möchtest und versuchst, meine Gefühle nicht zu verletzen, oder weil du tatsächlich dachtest, ich hätte dich nur für einen Nachmittag zu mir eingeladen?«

Kate wurde puterrot und wäre am liebsten in ihrem Stuhl versunken. »Ich weiß es nicht«, nuschelte sie.

»Also, jetzt hör mir mal gut zu: Ich biete dir an, bei mir zu wohnen. Bei mir gibt es wahrlich keinen Luxus, aber du bist herzlich eingeladen, bei mir einzuziehen, bis dir wieder einfällt, dass du eigentlich ein reicher TV-Star bist und dir eine eigene Bleibe leisten kannst.«

Kate sah erschreckt auf. »Meinst du, das sollte ich tun?«

»Du solltest was?«

»Mir eine eigene Bleibe organisieren. Was du gerade gesagt hast.«

»Meine liebe Kate«, beschwichtigte Paige. »Ich merke, ich muss mit dir wirklich ganz langsam vorgehen. Das mit der eigenen Bleibe war doch nur so dahingesagt. Du bist definitiv noch nicht so weit, dass du allein sein könntest. Ich verlasse mich derzeit nicht einmal darauf, dass du dich ordentlich ernährst, und ich habe das Gefühl, du trägst nur Ausgehkleidung.«

Das war richtig. Kate wusste selbst nicht, was sie sich dabei gedacht hatte, als sie bei der hastigen Flucht aus ihrem Haus nur nach Business-Kleidung und nicht nach bequemen Sachen gegriffen hatte. Als sie im Haus ihrer Mutter ihren Koffer ausgepackt hatte, sah es allerdings aus wie nach einer Explosion in einem Designer-Atelier. »Wieso fällt dir das auf?«

»Ich habe es selbst erlebt. Als ich meinen zweiten Ehemann verließ, habe ich nur meinen Crockpot-Kochtopf und meine hüfthohen Stiefel mitgenommen. Ich war absolut unzurechnungsfähig.«

»Was hattest du damit vor? Wolltest du eine neue Karriere als Domina im Küchenstudio beginnen?«

»Sag nichts dagegen, bis du es nicht selbst ausprobiert hast«, scherzte Paige und legte genügend Geld auf den Tisch, um die Hälfte der Rechnung zu begleichen. »Also, willst du jetzt zu mir kommen oder nicht?«

»Nichts würde mich glücklicher machen«, antwortete Kate ernsthaft.

»Meine Güte. Ich biete dir ein Dach über dem Kopf an, keine Ehe, bis dass der Tod uns scheidet.«

»Das hast du gesagt«, antwortete Kate. Sie legte den fehlenden Anteil auf den Tisch und folgte ihrer Freundin aus dem Restaurant. »Aber es sind schon ganz andere Sachen passiert.«

»Dann muss ich mir das noch mal gründlich überlegen«, sagte Paige und lachte.

»Zu spät«, jubelte Kate.

»Meine liebe Kate«, sagte Page.

»Siehst du? Du hast ›meine liebe Kate‹ gesagt.«

»Hilfe!«, rief Paige aus dem Wagenfenster, während sie losfuhr und Kate kichernd neben ihr auf dem Beifahrersitz saß.

Als die beiden Frauen zwanzig Minuten später Kates Elternhaus erreichten herrschte dort reinste Hektik. Kates Mutter stand inmitten von einigen jungen Latinos, die eifrig Tische und Stühle in einen Raum schleppten, der sechs Stunden zuvor noch ein komplett eingerichtetes Wohnzimmer gewesen war.

»Mami, seit wann seid ihr wieder hier?«, fragte Kate staunend und presste ihren Körper gegen die Wand, damit ein Mann, der mit einer großen schweren Kiste kämpfte, an ihr vorbeikam.

»Dein Vater und ich sind heute früh angekommen. Eigentlich wollten wir ja die ganze Woche dort bleiben, aber dann mussten wir schleunigst zurück, um die Party vorzubereiten!«, zwitscherte Marcia vergnügt. Endlich war sie der absolute Mittelpunkt.

»Was für eine Party denn?«

»Für die Eigentümergemeinschaft. Deshalb waren wir doch weg. Wir sind alle für unser Benefizessen nach Palm Springs gefahren.« Paige quetschte sich durch den zugestellten Gang, um in Kates Nähe zu sein. »Ihre Eigentümergemeinschaft veranstaltet ein Benefizessen? Welchen guten Zweck unterstützen Sie?«

»Es geht um den neuen Pool, Liebes«, antwortete Marcia. »Und wer sind Sie?«

»Oh, Entschuldigung«, sagte Kate und bahnte sich mühsam mit Paige einen Pfad durch die Leihmöbel, damit sie ihrer Mutter die Hand geben konnte. »Das ist meine Freundin Paige. Paige, das ist meine Mutter.«

Kate konnte beinah sehen, wie die Hirnwindungen ihrer Mutter auf Hochtouren kamen, um die Freundin ihrer Tochter als VIP zu identifizieren. »Sehr erfreut, Paige. Arbeiten Sie mit meiner Tochter bei *Generations* zusammen?«

»Ja, genau.«

Marcia strahlte. »Ach, das ist ja großartig! Und welche Rolle spielen Sie?«

»Ich spiele mit ihrer Maske.«

»Wie bitte?«, fragte Marcia leicht verblüfft nach.

Kate schritt ein, bevor ihre Mutter etwas Beleidigendes oder Verletzendes sagen konnte. Warum sollte Paige Kates komplette Wirklichkeit vorgeführt bekommen? »Mami, sie ist meine Maskenbildnerin. Du sagst doch immer: ›Warum kannst du nicht mal auf der Straße so gut aussehen wie in deiner Serie?‹ Darin bin ich nämlich das Werk von Paige.«

Kate versuchte Paiges »Das ist doch total beknackt« zu überhören, obwohl sie es ihr direkt ins linke Ohr krächzte.

»Ach, das ist ja fantastisch.« Kate wusste, dass in diesem Fall »fantastisch« für »enttäuschend« stand. »Kümmern Sie sich heute Abend um Kates Make-up?«

»Ach, das stand eigentlich nicht auf meinem Plan.« Paige zog diskret ihre Augenbrauen hoch, als wollte sie zu Kate sagen: *Was soll dieser Blödsinn?*

»Mami, du hast mir nichts von einer Abendeinladung gesagt.«

»Ach, meine Liebe, ich wusste bis gestern Abend selbst nichts davon – deshalb rennen wir alle ja wie verrückt hier herum.«

Kate nahm an, »wir« bezog sich auf die vielen Helfer, die im Haus herumliefen und Tische, Stühle und Kartons rumschoben. Ihre Mutter rannte nie. Kate atmete so tief durch, als wollte sie ein wenig von Paiges Selbstbewusstsein inhalieren. »Also, Mami, ich kann nicht auf deine Party kommen. Wir, hm, wir haben etwas anderes vor.«

Marcia funkelte Kate scharf an. »Du kannst *nichts* anderes vorhaben. Die ganze Abendeinladung ist für dich.«

Kates Kinnlade kippte nach unten. »Wie bitte?«

»Katherine, mach den Mund wieder zu. Du siehst aus wie ein Breitmaulfrosch.«

»Aua«, flüsterte Paige.

Kate kniff den Mund zusammen und fragte mit zusammengebissenen Zähnen: »Mami, warum veranstaltest du eine Party für mich?«

»Weißt du, meine Liebe, so viele von unseren Freunden möchten dich gern kennenlernen.«

»Wirklich?«, fragte Kate misstrauisch nach.

»Ja, *wirklich*«, antwortete Marcia mit finsterem Blick.

»Also, ich finde, das sieht nach ziemlich viel Arbeit für ein kleines Nachbarschaftstreffen aus«, bemerkte Paige und wich zwei Männern aus, die gerade einen tragbaren Tresen heranwuchteten.

»Ach wissen Sie, wir haben einen großen Freundeskreis«, gab Marcia an.

»Das ist ja *großartig*.«

»Ja, das ist es.«

»Gut, vielleicht ist das Beste an so einem großen Kreis wunderbarer Freunde, dass es kaum auffällt, wenn einer fehlt, oder? Kate, sollten wir nicht jetzt lieber deinen Kram packen?«

»Hä?« Kate starrte Paige wie gelähmt an, die ihrer Mutter gerade eine Abfuhr erteilt hatte.

Paige sprach sehr langsam und bedächtig, um Kates Erstarrung zu durchdringen. »Komm. Wir. Holen. Deine. Sachen.«

»Ach so«, sagte Kate, die sich mühsam in die Wirklichkeit katapultierte. »Stimmt … meine Sachen.«

»Genau. Wir holen deine Sachen und verschwinden.«

Diese Freiheitsverlockung erweckte Kates Überlebensinstinkte, und sie drehte sich um, um Paige den Weg zu der Abstellkammer zu zeigen. Leider versperrte ihnen Marcia den Weg. »Ich hoffe, ihr Mädels macht euch sofort für die Party fertig. Ich habe gesehen, dass du wunderbare Kleidung mitgebracht hast.« Sie überprüfte kritisch Paiges wohlgenährten Körper und setzte hinzu: »Ich glaube, es ist sogar ein vorteilhaftes Kleid im Empire-Stil dabei, das Ihnen passen könnte.«

Als sie diese kaum verhohlene Beleidigung gegen ihre Freundin wahrnahm, erwachte in Kate neuer Widerstand. »Mami, wir kommen nicht auf die Party. Ich habe doch gesagt, wir haben etwas anderes vor.«

»Und ich sage dir, Katherine, du kannst gar nichts anderes vorhaben. Diese Party ist schließlich für dich.«

»Ich will aber keine Party.« Für Kate war dies ein Déjà-vu-Erlebnis: Wie oft hatte sie genau dieses Gespräch mit ihrer Mutter schon geführt? Mindestens dreißig Mal, denn an jedem ihrer Geburtstage gab es »ihr zu Ehren« ein Mittagessen im Lieblingsrestaurant ihrer Mutter, wo sie von den Freundinnen ihrer Mutter umzingelt war. Allein der Gedanke, in ein Chuck-E.-Cheese-Restaurant mit Kinderbespaßung zu gehen oder überhaupt von Kindern umgeben zu sein, verursachte ihrer Mutter Kopfschmerzen. Also hatte Kate sehr früh lernen müssen, dass ihre eigenen Geburtstagsfeiern eher der Huldigung ihrer *Mutter* dienten.

»Also, meine Liebe, man kann nicht immer bekommen, was man will.«

»Das stimmt«, bekräftigte Paige und nickte weise. »Man kann *nicht* immer bekommen, was man will.«

»Genau«, bestätigte Marcia und freute sich, so unverhofft eine neue Verbündete gewonnen zu haben. »Ich bin ja so froh, dass Sie das verstehen. Wenn Sie das nun auch noch meiner Tochter erklären könnten, kämen wir einen großen Schritt weiter.«

»Gern«, sagte Paige zu Marcia. Und zu Kate sagte sie: »Es tut mir leid, aber deine Mutter bekommt nicht, was sie will.«

»*Wie bitte*?« Marcia war entsetzt.

Kate hingegen war schwindelig vor Freude über ihre bevorstehende Emanzipation. »Wir gehen jetzt, Mami. Wie du gesagt hast: Man kann nicht immer bekommen, was man will.«

»Nein, Kate«, entgegnete Marcia, die von Minute zu Minute gereizter wurde. »*Du* kannst nicht immer bekommen, was du willst. *Ich* schon.«

»Sorry, aber dann werden Sie heute um eine Erfahrung reicher, nicht wahr?« Paige hakte sich bei Kate unter und schlängelte sich durch die aufgestapelten Kisten und Stühle.

»Aber Kate, was soll ich denn den anderen nur sagen?«

»Ich weiß es nicht, Mami. Sag ihnen, ich habe es nicht geschafft«, rief Kate über ihre Schulter.

»Aber … aber … du bist doch ein Versteigerungslos!«

Die beiden jungen Frauen stoppten auf der Stelle. Kate fand als Erste ihre Sprache wieder. »*Was* bin ich?«

In der Erleichterung, dass die Flucht für einen Augenblick

hinausgezögert werden konnte, setzte Marcia ihr liebreizendstes Lächeln auf. »Du bist ein *Versteigerungslos*, Liebling. Ist das nicht irre?« Als Kate nicht reagierte, sprach Marcia weiter. »Gestern Abend war ich mit deinem Vater nach dem Benefizabendessen noch auf so einer Auktion, wo Treffen mit Promis versteigert werden. Und wie so oft haben wir zugesehen, welche absonderlichen Geldmengen geboten wurden, nur um ein Wochenende im Strandhaus von So-und-so oder einen Abend mit dem Privatkoch eines anderen VIP zu verbringen. Und da fiel uns auf einmal ein, dass wir ja auch eine Sache im Angebot haben, für die die anderen Gäste gern Geld bieten würden – und noch dazu in unserem eigenen Haus!«

»Eine *Sache*?«, zischte Paige und zwickte Kate heftig in den Arm.

»Ich hab's *gehört*«, flüsterte Kate zurück und rieb sich die schmerzende Stelle am Arm.

»Also, dein Vater ist mitten in der Versteigerung aufgestanden und sagte: ›Wir würden gern eine Dinnerparty anbieten, mit unserer Tochter, jener Kate Keyes-Morgan *vom Fernsehen* als Gastgeberin!‹«

»Sie nennen Ihre eigene Tochter ›jene Kate Keyes-Morgan *vom Fernsehen*‹?«

»Nicht immer«, antwortete Marcia, »aber darum geht es doch gar nicht. Es geht darum, dass die Leute sofort wie verrückt geboten haben. Und das Ehepaar mit dem Höchstgebot – zehntausend Dollar, ob du's glaubst oder nicht! – fliegt morgen Vormittag nach Bhutan, deshalb müssen wir die Dinnerparty heute ausrichten. Stell dir vor, was das bedeutet, eine Dinnerparty für zwanzig Leute in weniger als vierundzwanzig Stunden auf die Beine zu stellen! Ich brauche ja nicht zu sagen, dass ich erledigt bin!«

»Wahrscheinlich ist eher der Caterer erledigt«, nuschelte Paige.

Kates Stimme blieb außergewöhnlich ruhig. »Also, noch einmal: Während ich mir hier wegen meiner kaputten Ehe die Augen ausgeweint habe, habt ihr mich prostituiert, um einen Pool zu bezahlen?«

»Oh, Kate, deine Sprache geht schon wieder mit dir durch.«

»*Mutter!*«

»Okay, okay, Kate, beruhige dich. Offen gesagt, ich bin völlig überrascht, dass du dich darüber so aufregst. Nun, überrascht und auch ein wenig von dir enttäuscht, um ehrlich zu sein. Dein Vater und ich, wir haben stets versucht, dir beizubringen, dass man die eigene Stimmung heben kann, wenn man jemandem hilft, der schlechter dran ist. Wir haben gedacht, für dich wäre es eine gute Gelegenheit, aus deinem kleinen Selbstmitleidloch herauszukommen. Noch dazu könntest du uns beim Geldsammeln helfen.«

»Mami, du hast mich nicht einmal *gefragt*.«

»Mir war nicht bewusst, dass ich meine Tochter fragen muss – die *kostenlos* in meinem Haus lebt –, ob sie ein Abendessen mit ihrem Vater und ihrer Mutter verbringen will.«

Zum ersten Mal hatte Marcias Schmollen keine Wirkung auf ihre Tochter. »Doch, das musst du«, sagte Kate einfach.

Marcias unwilliges Stöhnen wurde von Paige unterbrochen, die drängte: »Kate, los jetzt!«

Marcia verließ sich nicht darauf, verletzte Gefühle vorzutäuschen, sie kam direkt zur Sache. »Mädels, könnt ihr diesen Trotzanfall nicht auf morgen verschieben?«

»Nein, das können wir nicht«, antwortete Paige und blätterte in einem imaginären Terminplaner auf ihrer linken

Handfläche. »Morgen gehen wir ins Nagelstudio, Mittwoch haben wir Jodelunterricht … Tja, wie ich befürchtet habe – heute ist der einzige freie Tag in der Woche, an dem wir einen Trotzanfall einplanen können.«

»Gut, offensichtlich haltet ihr beide diese Veranstaltung für einen Witz. Eventuell haltet ihr mich ja auch nur für einen Witz.«

»*Bitte nicht beißen. Bitte nicht beißen*«, murmelte Paige vor sich hin.

Kate sog die Willenskraft ihrer Freundin in sich ein. »Mutter, ich halte dich nicht für einen Witz. Ich will nur nicht auf deine Party gehen.«

»Also, erstens ist es nicht *meine* Party, sondern *deine.* Aber ich sehe, ein neuer Pool für deinen Vater bedeutet dir überhaupt nichts.«

Kate brachte mehr innere Entschlusskraft auf, als sie es je für möglich gehalten hätte, und sagte nur: »Da hast du Recht, es bedeutet mir wirklich nichts.«

»Also dann, werte Katherine«, drohte ihre Mutter und verengte ihre Augen für den letzten Angriff, »sehe ich keine Möglichkeit, dass du weiterhin bei uns zu Gast bist. Ich fürchte, es wäre für deinen Vater zu nervenaufreibend.«

»Aber wo soll sie denn hin?«, fragte Paige mit Kulleraugen.

»Ich weiß es wirklich nicht«, antwortete Marcia siegessicher.

»Tja, das ist der springende Punkt«, sagte Kate und hakte sich bei Paige ein. »Denn ich weiß es.«

Und dann gingen die beiden über den Flur zur Abstellkammer, um Kates Koffer zu packen.

24

»Hamilton Morgan auf der zwei«, krächzte es aus der Box auf Michaels Schreibtisch.

O jemine.

Michael hob den Hörer ab und zwang sich zu einem herzlichen »Hallo, Hamilton!« Vermutlich war das zu viel des Guten.

»Ich grüße *Sie*, Michael! Es freut mich, Sie so munter zu hören.«

Munter? Also hatte er tatsächlich übertrieben. »Wie kann ich Ihnen heute Morgen behilflich sein, Hamilton?«

»Nicht ich bedarf Ihrer Hilfe, werter Freund. Unsere gemeinsame Lieblingsklientin, die schöne Sapphire Rose, braucht Hilfe.«

Michael lehnte sich auf seinem Stuhl zurück, er fühlte sich plötzlich sehr erschöpft. Er hatte keine Lust, mit Hamilton Morgan zu sprechen, und er hatte erst recht keine Lust, über Sapphire Rose zu sprechen. Seit wann gab es eigentlich in seinem Leben lauter Dinge, auf die er überhaupt keine Lust mehr hatte? »Ja, Hamilton, ich bin ganz Ohr.«

»Also, anscheinend fühlt sich unsere kleine Süße am Set zunehmend unwohl. Es tut mir leid, gewissermaßen ist es sogar mein Fehler, denn meine Exfrau ist der Grund für ihr Unbehagen.«

»Ihre *Ex*frau? Das ging aber schnell.« *Super.*

»Ich denke, es ist für alle Beteiligten einfacher, wenn wir ab sofort die neuen Bezeichnungen verwenden.« Hieß das, Hamilton und Sapphire erwarteten, von nun an als Antonius und Kleopatra angeredet zu werden? Oder, noch schlimmer, als Eure Kaiserliche Hoheiten?

»Bedeutet das, Sie werden definitiv die Scheidung einreichen?«

»Ja, und zwar sobald wie möglich. Wissen Sie, ich fühle mich mit Sapphire so eng verbunden, dass mir die Ehe mit Kate fast wie unbeabsichtigte Bigamie vorkommt.«

»Unbeabsichtigte Bigamie? Ist das mittlerweile ein anerkannter Scheidungsgrund?«

»Nein, ich denke, wir werden die ›unüberbrückbaren Differenzen‹ anführen. Das wird kein Problem sein. Um der Wahrheit die Ehre zu geben, diese Ehe war ohnehin eher eine Geschäftsverbindung als eine Liebesheirat.« Michael fragte sich, ob Kate dieses pikante Detail bewusst war oder ob sie mit der falschen Annahme lebte, aus Liebe geheiratet worden zu sein.

»Wie schön für Sie, Hamilton.« *Und wie schön für mich … falls Kate imstande sein sollte, je wieder einem Mann zu vertrauen.* »Aber mir ist noch nicht klar, wie ich Ihnen heute Morgen weiterhelfen kann. Ich hatte noch keine Gelegenheit für einen Anruf bei Bob Steinman, also kann ich diesbezüglich auch nicht mit Neuigkeiten aufwarten.«

»Nein, nein, darum geht es nicht. Ich hatte auch noch gar nicht mit Neuigkeiten gerechnet. Es geht um die Dreharbeiten von *Generations*. Eigentlich geht es darum, wie wir zusammenarbeiten könnten, damit sich unsere gemeinsame Klientin dort etwas wohler fühlt.«

»Bitte verbessern Sie mich, wenn ich mich täusche, Hamilton. Aber die kürzliche Umstellung der Drehpläne *und* die wöchentlichen Meetings um sechs Uhr morgens geschahen doch alle im Hinblick auf Sapphires Wohlbefinden am Set, oder?«

»Absolut«, sagte Hamilton. »Diese Maßnahmen haben die Lage gewissermaßen auch entspannt, aber unserer kleinen Prinzessin fällt es schwer, Kate regelmäßig sehen zu müssen. Es regt sie auf.«

»Ich verstehe«, sagte Michael und fragte sich, wieso er eigentlich bei dieser Fehde zwischen Gut und Böse auf die falsche Seite geraten war. »Hamilton, haben Sie einen Vorschlag?«

»Ich denke, es wäre für alle Beteiligten das Beste, wenn Kate ausgetauscht würde.«

Michael hielt den Telefonhörer weit von sich weg und atmete ein paar Mal tief durch. Als er sich wieder unter Kontrolle hatte, sagte er: »Ich kann mir nur nicht vorstellen, inwiefern dieser Vorschlag eine Verbesserung für Kate darstellen soll, Hamilton.«

»Nun, Sie kennen ja Kate nicht so gut wie ich.« *Nicht, weil ich es nicht versucht hätte*, dachte Michael. »Ihr Problem ist, dass sie sich nicht von Dingen trennen und nach vorn schauen kann. Als ich sie kennenlernte, hatte sie tatsächlich immer noch Jacken mit Schulterpolstern im Kleiderschrank hängen. Stellen Sie sich das mal vor, Michael!« Michael wusste nicht, worüber Hamilton lachte.

»Aber was hat das mit ihrer Arbeit zu tun?«

»Ich fürchte, sie kann die schädliche Situation nicht begreifen. Überlegen Sie doch: Schließlich arbeitet sie mit der neuen Liebe ihres Exmanns zusammen. Auf irgendeine Art und Weise ist das doch eine Kränkung.«

»Ja, auf viele Arten und Weisen.«

»Genau. Also, eigentlich wollte ich mit Ihnen darüber reden, ob wir etwas für Kate tun können, wozu sie selbst nicht fähig ist.«

»Und dafür sorgen, dass sich Ihre ›neue Liebe‹ bei der Arbeit wohler fühlt?«

»Genau. Eine typische Win-win-Situation.«

»Hamilton, wissen Sie was, ich verstehe immer noch nicht,

inwiefern für Kate – oder auch für die Serie – der Verlust ihrer Rolle einen Gewinn darstellen soll?«

»Was hat das denn mit der Serie zu tun?«

»Einiges. Ich weiß, für Sie ist Sapphire der Star …«

»Aber sie *ist* der Star der Serie.«

»… aber Kate hat ebenfalls eine beachtliche Fangemeinde, und es ist ein großes Risiko, eine Besetzung zu verändern, die so erfolgreich ist wie die von *Generations*.«

»Ich muss zugeben, das ist ein gutes Argument, Michael. Aber Kate spielt doch nur dieses naive Mädchen. Und hübsche Mädels gibt es doch in dieser Stadt wie Sand am Meer. Wir könnten sogar die Rolle als solche beibehalten und nur die Schauspielerin austauschen.«

Michael sehnte sich nach Kate. Hatte ihr dieser Mistkerl seine grausamen, unzutreffenden Ansichten schon mitgeteilt? »Hamilton, ich mache Ihnen einen Vorschlag. Was halten Sie davon, wenn wir den Dingen Zeit geben? Wenn wir abwarten, ob am Set Ruhe einkehrt? Danach besprechen wir diese Idee Montagmorgen beim Meeting noch einmal.«

»Ich weiß nicht, Michael. Sapphire möchte wirklich, dass wir bei diesem Thema aktiv werden. Sie muss jeden Tag an Kates Trailer vorbeigehen, und das setzt ihr ungemein zu.«

Mein Güte. »Nun, vielleicht kann die Ausstattung ihr eine Art Schild basteln, um ihre empfindlichen Augen zu schützen«, bemerkte Michael sarkastisch.

»Das wäre eine großartige Idee«, antwortete Hamilton ernsthaft. »Und vielleicht bringe ich ja Jerry so weit, dass er spezielle Anwesenheitslisten einführt, damit Sapphire nicht mehr Kates Namen lesen muss. Denn das quält sie doch sehr.«

»Natürlich.«

»Sie ist ja so sensibel. Dieses Feminine an ihr ist einer der

Hauptgründe, warum ich – und natürlich ihre Fans – sie so sehr lieben.«

Michael fragte sich, was an Sapphires narzisstischem Verhalten so feminin sein sollte, aber sein Bedürfnis, das Gespräch zu beenden, war stärker als seine Neugierde. »Entschuldigung, Hamilton, ich muss los.«

»Ich auch. Ich wünsche Ihnen einen arbeitsreichen Tag!«

»Ja. Ich kann mir vorstellen, dass Sapphire Sie auf Trab hält.«

»Wie ein Häschen, werter Freund, wie ein Häschen!«

Bei der Vorstellung, wie Hamilton in einem Playboy-Bunny-Kostüm hinter Sapphire herhüpfte, musste Michael zum ersten Mal an diesem Tag herzhaft lachen.

25

Kate erwachte und reckte und streckte sich, sofern dies auf Paiges Ausziehbett überhaupt möglich war. Trotz dieses Metallstabs, der darauf bestanden hatte, inmitten der dünnen Matratze nicht unbemerkt zu bleiben, hatte sie zum ersten Mal seit Wochen wie ein Murmeltier geschlafen. Sie war voller Optimismus, als hätte sie die Talsohle erreicht und wäre bei ihrem Absturz in diesem sperrigen Bettsofa relativ weich gelandet.

»Also, die gute Nachricht ist, dass es von nun an nur noch bergauf geht«, sagte sie laut.

»Wie bitte«, klang es ihr aus Paiges Küche entgegen, »wolltest du wissen, ob ich schon auf bin?«

»Nein«, rief sie zurück. »Also, bist du schon auf?«

Paige kam zu Kate. »Nein.«

Kate lachte. »Hör auf – es ist zu früh, um mich durcheinander zu bringen. Wie spät ist es eigentlich?«

»Halb sieben. Ich muss um zehn Uhr am Set sein und ein paar Gastdarstellern die Maske machen, die bei der Partyszene mitspielen. Musst du heute auch arbeiten?«

Kate suchte in ihrem Inneren nach dem vertrauten Panikgefühl, das normalerweise aufkam, wenn sie den Drehplan nicht im Kopf hatte, aber sie fand nur eine gewisse Neugierde. »Stell dir vor, ich weiß es wirklich nicht. Ich nehme an, dass sie mich angerufen hätten, wenn sie mich heute brauchen, oder?«

»Ja, angenommen, sie wissen, wo sie dich finden. Wie oft muss ich dir noch sagen, dass dieses ewige ›Ich nehme an‹ *dich* und *mich* verrückt macht!«

Nun überrollte Kate kurzfristig Panik, aber ihr Optimismus gewann. »Sie haben zwar meine Handy-Nummer. Aber ich rufe Sam vorsichtshalber mal an. Ich habe auf den Drehplan von dieser Woche kaum einen Blick geworfen. Bin ich dabei?«

»Ja«, rief Paige über ihre Schulter und ging in die Küche zurück. »Hast du es schon vergessen? Heute drehen sie den Stunt für die Folge, in der du bei der Gartenparty nackt über den Gästen an einem Trapez schwebst. Aber keine Sorge, ich habe eine Paste, mit der ich deine intimen Körperstellen abdecken kann.«

»Großartig«, antwortete Kate, die sich nicht eine Sekunde aufziehen ließ. »Ich glaube aber, ich verzichte lieber auf diese Paste. Sie könnte meine Kreativität hemmen.«

»Es ist noch zu früh am Morgen, um Worte wie ›hemmen‹ zu verwenden. Möchtest du Kaffee?«

»Ja, gern. Sollen wir außer Haus frühstücken?«

»Gern«, antwortete Paige. »Gleich hier in der Straße gibt es ein nettes kleines Café.«

»Oder …«, begann Kate und lächelte verschmitzt, »wir könnten auch nach Pacific Palisades fahren.«

»Wegen *einem* Becher Kaffee? Warum fliegen wir nicht gleich auf den Mond? Dann hätten wir weniger Probleme mit dem Verkehr.«

»Möglich«, stimmte Kate zu. »Aber da gäbe es nicht so schnuckelige Schriftsteller, mit denen man reden kann.«

Paige nahm Kates erhobene Augenbrauen zur Kenntnis. »Wovon sprichst du? Stand das im *LA Weekly*? Glaub mir, ich war in den letzten Jahren in jedem der dort aufgeführten ›In-Treffs für interessante Männer‹, und jedes Mal habe ich nur Heerscharen enttäuschter Frauen angetroffen.«

»Und wenn ich dir sage, dass es dort einen ganz bestimmten schnuckeligen Schriftsteller gibt?«

»Wie bitte?« Paige legte die fünf Schritte zum Ausziehbett in Lichtgeschwindigkeit zurück. »Nimmst du mich auf den Arm? Ich habe dich hier wie ein verletztes Küken aufgepäppelt, während du eine heiße Affäre mit einem scharfen Schriftsteller laufen hast? Rutsch rüber – jetzt musst du mich erst einmal aufklären.«

»Nein, ich habe keine heiße Affäre. Es gibt da nur so einen wirklich netten Typen, den ich ein paar Mal im Starbucks gesehen habe und den ich sehr gern wiedersehen würde.«

»*Und …*«

»Und … mit dem ich gern verheiratet wäre und Kinder hätte und mit dem ich für immer glücklich in einem Haus im Cape-Cod-Stil in Martha's Vineyard leben möchte, wo er den ganzen Tag schreibt und ich Marmelade von den Erdbeeren aus unserem eigenen Garten koche.«

»Ich verstehe. Und wie viel Zeit hast du bis jetzt mit diesem Typen verbracht?«

»Mal sehen …« Kate hob ihre rechte Hand und begann imaginäre Zahlen auf eine imaginäre Tafel zu schreiben. »Fünf im Sinn … mal drei … minus siebzehn …«

»Kate, bitte!«

Kate ließ ihre Hand wieder fallen. »Insgesamt neunzig Minuten.«

»Das ist ja großartig«, sagte Paige. »Gut zu wissen, dass du nichts überstürzt.«

»Nein, das tue ich nicht«, erwiderte Kate und lachte.

»Ha!«, rief Paige und warf ihre Haare zurück.

»*Ha*? Hast du wirklich gerade ›Ha!‹ gesagt und deine Haare zurückgeworfen? Was stellst du dar? Einen Detektiv aus den Vierzigerjahren?«

Paige zeigte streng mit dem Finger auf Kate und bemühte sich nicht loszuprusten. »Versuchen Sie nicht, mich abzulenken, junge Frau. Bevor Sie diesen Mann heiraten und auf eine Insel ziehen, müssen die Einzelheiten geklärt werden. Hat er Arbeit? Ist er verheiratet? Pflegt er Kontakte zu anderen Singles?«

»Ich weiß es nicht. Ich hoffe nicht. Und wenn dich das darin bestärkt, nach Pacific Palisades zu fahren, antworte ich mit ja, er pflegt Kontakte zu vielen anderen Singles.«

»Junge Frau, und Sie sagen die Wahrheit, nichts als die Wahrheit?«

»Für eine Fahrt durch die ganze Stadt? Die reine Wahrheit.«

Paige gab nach. »Ihre Aussage reicht. Lassen Sie uns durchstarten.«

»Warte eine Minute. Ich muss mich noch schön machen.«

»Ich muss um zehn bei der Arbeit sein. Wir haben keine Zeit mehr für Verschönerungen.« Paige lehnte sich über das Bett und zog Kate zu sich. »Außerdem, ich will zwar nicht, dass dir das zu Kopf steigt, aber du bist ganz schön schön, so wie du bist.«

Kate war gerührt. »Das hast du aber nett gesagt.«

»Aber vielleicht solltest du dir die Zähne putzen.«

»Das ist nicht so nett.«

»Das Gleiche könnte ich auch über deinen Mundgeruch sagen. Los!«

Kate rannte lachend ins Badezimmer.

26

Michael starrte auf seinen Laptop. Er hatte die Kurzgeschichte über seinen Vater nicht weniger als drei Mal völlig überarbeitet. Jedes Mal, wenn er an seiner Geschichte über den Mann und seinen Sohn arbeitete, die dem Elend ihrer geisteskranken Frau und Mutter zu entrinnen suchten, indem sie den ganzen Tag Nachrichtensendungen sahen, wurde er von Gedanken an Vivien Leigh abgelenkt. Er hatte den Großteil der Nacht nicht geschlafen und sich stattdessen in eine Biographie der schönen Schauspielerin vertieft. Er bereitete sich auf seinen Termin mit Bob Steinman vor, der für den späten Donnerstagmorgen angesetzt war. In den verbleibenden zwei Tagen musste er genug über Vivien Leigh lernen, um den Präsidenten von Cutting Edge Pictures davon überzeugen zu können, Geld in einen Film über ihr Leben zu investieren … mit Sapphire Rose in der Hauptrolle. Er zweifelte nicht eine Sekunde daran, dass Sapphire die perfekte Besetzung für diese Rolle war. Doch er wusste, es würde eine schwierige Gratwanderung, Bob darzulegen, dass sie zwar verrückt genug war, um in der Rolle zu glänzen, aber auch wiederum hinreichend normal, um professionell arbeiten zu können. Er würde oft Worte wie *sensibel* und *kreativ* einflechten und Redewendungen wie *nicht mehr alle Tassen im Schrank* vermeiden müssen.

Außerdem stand er unter gewaltigem Zeitdruck. Es drohte die ernsthafte Gefahr, dass Kate ersetzt werden würde. Er brauchte unbedingt etwas, das Sapphire von ihrer unglaublich narzisstischen Pein ablenkte, mit der Frau zusammenzuarbeiten, der sie immerhin den Ehemann ausgespannt hatte. Wenn er nicht so tierlieb wäre, hätte er erwogen, ihr einen kleinen Hund zu beschaffen. Das würde sie vermutlich ablenken, aber er müsste sofort seine Mitgliedschaft im Tierschutzverein kündigen. Wenn ihm doch nur das kleine Tier wieder einfiel – war es ein Frettchen? –, das Paris Hilton gebissen hatte, würde er allerdings seine Vorbehalte aufgeben und so eines für Sapphire kaufen. War es zu viel verlangt, hoffen zu dürfen, dass es tollwütig war?

Aber Sapphire wollte in Wahrheit schlicht eine Filmrolle. Michael war davon überzeugt, dass nicht die Zusammenarbeit mit Kate ihr Verdruss bereitete – es war ihre Arbeit in einer simplen Fernsehserie. Sie projizierte lediglich ihr eigenes Unbehagen auf ihr gesamtes Umfeld. Folglich musste er, wenn er ihr Umfeld (Kate) glücklich machen wollte, in den sauren Apfel beißen und erst Sapphire glücklich machen. Und das hieß, für sie zu erreichen, was sie wollte.

Er musste mit allen Wassern gewaschen in dieses Treffen gehen. Aber er hatte nicht einmal ein Drehbuch. Er kramte in seinem Gedächtnis nach einem talentierten Drehbuchautor, den er in letzter Minute davon überzeugen könnte, ihn zu Bob zu begleiten. Er brauchte eine Vertrauensperson, die schweigen könnte. Und zwar während des Meetings und ganz sicher danach. Michael war davon überzeugt, dass seine Idee gut war, und er wollte nicht, dass jemand anders sie ihm klaute und selbst umsetzte. Am allerwenigsten könnte er die Konkurrenz eines anderen Vivien-Leigh-Film-Projekts zur selben Zeit verkraften. Womöglich mit einem umwerfenden Filmstar. Er brauchte Sapphire zum Beispiel gar nicht erst gegen Charlize Theron für die Golden Globes ins Rennen zu schicken. Seine ruhmsüchtige Klientin würde so schnell wieder in der Riege der Fernsehdarsteller landen, dass sie kaum zum Kreischen kommen würde.

Also, er musste Land gewinnen – er brauchte erst mal einen Drehbuchautor. Er tippte mit seinen Fingern auf der PC-Tastatur herum, während er sich das Gehirn zermarterte. Ein Autor … ein Autor … ein Autor – seine Finger verharrten starr auf den Tasten. Ein *Autor!*

Nein, das war verrückt. Er selbst könnte kein Drehbuch schreiben. Um Himmels willen, er war doch nur ein Agent, der gerade begonnen hatte, mit offensichtlich autobiographisch inspirierten Kurzgeschichten zu dilettieren. Wer war er denn, um die Lebensgeschichte eines manisch-depressiven Stars zu verfassen?

Doch nur der Sohn einer manisch-depressiven Frau.

Sein Herz raste. Er versuchte, sich von seinen eigenen gewaltigen Fantasien zu lösen und diese Idee objektiv zu betrachten. Objektiv gesehen, gefiel ihm die Idee. Er spürte, wie die Lebensgeister seiner Agentenseele in ihm wieder erwachten. Wäre das Treffen bei Bob Steinman nicht wirkungsvoller, wenn er ein Drehbuch oder zumindest ein Exposé vorlegen könnte? Er musste ja nicht gleich mit der Tür ins Haus fallen und Bob erzählen, dass er es selbst schreiben wollte. Sich selbst für das Drehbuch und Sapphire für die Hauptrolle vorzuschlagen, klänge zu sehr nach einem eitlen Wunschtraum, was es auch war. Er würde ein Pseudonym erfinden und sein Alter Ego höllisch gut anpreisen müssen. Warum könnte nicht irgendein, sagen wir mal, *Mark Green* gerade ein Treatment für einen Film über die großartige Vivien Leigh schreiben? Und warum sollte er dabei nicht Sapphire Rose für die Hauptrolle vor Augen haben? Er könnte, nein, er würde es schreiben.

Michael sah auf das Zifferblatt: 8:15 Uhr. Er hatte noch eine gute Stunde Zeit, ehe er ins Büro fahren musste. Ihm blieben noch etliche Stunden – zu wenige? – vor seinem Meeting mit Bob, um ein Treatment für den Film zu schreiben. Er würde die nächsten zwei Tage halt nur noch in die Lebensgeschichte von Vivien Leigh eintauchen. In der Hoffnung auf eine plötzliche Eingebung würde er alle Biographien über sie lesen und ihre Filme ansehen – oder zumindest ein Konzept zurechthämmern. Er klappte gerade seinen Laptop zu und suchte seine Siebensachen zusammen, als er eine vertraute Stimme hörte: »Hallo.«

Er sah hoch und entdeckte Kate, die ihm schüchtern zulächelte. *Einfach hinreißend.* »Hallo«, grüßte er begeistert zurück.

Sie zeigte auf den Stapel, den er zusammengepackt hatte, und fragte: »Gehst du?«

»Wie bitte?«, fragte er zurück, um Zeit zu gewinnen. »Ach so, nein, ich gehe nicht.« Er ließ seinen Aktenkoffer fallen und stellte theatralisch den Computer vor sich auf dem Tisch ab. »Ich bin gerade eben erst gekommen.«

Kate betrachtete die leeren Kaffeebecher und die benutzten Servietten, die seinen Arbeitsplatz wie eine Müllhalde aussehen ließen. »Ich verstehe. Wahnsinn – der Typ, der vorher hier gesessen hat, war ein echter Chaot.«

»Das stimmt«, sagte Michael und rückte einen Stuhl für sie zurecht. »Aber er arbeitet daran.«

»Gut zu wissen«, bemerkte sie mit einem umwerfenden Grinsen.

Michael erinnerte sich an seine gute Erziehung und bot ihr an, ihr Getränk zu bestellen.

»Meine Freundin bestellt schon für mich.« Sie zeigte auf die lange Warteschlange, und Michael erkannte die Frau, die er schon einmal am *Generations*-Set gesehen hatte, als sie Kate die Tür vom Maskenmobil aufhielt. »Ach so, schön«, sagte er, während er dachte: *Ist ja großartig – noch jemand, vor dem ich mich bei meinen wöchentlichen Foltersitzungen um sechs Uhr morgens verstecken muss.* »Mädels, müsst ihr heute nicht arbeiten?«

»Ich nicht. Sie schon.«

»Ach so, gut.« Michael suchte in seinem Gehirn nach passenden Worten. Es gab so viel, worüber er wirklich unbedingt mit ihr sprechen musste: ihre Arbeit, ihre Scheidung, seine Klientin, die die Scheidung verursacht hatte. Aber da er ja vorgeben musste, nichts davon zu wissen, konnte er auch nicht darüber sprechen. Wie sollte sein »Wie geht es dir?« authentisch klingen, wenn er eigentlich sagen wollte: »Es tut mir so leid, was dir passiert, und ich muss dich unbedingt vor der drohenden Gefahr warnen«? Also einigte er sich auf ein besonders kluges »Willst du dich mit deiner Freundin zu mir setzen?«.

»Ach«, antwortete Kate. »Ich weiß nicht. Ich muss sie erst fragen …«

»Hallo, Michael«, grüßte Paige, die mit ihren Händen etwas waghalsig drei Becher balancierte. »Ich habe Ihnen einen Latte mitgebracht. Ich dachte, für einen Mocha Caramel Candy Frappuccino ist es noch zu früh.«

Michael sah zu Kate, die sofort verlegen seinem Blick auswich. *Ihre Freundin kennt meinen Namen. Kate hat ihr meinen Namen gesagt.* Ging es nur ihm so, oder strahlte auf einmal die ganze Welt in einem glänzenden, hellen Licht?

Er nahm Paige zwei der Becher ab, bevor sich alle drei setzten. »Ich bin völlig Ihrer Meinung«, bestätigte er. »Ich befolge die unumstößliche Regel: Keine exotischen Shakes vor neun Uhr morgens.«

»Gut zu wissen, dass Sie ein Mann von Prinzipien sind«, erwiderte sie ernst.

»Das ist mein einziges, aber dafür steht es felsenfest.«

»Ich glaube, in Hollywood ist man mit einem einzigen festen Prinzip schon für das Priesteramt prädestiniert.«

Michael lachte. »Ich werde mich daran erinnern, falls ich je einen Berufswechsel anstreben sollte, der die Konversion zum Katholizismus und das Zölibat mit sich bringt!«

Kate nahm schließlich ihren ganzen Mut zusammen, um endlich auch etwas zu sagen. »Also, wenn ihr zwei fertig seid, würde ich euch gern vorstellen. Michael, das ist Paige. Paige, das ist Michael.«

»Ach du meine Güte«, sagte Paige, die ihren Fauxpas erkannte. »Ich habe Ihren Namen schon gesagt, nicht wahr?«

»Jawohl, das hast du«, knurrte Kate.

»Geht in Ordnung«, beschwichtigte Michael sie. »Ich denke, er war nur richtig geraten. Michael ist ein recht häufiger Name.«

Kate lächelte ihn dankbar dafür an, dass er versuchte, sie

aus ihrer Verlegenheit zu befreien. »Also, nett dich hier zu sehen.«

»Tja«, antwortete er herzklopfend und hielt ihrem Blick stand. »Wie sind die Aussichten?«

»Ziemlich gut, wenn man den ganzen Weg quer durch die Stadt hierher fährt«, antwortete Paige.

Kate warf ihrer Freundin einen entsetzten Blick zu. »Wie bitte?«

Nun verschmolz Kate nahezu mit ihrem Stuhl. Ihre Sommersprossen waren unter den knallroten Wangen kaum mehr zu erkennen.

»Also, Paige«, begann Michael. Er wandte sich Paige zu, damit Kate ihre Fassung wiedergewinnen konnte. »Sie arbeiten mit Kate zusammen?«

»Ja. Und Sie sind Schriftsteller?«

»O Gott«, stöhnte Kate und versank noch tiefer in ihren Stuhl.

»Oh, Entschuldigung«, sagte Paige und verzog das Gesicht über ihren zweiten Fauxpas. »Eigentlich sollte ich ja sagen: Was für einen Beruf haben Sie … der Typ, von dem ich noch nie etwas gehört habe?«

Michael musste wieder lachen. Selbst Kate gelang trotz ihrer Schmach ein schwaches Lächeln. »Also, man könnte sagen, ich bin Schriftsteller, aber eigentlich lungre ich hier mit meinem Computer herum und hoffe, dass Ihre Freundin vorbeischaut.«

Kate konnte zwar immer noch nicht den Blick heben, aber sie lächelte verschämt vor sich hin.

»Springt dabei eine Menge Geld heraus?«

»Beim Schreiben oder beim Warten?«

Jetzt musste Paige lachen. »Sowohl als auch.«

»Bis jetzt noch nicht«, gestand Michael und fragte sich, warum es ihm so viel leichter fiel, mit Paige als mit Kate zu sprechen. Warum tendierten seine sprachlichen Fähigkeiten bei ihrem Anblick gegen null? »Das Problem bei beiden Tätigkeiten ist, dass man dabei sehr von anderen Menschen abhängig ist.«

»Apropos Abhängigkeiten, ich muss zur Arbeit fahren, und Kate ist für ihre Heimfahrt von mir abhängig. Außer …« Sie sah Michael direkt in die Augen.

»*Paige*«, stöhnte Kate, die am liebsten im Boden versunken wäre.

»Also, ich kann dich doch nicht einfach hier sitzen lassen«, meinte Paige mit Unschuldsmiene.

»Nein, das geht natürlich nicht«, stimmte Michael zu. »Es wäre eine Ehre für mich, Kate heimfahren zu können … nach dem Frühstück.«

»Meinen Sie das Frühstück heute oder das Frühstück morgen?«

Nun war Michael an der Reihe, Kates Freundin zu ermahnen: »*Paige*!«

Paige hob die Hände zum Zeichen ihrer Kapitulation. »Ich wollte nur sicher sein.«

Schließlich sah Kate hoch. »Ach, wisst ihr was, ich habe jetzt ein bisschen Hunger.«

Wie Michael befürchtet hatte, ließen ihn seine Sprachkünste im Stich, sobald Paige gegangen war. Kate und er starrten auf ihre Kaffeebecher und gaben vor, der Faszination über die darauf aufgelisteten Kaffeevarianten zu erliegen.

»Also«, brachte Michael schließlich heraus. »Gefällt dir das Café Vita?«

»Ja«, antwortete Kate.

»Sollen wir dahin gehen?«

»Ja.«

»Meinst du, dann kannst du mehr sagen als immer nur ›ja‹?«

Kate grinste. »Ja, ich hoffe es wirklich sehr.«

Michael lachte und begann seine Sachen wieder zusammenzupacken, den Computer, das Handy und den BlackBerry, wobei ihn jedes einzelne Stück daran erinnerte, wie viel er heute noch zu erledigen hatte. Er müsste schon längst auf dem Weg ins Büro sein und sein Gespräch mit Bob Steinman über ein Drehbuch vorbereitet haben, das längst geschrieben sein müsste, aber irgendwie war es ihm egal. In diesem Moment musste er nur Kate dringend besser kennenlernen.

Sie gingen schweigend den halben Straßenzug zum Café, aber Michael war jedes Mal wie elektrisiert, wenn Kates Schulter zufällig gegen seine stieß. Sie nahmen an einem Ecktisch Platz und sahen einander schüchtern an.

»Also … Wohnst du noch bei deiner Mutter?«

»Nein!«, entgegnete Kate so energisch, dass Michael zusammenzuckte. »Entschuldigung«, sagte sie dann und lachte. »Offensichtlich bin ich wegen des Umzugs so aufgeregt.«

»Offensichtlich. Was ist passiert?«

»Ich wohne jetzt bei Paige.«

»Das klingt gut«, sagte er und verfluchte sich, ihr nicht seine Wohnung angeboten zu haben, als sich die Gelegenheit ergeben hatte.

»Das ist es wirklich«, bestätigte Kate. Dann … Schweigen.

Sie gaben sich beide ausgiebig dem Studium der Speisekarte hin, aber bald kam die Bedienung, nahm ihre Bestellungen auf und trug zu ihrem gemeinsamen Entsetzen die Speisekarten fort.

»Sie hat aus mir ein Versteigerungslos gemacht«, platzte Kate heraus.

»Was hat sie gemacht?«, fragte Michael verdutzt.

»Meine Mutter. Sie hat aus mir ein Versteigerungslos gemacht. Für ihre Eigentümergemeinschaft.« Michael blinzelte verständnislos. »Deshalb bin ich ausgezogen.«

»Entschuldige bitte, aber ich verstehe nicht, was du damit sagen willst«, sagte Michael mit einem freundlichen, aber irritierten Lächeln.

»Nein«, seufzte Kate. »*Ich* muss mich entschuldigen. Ich neige dazu, mit den Dingen einfach so herauszuplatzen, wenn ich nervös bin.«

»Was machst du?«

»Ich platze einfach so damit heraus. Normalerweise ist es völlig unangebracht, schließlich sind es ziemlich private Dinge.«

»Wie die Geschichte von deiner Mutter und ihrem Versuch, dich als Sklavin zu verkaufen?«

»*Aber nein*«, wehrte Kate ab und lachte. »Ist das alles, was du verstanden hast?«

»So ungefähr.«

»O Mann, jetzt verstehst du vielleicht, warum ich so ungern Interviews gebe.«

»Warum?«

»Wenn ich nervös bin, kann ich keine Garantie dafür abgeben, was aus meinem Mund purzelt, und wenn es erst einmal heraus ist, ist es heraus. Ich meine, stell dir vor, du wärest Journalist – aber du bist keiner, oder?«

Michael lachte. »Nein, das bin ich nicht.«

»Gut. Egal, also wenn du Journalist wärest und ich würde dir erzählen, dass meine Mutter für eine Versteigerung ein Abendessen mit mir angeboten hat …«

»Ach so, ein *Abendessen* mit dir.«

»Aber du würdest mich missverstehen und denken, ich hätte gesagt, sie wollte mich als Sklavin verkaufen … Du merkst, was dabei herauskommt.«

»Nun, wenn ich dieser Journalist wäre, wäre ich natürlich restlos begeistert.«

»Klar.« Kate musste wieder lachen. »Das wäre natürlich eine tolle Story.«

»Vielleicht«, schlug Michael ernsthaft vor, »möchtest du diese Geschichte ja wirklich durchsickern lassen. Sie hat alles: Mitgefühl, Gefahr, Intrige …«

»Und eine verrückte Mutter.«

»Genau. Jeder denkt ja, seine Mutter sei verrückt. Aber in meinem Fall trifft das tatsächlich zu.«

Kate hörte auf zu lachen. »Sagst du das jetzt im Ernst?« Michael erkannte, dass er soeben selbst mit einem geheimen persönlichen Detail herausgeplatzt war. »Ja, das ist mein voller Ernst. Sie verbrachte viele Jahre meiner Kindheit in einem Heim.«

»Herrje«, sagte Kate spontan. »Das muss hart sein.«

»Ja, das war es. Aber sie lebt nicht mehr. Sie ist vor drei Jahren gestorben.«

»Das tut mir leid.«

»Danke.«

Kate sah sich im Café um, sie betrachtete die anderen Gäste, sie schaute zum Eingang, sie hatte für alles Augen, nur nicht für Michael.

Er fragte: »Hat dich das jetzt erschüttert?«

»Was?«

»Was ich dir gerade über meine Mutter erzählt habe?«

»Aber nein«, antwortete Kate entschieden. »Es ist nur … Es

ist mir peinlich, dass ich mich über meine Mutter beklage, während du, also, während du offensichtlich echte Probleme mit deiner Mutter hattest.«

»Schau, ich hatte wirklich eine harte Zeit mit meiner Mutter, aber ich hatte Glück mit meinem Vater, also war alles wieder im Lot. Außerdem, es ist doch alles relativ, verstehst du? Nur weil die Situation mit meiner Mutter so hart war, heißt das nicht, dass es nicht belastend ist, wenn deine Mutter versucht, dich zu benutzen, um bei ihren Freunden groß herauszukommen.«

Kate zuckte zusammen. »Ach.«

»Genau. Meine Mutter hätte es nicht geschafft, vom Heim aus ein Abendessen zu organisieren, also bin ich eigentlich auf der Gewinnerseite.«

»Ich sag's dir, meine Mutter hätte einen Weg gefunden.«

Michael lachte. »Musste sie die Party absagen, weil du nicht da warst?«

»Ehrlich gesagt, ich bezweifele es.« Kate schob ihr Wasserglas zur Seite, um vor sich Platz für das Rührei mit Basilikum-Schafskäse zu machen, das die Bedienung gerade brachte. »Ich bin sicher, sie hat allen erzählt, dass ich wegen einer Darmverstimmung im Badezimmer bin, und hat dann jeden einzelnen Gast mit ihrem Charme bezirzt. Ich wette, dass drei Minuten später keinem mehr aufgefallen ist, dass der sogenannte Ehrengast fehlte, und der Abend war bestimmt ein voller Erfolg. Schließlich ist sie immer der eigentliche Star bei jeder Party gewesen.«

»Es klingt so, als wäre besser sie die Schauspielerin geworden.«

»Tja, das habe ich auch schon oft gedacht«, sagte Kate und schob sich eine ordentliche Portion Rührei in den Mund.

»Gefällt dir dein Beruf?«

»Manchmal. Und dir?«

Michael löffelte bedächtig Erdbeermarmelade auf seinen Toast und verteilte sie sorgfältig über die gesamte Scheibe, um Zeit zu gewinnen. *Jetzt ist die Gelegenheit, reinen Tisch zu machen*, dachte er. »Manchmal.« *Sag es ihr.*

»Warum nur manchmal?«

»Nun, also, in Wahrheit ...« *Sag es ihr.*

»Was?«, fragte Kate mit aufrichtigem Interesse. Michael konnte sich kaum erinnern, dass eine attraktive Frau so aufrichtig mit ihm umging, dass er einen Moment verblüfft war.

Jetzt. Sag es ihr jetzt. »Also, hm, es ist so .... Also, eigentlich bin ich kein Schriftsteller.«

»Verdammt«, schimpfte Kate. Sie ließ ihre Gabel auf den Tisch fallen und schüttelte ärgerlich den Kopf.

Mist. »Hör mal, es tut mir leid, aber ich ...«

»Nein, nein, ich bin nicht sauer auf dich. Mir geht nur dieses Verhalten in dieser Stadt auf die Nerven«, erklärte sie. »Natürlich bist du ein Schriftsteller. Du schreibst doch, also bist du ein Schriftsteller.«

»Aber ...«

»Kein Aber. Weißt du was? Bevor ich bei einer erfolgreichen Fernsehserie mitspielte, haben mich Leute nach meinem Beruf gefragt. Und wenn ich ihnen sagte, ich bin Schauspielerin, dann hieß es: ›Wahnsinn! Und in welchem Restaurant arbeitest du?‹ Als ob ich nicht für mich in Anspruch nehmen könnte, Schauspielerin zu sein, selbst wenn ich daneben etwas anderes tue oder man mich halt nicht kennt. Ich finde es so bewundernswert, dass du jeden Tag schreibst. Ich finde es sogar noch bewundernswerter, dass du schreibst, ohne dafür bezahlt zu werden.« Sie unterbrach ihr leidenschaftliches Plädoyer, um sich zu vergewissern: »Oder verdienst du mit deinem Schreiben Geld?«

Michael war erleichtert, wenigstens eine Frage ehrlich beantworten zu können. »Nein, ich verdiene mit meinem Schreiben kein Geld.«

»Ich finde das großartig«, behauptete Kate.

»Nun, ich weiß nicht, ob es großartig ist, dass mich niemand dafür bezahlen will.«

Kate lachte. »Nein, das weiß ich. Natürlich ist es besser, seinen Lebensunterhalt mit einer Beschäftigung zu verdienen, die man gern macht. Aber ich finde es so rein, so bewundernswert, dass du deine Kunst als Selbstzweck betreibst.«

Rein? Bewundernswert? Diese Worte bekommt ein Agent selten zu hören. »Nun, ich kann wirklich sagen, dass ich für mich selbst schreibe.«

»Ich finde das weitaus besser, als seine Seele für einen dämlichen Gehaltsscheck zu verkaufen, weißt du? Das nämlich tun die meisten in Los Angeles. Viel zu viele Leute geben ihre Träume für ein schickes Auto oder eine Wohnung in Malibu auf. Es ist einfach traurig.«

»Ja, es ist traurig«, bestätigte Michael und überlegte, wie schnell er wohl seine Wohnung verkaufen könnte.

»Aber jetzt schau dich an!« Kate strahlte ihn an. »Du lebst deinen *wahren* Traum.«

»Ja, das mache ich.« Michael bekam ein schwaches Lächeln zustande. Sein Wunsch, ihr die Wahrheit zu sagen, kam gegen ihre Bewunderung nicht an. Er war effektiv nicht bereit, auf sie schon wieder zu verzichten. »Seinen Traum leben.«

Nun, oder wenigstens die Illusion leben.

27

Als Paige nach der Arbeit um sechs Uhr abends ihre Wohnungstür aufschloss, spürte sie einen sanften Widerstand.

»Hilfe!«, schrie Kate und sprang innen zur Seite.

Paige schob vorsichtig die Tür weiter auf und spähte hinein. »Kate? Alles in Ordnung?«

»Ja, alles in Ordnung«, antwortete Kate und riss die Tür vollständig auf, während sie sich ihre rechte Pobacke rieb. »Abgesehen von dem blauen Fleck auf meinem Hintern.«

»Um Gottes willen!«, rief Paige und verfluchte sich, Kate in der Obhut eines Po kneifenden Unbekannten gelassen zu haben. »Was hat er mit dir gemacht?«

»*Er* hat nichts mit mir gemacht. *Du* hast mir gerade die Tür in den Hintern gerammt!«

»Was habe ich getan?«

»Du hast mir die Tür in den Rücken *geknallt*«, erklärte Kate. »Ich stand gerade hier herum und dachte nach, und du kommst mir nichts, dir nichts an und haust mich um.«

»Schon gut, beruhige dich. Warum stehst du an der Wohnungstür?«

»Das ist eine gute Frage«, bekannte Kate und machte sich auf den Weg zur Küche. Dann rief sie über die Schulter hinweg: »Ich habe mich gerade intensiv mit meinen Fantasien beschäftigt.«

»Mit *Fantasien*?« Paige wunderte sich und griff nach der Wasserflasche, die Kate für sie aus dem Kühlschrank genommen hatte.

»Ja, genau, mit meinen Fantasien. Ich bin erst vor ein paar Minuten angekommen, habe die Tür hinter mir zugemacht und mich dagegen gelehnt, um ein wenig in Erinnerungen an meinen grandiosen Tag im Café mit Michael zu schwelgen, und – *zack!* – knallt die Tür in meinen Rücken und verletzt mich brutal. Ich kann nur hoffen, dass es keinen bleibenden Schaden gibt.«

»Darum würde ich mir keine Sorgen machen«, sagte Paige. »Ich glaube, die meisten deiner bleibenden Schäden entstanden vor sehr langer Zeit.«

»Da liegst du aber falsch«, entgegnete Kate. Sie ließ sich auf einen Stuhl in der Frühstücksecke plumpsen und öffnete ihre Wasserflasche. »Ich bin eine der wenigen Glücklichen, die ihre Kindheit unbeschadet überstanden haben.«

»Okay, jetzt weiß ich, dass du nicht mehr zurechnungsfähig bist«, sagte Paige und lachte. »Was hast du genommen?«

»Ich bin glücklich«, jubelte Kate und vollführte auf dem Stuhl sitzend einen zuckenden Tanz.

»Das nennst du glücklich? Au weia, ich glaube, mit Depressionen hast du mir besser gefallen.«

»Ich bin ja keine Expertin«, sagte Kate, »aber ich bin mir ziemlich sicher, dass ›mit Depressionen besser gefallen‹ nicht gerade ganz oben auf der Liste mit Eigenschaften steht, die man sich für eine Freundin wünscht.«

»Es stünde aber ganz oben, wenn der Verfasser der Liste gerade deinen niedlichen Stuhltanz gesehen hätte.«

Kate tat so, als wäre sie entrüstet. »Also, weißt du, ich habe mal beim Tanzwettbewerb an der Middletown Highschool den ersten Preis gemacht.«

»Ja dann«, sagte Paige grinsend, »nehme ich alles zurück.« Kate nickte huldvoll, wie die Dancing Queen, die einem fehlgeleiteten Untertanen vergibt. Paige setzte noch einen drauf: »Ich gehe doch recht in der Annahme, dass Middletown Highschool eine Blindenschule war, oder?«

»Das ist so fies, so etwas zu sagen«, beschwerte sich Kate

und zog einen pubertären Schmollmund. »Und ich wäre wirklich beleidigt, wenn ich nicht genau wüsste, dass ich tatsächlich eine schreckliche Tänzerin bin.«

Paige lachte. »Nur so aus Neugierde: Womit hast du den ersten Preis gemacht?«

»Habe ich gar nicht. Das war eigentlich mein Traum, aber ich habe nur den Preis als hilfsbereitestes Mädchen gewonnen.«

»Das ist der merkwürdigste Wettbewerb, von dem ich je gehört habe.«

»Ja, aber ich hatte kaum Konkurrenz.«

»Hast du echt bei so einem Wettbewerb mitgemacht?«

Kate nuschelte unverständlich in sich hinein.

»Wie bitte?«

»Ich habe gesagt: ›Es gab ein paar Buttons.‹«

»Oops.«

»Vielleicht sogar noch ein oder zwei Poster.«

Paige ließ sich auf den Stuhl neben ihr plumpsen. »Das ist der traurigste Preis, von dem ich je gehört habe.«

»Ich habe ja nicht gesagt, dass ich auf diesen Moment in meinem Leben besonders stolz bin. Und Sie, Frau Oberin, welche Preise haben Sie auf der Highschool eingefahren?«

»Keine Ahnung. Ich habe die Versammlungen geschwänzt, bei denen sie solche Wettbewerbe vorstellten.«

»Du hast die Versammlungen geschwänzt?«, fragte Kate ehrlich schockiert und sah dabei wie die unschuldige 14-Jährige aus, die sie einmal gewesen war.

»Klar, ich habe alles geschwänzt. Ich weiß immer noch nicht, wie ich überhaupt den Abschluss geschafft habe. Eigentlich weiß ich nicht einmal, ob ich einen Abschluss habe. Die Abschlussfeier habe ich nämlich auch geschwänzt.«

»Jössas! Hat denn die Schule nicht bei deinen Eltern angerufen?«

»Vermutlich, aber meine Mama war nicht gerade eine Zuchtmeisterin. Mittlerweile ist sie trocken, aber als ich jünger war, hing sie nachts meistens über ihren Weinflaschen.«

»O je«, sagte Kate. Eine Welt, in der betrunkene Mütter nicht auf Anrufe aus der Schule reagieren, lag jenseits ihres Vorstellungsvermögens.

»Ja, aber das klingt dramatischer, als es in Wirklichkeit war. Gott segne sie, denn immerhin schaffte es meine Mutter, jeden Tag irgendeine kräftige Mahlzeit aufzutauen, und sie saß jeden Abend bei mir und meinem Bruder, wenn wir aßen. Zugegebenermaßen stets in Begleitung ihrer Weinflaschen, und sie paffte eine nach der anderen. Das war jedoch lange, bevor man die Wirkung von Passivrauchen kannte. Ich glaube, während meiner gesamten Kindheit habe ich wie ein Aschenbecher gestunken. Moment, da fällt mir etwas ein. Glaubst du, dass ich deshalb keine Cheerleaderin geworden bin?«

»Hast du es denn versucht?«

»Das ist eine sehr gute Frage. Ich glaube, ich habe nie daran gedacht. Außerdem passten die Proben nicht in meinen Zeitplan.«

»Was für einen Zeitplan?«, fragte Kate.

»Also, ich glaube, Cheerleading war um drei Uhr nachmittags, aber in der Zeit habe ich mich hinter der Zuschauertribüne zugedröhnt.«

»Du hattest also ein Terminproblem.«

»Genau!«, bestätigte Paige mit der lobenden Stimme einer strengen Lehrerin. »Warst du Cheerleaderin? Du siehst so aus, als könntest du eine gewesen sein.«

Kate musterte sie misstrauisch. »Ich weiß ehrlich gesagt nicht, wie ich die Frage verstehen soll. Soll das eine Beleidigung sein?«

»Nicht absichtlich, aber wer weiß? Mein Ego war während der Highschool insgeheim eifersüchtig auf die Cheerleader-Mädchen, was sich in einer stillen Wut äußerte, die ich mit Marihuana behandelte. Aber jetzt kiffe ich ja nicht mehr, und wenn du je Cheerleaderin warst, sollte ich mich vielleicht jetzt mit dir prügeln.«

»Ich glaube, jetzt bin ich zum ersten Mal glücklich zuzugeben, bei keiner Cheerleader-Mannschaft mitgemacht zu haben.«

»Hast du es versucht?«

»Meine Güte, ja. Vier Jahre lang. Meine Mutter war am Boden zerstört.«

»Deine *Mutter* war am Boden zerstört?«

»Ja, sie wusste nicht, was sie falsch gemacht hatte. Sie engagierte sogar einen privaten Cheerleader-Trainer für mich und setzte mich auf eine Diät mit Slim-Fast-Diätriegeln und rohen Karotten. Ich war dann zwar dünn genug, aber so schwach, dass ich kaum meine Arme hoch bekam, von Radschlagen ganz zu schweigen. Sie hat stundenlang geweint, als ich bei den Proben im letzten möglichen Jahr nicht genommen wurde.«

»Hast du auch geweint?«

»Ja, aber ich glaube, ich habe mehr wegen meiner Mutter geweint als meinetwegen. Es war eigentlich ihr Traum.«

»Mann, das ist ja ein wahnsinniger Druck.«

Kate schwieg einen Moment. »Ja, ich glaube, das war es.«

»Das *ist* es«, korrigierte Paige ruhig.

»Wie meinst du das?«, wollte Kate wissen.

»Ich frage mich, inwiefern du immer noch den Traum deiner Mutter lebst und nicht dein eigenes Leben.«

»Nun, es ist nur ein Teil des Traums meiner Mutter, denn der attraktive Ehemann hat mich ja gerade verlassen, also …«

»Wie wird sie mit dem Hungerkünstler klarkommen?«

»Sie wird in Tränen ausbrechen und so etwas Sensibles sagen wie: ›Weißt du, Katie, wenn du damals Cheerleaderin gewesen wärest, hätte dich Hamilton vermutlich nicht verlassen, und du wärest jetzt nicht mit einem Mann ohne Zukunft zusammen.‹«

Paige lachte. »Nett.«

»Na ja, vielleicht hat sie sogar recht. Wer weiß, wo du und ich jetzt sein könnten, wenn wir damals in unsere Cheerleader-Mannschaften aufgenommen worden wären?«

»Wahrscheinlich wären wir Präsidentin und Vizepräsidentin der Vereinigten Staaten.«

»Zweifelsohne.«

»Weißt du, ich habe oft gedacht, ich könnte im Weißen Haus Wunder bewirken«, sagte Paige nachdenklich. »Lass mir nur freie Hand und gib mir ein paar Kissen, und ich könnte aus dem Ort etwas Gemütliches machen.«

Kate nippte an ihrem Wasser und sah sich in der heimeligen kleinen Küche im Stil der 1950er-Jahre um. Genau das war Paige: gemütlich, unprätentiös und herzlich. Die bunten Holzstühle sahen alt aus und passten mit ihrem abblätternden Farbanstrich in Blau, Grün, Gelb und Rot eigentlich gar nicht zusammen. Auf der Fensterbank standen reihenweise alte Salz- und Pfefferstreuer, und die offenen Regale enthielten eine sehenswerte Ansammlung von Tellern und Schüsseln, bei der jedes Teil an sich schön und einzigartig war. Kate wusste, sie hätte niemals genügend Selbstbewusstsein aufgebracht, um solche kitschigen Dinge, die perfekt in diese Küche passten, zu kaufen, außer es wäre eine Retro-Kollektion von Pottery Barn und würde als komplettes Set verkauft.

»Ich mag deine Küche sehr«, sagte sie. »Und ich würde zu gern sehen, was du aus dem Weißen Haus machen würdest.«

»Danke. Aber ich glaube, der Präsident und sogar ich hätten etwas dagegen, Staatsbankette mit Porzellan auszurichten, das nicht zusammenpasst.«

»Okay – aber im Ernst, du könntest andere Häuser einrichten. Hast du daran schon einmal gedacht?«, schlug Kate vor. »Ich würde dich sofort engagieren.«

»Das ist lieb. Aber ehrlich gesagt, ich träume davon, eines Tages in einem kleinen, kultivierten Touristenort ein Antiquitätengeschäft zu eröffnen. Weißt du, ich spüre so eine Verbindung zu Sachen, die schon mal bessere Zeiten erlebt haben, die aber auf ihre Art wunderbar aussehen.« Paige stand auf, um den Teekessel aufzusetzen. »Jedes Stück hier hat seine eigene Geschichte. Wahrscheinlich passt nichts richtig zusammen, aber diese Sammlung erzählt die Geschichte von ehemaligen Beziehungen und diversen Flohmarktbesuchen. Und das macht es für mich einmalig.«

»Ich glaube, wenn ich mein eigenes Zuhause habe, richte ich es auch mit Sachen vom Flohmarkt ein«, überlegte Kate.

»Hey, wenn du wieder ein eigenes Zuhause hast, kannst du es doch mit Designermöbeln aus edlem Holz und exquisiten Stoffen ausstatten. Glaub mir, meine Küche wäre nicht so kitschig und viel eleganter, wenn ich das Einkommen einer Schauspielerin hätte und nicht das einer Maskenbildnerin.«

Kate war peinlich berührt. »Ich wollte damit nicht sagen, dass ich vorhabe, deine Ideen zu klauen.«

»Meine Liebe, wenn du willst, kannst du sogar die *Möbel* klauen. Ich wollte damit nur sagen, dass du dir alles leisten kannst, was du haben möchtest. Es kann wie meine Wohnung aussehen oder halt ganz anders. Das Einzige, worauf es ankommt, ist, dass es deine eigene Geschichte erzählt.«

»Ich weiß nicht einmal, wie die aussehen würde«, erwiderte Kate mit einem plötzlichen Anflug von Wehmut.

»Jetzt hör auf, dich zu quälen. Es ist gar nicht so einfach herauszufinden, was einem wirklich gefällt, und erst recht nicht, wenn man gerade wie du aus einer Beziehung auftaucht, in der du dein Ego aufgegeben hast, um so zu sein, wie er dich haben wollte«, beruhigte Paige sie. »Weißt du, nach meiner letzten Trennung habe ich ein gesamtes Wochenende damit zugebracht, etwa dreihundert Laura-Ashley-Kleider aus meinem Kleiderschrank zu räumen.«

»Du und Laura-Ashley-Kleider?« Kate konnte sich Paige ohne ihre unvermeidlichen True-Religion-Jeans und ihre flachen Stiefel gar nicht vorstellen.

»Aber ja doch. Als ich gerade trocken war, lernte ich einen äußerst attraktiven und wahnsinnig erfolgreichen Typen kennen und war hin und weg. Innerhalb von zwei Monaten hatte ich einen überdimensionierten Ring am Finger stecken und saß in einem fantastischen Haus in Orange County.«

»Wahnsinn.«

»Ja, heller Wahnsinn. Ich war damals so erschöpft und unreif, und ich war so dankbar, dass dieser Typ mich aus meinem Leben voller Plackerei und Elend rettete.«

»Plackerei und Elend?«

»Nun, ich musste ja für meinen Unterhalt sorgen, was sich für mich damals wie lebenslängliches Schuften anhörte. Wie auch immer, er stand auf einmal wie ein Ritter ohne Furcht und Tadel vor mir und versprach, sich um mich zu kümmern und mir einen Mercedes-Kombi zu kaufen. Als Gegenleistung verlangte er nur, dass ich mich in die perfekte Hausfrau verwandelte und den lieben langen Tag lang Eintöpfe kochte und außerdem Bridge lernte.«

»Und was ist dann passiert?«

»Also, zuerst habe ich einen Eintopf nach dem anderen gekocht und spielte pausenlos Karten. Dann jedoch fielen mir drei Dinge ein: Wir lebten nicht mehr im Jahr 1953, Denimstoff gibt es inzwischen mit Lycra, und drittens erkannte ich, dass es weitaus brutaler war, vierundzwanzig Stunden am Tag die perfekte Gattin zu spielen als acht Stunden am Tag einer normalen Arbeit nachzugehen.«

»Daraufhin bist du gegangen?«

»Genau. Ich bin aus der Fünfhundertfünfzig-Quadratmeter-Hütte mit Ozeanblick ausgezogen und in diesen Achtzig-Quadratmeter-Palast eingezogen, in dem du dich gerade zu deiner Zufriedenheit aufhältst.« Paige zeigte stolz mit einer Armbewegung durch die Küche. »Das war der beste Umzug meines Lebens. Auch wenn die Wohnung klein ist, jeder einzelne Quadratmeter gehört mir.«

»Und was ist aus dem Typen geworden? Hast du ihm das Herz gebrochen?«

»Um Himmels willen, nein. Er hat mich umgehend durch eine neue, gefügigere Version ersetzt. Er war sowieso nie richtig glücklich mit mir. Auch wenn ich in diesen artigen Kleidern steckte und fein säuberlich Kartoffelchipskrümel über Tunfisch und Nudeln drapierte, ich war nie völlig glaubwürdig.«

Kate konnte sich nur schwer eine Paige ausmalen, die in langen Blümchenkleidern Puddingformen zu Picknicks mit der Kirchengemeinde schleppte. »Das sprengt mein Vorstellungsvermögen«, sagte Kate.

»Ich kann dir ja die Fotos aus der Zeit zeigen, aber sie sind nicht besonders schön, in jeder Hinsicht.«

»Aber … Du bist eine so starke Frau.«

»Ja, und du bist eine so liebe Frau«, gab Paige das Kompliment lächelnd zurück. »Aber ich bin genauso empfänglich für all diese schwachsinnigen Fantasien, mit denen wir schon als zweijährige Mädchen geimpft werden. Wir wünschen uns doch alle, dass ein blendend aussehender Prinz erscheint und uns auf seinem Schimmel mitnimmt, oder? Es ist so schwer, sich gegen eine Kultur zu wehren, die vollständig darauf baut, dass der höchste Wert einer Frau darin besteht, von einem Mann umsorgt zu werden. Und es spielt überhaupt keine Rolle, wie glücklich und erfüllt eine Frau als Single lebt – für unsere Gesellschaft ist und bleibt sie nur ein trauriges unvollständiges Geschöpf.«

»Das ist deprimierend.«

»Ja, aber glaub mir, es ist noch viel, viel deprimierender, in der falschen Partnerschaft zu leben. Zurzeit bin ich mit meinem Single-Dasein, so wie es ist, absolut glücklich. Ehrlich gesagt, ich wüsste gar nicht, wie ich darin noch einen Mann unterbringen sollte.«

Kate war von der Idee, ein Leben ohne Mann zu führen, verblüfft, und sie fragte erstaunt: »Kannst du dir wirklich vorstellen, den Rest deines Lebens als Single zu verbringen?«

»Ich weiß natürlich nicht, was die Zukunft bringt. Aber ich weiß sehr wohl, dass ich nie wieder in einer solch angepassten Beziehung leben möchte. Ich bin wirklich entsetzt, wenn ich erkennen muss, wie leicht ich gefügig dem Bild entsprochen habe, das sich jemand anderes ausgedacht hat.«

Kate war platt. »Ich bin wirklich überrascht, das zu hören. Du wirkst doch immer so – also, ich weiß gar nicht, wie ich mich ausdrücken soll, so, als stündest du immer ganz auf deiner Seite.«

»Wirklich? Vielleicht stehe ich ja beim Film auf der falschen Seite der Kamera. Aber, im Ernst, vielleicht wirke ich jetzt stark und unabhängig, aber Gott stehe mir bei, wenn ich mich Hals über Kopf in einen Koch mit eigenem Reitpferd verliebe – vermutlich tauche ich dann mit Reithosen und einer riesigen weißen Kochmütze am Set auf.«

Kate musste lachen, aber beim Lachen spürte sie, wie ihre anfängliche Begeisterung für Michael Stück für Stück nachließ. Vielleicht war es eine schlechte Idee, wieder eine Beziehung einzugehen. Vielleicht kam sie nur vom Regen in die Traufe. Zum Beispiel konnte sie sich nicht einmal daran erinnern, ob sie wirklich Rührei mochte oder ob sie im Café Vida nur Michael zuliebe eines gegessen hatte. Paige bemerkte Kates Stimmungswechsel und fragte: »Hey, stimmt etwas nicht? Wie wäre es mit einem kleinen Sitztanz?«

Kate versuchte zu lächeln. »Ich habe vorhin getanzt, weil ich so aufgeregt wegen Michael war.«

»Aber das ist doch wundervoll.«

»Das dachte ich eigentlich auch«, gab Kate verunsichert zu. »Aber jetzt habe ich das Gefühl, als geriete ich nur von einem Chaos in das nächste. Ich meine, wenn *du* es nicht einmal schaffst, dein Ich in einer Beziehung zu bewahren – welche Chance habe ich dann erst?«

»Meine liebe Kate«, entschuldigte sich Paige und zog die Augenbrauen hoch. »Was habe ich nur angerichtet? Ich habe meinen ganzen Müll bei dir abgeladen.« Kate versuchte zu lächeln, während Paige weitersprach. »Schau, Michael scheint wirklich ein netter Typ zu sein, und es klingt, als wäre er genauso von dir angetan wie du von ihm. Du hast es verdient, dich zu amüsieren, und …«

»Aber ich will mein Ich nicht schon wieder in einer neuen Beziehung verlieren …«

»Und ich *verspreche* dir, bei meinem supergeheimen, weil ekligen Tunfisch-Eintopf-Rezept, dass ich mit Adleraugen auf das kleinste Anzeichen achten werde, ob du dich erneut anpasst, okay?«

Kate seufzte. »Ich würde ihn wirklich gern wiedersehen.«

»Schön. Ich finde, das solltest du auch.«

»Liegt hier noch irgendwo eines von deinen langen Blümchenkleidern herum?«

»Ja, aber leider kann ich damit nicht dienen, weil ich sie mittlerweile alle zu Geschirrtüchern verarbeitet habe«, erklärte Paige spitzbübisch, und der Teekessel begann zu pfeifen.

28

Michael saß an seinem Küchentisch und beobachtete, wie die Sonne über dem Meer aufging. Diese Aussicht hatte ihn wirklich noch nie enttäuscht. *Wenn es tatsächlich einen Gott geben sollte*, dachte er, *ist er bestimmt ein Künstler.*

Er fragte sich, ob Gott sich dann in seiner Freizeit – so zwischen den Wundern und dem ganzen Kram – auch schriftstellerisch betätigte, und wenn dem so wäre, ob er dann gnädigerweise Michael nicht ein paar Tipps zur Überwindung seiner Schreibblockade zukommen lassen könnte. Michael saß nun seit Stunden vor einem völlig leeren Bildschirm. Na ja, er war nicht völlig leer. Michael hatte eine bedeutungsschwere Entscheidung getroffen und in die erste Zeile von dem, was hoffentlich seine Titelseite würde, in Fettdruck »Das Vivien-Leigh-Projekt – Arbeitstitel« geschrieben. Konnte man das Titelseite nennen, wenn keine Handlung folgte? Für manche Leute war das Wichtigste an einem Film ein guter Titel. Solche Leute hätten natürlich schon längst ein paar Sätze mehr herausgequetscht.

Insgeheim wollte er etwas ganz anderes schreiben, nämlich *Michael und Kate: Eines Liebesgeschichte*. Er würde bestimmt mit dem ersten Kuss der beiden Protagonisten einsetzen, denn in Wirklichkeit war es mittlerweile *höchste Zeit für Sex*. Beinahe hätte er sie gestern geküsst, als er sie zu Paiges Wohnung zurückfuhr, aber dann hatte ihn doch die verdammte Angst besiegt. Jetzt hätte er sie am liebsten angerufen und versucht, ihre Beziehung voranzubringen, aber er fürchtete, jeder weitere Schritt würde einen weiteren Nagel zu ihrem Beziehungssarg bedeuten, wenn sie erst einmal herausfand, dass er nicht aufrichtig zu ihr gewesen war. Denn genau gerechnet würden seine Lügen vermutlich schwerer als die Wahrheit wiegen, und das wäre natürlich eine Katastrophe für eine Frau, deren Ehemann sie soeben enttäuscht und wegen ihres Co-Stars und ihrer Rivalin verlassen hatte.

Abgesehen von der Unmöglichkeit, dass Superman im Fenster auftauchte und die Erde auf ihrer Achse zurückdrehte, um die Zeit zurückzustellen, so dass er noch mal von vorn anfangen und ihr die Wahrheit sagen könnte, blieb seine letzte Hoffnung eine Situation wie in *Stolz und Vorurteil*, bei der er wie Mr. Darcy erfolgreiche und romantische Intrigen spinnen könnte, um ihren Job zu retten. Dann würde sie ihm nicht nur seine Lügen verzeihen, sondern sich ihm in die Arme werfen und ihn (bitte, bitte, bitte) küssen. Natürlich, sie lebten ja in einer modernen Zeit, insofern könnte sie ihn durchaus auch zu Boden werfen und verrückten, heißen Sex mit ihm haben. Denn das war neben einem Hochgeschwindigkeits-Internetanschluss einer der Vorteile, den das Leben im 21. Jahrhundert mit sich brachte.

Aber zunächst brauchte er *Konzentration.*

Bitte, werde ein Drehbuch. Bitte, werde ein Drehbuch.

Michael konzentrierte sich auf den leeren Bildschirm und versuchte, ihn zum Leben zu erwecken. Er hoffte verzweifelt, der Computer würde sich an die Arbeit machen. Beinahe erwartete er, dass Worte von Geisterhand auf dem Monitor erschienen und sich zu einem hervorragenden ersten Entwurf eines Drehbuchs zusammenfügten. *Hervorragender erster Entwurf*, dachte er und schüttelte den Kopf, um den hypnotischen Zauber des leeren Bildschirms zu durchbrechen. *Jetzt weiß ich, ich habe verloren.*

Er blickte auf die Uhr und überschlug schnell die restliche Zeit, was ihn weitere zwanzig wertvolle Sekunden kostete. Es war sieben Uhr abends. Also blieb ihm diese Nacht, ein Tag und noch eine Nacht – was so gut wie keine Zeit war, wenn er den Arbeitsaufwand berücksichtigte – bis zu seinem Meeting mit Bob Steinman. Er brauchte eine Eingebung, und zwar sofort. Er betrachtete sein Telefon und überlegte, ob es wohl eine Servicenummer für Eingebungen gab. Oder eine Servicenummer für Drehbücher? Natürlich wusste er, dass es so was nicht gab, aber er beschloss, sollte er diese kritische Lage überwunden haben, später selbst eine Servicenummer für Schreibblockaden einzurichten. In Anbetracht der Summe, die er jetzt bereitwillig zahlen würde, um seine eigene Schreibblockade zu überwinden, wäre er mit so einer Servicenummer für alle Zeiten ein gemachter Mann. Nun ja, Autoren verfügten ja bekanntlich über kein sonderlich hohes Einkommen, was sich vermutlich negativ auf das wirtschaftliche Ergebnis des Geschäftsplans auswirken würde. Aber … wenn er bei seiner Servicenummer Kreditkarten akzeptierte, könnte er …

Konzentration.

Konzentration, Konzentration, Konzentration, la-la-la-la. Warum konnte man eigentlich aus jedem Wort, wenn man es nur oft genug wiederholte, einen Song machen? Warum machte das Spaß? Das wäre vielleicht Stoff für einen Song. Vielleicht nicht für einen Rap, denn der Zeile fehlte der richtige Biss. *Das ist ja mein Problem*, dachte Michael. *Mir fehlt Biss. Ich brauche Biss.*

Ich brauche Konzentration.

Ich brauche einen Snack.

Nun klammerte sich Michael an die Theorie, dass nur sein dramatisch niedriger Blutzuckerspiegel an seiner absoluten Unfähigkeit schuld war, Worte zu Papier (beziehungsweise auf den Bildschirm) zu bringen. Er ging an den Kühlschrank, wo er entgegen jeglicher Logik hoffte, irgendetwas anderes als Oliven und Champagner zu finden. Vielleicht sollte er Kate anrufen und sie fragen, ob sie Lust auf ein schnelles gemeinsames Frühstück hätte. Oder, noch besser, wie wäre es mit einem Champagnerfrühstück zu zweit bei sich zu Hause? Und während das Wasser für die Frühstückseier auf dem Herd kochte, könnte er auf dem Küchentisch über sie herfallen …

Konzentration.

Er machte auf dem Absatz kehrt und zwang sich wieder auf seinen Stuhl vor dem Laptop. *Du musst schreiben*, ermahnte er sich.

Was soll ich denn schreiben?

Irgendetwas.

Irgendetwas?

Ja, irgendetwas.

Genau das tat er. Er schrieb seinen Einkaufszettel (Oliven, Kaffee). Er schrieb eine ellenlange Liste mit all den Dingen, die er bei Sapphire nicht vermissen würde, falls ihr beim Einsatz von Haarpflegeprodukten ein tragisches Missgeschick widerfahren sollte. Und er schrieb eine noch längere Liste über »Kate und ihre hinreißenden Eigenschaften«, aus der fast ein Gedicht wurde, das aber so fürchterlich kitschig war, dass man es niemandem zeigen durfte. Dann begann er darüber zu schreiben, wie entsetzlich es für ihn war, mit dem Schreiben zu beginnen. Und dann über seine Angst vor dem Versagen. Und dann über seine größte Sorge, dass er dadurch, dass er seinem inneren und privaten Traum überhaupt nachgab, diesen für immer verlieren würde. Es schrieb über die verschiedensten Möglichkeiten seines Scheiterns und über die Furcht, sein Herz könnte wegen seiner künstlerischen Ambitionen brechen. Und über den inneren Antrieb, damit weiterzumachen, selbst wenn er dadurch seinen bisherigen sicheren Status verlieren könnte.

Und dann merkte er, wie er auf einmal über Vivien Leigh schrieb.

Die Recherche, die ihn die ganze Nacht wach gehalten hatte, floss mit seiner Vorstellungskraft und mit seinen eigenen Erfahrungen zusammen, und plötzlich flogen seine Finger nur so über die Tastatur. Er stellte fest, dass er sein Thema nicht nur aus dem Blickwinkel eines Jungen sah, der in nächster Nähe zu einer Geisteskrankheit aufgewachsen war, sondern auch als Künstler mit gescheiterten Ambitionen, der sich anstrengte, mit seiner Kreativität den Erwartungen der Gesellschaft zu entsprechen. Er hatte damit zu kämpfen, seine Ideen überhaupt aufzuschreiben, bevor ihm die nächste Szene oder der nächste Handlungsstrang durch den Kopf schoss. Er fühlte sich, als wäre ein Damm gebrochen und als wären seine rasenden Finger die einzige Chance, ihn vor dem Tod durch Ertrinken in dem tosenden Strom seiner Fantasie zu bewahren.

Michael gönnte sich keine Pause; und er blickte auch nicht vom Bildschirm auf, bis das Telefon seine Konzentration unterbrach. Er griff nach dem Apparat und stellte überrascht fest, dass es draußen völlig dunkel war. Wie viel Uhr war es? Wie lange hatte er schon geschrieben?

»Hallo?«, krächzte er in den Apparat.

»Hallo, Michael. Ich bin's, Hamilton. Habe ich Sie geweckt?«

»Nein«, antwortete Michael wahrheitsgemäß, obwohl er sich fühlte, als hätte man ihn aus einem Tiefschlaf gerissen. »Ich habe nur gerade, hm, ein wenig ferngesehen. Wie spät ist es?«

»Es ist kurz vor Mitternacht. Sapphire und ich sind gerade von der Benefizgala zur Rettung der Diamanten zurück.«

»Rettung der Diamanten?« Michael wusste zwar, dass er völlig überdreht war, aber hatte er jetzt auch noch einen Hörschaden?

»Ja. Anscheinend gibt es da tatsächlich so ein paar fehlgeleitete Irre, die sich mit den Arbeitsbedingungen oder irgendeinem anderen Blödsinn in den Diamantenminen beschäftigen. Und wenn diejenigen von uns, die wir Diamanten schätzen, nicht schnell handeln, könnten diese widerwärtigen Edelsteinhasser mit ihren Demonstrationen sogar negativ auf das Angebot einwirken.«

»Wahnsinn, Sapphire ist bestimmt ganz außer sich, oder?«, bemerkte Michael und versuchte seinen Sarkasmus nicht zu sehr triefen zu lassen. »Ich kann mich noch gut daran erinnern, wie niedergeschmettert sie war, als damals die Seehundwelpenjagd beschränkt wurde und sie sich nicht den Pelzmantel kaufen konnte, den sie in ihr Herz geschlossen hatte.«

»Ja, sie ist äußerst erregt. Sie hat einfach in ihrem Leben zu viele Verluste hinnehmen müssen, wie Sie ja wissen.«

Nur was ihre Hirnmasse betrifft, dachte Michael. »Hamilton, was kann ich zu so später Stunde noch für Sie tun?«

»Also, wie gesagt, Sapphire ist wirklich wahnsinnig wütend. Diese Sache mit den Diamanten geht ihr richtig an die Nieren. Sie wusste schon immer, dass Schmuck der einzige zuverlässige Begleiter ist, der einen wärmt, wenn alle Stricke reißen.«

»Und Sie, Hamilton?«

»Ich? Na, ich kaufe ihr eine Menge Schmuck.«

»Nein, ich meine, wärmen Sie sie nicht, wenn … Ach, vergessen Sie's. Was haben Sie gerade gesagt?«

»Ich habe nur gesagt, dass Sapphire derzeit äußerst angegriffen ist, und als wir heute Abend bei dem Galadiner waren, haben mich ein paar Leute nach Kate gefragt. Es war so peinlich. Ich meine, lesen die denn nicht *People*?«

»Haben Sie beide eine Story für *People* gemacht?«, fragte Michael, dem in Gedanken an Kate fast das Herz brach.

»Ja, natürlich, und dabei waren wir zum Brunch im Ivy, danach haben wir bei Kitson Kleider eingekauft, und dann sind wir noch zum Abendessen ins Mr. Chow. Wir haben uns sogar beim Spielplatz am Malibu Country Mart auf die Schaukeln gesetzt. Wenn jemand nicht begreift, dass wir beide ein Paar sind, hat er keine Augen im Kopf.«

»Vielleicht sollten Sie Ihre Geschichte bei der *New York Times* unterbringen.«

»Nun, wir haben eine Presseerklärung herausgegeben. Aber es ist ja nicht unser Fehler, wenn die *Times* keinen Riecher für eine gute Story hat.«

»Nun, vielleicht sind die bei der *Times* einfach zu sehr mit dem lästigen Krieg beschäftigt.«

»Sicher, und ich will Ihnen gegenüber ehrlich sein, Michael. Die Leser haben die Artikel über den Krieg satt. Deshalb haben die Zeitungsverlage doch Absatzprobleme. Wenn diese snobistischen Herausgeber der *New York Times* den Absatz tatsächlich steigern wollen, brauchen sie nur eine einzige Seite aus dem *Star*-Magazin. Mit solchen Farbfotos gehen Zeitungen weg wie nichts.«

Michael beschloss, nicht zu offenbaren, dass der *Star* keine Tageszeitung war, lieber ließ er Hamiltons Idiotie für sich sprechen. »Ich weiß nicht, wie ich Ihnen mit der Presse behilflich sein kann, Hamilton. Es klingt so, als hätten Sie bereits alles in Ihrer Macht Stehende unternommen, um Ihre neue private Verbindung publik zu machen.«

»Ja, das denke ich auch, Michael, aber deshalb sind wir ja so frustriert.«

»Frustriert?«

»Ja. Trotz all unserer Anstrengungen scheinen die Leute Kate nicht so ohne weiteres zu vergessen.«

»Hamilton, hören Sie, Ihre Trennung ist doch erst eine Woche her.«

»Ist das nicht erstaunlich?«, meinte Hamilton, selbst ganz verblüfft über die Erkenntnis. »Wissen Sie, im Vergleich mit der seelischen Verbindung, die ich mit Sapphire eingegangen bin, kommt mir meine Beziehung mit Kate mittlerweile nur noch wie ein kleiner Punkt auf dem Radarschirm vor.«

»Hamilton, sagen Sie bitte nicht, dass Sie das so auch *People* verraten haben.«

»Aber selbstverständlich, genauso. Ich glaube, das ist sogar die Überschrift für den Artikel.«

»›Ein kleiner Punkt auf dem Radar‹?«

»Nein, natürlich nicht … Die Überschrift war ›Zwei Seelen gehen eine Verbindung ein‹. Ich glaube, Kate wird in dem Artikel nicht einmal erwähnt.«

»Wie? Kates Name taucht gar nicht auf, Hamilton? Sie ist Ihre zukünftige Exfrau und ein Fernsehstar.«

»Genau deshalb rufe ich Sie ja an, Michael.«

Endlich. »Ja, bitte, Hamilton, ich höre.«

»Also, ich muss Ihnen ja wohl nicht erklären, wie kurzlebig die Aufmerksamkeit der Zuschauer ist. Nun, ich denke, wenn Kate nicht jede Woche im Fernsehen zu sehen wäre, würden die Leute nicht mehr an sie denken. Und wenn sie nicht mehr an sie denken, stellen sie Sapphire keine Fragen mehr über Kate. Was, wie ich bereits betont habe, ihr sehr helfen würde.«

»Ich dachte, ihr Problem sei der bevorstehende Mangel an Diamanten und Pelzen.«

»Das natürlich auch. Michael, sie fühlt sich, als bräche ihre ganze Welt zusammen.«

»Und wie soll sich Ihrer Meinung nach Kate fühlen, wenn sie nun auch noch ihren Job verliert, nachdem ihr Ehemann sie gerade wegen einer anderen Frau verlassen hat?«

»Michael, kennen Sie eigentlich das Buch *Die Sucht, gebraucht zu werden* von Melody Beattie?«

»Wie bitte?«, fragte Michael verwirrt, der sich die plötzliche Wendung des Gesprächs nicht erklären konnte.

»Ich stelle nur fest, dass Sie sich immer wieder mit Kates Gefühlen befassen. Aber Kate ist für ihre Gefühle selbst verantwortlich, Michael, nicht ich. Und Ihre Hilfe braucht Kate erst recht nicht.«

Meine Güte. »Herzlichen Dank für Ihre kleine psychologische Hilfestellung, Hamilton.«

»Gern geschehen.«

»Aber ich frage mich, ob es tatsächlich in Sapphires Interesse sein kann, dass Kate gefeuert wird. Es könnte für Sapphires Image absolut schädlich sein, wenn herauskommt, dass sie Kates Hinrichtung befohlen hat.«

»Ich glaube kaum, dass wir Kate umbringen müssen, Michael.«

»Das war doch nur eine Metapher, Hamilton.«

»Gut, denn nichts kann die öffentliche Meinung so schnell zur Umkehr bringen wie ein Tod zum falschen Zeitpunkt. Dann würde aus Kate womöglich sogar noch eine Art Heilige.«

»Zu schade, dass sie dann nicht mehr unter den Lebenden weilen würde, um das zu genießen.«

»Stimmt, dabei konnte ich ihr ohnehin nie ganz verständlich machen, wie wichtig ein gutes Image in der Öffentlichkeit ist.«

»Ja, nichts ist tödlicher für eine Ehe als eine vom Publikum wahrgenommene Unvereinbarkeit.«

»Amen.«

Michael ließ die Stille zwischen sich und Hamilton stehen und verwandte die wenigen schweigsamen Sekunden auf eine Strategie, Kates Arbeitsplatz zu sichern. Aber je länger er mit Hamilton sprach, umso überzeugter war er, dass ihr Ende bei *Generations* und ein größtmöglicher Abstand zu diesem Mistkerl wahrscheinlich das Beste für sie wäre. Im Grunde wollte er nur noch allein sein und weiter an seinem Entwurf feilen und seine Beziehung mit Kate vertiefen. Eventuell sollte er lediglich die Hände in den Schoß legen und zulassen, dass Hamilton und Sapphire Kate feuerten. Und wo sie schon einmal dabei waren, könnten sie ihm auch noch kündigen. Es gäbe Schlimmeres für sie beide, als endlich dieses peinliche Paar loszuwerden. Allerdings wäre die Botschaft wohl schwer zu vermitteln, im Sinne von: »Großartige Neuigkeiten, Kate! Ich habe erreicht, dass sie dich feuern, damit du mehr Zeit für deine Treffen mit mir hast! Ich weiß, dass du gerade frisch geschieden bist und das Geld vermutlich gut gebrauchen kannst, das du in der guten alten Zeit deiner Fernseharbeit verdient hast, aber ich kann uns beide ja mit dem Geld ernähren, das ich als Autor nicht verdiene!«

Vielleicht besser nicht.

»Hören Sie, Hamilton, Sie haben viele gute Ansätze genannt.« *Ich könnte keinen einzigen aufzählen, selbst wenn ich dazu gezwungen würde …* »Aber ich habe das Gefühl, wir müssen noch weitere Ideen sammeln, bevor wir das Thema vertiefen. Im Moment sollten wir uns voll und ganz auf Sapphires Filmkarriere konzentrieren. Schließlich spielt sie in einer ganz anderen Liga als Kate.« *Nennen wir diese doch mal die Liga der Außerirdischen.* »Ich finde, bei unserem nächsten Meeting mit den Verantwortlichen von *Generations* sollten wir Sapphires Drehtermine im Hinblick auf die Dreharbeiten für das Vivien-Leigh-Projekt besprechen.«

Hamilton biss sofort an. »Gibt es etwas Neues?«

»Nun, sagen wir es mal so, das Drehbuch ist in Arbeit.«

»Michael, das sind ja großartige Neuigkeiten. Vielleicht hilft das ja, um Sapphire von ihrem Ärger abzulenken.«

»So Gott will«, brummte Michael und dachte, dass er unmöglich weiter über das schwierige Leben seiner wohlhabenden, verwöhnten Klientin voller Privilegien und Reichtümer sprechen könnte.

»Wann haben Sie Ihr Meeting mit Bob Steinman?«, wollte Hamilton wissen.

»Übermorgen«, antwortete Michael so beiläufig wie möglich, während er ausrechnete, wie viele Stunden ihm noch blieben.

»Großartig. Wir können es kaum erwarten, mehr darüber zu erfahren. Wann können wir das Drehbuch einsehen?«

Nie, wenn dieses verdammte Telefonat mit dir nicht endlich aufhört. »Bald, Hamilton. Wie ich sagte, es ist in Arbeit.«

»Großartig. Super. Ich werde jetzt unsere empfindliche kleine Blume trösten. Es wäre doch für Sie kein zu großes Opfer, sie auch einmal anzurufen, Michael. Sapphire braucht ihre Freunde jetzt besonders.«

Dann sollte sie selbst mal echte Freundschaften schließen. »Klar-o, Hamilton. Ich werde mich darum kümmern.«

Und zwar sobald die Sonne beginnt, sich um die Erde zu drehen …

29 Sapphire war untröstlich.

»Warum kümmert sich niemand um *mich*? Wann habe ich endlich wieder Gelegenheit zu brillieren?« Sie warf sich in ihrem Trailer auf den Boden. Glücklicherweise fiel sie weich, schließlich stapelten sich auf dem Boden unzählige Designer-Klamotten, die sie soeben aussortiert hatte.

»Sapphire, meine Liebe, wir alle hier sind für dich da. Wir bieten dir alle unsere Hilfe an, damit du brillieren kannst.« Hamilton machte sich zum Sprachrohr für die gesamte Gruppe, die sich an der Trailertür eingefunden hatte. Jerry bestätigte eilfertig seine Zustimmung durch Kopfnicken. Claire bemühte sich, nach außen eine besorgte Miene aufzusetzen, während sie insgeheim mit den Augen rollte.

»Das stimmt, Sapphire. Und nichts liegt mir so am Herzen, als dafür meinen Beitrag zu leisten«, sagte sie trocken.

»Genau«, zwitscherte Jerry aufgeregt. Claire beobachtete ihn, entdeckte aber keinen Hinweis auf Sarkasmus oder Ironie. Es gab keinen. Erstaunlich. »Du brauchst mir nur sagen, was ich noch für dich tun kann, um dein Leben zu erleichtern, und ich bin schon unterwegs und kümmere mich darum«, versprach er und nahm den Türknauf in die Hand, um die Ernsthaftigkeit seiner Absicht zu unterstreichen.

Claire konnte nicht anders, jetzt musste sie sichtbar mit den Augen rollen. »Danke, Jerry, aber bevor du in die Welt hinausstürmst, um zu Ehren unseres brillanten Stars einen Drachen zu erlegen, sollten wir uns darauf konzentrieren, ein Kostüm für ihre Szene zu beschaffen. Alle anderen sind drehfertig und warten in den Kulissen.« Allein die Tatsache, dass diese Feststellung eigentlich Sache des Produktionsleiters und nicht der Kostümbildnerin war, war nur ein weiterer Beweis für Jerrys Gemütszustand.

»Dann sollen die anderen eben warten. Sapphire *ist Generations.*« Jerry richtete sein Loblied direkt an Sapphire, bedachte dabei aber Claire mit einem strengen Blick.

»Hasilein, es ist jetzt wirklich so langsam an der Zeit, dass du in dein Kostüm kommst«, schlug Hamilton liebevoll vor. »Claire war so nett und hat nicht nur alles in deiner Größe aus dem Garderobenmobil mitgebracht, sondern auch noch ihre Assistentin losgeschickt, alles in deiner Größe von Saks und Neiman Marcus zu kaufen. Irgendetwas davon lässt sich doch wohl gebrauchen.«

»Nein, das tut es nicht!«, heulte Sapphire. »Ich will das blaue Jerseykleid von Calvin Klein haben, das ich in der *Vogue* gesehen habe.« Sie richtete sich gerade so weit auf, um wieder den notwendigen Schwung zu haben, und ließ sich mit einem dramatischen »Immer ist allen egal, was ich will!« erneut in den Kleiderstapel fallen.

»Nein, mir nicht!«, beschwor Jerry sie und eilte Sapphire zu Hilfe, als wäre sie unglücklich gefallen und hätte sich nicht wutentbrannt selbst zu Boden geworfen.

Claire dachte nur noch an ihre finanzielle Belastung durch die Hypothek und die Ratenzahlung für ihr Auto und erkannte verbittert, dass sie diesen Job tatsächlich brauchte. »Mir ist nicht egal, was du willst, Sapphire, aber dieses Kleid ist nicht zu haben.«

Nun kniete Hamilton vor seiner schluchzenden Freundin und ersetzte damit Jerry, der sich vor Sapphire ehrerbietig verneigt hatte, ehe er wieder seinen Platz an der Tür einnahm. »Süße, hast du gehört, was Claire gesagt hat? Das Kleid ist nicht zu haben. Wir müssen heute etwas anderes für dich finden.«

»Aber das ist das Kleid, das ich haben will«, klagte Sapphire mit ihrer Kleinmädchenstimme und sah Hamilton mit großen tränenfeuchten Augen an.

Hamilton drehte sich zu Claire und Jerry um und bat mit seinem Blick (Ist sie nicht wundervoll?) nachsichtig um Vergebung. Jerry lächelte zurück, aber Claire ballte ihre Fäuste so fest, dass wohl demnächst Blut aus ihren Handflächen fließen würde. »Meine Schöne, leider bekommen wir nicht immer, was wir wollen.«

»Ja, aber ich schon«, schmollte Sapphire. »Schließlich bin *ich* der Star.«

»Ja, Sapphire, ich glaube, das ist klar.« *Schmerzlich klar*, dachte Claire. Sie sprach weiter. »Ich verstehe, dass du ein Ausnahmefall bist, aber das Kleid, das du haben willst, ist schlicht und ergreifend nicht zu haben, weder für dich noch für sonst jemanden.«

»Ich wette, für Gwyneth Paltrow wäre es zu haben.«

»Ja, aber du bist nicht Gwyneth Paltrow.« Diese Worte waren Claire einfach so herausgerutscht, sie konnte sie nicht mehr zurücknehmen. Die anderen reagierten mit Stöhnen auf diese Majestätsbeleidigung.

Wenig überraschend kam Jerry seinem Star zu Hilfe. »Natürlich bist du nicht Gwyneth Paltrow … Schließlich bist du so viel *besser* als Gwyneth Paltrow. Sie *wünschte* ja, dir das Wasser reichen zu können …«

»Danke, Jerry«, unterbrach Hamilton ihn. »Ich denke, wir wissen alle, wer unsere Loyalität und Bewunderung verdient.« Er schaute Claire streng an. »Und diejenigen unter uns, die sich darüber nicht im Klaren sind, sollten besser für Frau Paltrow arbeiten.«

Claire gab sich ein paar Sekunden der süßen Fantasie hin, diesen eleganten, mit Yogaübungen ins Gleichgewicht gebrachten Körper mit Kostümen auszustatten, bevor sie ohne jeglichen Anflug von Sarkasmus sagte: »Was soll daran unklar sein, wenn man bei einer Erfolgsserie mit dem gewaltigsten Star in diesem Business arbeitet?« Sie musste sich buchstäblich auf die Zunge beißen, um nicht die vielfältigen Bedeutungen des Begriffs »gewaltig« zu definieren.

»Genau«, sagte Jerry.

Sapphire schien sich von dem Vergleich mit der umwerfend schönen Gwyneth trösten zu lassen, schließlich bildeten unrealistische Assoziationen einen Grundpfeiler ihres aufgeblasenen Selbstbildes. Sie begann allmählich wieder Haltung anzunehmen und wischte sich mit dem nächstgelegenen Stück Stoff die Nase, zu Claires Entsetzen einer Vierhundert-Dollar-Seidenbluse, die sie eigentlich Fred Segal zurückgeben wollte. Vielleicht könnte sie sie noch im Internet verhökern. Wenn der angebissene Hot Dog von Britney Spears dort zweihundert Dollar einbrachte, welches Vermögen ließe sich dann erst mit einer verrotzten Designerbluse erzielen?

Hamilton spürte das Ende dieser fast ausweglosen Situation nahen und nahm wieder seine Rolle als Manager ein. »Sapphire, in Ermangelung dieses blauen Kleides, gibt es irgendetwas, womit wir dir behilflich sein können, damit du drehfertig wirst?«

»Also …«, schniefte Sapphire und setzte eine unschuldige Miene mit großen Kulleraugen auf. »Da ist noch *eine* Sache.«

»Das ist aber merkwürdig«, sagte Kate und klappte ihr Handy zu.

»Was denn?« Paige stellte gerade die letzten Teller in den Geschirrspüler. Kate hatte an diesem Tag drehfrei, und Paige musste erst spät zum Set. Also hatten die beiden die freie

Zeit genutzt und ein gemütliches, äußerst üppiges Frühstück genossen. Paige sah zu ihrem großen Vergnügen, wie ihre Freundin einer riesigen Schüssel Haferbrei mit Nüssen und Beeren zusprach. In Kürze würden sie die gleiche Kleidergröße haben. Zu schade, dass Kates Designer-Kostüm in Minigröße nur für die Dreharbeiten gedacht war. Vielleicht könnten sie ein paar Sachen aneinandernähen und daraus ein Kleidungsstück in normaler Größe machen.

Kate stand auf und schenkte sich noch eine Tasse Kaffee ein. »Das war Sam. Sie wollen, dass ich zum Set komme.«

»Verdammt«, fluchte Paige und überprüfte ihren zerzausten Haarknoten. »Ich bin frühestens in einer Stunde in einem auch nur annähernd präsentablen Zustand. Warum brauchen sie uns?«

»Das ist ja das Merkwürdige. Sie brauchen nicht *uns beide*, sondern nur mich.«

»Das macht doch überhaupt keinen Sinn.« Paige wurde bleich. »Es sei denn, sie wollen mich loswerden. Meinst du, die sind sauer, weil du bei mir wohnst? Vielleicht halten sie das nicht für angemessen.«

»Hm«, antwortete Kate besorgt. »Sam sagte, ihm sei zu Ohren gekommen, du würdest versuchen, mich zu mästen.«

»Wirklich?«

»Nein.« Kate schnappte sich ein Geschirrtuch und warf es nach Paige. »Und die korrekte Antwort auf diese Behauptung ist nicht: ›Wirklich?‹. Die korrekte Antwort wäre: ›Das ist doch verrückt! Ich könnte dich niemals mästen. Schließlich bist du schön und geschmeidig wie ein Panther.‹«

»Okay, schöne Pantherin. Wenn ich dir sage, dass du nach wie vor dürr bist, sagst du mir dann, ob ich meinen Job noch habe oder nicht?«

Kate saß am Küchentisch und wurde plötzlich ernst. »Ehrlich gesagt, er hat dich nicht einmal erwähnt, dabei habe ich nachgefragt. Er sagte, ich bräuchte keine Maske, weil ich nur zu so einer Art Meeting kommen sollte.«

»Keine einzige Szene?«

»Zumindest keine Filmszene, aber Gott allein weiß, was Sapphire auf Lager hat.«

»Vermutlich eine Lammkeule«, witzelte Paige, um die Stimmung wieder aufzuheitern.

»Dann kann ich nur noch hoffen, dass sie mich damit nicht schlägt«, antwortete Kate.

»Und wenn doch, dann soll sie wenigstens die Gnade haben, sie hinterher mit dir zu teilen. Weißt du noch, wie gierig sie war, als sie den ganzen Tag diese Lamm-Kebabs aß? Eigentlich dachte man bei diesen riesigen Tabletts, es blieben noch ein oder zwei Kebabs übrig.«

»Oh, erinnere mich bloß nicht daran«, sagte Kate und rümpfte die Nase. »Ich habe den Lammgeruch manchmal noch in der Nase, wenn ich nachts die Augen schließe. Ich fürchte, dieser Geruch ist in meine Nasengänge gebrannt. Warum kann sie nicht mal eine Diät machen, die gut riecht?«

»Das ist mir auch ein Rätsel. Kannst du dich noch an ihre Phase mit Kombucha-Tee erinnern, als überall auf dem Set Tupperwaredosen mit großen, schleimigen Pilzen herumstanden, die sich wie Killerpflanzen vermehrten? Man kam sich da doch wie in einer riesigen Petrischale vor.«

Kate versuchte vergeblich ihr Lachen zu ersticken, damit ihr der Kaffee nicht durch die Nase sprühte. »Großartig«, sagte sie und wischte sich das Gesicht mit einer Serviette ab. »Und jetzt rieche ich den ganzen Tag nach Kaffee.«

»Immerhin besser als nach Hammel.«

»Schon«, sagte Kate, »aber nicht so gut wie Schokolade.«

»Wieso, ist dir schon mal Schokolade aus der Nase gelaufen?«

»Besser, ich erzähle es dir nicht«, sagte Kate und schüttelte den Kopf. »Ich war noch sehr jung, und ›er‹ kam aus Belgien. Aber die Einzelheiten sind wirklich zu schmerzlich.«

»Von wegen schmerzlich«, begann Paige, um sie wieder in die Wirklichkeit zurückzubringen. »Was, meinst du, ist bei *Generations* wirklich im Busch?«

Kate spürte, wie ihr Magen rebellierte. »Ich weiß es nicht. Vielleicht steht schon wieder eine Drehplanänderung an. Vielleicht hat Sapphire entschieden, im Jahr der Kuh nur noch jeden zweiten Donnerstag zu arbeiten.«

»Das würde mich nicht wundern. Kate, soll ich dich zur moralischen Unterstützung begleiten?«

Kate war so gerührt von diesem großherzigen Angebot, dass sie nervös wurde. »Ach, ich weiß nicht recht. Ich meine, für dich wäre es doch bestimmt nur langweilig?«

»Ja, es wäre stinklangweilig und schmerzlich, und ich würde dich für immer und ewig hassen«, sagte Paige und seufzte dramatisch. »Deshalb habe ich es ja auch angeboten. Schließlich habe ich das ewige Märtyrertum vor Augen.«

Kate lächelte, und ihre Augen füllten sich mit Tränen der Rührung. »Tja, ich möchte dir bei deiner Karriere als Märtyrerin natürlich nicht im Weg stehen.«

»Danke«, sagte Paige und eilte ins Badezimmer, um sich fertig zu machen. Auf dem Weg dorthin sprach sie weiter. »Einen Augenblick mal, warum bedanke *ich* mich eigentlich bei *dir*? *Du* solltest dich bei *mir* bedanken. Komm, wir halten auf der Fahrt zum Set kurz bei Barneys an, und du kaufst mir ein Dankesgeschenk. Bitte, bitte, ich hätte gern ein Paar Stilettos von Manolo Blahnik.«

»Nichts dagegen«, rief Kate lachend. »Aber deine Großzügigkeit kommt mich langsam teuer zu stehen!«

»Zu spät!«, schrie Paige, bevor sie die Badezimmertür schloss. »Du entkommst mir nicht!«

»Zum Teufel noch mal!«, kreischte Kate zurück.

Dabei dachte sie allerdings: *Wie habe ich dieses Glück nur verdient?*

30

Michael schob sich von seinem Computer zurück und stand zum ersten Mal seit sechs Stunden von dem Stuhl auf. Seine Schultern waren verspannt, sein Hals war steif, und seine Lendenwirbelsäule schmerzte … und er fühlte sich um eine Million – nein, um eine Milliarde – Dollar reicher. Er fühlte sich wie ein echter Drehbuchautor.

Mit Ausnahme eines kurzen Schläfchens zwischen Mitternacht und drei Uhr morgens hatte er die ganze Nacht durchgearbeitet, und nun hatte er sein allererstes Exposé für sein allererstes Drehbuch vor sich liegen. Er wollte jemanden anrufen, um seine Freude zu teilen, aber der einzige Mensch, der ihn als Autor kannte, war Kate.

Verdammt, er wollte Kate sowieso anrufen.

Er wollte Kate *sehen*, sie ganz fest umarmen und sie siegessicher in einem Freudentanz herumwirbeln, der, selbstverständlich, in einem zärtlichen, aber stimulierenden Kuss gipfeln würde. Oder nur in einem stimulierenden Kuss. An diesem Punkt angelangt, würde er eine gigantische Menge Selbstbeherrschung für den zärtlichen Teil aufbringen müssen, aber er hatte genügend Frauenfilme gesehen, um zu wissen, dass dies ein wichtiger Schritt auf dem Weg zum Sex war. Natürlich könnte er es auch wie in *Ein Offizier und Gentleman* halten und sie nehmen und ihr das Gesicht mit einem dramatischen Kuss eindrücken. Das sah jedoch jedes Mal ein wenig schmerzhaft aus. Von wegen schmerzhaft, diese Fummelfantasien mit Kate hatten ihm eine äußerst schmerzhafte Erektion eingebracht. Also hatte der alte Song doch Recht: *Love hurts*.

Er lachte über sein eigenes Wortspiel und fragte sich, ob Kate eher geschmeichelt oder beleidigt reagieren würde, wenn er seinen spätpubertären Humor eines Erstsemesters mit ihr teilen wollte. *Er* wusste, es gab kein besseres Kompliment als seine Erektion, aber Frauen konnten in solchen Situationen empfindlich reagieren. Vermutlich wäre es kein guter Anfang für ihr erstes Telefonat. Aber leider wäre sein anderer Einstieg auch nicht viel besser: »Also, ich habe dich kräftig angelogen. Sollen wir einen Happen essen gehen?«

Vielleicht wäre es das Beste, mit dem Anruf zu warten, bis er offenkundig gute Neuigkeiten hatte, wie zum Beispiel dass Kate Sapphire los wäre. Wenn sein Meeting heute Morgen gut verlief, könnte er diesen Anruf sogar schon am Nachmittag tätigen. Er schaute auf die Uhr, um zu sehen, wie viel Zeit er noch bis zum Meeting hatte – *Mist!* Ihm blieben ganze fünfundvierzig Minuten für die Dusche, Anziehen und die Fahrt zu Bob Steinmans Büro in Beverly Hills. Allein für die Fahrt bräuchte er vierzig Minuten. Nun denn, seine gepflegte Erscheinung und seine Garderobe würden heute ein wenig das Nachsehen haben. Hoffentlich war für Bob nicht

»schickstes Outfit« die Grundvoraussetzung für seine geschäftlichen Deals. Michael klickte auf »Drucken« und raste ins Bad, um sich zu duschen, während sein Exposé gedruckt wurde.

Sein Exposé.

Er gestattete sich einen klitzekleinen Moment, den Klang dieser wunderbaren Worte zu genießen, dann machte er sich hektisch daran, so pünktlich beim Meeting zu sein, wie es der Verkehr auf dem Pacific Coast Highway zuließ.

Während er sich duschte, hörte er unaufhörlich seine Telefone klingeln, das Handy ebenso wie den Festnetzanschluss. Er warf einen kurzen Blick auf die Ruferkennung, während er ins Schlafzimmer hastete, wo er seine Arme und Beine in die Kleidungsstücke schob, die am nächsten lagen, wobei sein einziges Zugeständnis an die Mode war, seine Beine in die Hose und seine Arme in ein Hemd zu stecken. Hamilton Morgans Nummer erschien auf den Displays der beiden Telefone. Vermutlich wollte er nur seinen Senf zu dem bevorstehenden Treffen abgeben. Nun, heute würde er warten müssen. Es war schließlich Michaels Meeting, und Hamilton und Sapphire hatten sich zu gedulden – bis er Kate rettete.

Und wenn das Resultat nicht so sein sollte, betete Michael inständig, möge dieses Meeting zumindest zu keiner absoluten Katastrophe ausarten, die seine Karriere beenden und seine Träume zunichtemachen würde.

Wie auch immer, er entschied, Hamilton erst nach dem Treffen zurückzurufen. Künstler hatten die Pflicht, die erhabenen Momente des Machtgefühls auszukosten, wenn es schon mal welche gab.

Zwei Stunden später verließ Michael überwältigt das Büro von Bob Steinman. Er ließ sich das Treffen noch einmal durch den Kopf gehen und versuchte die einzelnen Gesprächsabschnitte zusammenzusetzen. Nur eine Stunde und zehn Minuten zuvor war er in die elegante Vorhalle des Unternehmens buchstäblich gerannt, um die Zeit einzuholen, die er im Verkehr verloren hatte. Für einen kurzen schrecklichen Moment hatte er sogar befürchtet, das ganze Meeting verpasst zu haben – schließlich ist eine Sekretärin mit dem Spruch »Mal sehen, ob ich ihn finden kann« niemals ein gutes Zeichen –, aber als Bob ihn drei Minuten später im Wartezimmer abholte, hielt er zwei Take-away-Kaffees in den Händen. Einen davon bot er Michael an und sagte: »Entschuldigung, ich bin spät dran. Ich dachte, ich könnte meiner Latte-Abhängigkeit frönen und rechtzeitig für unser Treffen zurück sein. Natürlich lag ich falsch.« Er lächelte und zeigte auf den Becher in Michaels Hand. »Das ist ein Friedensangebot. Ich hoffe, Sie mögen Cappuccino.«

»Ich liebe Cappuccino«, antwortete Michael und versuchte sowohl seine Erleichterung über die Nichtentdeckung seiner eigenen Unpünktlichkeit zu verbergen als auch seine Verwunderung darüber, dass ein Studioboss seinen Starbucks-Kaffee höchstpersönlich holen musste.

»Wunderbar, dann bin ich ja entschuldigt«, sagte Bob und öffnete die fast unsichtbare Tür, die ins Allerheiligste der Chefetage führte. »Fangen wir an?«

»Ja«, sagte Michael. Er atmete tief ein und wiederholte still seine neu erfundene Parole: *Verdammt, warum nicht?*

Verdammt, warum eigentlich nicht.

Das restliche Treffen war ein einziges Lachen, Nicken und Händeschütteln. Bob gefiel die Idee. Ihm gefiel Sapphire (... theoretisch. Glücklicherweise war es nie zu einer persönlichen Begegnung gekommen. Das ließe sich durchaus nachholen, aber erst *nach* der Vertragsunterzeichnung …). Das Exposé gefiel ihm *besonders* gut. Seine einzige Frage war nur: »Wie bald kann ich das fertige Drehbuch sehen?«

Ich weiß es nicht, dachte Michael. *Wie lange braucht man für ein Drehbuch?* Glücklicherweise erwachte für einen kurzen Moment der Agent in ihm. »Wann möchten Sie es denn haben?«

»So schnell es geht. Kann der Autor sofort damit loslegen?«

»Ja, das kann er«, bestätigte Michael. »Ich weiß zufälligerweise, dass er selbst gern so schnell wie möglich anfangen möchte.«

»Großartig.« Bob durchblätterte die Seiten des Exposés, anscheinend suchte er etwas. »Hier steht kein Name. Sollte ich den Autor kennen?«

»Das ist eine sehr gute Frage«, antwortete Michael ausweichend und versuchte Zeit zu gewinnen. »Eine, auf die ich eine sehr gute Antwort habe.«

»Und die lautet?«, fragte Bob drängend.

»Die lautet, ja, Sie sollten ihn kennen, aber nicht weil Sie schon einmal etwas von ihm gesehen haben. Sie sollten ihn kennen lernen, denn ich glaube, er hat eine glänzende Karriere vor sich.« Wohl wissend, wie gern Produzenten neue Entdeckungen für sich proklamierten, fügte er noch hinzu: »Sie haben seine Zukunft in der Hand.«

»Hat er denn bis jetzt noch nichts verkauft?«

»Nein, er hat bis jetzt noch *gar nichts* verkauft. Ich habe ihn gerade neu entdeckt, aber ich setze die allergrößten Hoffnungen in ihn.« Und dann machte sich Michael bereit für den letzten Schuss: »Natürlich verstehen wir, wenn sich seine fehlende Erfahrung auf die Bezahlung auswirkt.«

»Nun«, sagte Bob und lächelte großzügig, »selbstverständlich hätten wir gern das beste Drehbuch, aber ein bisschen Sparsamkeit beim ersten Konzept hat noch niemandem geschadet. Ich werde dafür sorgen, dass sich die Vertragsabteilung mit Ihnen wegen der Details in Verbindung setzt, aber ich denke, wir sollten davon ausgehen, dass es schnellstmöglich vorankommt.«

»Schön«, sagte Michael nur, dabei musste er sich buchstäblich am Stuhl unter seinem Hintern festhalten, um nicht aufzuspringen und einen ohrenbetäubenden Siegesschrei auszustoßen. »Ich sage ihm, dass er sich sofort an die Arbeit machen kann.«

»Gut, denn Zeit ist Geld. Es ist ein perfekter Wink des Schicksals, dass Sie ausgerechnet heute mit dieser Idee zu mir gekommen sind. Unsere Marktanalyse zeigt uns, dass dies der richtige Zeitpunkt für Filmprojekte mit Frauen in der Hauptrolle ist. Anscheinend stellen Frauen die Hälfte des zahlenden Kinopublikums.« Bob kicherte über seine eigene witzige Bemerkung, und Michael lachte schallend (ein bisschen Opportunismus kann nicht wehtun). »Und das Schöne an Sapphire Rose ist, dass sie nicht nur ihre eingefleischte Fangemeinde von *Generations* mitbringt, sondern sie hilft auch den Anspruch zu unterstreichen, den ein Biopic manchmal mit sich bringt. Sie verstehen, was ich meine?«

»Aber natürlich. Aber was Sapphire angeht, muss man sich um den Anspruch keine Gedanken machen.«

»Dann ist alles perfekt. Schließlich machen wir unsere Filme für Multiplexe, nicht für Programmkinos. Ist das klar?«

»Glasklar, Bob.«

»Das höre ich gern! Also, warum fahren Sie nicht sofort los und machen diesem Autor da Feuer unter dem Hintern, und ich sage meinen Leuten, dass sie die Verträge aufsetzen sollen.«

»Ich habe das Streichholz schon in der Hand«, versprach Michael.

Michael stand nun vor dem Gebäude, das Cutting Edge Pictures beherbergte, das Unternehmen, das ihn nichts ahnend gerade als Drehbuchautor engagiert hatte. Selbst als unerfahrener Neuling könnte er mit einem fertigen ersten Entwurf hunderttausend Dollar verdienen. Mann, diese Zahl klang gewaltig, jetzt wo er auf der anderen Seite bei der Verteilung der Künstler-Agenten-Anteile stand. Neunzig Prozent waren effektiv besser als zehn. Das erklärte naturgemäß diese riesigen Anwesen der Stars.

Er schlenderte und hüpfte zu seinem Auto und platzte beinahe vor Freude und dem überwältigenden Gefühl, dass die Welt in Ordnung sei, als er plötzlich in der Jackentasche die Vibration seines Handys spürte: Hamilton. Michael klappte das Telefon auf, er war ganz aufgeregt, mit jemandem – mit irgendjemandem – seine großartigen Neuigkeiten teilen zu können.

»Hallo, Hamilton!«, krächzte er.

»Hallo, Michael«, grüßte Hamilton mit ernster Stimme.

»Stimmt etwas nicht?«, fragte Michael und hoffte, Sapphire hatte nicht gerade mit ihrem Entschluss, ins Nonnenkloster zu gehen, ihre beiden Existenzen ruiniert. Zugegeben, das war recht unwahrscheinlich, aber wenn ihr jemand die Klosternonnendiät empfohlen hatte, war alles möglich.

»Nein, ich würde nicht sagen, dass etwas an sich nicht stimmt, aber man kann nie wissen. Tränen regen Sapphire immer so auf.«

»Und warum weint sie diesmal?«, fragte Michael. Er war verärgert darüber, dass ihre Gefühlsduselei ihm gerade seinen Siegesrausch vermasselte.

»Nein, Michael. Sapphire weint nicht, Gott sei Dank.«

Mist. »Wer weint denn dann, Hamilton?«

»Also, ich fürchte, ziemlich bald ist meine süße Sapphire dran, denn sie hat Angst, dass sie wie der böse Bube dasteht, dabei erzähle ich ihr die ganze Zeit, dass …«

»Hamilton, halt!« Er sprach nicht weiter. »Bitte, machen Sie langsam und erklären Sie mir, warum überhaupt jemand weint. Was hat sie denn angestellt?«

»Sie hat überhaupt nichts angestellt, Michael. Sie hat nur das Beste getan, um die Zukunft von *Generations* zu sichern, was ja bekanntlich ihr ganzer Lebensinhalt ist – abgesehen natürlich von der innigen Liebe, die uns beide verbindet. Haben Sie denn meine Nachrichten nicht erhalten?«

Ach du grüne Neune.

»Was für Nachrichten?«

»Ich habe Ihnen zu Hause und aufs Handy diverse Nachrichten gesprochen«, sagte Hamilton. »Ehrlich gesagt, wir beide sind ein wenig sauer auf Sie. Die ganze Situation ist für Sapphire recht traumatisch, und sie hätte Ihre Unterstützung durchaus gebrauchen können, und ich auch, um völlig offen zu sprechen.«

Wahnsinn, ehrlich *und* offen. Heute war Michaels Glückstag.

»Hamilton, entschuldigen Sie bitte, dass ich Ihre Nachrichten nicht abgehört habe. Aber ich war heute den ganzen Morgen mit Bob Steinman im Meeting.«

»Ach so!«, sagte Hamilton, dessen Laune sich schlagartig verbesserte. »Bei dem ganzen Treiben hier habe ich unser großes Meeting völlig vergessen. Erzählen Sie uns schon die guten Nachrichten, Mann!«

Michael war so verärgert darüber, dass es für Hamilton »unser« Meeting war, dass er fast wünschte, keine guten Nachrichten zu haben … aber nur *fast*. »In der Tat, Hamilton, ich habe gute Nachrichten. Sehr gute Nachrichten sogar. Bob ist ganz begeistert von dem Projekt, und er möchte unbedingt Sapphire Rose für die Hauptrolle. Und er möchte so bald wie möglich damit anfangen.«

»Hey, das ist ja irre!«

»Ja, das finde ich auch«, sagte Michael bescheiden.

»Allerdings ist das Timing ein wenig ungünstig.«

»Wie bitte? Was soll denn an dem Timing ungünstig sein?«, fragte Michael entrüstet und ärgerte sich darüber, dass angesichts dieser Neuigkeiten nicht wenigstens eine Siegesfanfare zu Ehren des Wunders, das er gerade vollbracht hatte, erklang.

»Für *uns* ist es nicht ungünstig, Michael. Für uns ist das Timing *ausgezeichnet*. Die ganze Sache ist ausgezeichnet!«

»Das dachte ich eigentlich auch«, bemerkte Michael. Er versuchte sich das Label *ausgezeichnet* anzuziehen und stellte fest, dass es ihm gefiel.

»Ich denke nur, die bei *Generations* hier werden ein Problem haben. Für sie ist es ein heftiger Schlag, wenn sie auch noch Sapphire verlieren.«

Bitte nicht. »*Auch noch* Sapphire?«

»Ja, so schnell nach Kates Abgang. Davon werden sie sich nur schwer erholen. Aber gut«, sagte Hamilton und legte einen anderen Gang ein, »ich denke, das ist jetzt nicht mehr unser Problem, oder? Ich meine jetzt, wo wir beide einen Filmstar als Klientin haben, nicht wahr?«

»Genau. Einen Filmstar als Klientin. Aber ich würde gern

eine Minute rekapitulieren, Hamilton. Haben Sie gerade gesagt, dass Kate die Serie verlässt? Hat sie aufgehört?« Michael stockte der Atem.

»Ja. Sie wird mit der Serie aufhören, um anderen Aktivitäten nachzugehen.« *Gott sei Dank.* »Zumindest wird das so in der Presseerklärung stehen«, ergänzte Hamilton.

Michael verließ der Mut. Er wusste »mit der Serie aufhören, um anderen Aktivitäten nachzugehen« bedeutete gefeuert/rausgeschmissen/gekündigt. Die arme Kate. »Wie hat sie es aufgenommen?«

»Ich glaube, sie war traurig. Sie hat ein paar Tränen vergossen. Mir gefällt die Vorstellung, dass es für sie eine Hilfe war, dass ich bei ihr war, wenigstens ein freundliches Gesicht und so.«

»Ich bin sicher, dass Sie bei ihr waren, um ihre Demütigung zu teilen, war wie eine wärmende Decke für sie, Hamilton.«

»Ich würde das gern glauben«, sagte Hamilton. »Aber sie kam mir recht abweisend vor, als ich sie umarmen wollte.«

»Das ist aber eine Überraschung«, stellte Michael sarkastisch fest.

»Eigentlich nicht«, entgegnete Hamilton. »Eigentlich konnte sie nie meine Unterstützung annehmen. Das ist eine der Ursachen für unser Auseinanderleben. Sie konnte einfach keine Zuneigung zulassen.«

»Ja, Hamilton, ich verstehe, dass das schwierig für Sie ist. – Nun, können wir zu dem aktuellen Problem kommen?«

»Welches Problem meinen Sie denn?«, wollte Hamilton wissen.

Das Problem, dass du ein unsensibler Mistkerl bist. »Das Problem, Kates Kündigung rückgängig zu machen.«

»Aber warum sollten wir das wollen?«

»Wenn Sapphire auch aufhört, um anderen Aktivitäten nachzugehen, ist es das Richtige.« Michael erkannte am Schweigen am anderen Ende der Leitung, dass in Hamiltons Welt kein Platz für solche edlen Taten war. Also versuchte er es mit einer anderen Taktik: »Also, Sapphire ist doch am Gewinn der Serie beteiligt, und außerdem erhalten Sie Ihren Anteil von Kates Gage. Die Serie auf Sendung zu halten, macht finanziell gesehen durchaus Sinn.«

»Ach so, jetzt verstehe ich, was Sie meinen«, sagte Hamilton schließlich. »Aber ihr wurde bereits gekündigt. Ich will Ihnen nicht verhehlen, dass es schwierig genug war, die Verantwortlichen davon zu überzeugen, dass es in ihrem eigenen Interesse lag, sie zu feuern. Es wäre etwas unangenehm für mich, zurückzurudern und sie zu bitten, ihre Meinung zu ändern.«

»Ich denke, keiner von uns will, dass Sie in eine unangenehme Situation kommen, Hamilton.« *Außer Kate und mir, immerhin hat sie gerade ihre Arbeit verloren.* »Aber möglicherweise lohnt es sich, ausnahmsweise einmal völlig cool zu reagieren.«

»Ihr Ansatz ist durchaus interessant, Michael«, gab Hamilton zu. »Also, wenn es nur um mich ginge, würde ich ja zustimmen. Aber wir beide müssen uns einer höheren Macht beugen.«

»Ich bin absolut davon überzeugt, dass Gott dafür ist, dass Kate wieder bei der Serie mitarbeiten kann.«

»Was hat Gott denn damit zu tun? Ich spreche von Sapphire«, sagte Hamilton, als läge die Vorstellung von Sapphire als Gottheit auf der Hand. »Ach, ich sollte mich tatsächlich um sie kümmern. Sie wissen ja, sie hatte keinen einfachen Tag, auch wenn Ihre guten Nachrichten über das Filmprojekt sie sicher irgendwann wieder aufheitern werden. Ich berichte ihr sogleich, wie erfolgreich sich unsere harte Arbeit ausgezahlt hat.«

Michael hatte keine Zeit, wegen des Freizeichens, das anstelle eines Abschiedswortes zu hören war, oder wegen Hamiltons recht großzügigem Umgang mit dem Wort »unser« beleidigt zu sein. Er spurtete zu seinem Wagen und rangierte aus seinem Parkplatz, um zum *Generations*-Set zu rasen, um wenigstens einen Teil des von Hurrikan Sapphire verursachten Schadens wiedergutzumachen.

31

Kate saß auf dem kleinen Sofa in ihrer Umkleide und hielt einen halbvollen Pappkarton mit ihren Habseligkeiten auf dem Schoß. Eigentlich sollte sie ihre persönlichen Dinge zusammenpacken, aber sie konnte kaum die Kraft aufbringen aufzustehen, geschweige denn Gegenstände von einem Ort zum anderen zu bewegen. Sie spürte Paiges Hand auf ihrem Arm. »Bist du okay?«

»Ja«, antwortete sie abwesend. »Ich meine, ich glaube schon. Sag mal, wiegt dieser Karton tatsächlich vier Tonnen? Zumindest kommt es mir so vor.«

»Das kann ich mir denken.« Paige nahm den Karton von Kates Schoß und stellte ihn neben sich auf das Sofa. »Ich glaube, du stehst noch unter Schock oder so was. Mir geht es jedenfalls so.«

Kate spürte, wie sich wieder Tränen ansammelten. »Ich wurde gerade gefeuert, oder?«

»Ja, das hast du wenigstens gesagt. Ich war bei der Besprechung nicht dabei.«

»Ich wünschte, du wärest dabei gewesen. Habe ich dir eigentlich erzählt, dass Hamilton sogar versucht hat, mich zu umarmen?«

Paige konnte nicht anders, sie musste lachen. »Ja, das hast du erzählt.«

»Habe ich dir auch erzählt, dass er beleidigt war, weil ich seine Umarmung nicht wollte?«

Paige musste wieder lachen. »Ja, das hast du auch.«

»Liegt das an mir, oder ist das alles verdammt durchgeknallt?« Kates Blick zu Paige zeigte echte Neugier.

»Ja, meine Liebe, es ist verdammt durchgeknallt.« Paige schob Kate die Haare aus den Augen. »Die ganze Sache ist verdammt durchgeknallt.«

»Das habe ich mir gedacht.« Kates Stimme klang ausdruckslos. »War meine Mutter auch dabei?«

»Wie bitte? Wieso sollte deine Mutter bei dieser Besprechung anwesend sein?«

»Ach, ich weiß nicht. Es kommt mir nur so vor, als wäre sie gern dabei gewesen.«

Paige beugte sich vor Kates Gesicht und suchte nach Anzeichen für den bevorstehenden Zusammenbruch. »Kate, das macht keinen Sinn.«

»Es macht genauso viel Sinn wie der Rest.« Paige lehnte sich zurück. Kate hatte sie erwischt. »Ich meine doch nur, sie wäre gern dabei gewesen, um an der richtigen Stelle ihr übliches ›Ich habe es dir doch schon immer gesagt‹ anzubringen«, sagte Kate weiter und versuchte vergeblich zu lächeln. »Aber positiv betrachtet, ist das wohl etwas, worüber ich mich freuen kann.«

»Richtig«, versicherte Paige. »Und noch positiver betrachtet, liegt dein Wert als Versteigerungslos gerade am Boden …«

»… was eine gewaltige Zeitersparnis für mich bedeutet«, beendete Kate den Satz und konnte schon ein wenig lächeln.

»Genau.« Paige stand auf und reichte ihr eine Hand. »Komm, lass uns deine Zahnputzsachen zusammenpacken und verschwinden.«

Kate ließ sich von Paige vom Sofa hochziehen. »Ist die Tatsache, dass mein Leben offensichtlich gerade an einem Tiefpunkt angelangt ist, eigentlich keine Garantie dafür, in einer ›Zahnseide-freien Zone‹ leben zu können?«

Paige hielt Kate an beiden Armen fest und sah ihr fest in die Augen. »Du kannst so viel weinen, wie du willst. Du kannst drei Wochen im Bett herumgammeln und Krispy-Kreme-Donuts essen und dir in der Glotze die *True Hollywood Story* ansehen. Du kannst dir sogar eine eigene Homeshopping-Teilnehmernummer besorgen, aber ich werde nicht zulassen, dass du deine Zähne vernachlässigst.«

»Und was ist mit meiner Psyche?«

»Psychische Gesundheit ist etwas für Waschlappen.« Paige drehte Kate so, dass sie vor dem kleinen Bad stand, und reichte ihr den Karton. »Los, pack deine Sachen ein. Wir müssen noch rechtzeitig zur Krispy-Kreme-Filiale, ehe alle wirklich ekligen, fetten Donuts mit Zuckerguss ausverkauft sind.«

Kate legte die drei Schritte zum Bad zurück. »Musst du heute nicht arbeiten?«

»Nein.«

»Ich dachte, du hast heute die Statisten für die Restaurantszene in der Maske?«

»Das dachte ich auch … bevor ich gekündigt habe.«

Kate stellte den Karton auf das winzige Waschbecken und drehte sich zu Paige um. »*Was* hast du getan?«

»Ich habe gekündigt.«

»Nein«, sagte Kate verzweifelt. »Nein, nein, nein – du musst doch nicht kündigen, nur weil ich rausgeflogen bin. Das ist die Sache nicht wert. Das bin *ich* nicht wert.«

»Erstens«, begann Paige entschieden, »du *bist* es wert. Zweitens, bilde dir bloß nichts darauf ein. Ich habe nicht gekündigt, weil du rausgeflogen bist. Dies ist keine schwachsinnige Solidaritätsbekundung. Ich wollte nur nicht die Donut-Orgie verpassen.«

»Paige, bitte, bleib ernst.« Kate war nun nervös und nicht mehr für Scherze aufgelegt.

»Okay. Also, im Ernst. Ich habe gekündigt, weil du der einzige Punkt bist, der die Arbeit hier erträglich machte. Abgesehen davon, was meinst du, wann Sapphire entscheidet, dass *meine* Anwesenheit hier eine Bedrohung für ihre schwache Konstitution darstellt? Es ist die Angst nicht wert, die Exekution abzuwarten.«

Kate musterte Paige scharf, um herauszufinden, ob sie die Wahrheit sagte. Paige erwiderte Kates Blick. Dann sagte Kate: »Ich bin nicht bereit, meine Donuts mit dir zu teilen.«

»Meine Kündigung steht«, entgegnete Paige und schaute noch strenger.

»Also gut.« Kate unterbrach ihr Spiel der herausfordernden Blicke und ging wieder ins Bad. »Hiermit bestätige ich amtlich, dass Sie den großen Test im Süßigkeitenverzicht bestanden haben. Es bereitet mir eine große Freude, Ihnen mitteilen zu können, dass Sie nun in den Klub der deprimierten Arbeitslosen aufgenommen sind.«

»Das ist fantastisch«, kommentierte Paige diesen Ritterschlag und grinste. Kate starrte sie an. Paige schnaufte und verzog ihren Mund zu einer Fratze. »Ich meine, ich bin *so unendlich deprimiert.*«

»Schon besser«, sagte Kate und lachte. Dann machte sie sich weiter ans Packen. Sie sammelte die Stifte und Notizblöcke ein, die im Trailer verstreut lagen, und warf sie zusammen mit ihrer Zahnbürste und einem gerahmten Foto ihrer Eltern (das alljährliche Geschenk ihrer Mutter zu Produktionsbeginn) in den Karton. Sie stand neben Paige in der Tür und warf einen Blick auf den Raum, der immerhin für fast drei Jahre ihr Zuhause gewesen war. Warum gab es hier eigentlich keine weiteren persönlichen Gegenstände? In der vergangenen Woche war sie ebenfalls nur mit ein paar Kartons und ein paar Koffern aus ihrem Haus ausgezogen. Gab es denn keinen Beweis für ihr Leben? Sie fühlte, wie Paige sanft ihren Arm stupste.

»Bist du bereit?«

»Ich glaube schon«, sagte sie. Sei spürte dankbar den Druck von Paiges Hand, als sie hinausgeleitet wurde. Ohne diesen Beweis für ihre physische Präsenz hätte sie vielleicht an ihrer tatsächlichen Existenz gezweifelt.

32

Kate trat aus ihrem Trailer in den sonnigen Nachmittag und war vorübergehend von dem hellen Licht geblendet. Als sich ihre Augen an die Sonne gewöhnt hatten, sah sie etwas, was sie zunächst für eine Fata Morgana hielt.

»Michael?«, fragte sie verunsichert und erwartete, dieser attraktive Mann im Anzug würde ihr sagen, dass sie sich geirrt hätte und dass er keinen Mann namens Michael kannte. Doch er blieb auf der Stelle stehen, wie ein kleiner Junge, den man auf frischer Tat an der Keksdose ertappt hatte.

»Kate«, brachte er gerade noch heraus, während er die Umgebung inspizierte. »Ich habe gedacht, du wärst schon weg …«

»Du hast gedacht, ich sei schon *weg*?«, fragte Kate einerseits völlig verwirrt, andererseits außer sich vor Freude über die unverhoffte Begegnung. »Was machst du denn hier? Hat Paige dich angerufen und dich gebeten, mich abzuholen?«

»Nein«, sagte Paige, die hinter ihr stand. »Ich habe ja nicht einmal seine Telefonnummer.«

»Woher kennst du dann den Weg hierher?« Kate sah Michael mit einer derart aufrichtigen und verblüfften Miene an, dass es ihm die Sprache verschlug. Wo war nur der rettende Schimmel, wenn man ihn wirklich brauchte?

»Hm, also, das ist eine lange Geschichte«, stammelte er und suchte verzweifelt nach einem Weg für sein Geständnis, ein feiger Lügner zu sein, ohne Kates Bewunderung auf der Stelle zunichtezumachen.

»Also, Zeit habe ich reichlich«, sagte Kate mit einem tapferen Lächeln. »Ich bin nämlich meinen Job los.« Als sie diese Worte laut ausgesprochen hatte, wurde sie von der Wirklichkeit erneut eingeholt, und ihre Augen füllten sich mit Tränen. Der grausame Morgen und nun diese unverhoffte Freude über ihre Begegnung mit Michael brachten ihre Gefühle völlig durcheinander.

»Ach, Kate«, sagte Michael und umfing sie mit einer Umarmung. Er hielt es nicht aus, sie so leiden zu sehen, aber ihm fiel auch nichts ein, was er sagen könnte, das ihr Leid nicht noch verschlimmerte. Er sah über Kates Schulter hinweg und traf Paiges Blick. Auch sie sah ihn mit einer Mischung aus Neugier und Heldenverehrung an. Er lächelte matt, wohl wissend, dass er bald kein Held mehr in ihren Augen sein würde. Er hielt die weinende Kate fest im Arm und genoss es, den Duft ihrer Haare einzuatmen und sich das Gefühl einzuprägen, ihren Körper so eng an dem seinen zu spüren. Aber so sehr er sich auch anstrengte, ihm fiel nicht ein, wie er vermeiden konnte, dass dies ihre letzte Umarmung war.

»Da bist du ja endlich, Michael!«, kreischte eine schrille Stimme hinter ihm, und das Begleitgeräusch von klackenden Stilettos beseitigte jeglichen Zweifel darüber, wem diese Stimme gehörte. Er atmete noch einmal tief Kates himmlischen Duft ein, bevor er Kate losließ, sich umdrehte und seinem Schicksal ins Auge sah.

Offensichtlich hatte Sapphire Michael durch ihr Trailerfenster entdeckt, während sie mitten in ihrer Verschönerungsprozedur steckte. Ihr Haar steckte zur einen Hälfte in Lockenwicklern, die andere war hochtoupiert. Ein Auge war in einem hellen Lila geschminkt, das andere war noch völlig ungeschminkt. Sie sah wie ein karnevaleskes Zwitterwesen aus. Die weibliche Hälfte hatte eine gewisse Ähnlichkeit mit Cruella de Vil.

»Wo hast du nur gesteckt? Ich habe den ganzen Tag auf dich gewartet!« Sapphire ließ sich in Michaels Arme fallen. Genauer gesagt, sie ließ sich schlaff gegen Michael fallen, dessen Arme steif blieben.

Er drehte seinen Kopf von dieser parfümierten, halb toupierten Masse weg, die an seinem Hals hing, um nach Kate zu sehen. Sie war nun von Tränen überströmt und wirkte völlig verloren. Paige stand hinter ihr, hatte eindeutig die Phase der Fassungslosigkeit überwunden und war in Rage geraten. »Ich merke, du kennst Sapphire, Michael«, stellte sie spitz fest. »Interessant.«

Michael schaute unglücklich zu Kate und rang verzweifelt nach Worten. Die wenigen wunderbaren Momente mit Kate schossen ihm durch den Kopf, und er stöberte nach dem geeigneten Zeitpunkt, an dem er ihr die Wahrheit hätte sagen können, was er aber aus Angst unterlassen hatte. Vor seinem geistigen Auge verfolgten ihn nun all diese Momente, und er konnte an Kates Gesicht ablesen, dass die Geschworenen erwarteten, dass er sich erhob und sich verteidigte. Er öffnete den Mund, schließlich wäre eine idiotische Verteidigungsrede immer noch besser, als schweigend zur Exekution zu gehen. »Kate, ich …«

»Kate?«, zeterte Sapphire, die schließlich die Güte hatte, ihre Arme von Michaels Hals zu lösen und sich auf ihre eigenen Füße zu stellen. »Wieso sprichst du mit *Kate*? *Ich* bin diejenige, die du hier treffen willst.«

Kate sah perplex von Michael zu Sapphire und wieder zurück. Sie suchte in seinem Gesicht nach einer Antwort, ihr Flehen und ihre Verletzlichkeit brachen ihm das Herz. »Ich verstehe nicht, was hier vor sich geht, Michael.«

Bevor er antworten konnte, platzte Sapphire los. »Es ist doch völlig bedeutungslos, ob du etwas verstehst! Du arbeitest ja nicht einmal mehr hier. *Hamilton*!«, rief sie über ihre Schultern in Richtung ihres Trailers. »Sie ist immer noch da!« Hamiltons Kopf tauchte in der Tür auf, das Handy am Ohr. Er betrachtete die Szene und machte mit seiner freien Hand eine Geste, die wohl »einen Moment, bitte« bedeuten sollte, und verschwand wieder in der Sicherheit von Sapphires Umkleide. Michael verfolgte, wie er die Tür zuknallte, und fragte sich, ob auch er sich im Trailer verstecken könnte. Als er sich wieder umdrehte, hatte er drei Frauen vor sich, die ihn aus den unterschiedlichsten Gründen verwirrt und verärgert musterten.

»Michael, warum bist *du* hier?«, fragte Kate.

Paige trat einen Schritt vor, um sich zum Zeichen ihrer Unterstützung neben ihre Freundin zu stellen. »Ja, Michael, ich denke, wir *alle* wüssten gern, was hier los ist.«

Sapphire sah die beiden anderen Frauen entrüstet an. »Und ich würde gern wissen, warum ihr beide *immer noch* da seid.« Sie trat zu Michael und hakte einen Arm bei ihm ein. »Und wieso ihr mit *meinem Agenten* redet.«

Einen kurzen Augenblick schien es, als hätte die Erde aufgehört sich zu drehen. Kate keuchte und trat einen Schritt zurück, wobei sie fast den Halt verloren hätte. Michael wollte ihr helfen, wurde aber von Paige aufgehalten, die ihn zornig anfunkelte, während sie ihre Freundin stützte. Michael fand schließlich seine Sprache wieder, bekam allerdings nur ein »Kate, ich will dir erklären …« heraus, bevor er tatsächlich erkannte, dass er gar nichts erklären konnte, zumindest nicht hier vor allen Leuten.

Sapphire schnaubte vor Entrüstung. »Da gibt es nichts zu erklären, Michael. Sie arbeitet nicht mehr hier, *ich* hingegen schon, und du musst dich jetzt um mich kümmern.« Sie verstärkte ihren Druck auf Michaels Arm, schob ihn zu ihrem Trailer und sagte dann noch über ihre Schulter: »Sollen sich doch diese beiden Lesben umeinander kümmern.«

»*Sapphire!*«, krächzte Michael. Aber dann ließ er zu, sich aus Kates Nähe wegschleifen zu lassen, um diese vor Sapphires nächsten Attacken zu schützen.

»Wie bitte?«, fragte Sapphire mit Unschuldsmiene, als sie weitergingen. »Es stimmt doch. Es tut mir nur leid für meinen armen Hamilton, der so viel Zeit verschwendet hat, um mit Blümchensex eine funktionstüchtige Ehe aufrechtzuerhalten.«

Michael drehte sich ein letztes Mal zu Kate um. Nach diesem Schock sah sie wie ein sechsjähriges Mädchen aus. *Ich kann es dir erklären*, versuchte er mit seinem Blick zu sagen. *Ich kann das wiedergutmachen. Bitte, gib mir nur etwas Zeit ...* Sapphire zerrte an seinem Arm und zwang ihn, sie anzusehen. Dann schleifte sie ihn in ihren Trailer.

Kate war regungslos. »Was war das denn?«

»Ich weiß es wirklich nicht«, antwortete Paige und stützte sie. »Vielleicht mobilisiert Gott seine sieben Plagen. Hast du irgendwo Frösche und Heuschrecken gesehen?«

»Es ist nicht witzig«, flüsterte Kate, und Paige spürte, wie Kates Schultern zu zittern anfingen, als sie ihren Emotionen freien Lauf ließ, die sich in der vergangenen Woche aufgestaut hatten. Paige schob sie Richtung Parkplatz und trug sie fast ins Auto, damit sie ihren wohlverdienten Zusammenbruch in Ruhe erleiden konnte.

»Es tut mir so leid, meine Liebe«, sagte sie ruhig und hielt Kate fest. »Ich weiß, es ist nicht witzig. Es ist überhaupt nicht witzig.«

33 In Sapphires Trailer angekommen, ließ sich Michael auf das Sofa fallen und das manische Geschnatter um sich herum an sich vorbeirauschen. Sapphire und Hamilton waren richtig stolz auf sich und ihre Leistungen: Sie hatten Kates Kündigung durchgesetzt und ein mögliches Filmprojekt vor Augen, also war dies für beide ein absolut gelungener Tag. Michael hörte, wie sie aufeinander und auf ihn einquasselten, aber er kümmerte sich nicht darum. Ausnahmsweise erwies sich dieser unglaubliche Narzissmus der beiden als Wohltat. Denn von jemand anders verstanden zu werden, schien absolut nicht ihr Ziel zu sein. Die beiden waren völlig damit ausgefüllt, sich bei voller Lautstärke zuzuplappern.

Wie konnte aus seinem ruhmreichen Tag so schnell eine derartige Katastrophe werden?

Noch vor ein paar Stunden war er stolz gewesen auf seinen neuen Status als angehender Autor/Ritter in der Not, der seinen tapferen Hengst sattelte, damit er losgaloppieren und sein geliebtes Burgfräulein retten könnte. Nun fühlte er sich eher wie ein deprimierter Hofnarr, der für alle Ewigkeit im Trailer/Schloss von König Bombast und Königin Narzissia gefangen war.

Erst ein Klopfen an der Tür veranlasste die vor sich hinblubbernden Egomanen zu einer kurzen Unterbrechung. Sam steckte den Kopf herein und erinnerte Sapphire daran, dass sie am Set gebraucht wurde. Aber ein einziger Blick auf ihre unvollendete Frisur und ihr einseitiges Make-up genügte und er wusste, dass damit in absehbarer Zukunft nicht zu rechnen war. Sam seufzte und schloss die Tür hinter sich. Die Nachricht von Kates Kündigung hatte ihn zu sehr aufgeregt, um jetzt Besorgnis vortäuschen zu können.

»Sie warten auf dich. Findest du nicht, du solltest dich langsam fertig machen?«, fragte Michael. Eigentlich war er ohnehin zu neugierig, wie lange ihre Eitelkeit es noch zulassen würde, so unvollständig herumzulaufen.

»Was hast du gesagt, Michael?«, fragte Sapphire zurück und unterbrach für einen Moment ihr Loblied der Egomanie. »Hast du gesagt, Bob Steinman wartet auf mich?«

Wieder einmal fasziniert von ihrem selektiven Gehör antwortete Michael: »Nein, ich habe gefragt, ob du dich nicht drehfertig machen willst?« Sie sah ihn verdutzt an. »Arbeiten. Hier. Heute. Sie warten auf dich.« Um überhaupt verstanden zu werden, übertrieb er seine Aussprache und sprach betont langsam.

Aber anstatt ihm eine Antwort zu geben, sah Sapphire zu Hamilton und fragte: »Muss ich das wirklich?«

Michael konnte seine Verärgerung nicht länger unterdrücken und schnauzte sie an: »Was soll das heißen: ›Muss ich das wirklich?‹ Natürlich musst du – es ist schließlich dein *Job*!«

Hamilton schaute entsetzt zu Michael, als hätte dieser soeben ein unschuldiges Kind verprügelt. »Also, Michael, ich denke, dieser Tonfall ist völlig unangebracht.« Sapphire wähnte die Stimmung auf ihrer Seite und setzte schniefend ihren Schmollmund auf. »Oh, meine arme, kleine Süße«, säuselte Hamilton und nahm sie in seine Arme. »Er hat es doch nicht so gemeint.« Er funkelte Michael über die Schulter herausfordernd an. »Oder, Michael, wie war das gemeint?«

Die groteske Situation vor Augen fragte Michael sich, wie er überhaupt hier hatte landen können. Sein gesamtes Erwachsenenleben hatte er versucht, sich von seiner Kindheit zu distanzieren. Und nun steckte er wieder in der gleichen Lage und unterstützte die kranken Wahnvorstellungen einer instabilen Frau, die zu viel Macht über seine Zukunft besaß. Ohne Sapphire gab es keinen Film-Deal. Und ohne Film-Deal hatte er nichts in der Hand, um Kate zu helfen.

»Er will doch nur, dass du glücklich bist, Liebling«, erklärte Hamilton, um Michaels Schweigen zu überbrücken. »Das wollen wir doch alle.«

Aber Sapphire ließ sich nicht täuschen. »Ich will das von *ihm selbst* hören«, verlangte sie und zeigte auf Michael. Seine Wortkargheit hatte sie dermaßen verärgert, dass ihre Stimme kalt und herrisch klang.

Aber er starrte sie nur leer an.

»Liebling, ich bin sicher, er sucht nur nach den richtigen Worten, um zu beschreiben, wie sehr er …«

»*Halt's Maul, Hamilton*!« Sapphire wandte sich von ihrem zögerlichen Freund ab und pflanzte sich hautnah vor Michael auf. Nach ihrem albernen Klein-Mädchen-Gehabe bot sie nun das Urbild der absoluten Herrschsucht. »Michael, ich muss wissen, dass du auf meiner Seite stehst … *egal wie*.«

Die letzten Worte verkündete sie mit einer derartigen Intensität, dass Michael am liebsten schallend gelacht hätte. Stattdessen seufzte er und sagte: »Sapphire, ich habe mich doch immer um dich gekümmert, oder?«

Sofort wechselte sie erneut ihre Rolle, und die kokette, verwöhnte Göre in ihr schenkte ihm ihr strahlendstes Lächeln. Dazu klimperte sie mit den Wimpern, dass Hamilton neben ihr vor Erleichterung fast kollabierte. »Siehst du, Liebling, wir alle hier meinen es nur gut mit dir. Michael hat lediglich einen Scherz gemacht.«

»Du kleiner Schlawiner«, schimpfte sie und drohte Michael schelmisch mit dem Finger, ehe sie ihren Minikühlschrank ansteuerte. Sie öffnete die Tür und holte ein riesiges Stück Schokolade heraus, ein gewaltiges Quadrat, in das sie sofort hineinbiss. »Mit Frauen, die gerade auf Diät sind, macht man keine Scherze. Du weißt doch, dann bekommen wir schlechte Laune.«

Michael konnte nicht umhin, er musste einfach nachfragen: »Bei welcher Diät darf man denn ein Stück Schokolade futtern, das so groß ist wie ein Kleinkind?«

»Die Schokoladendiät«, antworteten Sapphire und Hamilton gleichzeitig und sahen ihn nachsichtig an, als wäre er der dümmste Mensch auf der ganzen Welt. Und dann schob Sapphire noch ihren aktuellen Lieblingsslogan hinterher: »Jeder, der etwas darstellt, macht Schokoladendiät.«

»Offensichtlich ist Angie Jolie damit so schnell ihre ganzen Schwangerschaftspfunde wieder losgeworden«, erklärte Hamilton und brach ein Stück von dem riesigen Schokoladenstück ab.

»Wirklich?«, fragte Michael und nutzte die Fressattacke des trauten Paares, um zur Tür zu rücken. »Ich habe immer gedacht, das Versorgen von drei Kindern hätte *Angie* beim Abnehmen geholfen.«

»Nein«, entgegnete Sapphire durch ihre schokoladenbraunen Zähne. »Schokolade.«

»Interessant«, murmelte Michael und kam sich vor, als müsste er sich gerade aus einer Crackhöhle herausstehlen. »Also, ich gehe jetzt. Ich rufe dich, hm … bald an.«

Dann stand er vor ihrem Trailer und schaute über den Parkplatz auf die Stelle, an der er nur kurze Zeit vorher Kate im Arm gehalten hatte. Es kam ihm wie ein Traum vor – wie ein äußerst angenehmer, besonders schöner Traum, aber eben nur ein Traum. Er wusste, vermutlich würde er verdientermaßen nie wieder diese Freude erleben dürfen. Doch das würde ihn keineswegs hindern, sein Bestes zu geben und hinter den Kulissen die richtigen Fäden zu ziehen. Also straffte er die Schultern und atmete tief durch, ehe er zu Jerrys Büro ging, um das zu tun, was er schon so oft getan hatte: Sapphires Interessen vertreten.

34

Paige und Kate fuhren schweigend nach Hause. Kate hatte ihren Kopf gegen die kalte Seitenscheibe gelehnt und sah hinaus. Ihr schien es, als wäre alles Leben aus ihrem Körper geströmt, und sie fühlte sich wie eine Lumpenpuppe ohne Füllung. Als sie vor Paiges Wohnung parkten, kam ihr der kurze Weg vom Auto zum Haus wie ein unüberwindbares Hindernis, wie eine Trekkingtour auf den Mount Everest vor. Paige legte sanft eine Hand auf Kates Schulter.

»Komm, es geht schon, meine Liebe. Wir gehen hinein und packen dich auf die Couch. Es gibt *keinen* Grund, es sich nicht bequem zu machen, wenn man deprimiert ist.«

»Geh du schon mal alleine rein«, schlug Kate vor und kuschelte sich an ihre neue beste Freundin, die Wagentür. »Mir geht es hier gut.«

Paige stieg aus und ging um den Wagen herum, um die Beifahrertür zu öffnen. Kate jammerte nur: »Mist.«

»Gut gebrüllt, Löwe«, lobte Paige, zog ihre Freundin aus dem Auto, stellte sie auf ihre eigenen Füße und dirigierte sie langsam zur Haustür. »Ich sehe schon, dieser Tag ist ideal für anregende Gespräche.«

»Zum Teufel noch mal, ich will nicht«, motzte Kate.

»Wirklich anregend«, sagte Paige, als sie endlich unter dem Vordach standen. »Kannst du bitte einen Moment allein stehen bleiben, während ich die Tür aufschließe?«

»Selbstverständlich«, versprach Kate missmutig, aber sobald Paige einen Schritt gegangen war, plumpste sie schon auf den Boden. »Was willst du?«, schimpfte sie, als Paige sich eine Sekunde später wieder zu ihr umdrehte. »Ich dachte, du wärest *für immer* gegangen.«

»Ich habe mich lediglich für den Bruchteil einer Sekunde umgedreht«, erklärte Paige, unterließ aber weitere Diskussionen. Es war nicht nötig, einem verletzten Kätzchen auch noch einen Tritt zu versetzen. Stattdessen öffnete sie die Tür und reichte Kate die Hand. Kate nahm widerwillig ihre Hilfe an und schlurfte wie unter Valium ins Wohnzimmer, wo sie sich auf die Couch fallen ließ und sich in eine Decke hüllte. Paige setzte sich auf das Sitzkissen an Kates Fußende. »Soll ich dir einen Kakao machen? Oder ein Sandwich?«

Kate starrte sie an. »Ein Sandwich? Reicht es dir nicht, wie kaputt ich bin? Willst du mich jetzt obendrein noch mästen?«

»Ach, meine liebe Kate«, seufzte Paige und machte sich auf den Weg in die Küche. »Jetzt weiß ich, was es bedeutet, eine Tochter mit Liebeskummer, prämenstruellem Syndrom und Body Dysmorphic Disorder zu haben.«

»Du hast arbeitslos vergessen!«, heulte Kate.

»Und ich habe nervig vergessen!«, schrie Paige zurück. »Ich wollte doch nur nett zu dir sein!«

»Du bist so gemein!«, rief Kate und drehte sich in Bauchlage, so dass sie mit dem Kopf auf dem Couchrand liegend schließlich in die Küche schauen konnte. Sie wirkte unsäglich jung und verletzlich.

»Jetzt, meine Liebe, siehst du aus wie ein fünfjähriges Mädchen.«

»Das wäre ich auch am liebsten. Dann wäre mir das alles gar nicht passiert.«

»Das stimmt allerdings«, sagte Paige und schaltete den Herd für den Wasserkessel ein. Dann ging sie wieder ins Wohnzimmer zurück, wo sie sich neben Kate auf die Couch zwängte. »Denn, wenn du fünf Jahre alt wärest, dann wäre ich deine wirkliche Mutter.«

»Ja, aber wenn du meine wirkliche Mutter wärest, wärest du gerade beim Einkaufen oder beim Golfspielen, und ich hätte endlich meinen Frieden.«

»Möchtest du lieber allein sein?«, fragte Paige ernst.

»Warum?«, fragte Kate alarmiert. »Hast du noch etwas vor?«

»Nein«, antwortete Paige und rückte noch enger in ihre Ecke auf der Couch. »Ich bin genau an dem Platz, an dem ich sein möchte…« Kate lächelte dankbar und lehnte sich halbwegs entspannt in die Kissen zurück. Wie gerufen, ließ in diesem Moment der Kessel sein ohrenbetäubendes Pfeifen hören. »Ist es in Ordnung, wenn ich dich einen Augenblick allein lasse und das lärmende Ding aus dem Fenster werfe?«, fragte Paige.

»Ich kann dich auch trotz dieses grässlichen Geräuschs verstehen«, sagte Kate und lachte. »Geh, schmeiß es aus dem Fenster, damit wir besser reden können.«

Paige spurtete in die Küche und bereitete zwei Tassen mit Erdbeer-Vanille-Tee zu, in der Hoffnung auf eine besonders Trost spendende Wirkung, je näher er dem künstlichen Geschmack von Kool-Aid kam. Sie machte auch einen Teller mit Kräckern, Käse und ein paar Weintrauben für den unwahrscheinlichen Fall zurecht, dass Kate doch etwas essen wollte. Wenigstens wusste sie, als sie ihren eigenen Magen knurren hörte, dass sie nichts wegwerfen würde.

Sie stellte den Teller auf das Tischchen vor Kate und war überrascht, dass sie sogleich ein Stück Käse nahm und in den Mund steckte. Ihr Gesicht musste so verblüfft ausgesehen haben, dass Kate fragte: »Was ist?«

»Nichts«, log Paige und sagte dann noch: »Ich glaube, ich habe dich noch nie Käse essen sehen.«

»Dann gewöhn dich an den Anblick«, sagte Kate und nahm noch ein Käsestück und eine Handvoll Weintrauben. »Ich habe die Schnauze gestrichen voll von den Diäten. Die funktionieren doch sowieso nicht.«

Paige betrachtete die filigrane Figur ihrer Freundin und zog die Augenbrauen hoch. »Ich neige eher zu der Ansicht, dass sie in deinem Fall zu gut funktioniert haben.«

»Nein, heute machst du keinen Punkt«, sagte Kate, und dieses Aha-Erlebnis verlieh ihr so viel Energie, dass sie sich sogar aufrichtete. »Ich bin dünn, ich bin endlich so dünn, wie ich schon immer sein wollte. Außerdem bin ich arbeitslos, todunglücklich und stecke mitten in einer widerlichen, niederträchtigen Scheidung.«

»Los, Kate, spuck's aus.«

»Ich habe absolut keine Lust mehr, das ist es ja. Es macht alles keinen Sinn, egal ob ich mich aufraffe – oder ob ich abmagere. *Verdammt noch mal, es bringt einfach nichts*!«, brüllte sie schließlich.

»*Warum schreist du so?*«, plärrte Paige zurück.

Kate stand von der Couch auf. »*Weil es mir reicht, immer nur still und klein und … und … friedfertig zu sein.*«

Paige baute sich vor ihr auf und schrie so laut sie konnte: »*Das finde ich großartig*!«

»*Großartig!*«, echote Kate kreischend.

»*Wirklich großartig*!«, brüllte Paige.

»*Können wir jetzt mit dem Getöse aufhören?*«, schrie Kate.

»Ja, gern«, sagte Paige grinsend und ließ sich auf die Couch zurückfallen. »Ich bin erledigt.«

»Wieso bist *du* denn erledigt? Ich hatte gerade eine Offenbarung, die mein Leben verändert.«

»Wirklich? Warum habe ich davon nichts mitbekommen?«

»Oh, sei still«, japste Kate und plumpste neben Paige auf die Couch. »Du bekommst doch sowieso immer alles mit.«

»Stimmt«, sagte Paige weise. »Aber, nur damit ich sichergehen kann, dass *du* selbst es verstehst … Was hast du gerade gelernt?«

»Verdammt noch mal. Ich habe gerade gelernt, dass ich die dünnste, netteste und bravste Frau der Welt sein und trotzdem alles verlieren kann.«

»Also?«

»Also … also kann ich ebenso weitermachen und nach meinem eigenen verfluchten Stiefel leben.«

»Genau«, bestärkte Paige sie und lächelte. »Aber eine Frage habe ich noch: Gehört dieses Fluchen grundlegend zu deiner neuen Persönlichkeit?«

»Mist, Paige, Volltreffer.«

»Reizend.«

»*Mist*, Paige, absolut reizend.«

Paige beugte sich vor und schob den Käseteller näher zu Kate. »Wenn ich dir jetzt Käse anbiete, würdest du dann eine Minute keine unflätigen Beschimpfungen mehr rausspucken?«

»Vielleicht, wenn ich gerade den Mist hier kaue«, grunzte

Kate und stopfte sich ein Stück Cheddar in den Mund. »Mmh, der verdammte Käse ist aber verflucht lecker.«

»Nicht wahr? Ich kann mich noch genau an den Tag erinnern, an dem ich beschloss, keine Diäten mehr zu machen. Ich war völlig schockiert, als ich feststellte, dass sich die Erde nach wie vor drehte und ich nicht auf einen Schlag zweitausend Kilo wog.«

»O Gott«, sagte Kate und hielt das nächste Käsestück auf halbem Weg zwischen Teller und Mund in der Luft. »Musstest du unbedingt ›zweitausend Kilo‹ sagen?«

»Ich habe gesagt, dass ich *nicht* zweitausend Kilo wog, du Dummkopf. Du musst dir die Sätze unbedingt ganz anhören.«

Kate nahm nun zögernd das Stück Cheddar und überlegte beim Kauen: »Das Einzige, was ich unbedingt brauche, ist ein Job.«

»Meine Liebe, vielleicht brauchst du einfach ein wenig Ruhe«, schlug Paige vor. »Ich gehe davon aus, dass du genügend Geld auf der hohen Kante hast, um dir eine kleine Auszeit zu gönnen und alles zu verarbeiten, was passiert ist.«

»Ich weiß nicht.«

»Ich schon«, sagte Paige mit Bestimmtheit. »Du brauchst Zeit.«

»Das bestreite ich ja nicht«, gestand Kate zu. »Aber ich weiß nicht, ob ich überhaupt Geld habe.«

»Wieso weißt du nicht, ob du Geld hast? Immerhin bist du seit fast drei Jahren die Hauptdarstellerin einer erfolgreichen Fernsehserie.«

Kate zuckte mit den Achseln. »Weißt du, Hamilton hat sich immer um die Finanzen gekümmert. Seit Beginn der Serie habe ich selbst keinen einzigen Scheck mehr unterschrieben.«

Paige lehnte sich fassungslos zurück. »Und was ist mit dem Haus? Dir gehört doch bestimmt die Hälfte von eurem Haus.«

»Ich glaube, das ist nur gemietet.«

»Du *glaubst*, dass es gemietet ist. Nicht einmal das weißt du genau?«, fragte Paige entsetzt.

»Jetzt werd nicht noch wütend auf mich«, sagte Kate kleinlaut. »Ich fühle mich doch ohnehin schon wie eine absolute Idiotin.«

»Das tut mir leid«, entschuldigte sich Paige und legte eine Hand auf Kates Knie. »Weißt du, ich stehe schon so lange auf eigenen Füßen, dass es für mich unvorstellbar ist, nicht zu wissen, wo jeder einzelne Cent bleibt.«

»Ich weiß. Es ist ja auch echt peinlich. Am peinlichsten ist, dass ich zugelassen habe, nur Hamiltons Spielzeug zu sein statt seine Ehefrau. Er hatte alles unter Kontrolle: mein Geld, meine Essgewohnheiten und meine Karriere. Dafür war ich ständig in Bereitschaft, also dass ich ihm quasi diente.« Kate bedeckte ihr Gesicht mit ihren Händen und ließ sich gegen die Kissen fallen. »Pffft«, ächzte sie. »Das macht mich ganz krank. Ich war jahrelang die Marionette meiner Mutter, und dann wurde ich übergangslos Hamiltons Püppchen. Ist das nicht erbärmlich?« Sie nahm ihre Hände vom Gesicht und sah Paige an. »Und jetzt war ich drauf und dran, Michaels Puppe zu werden.«

»Jetzt mach mal einen Punkt, Kate. Du weißt doch gar nicht, was mit dir und Michael geworden wäre. Er war irgendwie anders.«

Tränen rollten Kate über die Wangen. »Ja, das stimmt. Bis sich herausstellte, dass er ein völlig verlogener Dreckskerl ist.«

»Ich habe ja nicht gesagt, dass er der *perfekte* Mensch ist«, entgegnete Paige und freute sich, ihrer Freundin ein kleines Lächeln entlocken zu können. »Ich habe nur festgestellt, dass es zwischen euch beiden gefunkt hat.«

»Ja, das stimmt. Ich habe mich wirklich in Michael, den arbeitslosen Schriftsteller, verknallt«, sagte Kate wehmütig. »Und nun ist er Michael, der hinterhältige Agent der grauenhaften Frau, die mir meinen Mann weggenommen und meine Kündigung durchgesetzt hat.«

»Dein Problem ist, dass du deine Messlatte zu hoch ansetzt.«

»Genau«, schniefte Kate. »Aber solange er ein Schürzenjäger oder Lügner ist, hat kein Typ mehr eine Chance bei mir.«

Paige lachte. »Eventuell solltest du deine Kriterien für die Partnersuche noch einmal leicht überdenken.«

»Meinst du wirklich?«

»Das meine ich«, antwortete Paige ernsthaft. »Aber zuerst finden wir heraus, was mit deinem Geld ist, und dann verprassen wir alles für eine angesagte, heftige Therapie für dich.«

»Oder für Klamotten?«

»Du hast recht. Klamotten sind die bessere Investition.« Paige nahm eine Denkerpose ein und hielt ihren rechten Zeigefinger an ihre gespitzten Lippen. Dann nickte sie bedeutungsschwer und ergänzte: »Klamotten und Hautpflegeprodukte aus den Infomercials.«

»Und damit verdienen wir schnelles Geld«, sagte Kate und lachte.

»Junge Dame, bitte folgen Sie meiner Armbewegung«, sagte Paige und präsentierte schwungvoll ihre entzückende kleine Wohnung. »All das hier könnte dann Ihnen gehören.«

Kate fragte sich, ob Paige auch nur die geringste Ahnung hatte, wie sehr sie sich genau dies wünschte.

35 Michael blieb auf dem Parkplatz neben dem Eingang zum *Generations*-Set in seinem Wagen sitzen. Er war zu erschöpft, um den Motor anzulassen. Er starrte auf die Schlüssel, die am Zündschloss baumelten, konnte aber nicht die erforderliche Kraft aufbringen, um den Arm anzuheben und dem Schlüssel die erforderliche Vierteldrehung zu verpassen, damit er seine Funktion erfüllte. Seine Funktion.

Seine *eigene* Funktion.

Er erfüllte doch nur seine Funktion. Und seine Funktion bestand darin, für seine Klientin zu arbeiten, zu gewährleisten, dass man sie so umhegte, verhätschelte und verehrte, dass sie der Welt die Gabe ihrer großen Begabung schenken konnte.

Michael öffnete die Wagentür und beugte sich hinaus. Ihm war so schlecht, als müsste er sich gleich mit einem der vierzehn Becher Kaffee, die seine einzige Nahrung an diesem ruhmreichen Tag gewesen waren, übergeben. Er lehnte seinen Kopf auf die Arme und stützte sich auf die geöffnete Wagentür. Dann betrachtete er nur noch den Beton der Parkplatzfläche. Die Übelkeit ging vorbei – und nun fühlte er nur noch Benommenheit. Benommenheit mit einem Hauch von Traurigkeit und einem klitzekleinen Anflug von Selbsthass.

36 »Dein Handy«, sagte Paige und deutete auf Kates braune Wildlederhandtasche, in der es brummte und vibrierte.

»Ich weiß«, sagte Kate, die keine Lust hatte, sich um ihr hartnäckiges Handy zu kümmern, sondern lieber in einer Zeitschrift blätterte. Paige hatte Kate nach ihrem Gespräch am Vortag angeboten, sie zu ihrem Anwalt zu begleiten, in dessen Vorzimmer sie gerade saßen, um ihre finanziellen Angelegenheiten zu klären. Entweder hatte sie genug Geld, um sich eine Pause zu gönnen – oder sie müsste Straßentheater ausüben. Oder Pornos drehen. Die Tasche brummte schon wieder.

»Das macht mich noch verrückt.«

Kate legte das Magazin zur Seite und sah Paige ernst an. »Erstens, niemand – oder nichts – kann dich verrückt machen, es sei denn, du lässt es zu.« Paige rollte mit den Augen und schnaubte verächtlich ob dieser hausfrauenpsychologischen Weisheit. »Zweitens«, fuhr Kate fort, indem sie Paiges leichte Empörung wegwedelte, »werde ich nicht ans Telefon gehen. Denn entweder ist es meine Mutter, die es in der Tat schafft, mich verrückt zu machen. Oder es ist Jerry, der mich anruft, damit ich ihn wegen meiner Kündigung tröste. Egal, das Brummen ist nicht so nervig wie das Telefonat selbst.«

»Vielleicht ist es aber auch Michael«, gab Paige zu bedenken.

»Wieso Michael? Er hat doch meine Handy-Nummer gar nicht.«

»Vielleicht hat er sie von Hamilton bekommen.«

Kate starrte Paige entsetzt an. »Dieser Satz ist absolut fehl am Platz.«

»Es tut mir leid«, entschuldigte sich Paige. »Du hast Recht. Ich hätte Hamilton nicht erwähnen sollen.«

»Oder Michael.«

»In Ordnung.«

»Außerdem, weshalb sollte ich mit ihm telefonieren wollen?«, fragte Kate, die zunehmend in Rage kam. »Warum sollte er überhaupt anrufen? Damit ich ihm über seine Erkenntnis hinweghelfen kann, dass er ein verlogener Mistkerl ist?«

»Eventuell gibt es für alles eine vernünftige Erklärung?«

»Eine vernünftige Erklärung? Sag mal, bist du high?«

»Nö. Ich bin seit acht Jahren clean und trocken.«

»Super«, knurrte Kate unbeeindruckt.

»Finde ich auch«, sagte Paige und flatterte mit den Wimpern.

»Nein«, fauchte Kate. »Du bist absolut nicht super. Du bist überhaupt keine Hilfe. Jetzt versuche ich mal ausnahmsweise hart und cool zu bleiben, und du willst mir erzählen, dass ich ausgerechnet mit so einem Misttypen reden soll.«

»Hart und cool?«

»Du weißt genau, was ich meine!«

»Ja, das stimmt«, gab Paige zu und streckte eine Hand aus, um Kates Arm zu berühren. »Ich wollte dich nicht durcheinanderbringen. Er kam mir nur so nett vor, und du warst so begeistert von ihm.«

»Nun, wenn ich meine Erfolgsbilanz bei Männern betrachte, war meine Begeisterung eindeutig ein schlechtes Zeichen.«

»Möglich«, gab Paige zu. Dann flüsterte sie: »Aber ich glaube es nicht.«

»Wie bitte?«, fragte Kate. Aber bevor Paige sich eine Antwort ausdenken konnte, wurden sie von der Empfangssekretärin in das Büro von Frank Gilman gebeten.

»Hallo, Kate«, grüßte Frank und hielt ihnen die Tür zu seinem Büro auf. Er schüttelte herzlich Kates Hand und vermied somit das hollywoodübliche Gehabe mit Luftkuss an der Wange bei angedeuteter Umarmung, dann wandte er sich Paige zu. »Hallo, ich bin Frank Gilman.«

»Paige Carter. Schön, Sie kennenzulernen.«

»Bitte«, sagte er und zeigte auf ein kleines Sofa, während er selbst es sich auf einem Stuhl gegenüber bequem machte. »Zuerst, Kate, möchte ich dir sagen, dass ich mich freue, dich zu sehen. Es ist schon lange her, dass du in der Kanzlei warst.«

»Ja, entschuldige. Aber Hamilton hat sich halt immer um alles gekümmert.«

»Dafür brauchst du dich nicht zu entschuldigen. Ich wollte nur sagen, dass ich mich wirklich freue, dich zu sehen, auch wenn ich unser Telefonat so verstanden habe, dass dies kein privates Treffen ist.«

»Ja, ich glaube, so könnte man es sagen.« Kate legte eine Pause ein, um ihre Gedanken zu sammeln. »Mein Ehemann hat mich verlassen, und außerdem habe ich keine Arbeit mehr.«

»Das tut mir echt leid«, sagte Frank und blieb beachtlich gelassen. »Nun, was möchtest du von mir wissen?«

»Sie möchte wissen, ob sie den Rest ihres Lebens auf meiner Couch schlafen muss«, sagte Paige.

»Ich verstehe«, antwortete Frank und nahm einen Aktenordner von seinem Schreibtisch. »Ich glaube, darüber brauchst du dir keine Gedanken zu machen.«

»Worüber muss ich mir denn dann Gedanken machen?«, fragte Kate, die vor Angst kaum Luft bekam.

»Also, du kannst dir darüber Gedanken machen, wie du all das Geld ausgeben willst, das dir NBC noch schuldet.«

»Für die letzte Folge?«

»Nein, für die nächste. Wie viele Folgen fehlen noch für diese Staffel?«

»Ich habe keine Folgen mehr. Sie haben mich gefeuert, weil ich Sapphire Rose genervt habe.«

Frank musste lachen, aber als er sah, dass Kate und Paige nicht mitlachen konnten, fragte er nur: »Meinst du das im Ernst?«

»Ja, das tut sie«, bekräftigte Paige. »Es ist genauso wahr wie idiotisch. Für diese Staffel stehen noch acht Folgen aus.« Paige beantwortete von sich aus Franks nicht artikulierte Frage: »Ich kümmere mich bei *Generations* um ihre Maske. Also, bis jetzt. Aber ich habe aus Respekt zu Kate gekündigt. Und weil ich vergessen hatte, dass ich nicht unabhängig und reich bin.« Sie wandte sich an Kate. »Darf ich jetzt auf deiner Couch schlafen?«

Kate grinste. »Wenn ich mir eine Couch leisten kann, kannst du gerne darauf leben.«

»Also, wenn du keine Spielschulden hast, von denen ich nichts weiß, kannst du für jede von euch eine eigene Couch kaufen«, unterbrach sie Frank. »Dein Vertrag enthält die Pay-Or-Play-Klausel, das heißt, du wirst bezahlt, egal ob du spielst oder nicht.«

»Wirklich?«, vergewisserte sich Paige. Als Frank nickte, sagte sie nur. »Das haut mich um.«

»Das haut mich *total* um«, sagte Kate, die nun endlich erleichtert weiteratmen konnte.

»Also, ich glaube, du kriegst bei dieser Staffel fünfzigtausend Dollar pro Folge, oder?«

»Ja«, sagte Kate.

»Heiliger Bimbam«, ächzte Paige. »Dann muss ich ja noch netter zu dir sein.«

»Also«, sprach Frank unbeirrt weiter. »Acht Folgen mal fünfzigtausend macht vierhunderttausend Dollar.«

Paige fixierte Kate. »Ab sofort verlange ich Couchmiete.«

»Nun, da gibt es noch Steuern, Provisionsabzüge und so weiter, aber netto dürften das etwa zweihunderttausend Dollar sein.«

»Hey«, sagte Kate. »Das ist … das ist ja fantastisch.«

»Was ist mit ihrer Scheidung?«, fragte Paige. »Springt dabei etwas für sie raus?«

»Nicht sofort«, sagte Frank und blätterte im Aktenordner. »Nach deinem Anruf habe ich Richard gebeten, deine finanziellen Belange zu prüfen und …«

»Wer ist denn Richard?«, fragte Paige.

»Mein Manager«, antwortete Kate.

»Ich dachte, Hamilton hat sich um dein Geld gekümmert.«

»Hamilton und Richard«, erklärte Kate.

Paige lehnte sich überwältigt in das Sofa zurück. »Du meine Güte, du lässt ja eine Menge Leute für dich arbeiten.«

»Okay«, begann Frank, der wieder zum eigentlichen Thema ihrer Besprechung kommen wollte. »Die Wahrheit ist, du und Hamilton, ihr habt nicht viel Geld im Sinne von vorhandenem Kapital. Euer Haus ist gemietet, also steckt dort kein Eigenkapital, und der Großteil deiner Gage ging immer direkt in seine Firma. Denn als dein Manager hat er während der Vertragslaufzeit Anrecht auf zehn Prozent deiner Bezüge von NBC.«

»Hm, das tut weh«, kommentierte Paige.

»Vielleicht, aber das ist vom Gesetz so vorgesehen«, erläuterte Frank.

»Dann tut das Gesetz weh.«

»Gut, ich verstehe ja, warum Sie so denken, aber ich würde Ihnen gern noch die andere Seite der Medaille darlegen: So wie Hamilton Ansprüche auf einen Teil von Kates NBC-Vertrag ›besitzt‹, so gibt es ein Real-Case-Szenario für Kates Anteil an Hamiltons Firma.«

»Was bedeutet das?«, fragte Kate nach.

»Das bedeutet, dass du auch Anspruch auf einen Anteil an seinem Einkommen hast.«

»Also, sie bekommt zehn Prozent von seinen zehn Prozent von ihren Einkünften?«, fragte Paige verwirrt nach.

»Nein«, wehrte Frank ab und schmunzelte. »Das wäre allerdings eine interessante Variante.«

Kate war zu nervös, um mitlachen zu können. »Bitte, Frank, was bedeutet es dann?«

»Also, ich erkläre es dir: Wenn das Gericht feststellt, dass du die finanzielle Basis seiner Firma bist, was sich leicht nachweisen lassen wird, weil deine Einkünfte die einzigen nachvollziehbaren Einkünfte sind, dann hast du lebenslänglich Anspruch auf einen Anteil an seinem Einkommen. Und das bezieht sich selbstverständlich auch auf weitere Verträge seiner Firma, die abgeschlossen wurden, solange eure Ehe bestand.«

»Hey, das ist ja irre.«

»Hm«, murrte Kate, »aber nur, bis dir klar wird, dass ich seine einzige Klientin bin.«

»Nein, das bist du nicht«, entgegnete Paige und feixte. »Du hast Sapphire Rose vergessen.«

»Meine Güte!« Kate schnappte nach Luft, denn nun hatte sie alle Teile zusammengefügt. »Heißt das, dass ich Anspruch auf einen Anteil von Sapphires Einkünften habe?«

»Wenn er den Vertrag mit ihr vor eurer Scheidung abschließt, dann hast du gute Chancen«, sagte Frank.

»Tja, dann wünsche ich ihr jeden nur erdenklichen Erfolg«, sagte Kate. »Und diesmal meine ich das ehrlich.«

»Dito«, sagte Paige. »Auch wenn ich ihr eigentlich wünsche, dass sie bei einem irren Unfall mit dem Rasenmäher alle Zehen verliert.«

»Das habe ich nicht gehört«, sagte Frank.

»Soll ich das noch einmal wiederholen?«

»Nein«, sagte Frank und lachte. »Ich muss nur sicher sein, dass ihr nicht in den nächsten Baumarkt fahrt.«

»Sir, das ist das leichteste Versprechen, das ich je halten musste.«

»Also, sind wir jetzt fertig?«, fragte Kate.

»Für heute ja«, sagte Frank. Er stand auf und reichte ihnen die Hand. »Meine Sekretärin gibt euch einen neuen Termin, damit wir die Details durchgehen können, aber ich denke, wir haben heute die wichtigsten Punkte geklärt. Geht es dir jetzt besser?«

»Viel besser«, sagte Kate und griff nach ihrer Tasche. »Danke, Frank.«

»Gern geschehen«, sagte er herzlich.

Kate drehte sich zu Paige um und fragte: »Können wir gehen?«

Paige stand da, machte aber keinerlei Anstalten sich zu bewegen. »Mir ist da noch eine Frage an Frank eingefallen. Ginge das?«

»Natürlich«, sagten Frank und Kate gleichzeitig.

Paige zögerte kurz, dann bat sie Kate: »Hm … wäre es möglich, wenn wir uns dann gleich im Wagen wieder treffen?«

Kate war inzwischen in der Betriebsanleitung für ihr Auto auf Seite 43 angelangt, als Paige an die Fensterscheibe tippte.

»Da bist du ja!«, schimpfte Kate. Sie versuchte, nicht zu zeigen, wie gekränkt und ausgeschlossen sie sich fühlte. »Wo hast du so lange gesteckt?«

»Ich hatte gerade mit deinem Rechtsanwalt heißen Sex auf seinem Schreibtisch«, antwortete Paige.

Kate schnaubte. »Alte Lügnerin!«

»Erstens: Ich bin beleidigt«, begann Paige und versuchte beleidigt auszusehen, »und zweitens, natürlich bin ich eine alte Lügnerin. Was hast du denn gedacht? Vielleicht, dass ich eine Schlampe bin?«

Kate zog die Augenbrauen hoch. »Soll ich dir wirklich eine ehrliche Antwort geben?«

»Nein, lieber nicht. Ich hätte dir nie und nimmer von dieser scharfen Weihnachtsparty erzählen dürfen. Ich glaube ja nach wie vor, ich hätte meine Ehre nicht verloren, wenn da nicht diese Comicslips gewesen wären.«

»Die sind wirklich Teufelszeug.«

»Du hast ja so Recht«, sagte Paige bedächtig und nickte weise.

Kate hielt es gerade noch weitere drei Sekunden aus, ehe sie herausplatzte: »Also, erzählst du mir jetzt endlich, was du in der Kanzlei getrieben hast, oder nicht?«

»Mann o Mann, du bist aber hartnäckig!«

»Jetzt rück *endlich* mit der Sprache raus!«

»Gut. Rechtsanwalt Frank Gilman und ich haben einen Termin für ein gemeinsames Geschäftsessen vereinbart, um einen Businessplan zu besprechen.«

»Bist du sicher?«, zweifelte Kate. »Meinst du Business oder Bett-nass?«

»Eindeutig Business«, antwortete Paige. »Was sollen eigentlich diese säuischen Anspielungen?«

»Ach, ich weiß es selbst nicht. Ehrlich gesagt, ich weiß zurzeit oft gar nicht, was ich eigentlich sage. Ich glaube, ich stehe immer noch unter Schock oder so.«

»Vermutlich ist das so«, sagte Paige. »Ich meine, wie solltest du denn nicht unter Schock stehen, nach all dem, was du in der letzten Woche durchgemacht hast. Es grenzt ja schon fast an ein Wunder, dass du keine Embryonalstellung eingenommen hast, dich hin und her rollst und unzusammenhängendes Zeug vor dich hin brabbelst.«

»Nette Vorstellung.«

»Stimmt doch!« Paige lachte. »Entschuldige, bitte. Ob du es glaubst oder nicht, eigentlich wollte ich dir nur dazu gratulieren, wie tapfer du dich bei diesem gewaltigen Stress überhaupt schlägst.«

»Ach, schön, in diesem Fall danke ich dir.«

»Gern geschehen.«

Eine Minute später sagte Kate: »Ehrlich gesagt, eigentlich fühle ich mich gar nicht so stark.«

»Das ist schon in Ordnung«, beruhigte Paige sie und legte tröstend eine Hand auf Kates Schulter.

»Und ich bin richtig traurig wegen Michael.«

»Das ist doch verständlich«, meinte Paige.

»Aber es ist so idiotisch. Eigentlich kenne ich ihn ja nur so gut wie neunzig Sekunden, aber irgendwie hat es mich richtig erwischt.« Kate seufzte. »Natürlich war vermutlich alles gelogen. Wahrscheinlich hat er sich nur an mich rangerobbt, um mich über Sapphire auszuhorchen.« Sie ließ ihren Kopf auf das Lenkrad fallen. »Ich bin so eine hirnverbrannte Idiotin.«

»Nein, mein Liebe, du bist keine Idiotin. Außerdem glaube ich nicht, dass du das Opfer einer Spionageverschwörung bist. Hast du seinen Gesichtsausdruck bemerkt? Er sah völlig zerstört aus. Er sah wie ein Tier aus, das mit seiner Pfote in eine Falle geraten ist.«

»Ja, in Sapphires Falle«, ergänzte Kate.

»Genau, in Sapphires Falle. Und nach allem, was wir wissen, zernagt er gerade einen Arm, während wir über ihn reden.«

»Das bezweifle ich«, sagte Kate. »Schließlich braucht er beide Arme, um das Geld schleppen zu können, das er durch sie verdient.«

»Ich sage ja nur, dass wir beide nicht die ganze Wahrheit kennen.«

»Mag sein«, gab Kate zu. »Aber könnten wir jetzt bitte das Thema wechseln. Es ist alles zu deprimierend für mich.«

»Genau, meine neureiche Freundin, ich hätte da ein Thema, das ich gern mit dir besprechen würde.«

»Paige, jetzt bist du mir zuvorgekommen«, sagte Kate und fischte nach ihrer Handtasche auf dem Rücksitz. »Ich schulde dir noch Geld für die Miete und für die Nebenkosten und fürs Essen …«

»Kannst du bitte mit dem Quatsch aufhören?« Paige hielt Kates Hand fest, ehe sie ihr Scheckheft zücken konnte. »Ich will kein Geld für die Miete. Ich möchte dir eine Geschäftsidee vorschlagen.«

»Wirklich?«, fragte Kate genauso überrascht wie geschmeichelt.

»Wirklich«, bestätigte Paige. Dann erklärte sie einer zunehmend begeisterten Kate ihre Geschäftsidee, und keine von beiden beachtete das hartnäckige Brummen in Kates brauner Wildlederhandtasche.

37 Als Paige und Kate vor Paiges Haus ankamen, konnten sie kaum die Haustür sehen – sie war von einem riesigen Strauß Rosen blockiert.

»Wahnsinn«, sagte Kate, als sie aus dem Wagen stiegen. »Von wem sind die?«

»Keine Ahnung«, sagte Paige und griff nach dem Briefumschlag am Blumenstrauß. »Aber sie sind so schön, dass es fast egal ist. Ich glaube, du musst heute Nacht auf der Couch schlafen.«

»Du hast mir bereits die Couch zugeteilt.«

»Wirklich?«, fragte Paige und öffnete den Umschlag. »Ich glaube, ich habe etwas falsch gemacht. Vielleicht solltest du besser unter das Vordach ziehen.«

»Du verwöhnst mich aber«, entgegnete Kate.

»Ich bin nicht diejenige, die dich verwöhnt«, sagte Paige und reichte ihr die Grußkarte.

Kate stockte der Atem, als sie die Unterschrift las: Michael. Sie schaute Paige an, die ihr zulächelte, ehe sie die Tür aufschloss und Kate allein unter dem Vordach stehen ließ. Kate setzte sich auf die Stufen und begann zu lesen.

Liebe Kate,
mir fehlen die Worte, um auszudrücken, wie leid mir alles tut. Die gemeinsame Zeit mit dir tut mir keineswegs leid, aber der Preis, den du jetzt für meine Täuschung bezahlst. Ich vermute, dass ich dir eine Version von mir zeigen wollte, die deiner würdig ist. Ich verstehe nicht, wie mir die Tatsache entgehen konnte, dass »verlogen« auf deiner Liste mit guten Eigenschaften garantiert nicht an erster Stelle steht. Ich weiß, dass ich mit einem »Es tut mir leid« den Schmerz nicht wiedergutmachen kann, den ich dir in einer ohnehin so schmerzhaften Phase zugefügt habe. Aber

es tut mir wirklich unendlich leid. Ich möchte, dass du weißt, dass die Version von mir, die du kennengelernt hast, keine unsinnige Täuschung war, sondern dem Mann entspricht, der ich immer sein wollte. Denn deine authentische und ehrliche Art hat auf mich schlicht abgefärbt. Ich hoffe, selbst eines Tages diese Attribute zu verdienen. Und dich. Ich denke an dich, den ganzen Tag, jeden Tag.
Michael

Kate starrte auf die Karte. *Und jetzt*?

Die Haustür ging auf, und Paige streckte ihren Kopf heraus. »Alles in Ordnung?«

Kate sah hoch. »Ich weiß es nicht.«

»Hast du Hunger?«

»Ja«, stellte Kate überrascht fest. »Das ist merkwürdig.«

»Nein, das ist gesund«, widersprach Paige, zog Kate hoch und schob sie in ihre Wohnung.

»Ich glaube, ich habe merkwürdig und gesund verwechselt«, sagte Kate und drehte sich noch mal um, um die Blumen aufzuheben.

»Das passiert allen«, sagte Paige. »Nur die tatsächlich Verrückten halten sich nicht für merkwürdig.«

»Das klingt bescheuert.«

»Nein, das ist es nicht. Jeder hält sich doch für ein großes, dunkles, peinliches Geheimnis, aber in Wahrheit hassen die meisten von uns ihren Körper oder befürchten insgeheim, dass uns niemand liebt.«

Kate wusste, dass der Kern von Paiges Behauptung richtig war, doch sie fürchtete, er sei zu schön, um wahr zu sein. »Aber was ist, wenn man der einzige Mensch ist, der absolut nicht liebenswert ist?«

»Hey, hast du mir deinen Job als Serienmörderin verschwiegen?«

»Nein«, sagte Kate und lachte.

»Dann denk nicht weiter darüber nach.«

»Komm, es gibt doch sicher eine Grauzone zwischen Serienmördern und liebenswerten Menschen, oder?«

»Liebe Kate, jetzt setz dich mal hin.« Paige zog einen Stuhl unter dem kleinen Frühstückstisch hervor und schob ihn vor Kate. »Ich habe Michaels Karte gelesen.«

»Ich meinte damit nicht Michael«, protestierte Kate.

»Natürlich nicht«, prustete Paige spöttisch. »Jetzt hör mir mal einen Moment zu. Ich entschuldige ja nicht die Tatsache, dass er dich angelogen hat, vor allem in einer für dich so harten Zeit. Aber ich verstehe sehr wohl, warum er es getan hat: Wie fast jeder befürchtet er, deiner nicht würdig zu sein, weil sein Streben nach Geld oder Sicherheit aus ihm einen Menschen gemacht hat, der angeblich nicht mehr liebenswert ist. Am meisten hat dir doch die Vorstellung gefallen, er würde dich nicht durch die Serie kennen. Warum? Weil du endlich mal als *du selbst* wahrgenommen werden wolltest – und nicht als das, womit du deinen Lebensunterhalt verdienst. Ganz zu schweigen von dem übrigen Ballast. Und er wollte genau das Gleiche. Ich sage nicht, dass ich sein Verhalten entschuldige. Es liegt an dir zu entscheiden, ob du lernen kannst, ihm noch einmal zu vertrauen. Ich betone nur noch einmal, dass die meisten von uns befürchten, nicht so liebenswert zu sein, wie wir es im Grunde sind.«

»Es fällt mir schwer, das zu glauben. Du meinst wirklich, das betrifft die *meisten* von uns?«

»Genau«, sagte Paige. Sie stand auf und ging zur Arbeitsplatte, um einen Tunfischsalat anzurichten. »Vielleicht gibt es drei oder *sogar* vier Menschen, die als Kinder alles bekommen haben, was sie brauchten, und die mit dem Dauergefühl aufgewachsen sind, akzeptabel und liebenswert zu sein. Doch ich glaube, diese Art von Leuten wünscht sich insgeheim ein spannendes Leben mit ein wenig Angst und Selbstzweifeln.«

»Für mich muss es nicht gar so spannend sein, ich kann auf diese Angst gut verzichten.«

»Ich auch. Und, ehrlich gesagt, falls ich je Kinder haben sollte, hoffe ich, dass sie unspektakulär und geborgen aufwachsen. Selbst wenn man dann weniger Aufregungen mit ihnen hat.«

Kate saß einige Minuten tief in Gedanken versunken da. »Ich weiß einfach nicht, ob ich ihm noch mal vertrauen kann.«

Paige stellte zwei Teller mit Salat auf den Tisch und setzte sich zu Kate. »Ich weiß auch nicht, ob du das kannst oder ob du das können solltest. Denn zuerst musst du lernen, dir selbst zu vertrauen. Danach ist es nicht mehr so wichtig, was die anderen tun.«

»Gut ... aber wie lerne ich Selbstvertrauen? Gibt es dafür eine Pille oder irgendein anderes Hilfsmittel?«

»Nein, leider helfen in diesem Fall keine Pillen. Verlass dich drauf – ich habe in meinem Leben jede erdenkliche Kombination ausprobiert.«

»Ich denke, du hast gerade meine Idee platzen lassen, Alkohol könnte ein Weg zu einem besseren Selbstwertgefühl sein.«

»Nun, meine Erfahrung hat mir gezeigt, dass Alkohol hilft ... aber leider nur kurzfristig. Der permanent darauf folgende intensive Aufenthalt mit dem Kopf über der Kloschüssel vermittelt nicht den rechten Kick für ein gesteigertes Selbstbewusstsein.«

»Danke für die anregende Beschreibung«, lobte Kate und lachte. »Hast du denn einen echten Tipp auf Lager?«

»Mein erster Tipp ist: Iss dieses leckere Essen, das ich für uns zubereitet habe«, sagte Paige und reichte ihr eine Gabel. »Danach sollten wir beide an unseren Businessplan gehen, und schon bald werden wir dermaßen mit wichtigen Dingen beschäftigt sein, dass wir für unsere Selbstkasteiungen keine Zeit mehr haben.«

»Ach, ich weiß nicht. Ich finde das so wichtig, dafür sollte man stets ein wenig Zeit erübrigen können.«

»Willst du wissen, was ich denke?«, fragte Paige.

»Lieber nicht«, antwortete Kate und giggelte.

»Ich denke, wir halten jetzt den Mund und essen.«

Und das taten sie.

Drei Stunden lang befanden sich Paige und Kate in allerbester Stimmung. Je mehr sie über Paiges Geschäftsidee – ein kleines Möbel- und Einrichtungsgeschäft – sprachen, umso größer wurde ihre Begeisterung. Kate war von der Idee entzückt, eine Zeit lang Distanz zwischen sich und die Kameras zu legen, und die Vorstellung, diese Auszeit mit Paige auf Kleinstadtflohmärkten zu verbringen, um Gegenstände für das Geschäft zu kaufen, erschien ihr zu schön, um wahr zu sein.

»Oh, mein Gott«, seufzte Kate zufrieden und dehnte ihre Arme über dem Kopf. »Wenn das klappt, muss ich nie wieder in Unterwäsche vor die Kamera treten.«

»Zumindest nicht, bis wir die Fotos für unsere Anzeigenkampagne machen«, gab Paige zu bedenken.

»Willst du mir das wirklich antun?«, fragte Kate.

Paige nickte. »Wenn wir damit eine betuchte Kundschaft ansprechen könnten, würde ich sogar Nacktfotos von dir, umgeben von vielen Bauernhoftieren, aufhängen.«

»Also, deine einzige Idee, exklusive Kunden für unser neues Einrichtungsgeschäft zu akquirieren, besteht darin, Nacktfotos von mir auf einem Esel zu veröffentlichen?«

»Genau. Ich habe schon eine riesige Posterwand damit vor Augen.«

»Wahnsinn. Ich bin so dankbar, dass ich an eine so clevere Geschäftsfrau geraten bin.«

»Bleib bei mir, und du wirst es noch weit bringen.« Paiges schlechte Persiflage auf James Cagney wurde von Kates brummender Handtasche unterbrochen. »Okay«, sagte Paige, die wieder ernst geworden war, »wenn du jetzt nicht rangehst, spüle ich dein Handy im Klo runter. Dieses Brummen macht mich wahnsinnig.«

»Gut«, sagte Kate ruhig. »Dann spül es runter.«

»Geh ran«, zeterte Paige.

»Nein!«, kreischte Kate zurück.

»Warum nicht?«

»Vielleicht ist es ja Michael, aber ich bin noch nicht in der Lage, mit ihm zu sprechen«, gab Kate zu.

Paige griff nach der Handtasche und zerrte das vibrierende Gerät heraus. Sie schrie »*Anruferkennung*« und hielt Kate das Display vor die Nase.

»Okay«, sagte Kate ergeben und nahm endlich ihr Handy. »Du weißt ja, Hamilton hat sich oft darüber mokiert, dass ich technisch unterbelichtet bin …«

Paige riss frustriert die Hände hoch. »*Geh ran*!«

»Gut«, lenkte Kate ein und sah auf das Display, bevor sie

das Handy aufklappte. Es zeigte die Telefonnummer der Produktionsfirma von *Generations* an. *Großartig*, dachte sie, *noch mehr schlechte Nachrichten.* Dann meldete sie sich resigniert mit »Hallo?«.

»Kate! Ich grüße dich! Ich bin's, Jerry!«

»Hallo Jerry.« Als Strafe für ihre Nötigung, das Gespräch anzunehmen, warf Kate Paige einen vernichtenden Blick zu. Paige lächelte schuldbewusst und verzog sich in die Küche.

»Meine Güte, die Dame ist ja äußerst schwer zu erreichen. Ich muss dir sagen, dass wir alle hier in deiner alten Heimat uns Sorgen um dich gemacht haben!«

»Jerry, ich bin nicht selbstmordgefährdet«, sagte Kate eher verärgert als höflich. »Und jetzt sind deine Sorgen verflogen, und ich denke, jeder von uns kann sich wieder um seine eigenen Angelegenheiten kümmern. Auf Wieder …«

»Halt, Kate! Leg nicht auf! Ich habe verdammt lange gebraucht, dich überhaupt aufzustöbern!«

»Jerry, du hast mich vor nicht einmal zwei Tagen vor die Tür gesetzt. Das ist Zeit genug, um einen Suchtrupp loszuschicken.«

»Ja, ich weiß, ich weiß.« Er gackerte nervös. »Weißt du, die letzten Tage hier waren nervenaufreibend, und ich dachte echt, ich würde eher etwas von dir hören. Hast du denn meine Nachrichten nicht erhalten?«

Kate war nicht in der Stimmung, sich dafür zu entschuldigen, ihre Mailbox nicht abgehört zu haben. »Jerry, warum sagst du mir nicht einfach, worum es geht?«

»Also, Kate, ich habe dir doch schon auf die Mailbox gesprochen, dass Sapphire entschieden hat, die Serie zu verlassen.«

»*Was*?«, platzte es so laut aus Kate heraus, dass Paige aus der

Küche angerannt kam. Für sie wiederholte Kate Jerrys Aussage: »Habe ich richtig gehört, Sapphire *verlässt die Serie*?«

»Ach du grüne Neune«, flüsterte Paige und ließ sich auf den Stuhl neben Kate fallen. Dann lehnte sie sich nah heran, um das Gespräch mitzuhören.

»Ja«, bestätigte Jerry. »Anscheinend hängt jetzt ihr Herz an irgendeinem Film über Vivien Leigh. Sie hat entschieden, sofort auszusteigen, um ›ihren Prozess‹ zu beginnen, was zum Teufel *das* auch wieder bedeuten soll. Entschuldige bitte diese Sprache, Kate, aber das hat jeden von uns ziemlich schockiert, nach allem, was wir getan haben, um sie glücklich zu machen.«

»Meinst du damit zum Beispiel meine Kündigung?«, hakte Kate nach, was ihr von Paige eine respektvolle Daumen-hoch-Geste einbrachte.

»Hm, ja, hm, vermutlich ist das unser größter Fehler gewesen.«

»Ach, ja?«, entfuhr es Paige.

»Was war das denn jetzt gerade, Kate?«, fragte Jerry.

Kate gab Paige grinsend einen Klaps, ehe sie weitersprach. »Ich habe *›ach ja‹* gesagt, Jerry. Aber ich weiß immer noch nicht, warum du mich anrufst.«

»Hey, Kate, jetzt kommt die gute Nachricht!«

»Welche gute Nachricht, Jerry?«, fragte Kate, die befürchtete, seine Antwort schon zu kennen.

»Wir wollen dich wieder dabeihaben!«

»Tatsächlich? Genau jetzt wollt ihr sie wieder dabeihaben«, schaltete sich Paige laut dazwischen.

»Genau, das wollen wir«, antwortete Jerry energisch.

Kate verließ der Mut. Sie fühlte sich, als wäre sie wieder in den muskulösen Armen eines Ex gelandet, der sie misshandelt hatte. Sie dachte daran, wie vergnügt sie nur ein paar Minuten zuvor gewesen war, als sie und Paige ihr neues Projekt geplant hatten. Allein die Vorstellung, ein eigenes Geschäft zu führen und hierfür mit ihrer Freundin einzukaufen und Entwürfe anzufertigen, ganz weit weg vom kritischen Auge der Öffentlichkeit, hatte sie fröhlich gestimmt. Bei ihren Gedanken an *Generations* fielen ihr der frühe Arbeitsbeginn ein und die unzähligen Stunden, die für so viele Dinge vergeudet wurden, auf die sie keinerlei Einfluss hatte. Sie hatte keine Lust, dieses Gefühl der Machtlosigkeit noch einmal zu erleben. Sie hatte keine Lust. Punkt. Aus. Basta.

»Kate? Bist du noch dran?«, fragte Jerry. Sein zur Schau gestellter Enthusiasmus war mittlerweile der eindeutigen Unsicherheit gewichen, die bei ihm stets unterschwellig lauerte.

»Ja, ich bin noch dran.«

»Also, was hältst du von meinen großartigen Neuigkeiten?« Seine Stimme klang wie die eines Cheerleaders, der eine Verlierermannschaft anfeuern muss – gezwungen und verzweifelt.

Paige machte Kate Handzeichen, damit sie das Mikrofon verdeckte. »Es ist schon in Ordnung, wenn du zurückwillst«, raunte sie. »Mach dir keine Gedanken wegen des Ladens. Wir können trotzdem am Wochenende zusammen auf Flohmärkte gehen, und dann verteilen wir die tollen Sachen, die wir dort aufstöbern, in deinem neuen wunderschönen Haus, das du dir mit deinem frisch erworbenen Geld kaufst.«

Tief bewegt von Paiges Großzügigkeit verbarg Kate ihr eigene Verletzlichkeit, indem sie sagte: »Willst du mich vielleicht loswerden?«

»Ganz und gar nicht«, versicherte Paige. »Ich hoffe nur, dass du ein Haus am Strand kaufst und *mich* dann auf *deiner* Couch schlafen lässt.«

»Hallo? *Hallo*? Kate? Bist du noch dran?«

Kate verdrehte über Jerrys zunehmende Panik die Augen. »Ja, Jerry, ich bin noch dran. Ich muss nur nachdenken.«

»Hoffentlich nur darüber, wie lange du für dein Jawort brauchst.«

»Ehrlich gesagt nicht«, sagte Kate.

»Nein?«, piepste Jerry, dessen Stimme sich fast überschlug. »Das meinst du doch nicht im Ernst, Katie-Kate. Du hast doch wohl keine andere Wahl, oder?«

Das war zu viel. »Weißt du was, Jerry? Ich habe gerade die Qual der Wahl. Und deshalb entscheide ich, mich nicht wieder in eine Situation zu begeben, in der ich mich meistens nur noch machtlos, ausgenutzt und verraten gefühlt habe.«

»Wahnsinn«, flüsterte Paige beeindruckt.

»Wahnsinn«, sagte Jerry wie üblich mit Verzögerung. Dann stöhnte er kaum hörbar: »Ich glaube, er hatte recht.«

»Was?«, fragte Kate, während sie und Paige sich ratlos anschauten.

»Nichts.« Jerry seufzte schwer, ehe er fortfuhr. »Kate, wir brauchen dich wirklich.«

»Vielleicht hätte euch das früher einfallen sollen, Jerry.«

Paige war restlos begeistert von Kates neuem Auftreten, sie stieß mit den Fäusten in die Luft und veranstaltete einen zappeligen, wortlosen Siegestanz.

»Was wäre, wenn wir dir mehr Geld anbieten?«

Paige ging ganz nah ans Handy und sagte: »Wir hören.«

Kate versetzte ihr einen Stoß mit dem Ellbogen. »Es geht mir nicht um Geld«, sagte sie und ging nicht auf Paiges pantomimische Kommunikationsversuche ein.

»Ich weiß«, sagte Jerry resigniert. »Ich gebe zu, wir haben dich hier nicht so gut behandelt, wie wir es hätten tun sollen.«

»Na, so was?«, trötete Paige, was ihr den nächsten Ellbogenstoß einbrachte.

»Ja«, sagte er. »Und es tut mir echt und ehrlich leid.«

»Klar, *jetzt* bereust du's«, nuschelte Paige.

»Was war das, Kate?«

»Nichts, Jerry.« Kate hielt das Mikrofon zu und zischte Paige zu: »Könntest du bitte still sein?« Die zuckte nur mit den Achseln und lächelte. Kate schüttelte den Kopf und sagte dann: »Wie auch immer, Jerry, ich bedanke mich für deine Entschuldigung und für dein Angebot, doch ich kann mir nicht vorstellen, mich erneut in die gleiche Situation wie zuvor zu begeben.«

»Hm … wie wäre es, wenn ich dir *mehr* als eine höhere Gage anbiete?«

»Was meinst du damit?«, fragte Kate und versuchte sich beim Anblick von Paiges hochgezogenen Augenbrauen und eindeutigen Hüftbewegungen das Lachen zu verkneifen.

»Hm, wie wäre es, wenn du wieder einsteigen würdest, und zwar nicht nur als Schauspielerin, sondern *auch* als Executive Producer?«

Kate meinte sich verhört zu haben. »Als Produzentin?«

»Ja. Ich biete dir die Produktion an, mit allem, was dazugehört.«

Kate hielt wieder das Mikrofon zu und flüsterte zu Paige: »Was gehört denn alles dazu?«

»Verantwortung tragen für die Sachen und die Leute und so«, flüsterte Paige zurück. »Du wirst super sein. Frag ihn, wie viel es dafür gibt.«

»Kate, bist du noch dran?«

»Ja, Jerry, ich bin noch dran. Ich weiß, ich habe gerade gesagt, es geht nicht um Geld. Aber damit ich alle Fakten zusammenhabe: Gibt es für diese neue Position auch eine höhere Bezahlung?«

»Ja, natürlich. Das sind fünfundzwanzigtausend Dollar pro Folge.«

Kate und Paige kreischten lautlos *O MEIN GOTT!*

»Ich verstehe«, sagte Kate ruhig.

»Kate, es ist halt so«, begann Jerry stockend, der von Minute zu Minute verzweifelter klang. »Ach, ich sollte dir das eigentlich gar nicht sagen, aber wir brauchen dich dringend. Du und Sapphire, das war die Serie. Und wenn ihr beide nicht mehr mitspielt, bleibt nichts mehr übrig. Ich gehe davon aus, dass du bereits eine Menge Angebote vorliegen hast, aber ich hoffe, bis jetzt hat dir niemand ein Mitspracherecht bei der Produktion einer Serie angeboten.«

Verdammt, formulierte Paige lautlos. *Ich weiß*, gab Kate ebenso lautlos zu verstehen. Ins Telefon sprach sie: »Jerry, ich muss mir das erst einmal durch den Kopf gehen lassen. Kann ich dich zurückrufen?«

»Natürlich … aber bitte, ruf mich sobald wie möglich an. Ich sitze hier auf glühenden Kohlen.«

»Einverstanden. Ich rufe dich spätestens in einer Stunde zurück«, versprach Kate, die es irgendwie schaffte, ihre Stimme unbeteiligt klingen zu lassen. »Ich muss nur mit meinem Team meine Alternativen beraten.« Paige zeigte auf sich und sagte nicht hörbar: *Dein Team*? Kate grinste breit, nickte, und dann setzte sie hinterher: »Jerry, ich habe noch eine Frage.«

»Selbstverständlich«, sagte er.

»Habe ich als Produzentin auch ein Mitspracherecht beim Budget für die Maskenbildner?«

»Ja, natürlich.«

Paige reckte zum Salut erneut triumphierend ihre Fäuste

in die Höhe, und Kate versuchte weiterhin, so gelassen wie möglich zu klingen, als sie sagte: »Das ist gut zu wissen, Jerry. Binnen einer Stunde hast du meine Antwort.«

Kate klappte das Handy wieder zu und legte es bedächtig auf den Tisch. Sie und Paige verharrten einen Moment still und starrten es ungläubig an. Dann sahen sie einander an – und stießen ein Siegesgeheul aus, das jedes Trommelfell zum Platzen gebracht hätte.

38

Nur drei Tage später stand Kate vor dem Konferenzraum der *Generations*-Büros, traute sich aber noch nicht hinein. Als jüngster Neuzugang zum Produktionsteam von *Generations* musste sie auch an den wöchentlichen Produktionsbesprechungen teilnehmen, bei denen der Drehplan, das Budget und sonstige Fragen der anstehenden Folgen diskutiert wurden. Sie umklammerte mit verschwitzten Händen ihr Drehbuchexemplar und warf, in der Hoffnung ein freundlich gesinntes Gesicht bei den um den langen Konferenztisch versammelten Kollegen vorzufinden, einen Blick durch das kleine Fenster in der Tür. Sie hatte nun schon ganze zehn Minuten so zugebracht, ohne sich von der Stelle zu rühren. Wenn sie ihre Füße in den nächsten fünf Minuten nicht dazu bringen konnte, sich zu bewegen, würde sie am ersten Tag ihrer neuen Aufgabe zu spät kommen. Sie wollte, dass ihr Körper sich durch die Tür schob, aber sie war vor Angst bewegungsunfähig. Was wäre, wenn sie ihre Befürchtung, nicht dazuzugehören, in den Gesichtern der etwa zwanzig Kollegen bestätigt sähe, die bereits um den Tisch saßen? Was wäre, wenn alle sie nur für eine dumme Schauspielerin hielten, die ihre Grenzen überschritt und sich Macht anmaß, die ihr nicht zustand? Was wäre, wenn …

»Guten Morgen, Kate! Es ist wirklich super, dass du dabei bist!« Claire, die Chef-Kostümbildnerin, unterbrach Kates Selbstzerfleischung mit einer herzlichen Umarmung. »Wir sind alle so froh, dass du wieder da bist und dass du an unserer Besprechung teilnimmst!« Sie beugte sich verschwörerisch an Kates Ohr und raunte: »Als Jerry ankündigte, eine von den Schauspielerinnen würde neu ins Produktionsteam kommen, haben wir alle eine Minute lang befürchtet, er meinte Sapphire. Mein Gott, wir hätten uns jetzt die Beine ausgerissen, um Palmwedel und juwelenbesetzte Throne für ihren Empfang aufzutreiben! Aber jetzt müssen wir hinein, sonst kommen wir noch zu spät. Übrigens, ich habe ein wenig von dem mitbekommen, was du in den letzten ein, zwei Wochen durchgemacht hast, und ich stehe dir gern zur Verfügung, wenn du mit jemandem reden möchtest. Oder wenn du einfach nur ein wenig Hilfestellung brauchst, um die Usancen deiner neuen Position kennenzulernen. Wirklich, jederzeit gerne.«

»Das ist nett, Claire«, bedankte sich Kate überwältigt. »Aber vielleicht bereust du dein Angebot noch, wenn ich dich mit ellenlangen Listen von Fragen bombardiere.«

»Nie im Leben«, versicherte Claire, während sie die Tür zum Konferenzraum öffnete und zur Seite trat, um Kate den Vortritt zu lassen. »Ich werde jede Minute mit dir genießen. Kate, du bist schlichtweg ein Schatz.«

Am liebsten hätte Kate Claire auf der Stelle noch einmal umarmt, aber sie befürchtete, angesichts der offen stehenden

Tür und der zwanzig Gesichter, die sie beobachteten, könnte das womöglich nicht sonderlich professionell aussehen. Sie zwang ihre Beine, sie in den Raum zu tragen, wo sie mit kritischen Blicken und abfälligem Flüstern rechnete. Doch anstelle des erwarteten »Was glaubst du eigentlich, wer du bist?« hörte sie von allen nur herzliche Begrüßungen: »Kate, schön, dich zu sehen … Schön, dich dabei zu haben … Gut, dass du wieder da bist. Wir haben dich vermisst!«

Kate war so gerührt, dass sie gerade noch herausbrachte: »Leute, es waren doch nur ein paar Tage.«

»Es waren aber *lange* Tage«, rief Bill, der Ausstatter, und brachte damit alle zum Lachen.

»Ja, sie dehnten sich schier zur Unendlichkeit«, frozzelte Mike, der Stunt-Koordinator, gutmütig.

»Meine Güte«, staunte Kate und setzte sich auf einen freien Stuhl, nachdem sie eine kurze Runde mit freundschaftlichen Umarmungen hinter sich gebracht hatte. »Was ist denn passiert, während ich weg war?«

»Also«, begann Claire, die neben ihr saß. »Zuerst erfuhren wir, dass sie dich gefeuert hatten …«

»Und das war schon *hart*«, unterbrach Mike sie. Kate schenkte ihm einen dankbaren Blick.

»Gut gesagt, Mike«, fuhr Claire fort. »Und dann sickerte durch, dass Sapphire forderte, dass sie und Hamilton als Producer einstiegen …«

»Oh, nein!« Kate hielt entsetzt eine Hand vor den offenen Mund, offensichtlich war sie unfähig, ihn wieder zu schließen.

»Oh, doch!«, erwiderte Bill. »Anscheinend brauchte sie ihn in einer Schlüsselposition, um die neue Ausrichtung der Serie zu überwachen.«

»Was für eine neue Ausrichtung?«, hakte Kate nach.

Wieder war es Claire, die das Wort ergriff. »Die neue Ausrichtung bedeutete, dass Sapphire Zwillinge spielen sollte. Offensichtlich hatte sie erkannt, dass mit deinem Weggang in der Serie ein Loch entstanden war …«

»Und du weißt ja, wie scharf sie darauf ist, ihr Loch zu stopfen«, flüsterte Bill unüberhörbar.

»Bill!«, schimpfte Claire. »Das ist ungezogen … aber ebenso wahr.« Als das Gelächter nachließ, sprach sie weiter: »Also, sie dachte, die beste Besetzung für ihren Gegenpart wäre … sie selbst.«

Kate sah sich misstrauisch in der Runde um. »Wollt ihr mich auf den Arm nehmen?«

»Liebend gern«, bot Bill an. »Aber Gott sei mein Zeuge, es stimmt. Deshalb sind wir alle davon ausgegangen, dass uns diese Woche bei der Produktionsbesprechung Hamilton erklärt, wie man Destinys jüngere und natürlich dünnere Zwillingsschwester glaubhaft in die Handlung einbauen kann.«

»Ich habe drei schlaflose Nächte gehabt«, sagte Claire erschaudernd. »Es ist ja schon ein Ding der Unmöglichkeit, Kostüme für *eine* Sapphire aufzutreiben – aber kannst du dir vorstellen, was es für mich bedeutet hätte, Kostüme für zwei von der Sorte zu besorgen?«

Mike beugte sich vor Claire, um Kate auf die Schulter klopfen zu können. »Also, ich brauche dir ja nicht zu erklären, wie glücklich wir alle darüber sind, dass du wieder hier bist.«

»Du meinst, dass wir *beide* wieder hier sind?«, entgegnete Kate.

»Was meinst du mit ›wir beide‹?«, fragte Claire argwöhnisch.

»Nun, ich meine natürlich mich und meine Zwillingsschwester Dramatica. Sie ist vierzig Zentimeter kleiner als ich und eine afroamerikanische Trapezkünstlerin. Aber ich sehe darin keinerlei Schwierigkeiten für die Produktion, oder?«

Zuerst antworteten alle mit übertriebenem Ernst: »Aber nein … keineswegs … Das sollte kein Problem sein … Wir kümmern uns sofort darum«, bevor sie in schallendes Gelächter ausbrachen.

Zwei Stunden später warf Paige mit gespielter Verärgerung einen Chanel-Konturenstift vom Make-up-Tisch. »Freut mich ja, dass die Dame einen netten Vormittag hatte. Aber wenn du nicht bald aufhörst zu plappern, damit ich deine Lippen nachziehen kann, sitzen wir alle noch heute Abend hier.«

»Entschuldigung«, kicherte Kate. Dann hielt sie brav ihren Mund und hielt vorbildlich still. Paige hob den Konturenstift wieder auf und hatte kaum damit begonnen, Kates Unterlippe nachzuziehen, als Kate schon wieder anfing. »Paige, es war wirklich so cool. Ich meine, ich hatte tatsächlich das Gefühl, dazuzugehören und einiges beizutragen zu …«

»Was du gleich haben wirst«, unterbrach Paige sie, »ist eine rote Linie über dem Kinn, weil du offenbar die Klappe nicht halten kannst. Himmel, du hast doch keine Rolle als Zappelphilipp!«

»Entschuldigung«, giggelte Kate noch einmal. Aber ihre tappenden Fußspitzen bewiesen, dass ihre Aufregung größer war als ihr Schuldbewusstsein.

Paige lächelte nachsichtig. »Okay. Ich werde dir jetzt nicht deine Freude wegen einer perfekten Lippenlinie verderben. Du streichst dir halt vor der Aufnahme nachher einfach kräftig Lippenstift drauf.« Sie ließ sich auf den Stuhl neben Kate fallen. »Jetzt erzähl mir alles der Reihe nach über heute Morgen. Und wenn uns jemand ruft, sage ich ihnen, die Produzentin hätte die Verzögerung genehmigt.«

»Aber ich bin doch schon fast fertig«, entgegnete Kate und überprüfte ihr Aussehen im Spiegel. »Ich möchte niemanden warten lassen.«

»Ach, jetzt bist du besorgt?«, scherzte Paige.

»Ich weiß, ich weiß … Irgendwie bin ich heute anders drauf als sonst.«

»Ja, das bist du«, bestätigte Paige grinsend. »Heute bist du eine glückliche und selbstbewusste Version von dir … allerdings mit etwas blassen Lippen.«

»Mir geht es wirklich gut. Ich hätte nie geglaubt, dass ich hier so viel Unterstützung hätte. Ich meine, ich wusste immer, dass du auf meiner Seite stehst, aber …«

Kate brach mitten im Satz ab und musterte Paige genau.

»Aber was?«, fragte Paige.

»Bist du sicher, dass es für dich auch richtig ist? Du warst so begeistert von unserer Geschäftsidee mit dem Laden, und jetzt bist du wieder hier, bei *Generations*.«

»O Gott, ja.«

»Wirklich?«

»Ja, wirklich, Kate. Was ich dir gesagt habe, meine ich ernst. Für mich ist es viel besser, noch ein bisschen länger zu arbeiten und etwas mehr Geld ansparen zu können. Ich hatte mir immer vorgestellt, den Laden zu eröffnen, kurz bevor ich in Rente gehe, aber als hier alles den Bach runterrauschte, habe ich das irgendwie für ein Zeichen gehalten.«

»Es war ein Zeichen – ein Zeichen dafür, dass die Insassen die Irrenanstalt übernommen hatten.«

»Ja, und das Verrückteste war, dass sie nicht gefeuert wurden – sie wurden einfach nur in eine besser geführte Anstalt gesteckt.«

»Tja, das ist eben Hollywood.«

»Du solltest auspacken«, sagte Paige. »Dein Leben hat etwas von einem Hollywood-Drehbuch, Frau Producer.«

Kate seufzte. »Nein … Wenn das hier ein Film wäre, dann stünde in diesem Moment Michael in der Tür. Er hätte einen riesigen Blumenstrauß für mich und eine vorzügliche Erklärung für alles. Und dann würde er mir einen intensiven, nicht gerade jugendfreien Zungenkuss geben.«

»Igitt.« Paige rümpfte angewidert die Nase. »Beinahe hättest du mich gehabt."

Kate zwinkerte ihr zu. »Und du mich.«

Paige nahm sich ein Handtuch vom Tisch und warf es nach Kate, verfehlte aber knapp ihr Gesicht. »Hey!«, sagte Kate. »Pass auf das Gesicht auf. Dieses Gesicht ist ein Vermögen wert!«

Paige schüttelte den Kopf. »Nein, diese *Frau* hier ist eine *Irre*.«

Ein Klopfen an der Tür ließ die beiden Frauen in ihren Albernheiten innehalten. *Michael*?

»Herein«, rief Paige. Die Tür wurde außergewöhnlich zaghaft und langsam geöffnet, bis sie den Besucher zeigte: Sam.

»Guten Tag, die Damen!«, grüßte er verhalten fröhlich.

»Hey«, grüßten die beiden einsilbig zurück.

»Oje«, sagte er. »Geht es jetzt schon wieder bergab? Wir haben doch noch gar nicht angefangen.«

»Liebeskummer«, erklärte Paige.

Kate hätte sie am liebsten mit ihrem Blick getötet. »Eher Kummer wegen *Freundinnen, die einfach ihren Mund nicht halten können*.«

»Hoppla«, sagte Paige.

Sam meldete sich zu Wort. »Mein Name ist Hase. Ich weiß von nichts. Ich wollte dich nur wieder am Set begrüßen.«

»Danke.«

»Gern. Also in zwanzig Minuten ist deine Aufnahme dran, und wenn du deine Pflichten als Schauspielerin erfüllt hast, hätte Claire noch eine paar Kostümfragen an die Produzentin.«

»Beide bedanken sich bei dir.«

»Für beide: gern geschehen«, sagte Sam und trat den Rückzug an. Bevor er die Tür hinter sich schloss, drehte er sich um und betonte: »Kate, ich freue mich wirklich sehr, dass du wieder da bist. Du hast einfach gefehlt.«

»Danke, Sam. Das bedeutet mir sehr viel«, sagte Kate höflich, kurz bevor die Tür endgültig zuschnappte. »Das war zwar kein Zungenkuss, aber ich glaube, das muss jetzt erst einmal reichen.«

»Erstens, eklig. Zweitens, wenn du ihn richtig nett darum bittest, würde dir Sam sogar einen Zungenkuss geben.«

»Okay, ich verstehe, ich muss dir etwas erklären.« Kate versuchte eine lehrerhafte Miene aufzusetzen.

»Hast du Verstopfung?«, fragte Paige interessiert.

»Nein, ich versuche nur ernst zu sein.«

»Hilfe. Du siehst aber aus, als hättest du Verdauungsprobleme.«

»Kann ich bitte zum Thema kommen?«

»Gut... wenn du sicher bist, dass du nicht zuerst auf die Toilette musst.«

»Jetzt hör endlich auf!«, schrie Kate und brachte Paige damit tatsächlich zum Schweigen. Nach einigen Sekunden der Stille sagte sie: »Natürlich weiß ich jetzt nicht mehr, was ich sagen wollte.« Paige prustete. »Oh, aber jetzt fällt es mir wieder ein. Ich wollte dir gerade erklären, dass du, auch wenn du nur eine ehemalige Schlampe bist …«

»Hey! Halt gefälligst die Luft an!«

»Wieso?«

Paige zuckte mit den Achseln. »Nichts. Sprich weiter.«

»Danke. Ich wollte nur noch Folgendes sagen: Unabhängig davon, was du in der Schlampenschule gelernt hast, beim Zungenkuss ist es äußerst wichtig, selektiv vorzugehen.«

»Gut, aber keiner wird dich je küssen, wenn du weiterhin ›selektiv‹ sagst.«

»Gelehrter Wortschatz macht sexy.«

»Ja, stimmt! Ich glaube, das habe ich kürzlich im *Hustler* gelesen.«

»Siehst du? Du Schlampe!«, schimpfte Kate und deutete auf Paige.

Paige zeigte wiederum auf Kate. »Siehst du, du Irre?«

Kate lachte. »Hey, wenn die Produzentin in mir ein Omelett isst, passt die Schauspielerin in mir dann noch in ihr Kostüm?«

»Also«, begann Paige, während sie aufstand und zur Tür ging, »wenn nicht, braucht die Produzentin nur ein neues Kostüm zu bestellen.«

»Du hast recht. Das ist wirklich genial.«

»Ja, das ist es. Weißt du was? Die Produzentin kann übrigens auch ein höheres Honorar für die Maskenbildnerin der Hauptdarstellerin genehmigen.«

»Wirklich? Selbst für Schlampen?«

»Besonders für Schlampen.«

Dann setzten Paige und Kate ihr von prustendem Gelächter unterbrochenes Schlampengespräch auf dem Weg zum

Cateringmobil fort, wo sich jede von ihnen genüsslich ein riesiges Stück Käse-Frittata und eine Zimtschnecke genehmigte.

Kates Szene wurde problemlos abgedreht. Sie war außerdem so damit beschäftigt, die Funktionen der einzelnen Teammitglieder kennenzulernen, dass sie selbst völlig entspannt und natürlich agieren konnte. Ihr war, als hätte sie zum ersten Mal seit Jahren offene Augen oder zumindest einen Blick für das Geschehen um sich herum. Plötzlich erkannte sie, wie bedrängt sie sich immer gefühlt hatte, wenn alle Augen auf sie gerichtet waren. Nun, mit ihrer neuen Perspektive als Produzentin, verstand sie, dass die Zeit, in der sie sich beobachtet gefühlt hatte, mehr oder weniger die Zeit war, die die Bühnenarbeiter brauchten, um etwa Markierungen anzubringen, oder die Beleuchter, um Lampen aufzustellen. Es war ein Team, und sie war nur ein Mitglied. Gut, ein Mitglied, das jetzt zwei wichtige Funktionen ausübte.

In ihrer Funktion als Produzentin ging sie danach zum Garderobenmobil, um mit Claire die Kostüme für die nächsten Folgen zu besprechen. Und sie war sich sehr sicher, dass ihre Filmfigur Melania so bald nicht mehr in Unterwäsche zu sehen sein würde.

Vor dem Garderobenmobil traf sie auf Jerry, der ihr die Tür aufhielt. »Nach Ihnen, Frau Producer.«

»Danke, Jerry.«

»Gern«, sagte Jerry, diesmal ohne seine übliche alberne Unterwürfigkeit.

»Hast du was, Jerry? Irgendwie wirkst du so ruhig. Bist du etwa mit Valium vollgepumpt?«

Er musste lachen und erklärte: »Nein, ich nehme kein Valium. Ich fühle mich neben dir jetzt einfach entspannter, seitdem du mit zur Produktion gehörst. In der Nähe von Schauspielerinnen werde ich nämlich regelmäßig nervös.«

»Nein! *Du* und nervös?«, staunte Kate mit einem Augenzwinkern.

»Ja, *ich*«, gab Jerry zu und nickte, womit er bewies, dass ihm auch ohne Nervosität nach wie vor die Fähigkeit fehlte, Ironie zu erkennen. »Sapphire hat mich immer völlig verrückt gemacht.«

»Also, zu deiner Beruhigung, so ging es vielen Leuten in ihrer Umgebung.«

»Ja, stimmt, wie deinem Mann«, stotterte er. »Die ganze Geschichte tut mir ja so leid. Ich wollte eigentlich keinen wunden Punkt ansprechen, ich wollte nur …«

Kate unterbrach ihn mit einer Handbewegung. »Schon gut, Jerry. Das muss dir nicht leidtun. Es gibt keinen wunden Punkt. Schau, es hat sich doch alles zum Positiven gewendet, oder?«

»Mann, du kriegst das wirklich alles erstaunlich gut hin. Michael hatte recht.«

»Wie bitte?«, platzte Kate heraus. Die Zeit schien einen Moment stehen zu bleiben, und sie bekam kaum mehr Luft.

»Ich habe gesagt, Michael hatte recht. Schließlich war es seine Idee, dir die Mitarbeit bei der Produktion anzutragen. Offen gestanden, ich hielt ihn zunächst für verrückt. Sei bitte nicht beleidigt.«

»Ich bin überhaupt nicht beleidigt«, sagte Kate, von ihrer Schauspielkunst fast überwältigt, aber sie wollte Jerry nicht in seinem mitteilungsbedürftigen Erzählfluss unterbrechen. »Rück schon raus mit der Sprache …«

»Also, gut. Als Sapphire kündigte, saßen wir offensichtlich

ganz schön in der Klemme. Und Michael rief gerade in dem Moment an, als ich mir überlegte, wie ich dich zurücklocken könnte. Er schlug mir dann vor, dass dich vielleicht eine Position mit mehr Macht und Kontrolle reizen könnte.«

»Wirklich?«

»Ja. Er sagte auch, dass du viel cleverer bist, als man hier denkt, und dass du absolut nicht ausgelastet bist.«

»Wahnsinn«, kommentierte Kate ernst.

»Genau das hat er gesagt. Ich meine, ich wusste ja nicht einmal, dass ihr zwei euch kennt, und dann verwettet er glatt seinen Hintern für dich. Gut, eigentlich wollte ich nur sagen, dass er bis jetzt recht hatte. Es war ja erst dein erster Tag, aber bei der Produktionsbesprechung hast du uns alle schwer beeindruckt. Ich habe ein gutes Gefühl.«

»Danke, Jerry«, sagte Kate und umarmte ihn spontan. »Ich habe auch ein gutes Gefühl.«

»Ach, hm, ja«, stotterte Jerry, der bei dem Beweis ihrer Zuneigung wieder in seine alte Nervosität zurückfiel. »Also, hm, ich finde, wir gehen jetzt in diese Besprechung, meinst du nicht auch?«

Nach einem weiteren, für ihn qualvollen Moment in ihren Armen, ließ Kate ihn schließlich frei und sagte: »Ja, komm, wir gehen zu unserer Besprechung. Und sieh zu, dass wir schnell fertig sind, okay? Ich muss nämlich dringend nach Hause und einen wichtigen Anruf tätigen.«

39

Kate und Paige saßen sich am Küchentisch gegenüber, das Telefon lag zwischen ihnen auf dem Tisch.

»Jetzt ruf ihn endlich an«, forderte Paige.

»Ich habe Angst«, jammerte Kate.

»Reiß dich gefälligst zusammen«, schimpfte Paige.

»Du führst dich wie Cher in *Mondsüchtig* auf, findest du nicht? Soll das etwa eine Hilfe ein?«

»Nein, lieber prügle ich dich ans Telefon. Die Cher-Szene habe ich nur gemacht, um dich abzulenken, während ich mich auf das große Finale vorbereite.«

»Du bist verrückt.«

»Nein, du bist verrückt, wenn du nicht sofort Michael anrufst.«

»Du hast ja recht«, gab Kate zu und legte immerhin ihre Hand auf das Telefon. Dann hielt sie inne. »Ich kann es nicht in die Hand nehmen. Was ist nur mit mir los?«

»Du hast bloß Angst. Brauchst du einen Schokoriegel?«

»Was soll ich denn mit einem Schokoriegel?«

»Futtern. Ich habe keinen Alkohol im Haus, und bei mir beruhigt Zucker immer die Nerven.«

»Nein. Du meinst nur, dass Zucker dich beruhigt, aber in Wirklichkeit macht er aus dir eine durchgeknallte Schnellrednerin.«

»Okay, da gibt es nichts zu diskutieren«, gab Paige zu. »Also, möchtest du einen?«

»Nein, danke. Ich will mich ja nicht wie Minnie Mouse auf Crack anhören, wenn ich Michael anrufe. Ich möchte eher wie eine Zenmeisterin klingen.«

»Wie wäre es, wenn du einfach nur versuchst, wie *du selbst* zu klingen?«

Kate verdrehte die Augen. »Wie wäre es, wenn du aufhören könntest, wie ein mieser Selbsthilfe-Werbespot zu klingen?«

»Wie wäre es, wenn du aufhören würdest, mich anzuschreien, und stattdessen endlich Michael anrufst?«

»Gewonnen«, stöhnte Kate und gab sich geschlagen. Sie atmete drei Mal tief ein und aus, ehe sie das Telefon in die Hand nahm. Sie schaffte es, die Telefonauskunft anzurufen und die Rufnummer der Agentur BAM zu erfahren, ohne in Ohnmacht zu fallen, was sie und Paige für ein gutes Omen hielten. Sie stieß zur Entspannung einen kurzen Schrei aus, tippte dann die Rufnummer ein und bat schließlich die Empfangssekretärin, sie mit Michael Frankel zu verbinden.

»Das tut mir leid. Mister Frankel arbeitet nicht mehr hier.«

»Wie bitte?«, fragte Kate total verblüfft.

»Was heißt *das*?«, flüsterte Paige.

Kate hielt einen Finger vor den Mund und sprach lautlos *Moment*. »Können Sie mir bitte sagen, wo er jetzt arbeitet?« Sie drückte auf den Lautsprecher, so dass die Stimme der Sekretärin in der ganzen Küche zu vernehmen war.

»Es tut mir leid, aber ich darf Ihnen keine weitere Information geben.«

»Können Sie mir dann sagen, wie ich ihn erreichen kann?«

»Es tut mir wirklich leid, aber ich kann Ihnen nicht weiterhelfen. Auf Wiederhören.« Dann tutete das Besetztzeichen durch die Küche.

»Verdammt«, fluchte Paige und drückte auf eine Taste, um den Ton abzustellen.

»Ja«, sagte Kate, »so ein Mist aber auch.«

»Hast du seine Privatnummer?«

»Nein.«

»Seine Handynummer?«

»Nein.«

»Seine Faxnummer?«

Kate starrte Paige stirnrunzelnd an. »Ja, Paige, er hat seine Privat- und seine Handynummer nur vor mir geheim gehalten, weil er ausschließlich über diese HiTech-Maschine kommunizieren möchte, die gemeinhin unter dem Namen ›Fernkopiergerät‹ bekannt ist.«

»Es gibt keinen Grund, so schnippisch zu mir zu sein«, schmollte Paige.

»Entschuldige bitte. Ich bin nur so enttäuscht. Jetzt habe ich meinen ganzen Mut zusammengenommen, um ihn anzurufen, und er ist nicht einmal da.«

»Weißt du, was du jetzt gebrauchen könntest, meine liebe schnippische Freundin?«

»Was denn?«, fragte Kate mit vorgestülpter Oberlippe als Zeichen für ihr Selbstmitleid.

»Du könntest einen Kaffee gut vertragen.«

»Was soll ich denn jetzt mit einem *Kaffee*?«, fauchte sie. »Ich brauche kein Koffein. Das Letzte, was ich im Moment gebrauchen könnte, ist …«

»Ein Becher Kaffee von Starbucks?«

Kate ließ ein lang gedehntes »Ooooooooooooh!« hören, als ihr die Erkenntnis dämmerte. »Aber vom Starbucks in *Pacific Palisades*.«

»Genau«, sagte Paige. »Soll ich fahren?«

»Ja«, antwortete Kate, während sie ihre Handtasche nahm und einen schnellen Blick in den Spiegel warf. »Aber, bitte, fahr schnell.«

Michael saß vor seinem Computer und starrte auf den leeren Monitor. Offensichtlich hatte seine rechte Gehirnhälfte seiner linken Gehirnhälfte mitgeteilt, dass er in einer Anwandlung von unangebrachter Integrität seine Arbeit gekündigt und somit erfolgreich seine Kreativität zum Erliegen gebracht hatte, bis er der Realität ins Auge sehen und wieder einen echten Arbeitsplatz haben würde.

Ich würde es nicht tun, sagte er zu seiner rechten Gehirnhälfte.

Du musst aber. Wir verhungern sonst, antwortete die.

Dann soll es eben so sein, entschied Michael.

Du bluffst nur.

Versuch es doch.

Ich lasse dich aber nicht schreiben, sagte seine rechte Gehirnhälfte und führte das Gespräch fort.

Wirklich?, fragte er.

Wirklich, sagte sie selbstbewusst.

Also, wie erklärst du dir dann, dass ich jetzt schreibe?

Verflucht!, sagte seine rechte Gehirnhälfte.

»Hahaha!«, sagte er laut, als er sich in seinem Sieg über seine Selbstzweifel aalen wollte.

»Das ist das mieseste aufgesetzte Lachen, das ich je gehört habe«, sagte eine Stimme hinter ihm.

»Entschuldigung, ich führe manchmal …«

»… Selbstgespräche, wenn du schreibst? Ich weiß.«

Auf einmal stand für Michael die Zeit still. Sollte das tatsächlich die Stimme von Kate sein? Er wollte sich unbedingt umdrehen, um zu sehen, ob sie es war, aber er wusste nicht, ob er die Enttäuschung verkraften würde, wenn dem nicht so war. Doch plötzlich stand sie vor ihm, wie die Erscheinung eines Engels.

»Hallo, Michael«, sagte sie einfach.

»Kate«, antwortete er außer Atem und stand so schnell auf,

dass er seinen Kaffee umschüttete, woraufhin seiner verärgerten Tischnachbarin, deren Schuhe ein paar Spritzer abbekommen hatten, ein »Verdammt!« entfuhr. »Oh, Mist, 'tschuldigung«, stotterte Michael. »Bleib hier stehen!«, befahl er Kate, setzte aber noch ein »Bitte?« hinterher, stürmte zur Anrichte, kam mit einer Handvoll Servietten wieder, die er unverzüglich der Dame mit den feuchten Schuhen hinwarf, bevor er sich endlich vor Kate stellte. »Es tut mir leid«, schnaufte er.

»Ich habe nichts abbekommen«, sagte Kate und zeigte auf ihre Füße.

»Wie bitte?«, fragte Michael verwirrt.

»Der Kaffee. Ich habe nichts abbekommen.«

»Der Kaffee? Ach so, ich habe mich nicht für den Kaffee entschuldigt. Ich meine, ich entschuldige mich auch dafür, aber …« Er stoppte sein sinnloses Gestammel, atmete tief durch, nahm behutsam beide Hände von Kate in seine Hände und schaute ihr direkt ins Gesicht. »Es tut mir *auch* leid, dass ich den Kaffee neben dir verschüttet habe. Aber es tut mir vor allem leid, dass ich dich angelogen habe. Ich weiß nicht, ob es überhaupt noch eine Rolle für dich spielt, aber jetzt bin ich wirklich ein echter Autor, ohne festes Einkommen.«

»Ohne festes Einkommen? Ist das dein Angebot?«, fragte Kate und grinste.

»Also, ich habe Zinseinkünfte aus den vielen Jahren, in denen ich dem Teufel meine Seele für ein paar Goldstücke verkauft habe …«

»Pst«, flüsterte Kate und hielt einen Finger an seine Lippen. »Ich war zuletzt bei ›keine Einkünfte‹.«

Michael lächelte und schob dann ihren Finger zur Seite. »Ich kann einfach nicht glauben, dass du hier bist.«

»Du weißt ja, Frauen brauchen ihren Kaffee.«

»Gott sei Dank«, flüsterte er und fuhr mit seinem Finger über ihre Wange, bis er in ihrem Nacken angekommen war. Dann zog er ihr Gesicht an seines heran. Als ihre Lippen nur noch einen Fingerbreit voneinander entfernt waren, machte er eine Pause und fragte: »Du weißt, dass du heute zu mir nach Hause kommst, ja?« Kate konnte gerade noch nicken, ehe Michael seine warmen, trockenen, weichen Lippen auf ihren Mund presste. Sie hatten keinen Blick mehr für die zahlreichen Gäste im Kaffeehaus, als Kate in Michaels Umarmung versank und sich der wunderbaren Stärke seiner kräftigen Brust und Arme und der zärtlichen Erkundungstour seiner Zunge hingab.

»Pfui«, murmelte Paige von ihrem Beobachtungsposten am Bestelltresen aus. Doch ihr Lächeln und die Freudentränen in ihren Augen entlarvten sie als die sentimentale Romantikerin, die sie in der Tiefe ihres Herzens war.

Danksagungen

Dieses Buch ist das wahre Ergebnis der Zuneigung und der Unterstützung einer erstaunlichen Gruppe von Frauen. Mary, Jean, Liz, Piper und Chris: Euer eifriges Interesse, die Seiten so schnell zu lesen, wie ich sie schrieb, motivierte und inspirierte mich. Was euch allen an Objektivität fehlt, habt ihr mit eurem übertriebenen Enthusiasmus mehr als wettgemacht. Das Gleiche gilt für die unzähligen Proteste meiner Mutter und meiner Schwester, dass ihre positive Kritik absolut unvoreingenommen sei. Ich habe das natürlich keine Sekunde lang geglaubt, auch wenn ich jede kleine übermäßige Bestätigung absolut genossen habe.

Ich bin mehr als glücklich, dass mich die Zuneigung von so klugen, witzigen und liebenswerten Frauen umgibt. Und Cassie, liebe Nichte, ich danke dir für die Anregungen durch deine eigenen wahnsinnig witzigen Anekdoten.

Dad, danke für deine Unterstützung und dafür, dass du bei allen, die dir zugehört haben, mit deiner »Tochter, der Schriftstellerin« geprahlt hast. Ich erwarte also besonders gute Verkaufszahlen in Portola Valley.

Ich muss mich vor allem auch bei meinem langjährigen Theateragenten Joel Rudnick bedanken: Erstens, weil er mich nicht auslachte (zumindest nicht in meiner Gegenwart), als ich ihm von meinem Romanvorhaben erzählte. Und zweitens, weil er mich meiner wunderbaren Literaturagentin Lydia

Wills vorgestellt hat. Lydia, deine Begeisterungsfähigkeit hat mich angehalten weiterzuschreiben, und deine sorgfältigen Anmerkungen haben mich bei der Stange gehalten.

Ich danke allen Leuten bei Broadway Books. Bill Thomas und Steve Rubin, ich kann euch nicht genug dafür danken, dass ihr mein Manuskript einfach aus dem Bauch heraus auf der Grundlage von nur ein paar Seiten gekauft habt. Es wäre unmöglich, genügend Gutes über meine Lektorin Ann Campbell zu sagen. Ann, durch dich habe ich den Glauben an mich als Schriftstellerin gefestigt, und dein penibles, einfühlsames Lektorat war für mich Herausforderung und Inspiration zugleich. *Champagner für zwei* ist durch dich ein viel besseres Buch geworden. Laura Lee Mattingly, danke, dass du immer eine freundliche Stimme am anderen Ende der Leitung und außerdem so tüchtig und professionell gewesen bist. Außerdem möchte ich Michael Windsor danken, der mich netterweise bei der Umschlaggestaltung mit einbezog, und Susan Buckheit für ihre sorgfältige Manuskriptbearbeitung.

Auch meinem langjährigen Publicity-Manager Jim Broutman bin ich für sein Engagement und seine hartnäckige Arbeit, *Champagner für zwei* bekannt zu machen, zu Dank verpflichtet. Genauso wie den Abteilungen Werbung und Marketing bei Broadway Books mit David Drake, Tammy Blake, Andrea O'Brien, Julia Coblentz und Julie Sills: Ich habe vom ersten Tag an euren Glauben an mein Buchprojekt gespürt und danke euch allen für die geleistete Arbeit.

Und schließlich, Roger, mein Mann: Es ist kein Zufall, dass ich kurz nach unserer ersten Begegnung das Selbstvertrauen erfuhr, um meinen lebenslangen Traum zu verwirklichen, einen Roman zu schreiben. Mit deinem Glauben an mich ist mein eigener Glaube an mich gewachsen. Danke.

blanvalet

Alessandra Appiano bei Blanvalet

So köstlich wie Prosecco mit
der besten Freundin!

36557

Lesen Sie mehr unter:
www.blanvalet.de